ullstein

Das Buch

Jan Römer ist Redakteur beim Kölner Magazin *Die Reporter*. Als er für die Rubrik »Ungelöste Kriminalfälle« über einen Doppelmord an zwei Teenagern schreiben soll, der 1986 geschah, katapultiert ihn das weit in die eigene Vergangenheit: Er gehörte damals zu jener Clique, aus der die beiden Opfer stammten. Wie konnte er nur die Zeit vergessen, als Neue Deutsche Welle und Mopeds sein Leben bestimmten? Jan erinnert sich an die Freunde von damals und an das brütend heiße Wochenende, das mit einem Ausflug ins Bergische Land begann und für zwei Menschen mit dem Tod endete.

Gemeinsam mit seiner ehemaligen Kollegin Stefanie »Mütze« Schneider beginnt Jan Römer zu recherchieren. Doch schnell bekommt er zu spüren, dass er damit jemandem zu nahe tritt. Aber wem? Jan muss herausfinden, was in jenem Sommer 1986 wirklich geschah …

Der Autor

Linus Geschke, geboren 1970, arbeitet als freier Journalist für führende deutsche Magazine und Tageszeitungen, darunter *Spiegel Online* und die *Frankfurter Allgemeine Sonntagszeitung*. Für das Special-Interest-Magazin *Unterwasser* verfasst er Tauch- und Reisereportagen, für die der gebürtige Kölner bereits mehrere Journalistenpreise gewonnen hat.

Von Linus Geschke sind in unserem Hause
außerdem erschienen:
Und am Morgen waren sie tot
Das Lied der toten Mädchen
Im Wald der Wölfe

LINUS
GESCHKE

DIE LICHTUNG

KRIMINALROMAN

Ullstein

Besuchen Sie uns im Internet:
www.ullstein.de

Originalausgabe im Ullstein Taschenbuch
1. Auflage Oktober 2014
6. Auflage 2021

Umschlaggestaltung: zero-media.net, München
Titelabbildung: © Nikki Smith / arcangel images
Satz: LVD GmbH, Berlin
Gesetzt aus der Janson
Druck und Bindearbeiten: CPI books GmbH, Leck
ISBN 978-3-548-28636-5

Ich wollte die Mappe nicht öffnen. Spürte, dass ihr Inhalt etwas war, das besser verborgen bleiben sollte. Manche nannten das eine dunkle Vorahnung. Ein nicht zu bestimmendes Gefühl, das einen überkam, sobald sich drohendes Unheil abzeichnete.

Sie lag vor mir auf dem Tisch. Eigentlich hatte sie nichts Bedrohliches an sich. Es war eine ganz gewöhnliche braune Mappe, die mit weißen Gummibändern zusammengehalten wurde. Ich zupfte an ihnen herum. *Ungeklärter Kriminalfall* stand auf dem Deckel, darunter *Bergisches Land* und die Jahreszahl *1986*.

Ich hob den Blick und schaute mich um. Meine Kollegen tranken mit abgespreizten Fingern Kaffee und knabberten lustlos an vertrockneten Keksen. Acht Männer in leichten Sommeranzügen und drei Frauen in hellen Business-Kostümen. Niemand schien meine dunkle Vorahnung zu teilen. Alles war wie immer.

»Was soll das?«, fragte ich laut und deutete auf die Mappe.

Kemper drehte sich um. Seit elf Jahren war er der Chefredakteur unseres Magazins *Die Reporter*, und er wusste, dass die Unterlagen nicht dort liegen sollten.

Nicht vor mir. Ich war für Reise und Sport zuständig, nicht für Verbrechen.

»Da kommen wir gleich noch zu«, sagte er und wendete sich wieder ab.

Vielleicht war meine Ahnung unbegründet. Vielleicht ging es um etwas ganz anderes. Vielleicht war alles ganz harmlos. Mir aber waren das entschieden zu viele *vielleicht*.

»Warum gleich? Lass uns jetzt drüber reden, Arnold.«

Kemper seufzte und schaute mich an. »Am Freitag hatte Kollege Reinhardt einen Autounfall. Nichts Dramatisches, hab vorhin mit seiner Frau telefoniert. Aber er wird wohl eine Zeitlang ausfallen. Und bis er wieder da ist, müssen wir das Ressort Zeitgeschichte auf mehrere Schultern verteilen. Das heißt für dich: Du machst die Geschichte.«

Ich war 43 Jahre alt. Knapp 20 davon als Autor und Journalist tätig und lange genug beim *Reporter*, um zu wissen, dass ich mir Diskussionen über Aufträge mit Kemper sparen konnte. Normalerweise hätte ich spätestens an dieser Stelle nachgegeben.

Aber nicht heute. Nicht hierbei.

»Worum geht's?«

»Mensch, Jan …«, sagte er und verdrehte die Augen. »Das steht doch alles da drin. Schau halt rein!«

»Aber …«

»Okay, okay, wenn Herr Römer unbedingt eine persönliche Einweisung braucht: Es geht um einen Doppelmord im Bergischen Land. Irgendein Irrer hat 1986 zwei Teenager umgebracht. Wenn ich's richtig im Kopf habe, ein 16-jähriges Mädchen und deren Freund.«

Er legte eine kurze Pause ein und schaute mich nachdenklich an. »Du warst doch damals in etwa so alt wie die Opfer … kannst du dich nicht an den Fall erinnern? Die Geschichte muss doch groß durch die Medien gegangen sein.«

Es fühlte sich an, als hätte mir jemand mit Anlauf in den Magen getreten. Mir wurde schlecht. Die Gesichter meiner Kollegen verschwammen.

Kemper merkte davon nichts. Ungerührt fuhr er fort: »Wie dem auch sei – mach mir 'ne schön menschliche Geschichte daraus, und ich geb dir sechs Seiten im Heft, okay?«

Ich konnte mich an den Fall erinnern. Mehr, als mir lieb war.

Sommer 1986: So heiß, dass es einen in den Wahnsinn trieb. Da war die Blockhütte. Menschen lachten. Es roch nach Bier und Grillfleisch.

Meine Hände krampften sich um die Stuhllehnen, das Zimmer begann sich zu drehen.

Um mich herum war Dunkelheit. Ich stand im Wald. Der Mond war ein silberner Knopf, hinter hohen Bäumen an ein tiefschwarzes Firmament genäht.

Ich spürte, wie mir schwindelig wurde, und musste die Augen schließen. Meine Gedanken rasten. *Das stimmt nicht. Der Junge war nicht der Freund des Mädchens. Sie hat alle verrückt gemacht.*

Ich wollte die Augen wieder öffnen und der Erinnerung entfliehen, aber es war zu spät. Kalter Schweiß stand mir auf der Stirn, und ich spürte, wie er mir vom Nacken den Rücken herunterlief. Ich brauchte etwas zu trinken, ganz dringend. Dann kippte ich vom Stuhl.

Als ich wieder zu mir kam, blickte ich in das besorgte Gesicht von Monika Lettmann. »O Gott, Herr Römer – was ist denn mit Ihnen los? Sollen wir einen Arzt rufen?«

»Nein, keinen Arzt«, krächzte ich. »Nur ein kaltes Glas Wasser bitte. Mir ist einfach nur schwindelig geworden.«

Kurz darauf wurde Monika Lettmann aus meinem Blickfeld gedrängt, in das sich dann Arnold Kemper schob. Auch er musterte mich eindringlich. Ich bemühte mich, ihn anzusehen. Mein Hirn war noch träge, schien jedoch langsam wieder auf Touren zu kommen. Dann sah ich die Dose Cola, die er in der Hand hielt, und das Kondenswasser an ihr, das wie kleine Perlen zu Boden tropfte.

»Danke, Arnold.«

»Schön langsam trinken«, sagte er erstaunlich sanft.

Ich nahm ihm die Dose aus der Hand und trank sie in einem Zug leer. Anschließend versuchte ich mich an einem Lächeln. Nur nichts anmerken lassen. Es klappte.

»Ich glaub es nicht … hat man so was schon gesehen?«, sagte Kemper erleichtert und drehte sich beifallheischend zu den anderen um. »Da gibt man dem Kerl einmal einen Auftrag außerhalb der Reihe, und was ist? Er bekommt einen Schwächeanfall.«

Theatralisch schüttelte er den Kopf. »Kann mir mal jemand erklären, wo die ganzen Reporter der guten alten Schule hin sind? Die nächtelang vor Haustüren ausharrten und jeden Stein umdrehten, um an ein Fitzelchen an Informationen zu gelangen? Nur noch Weicheier hier – und ich darf mir für die Verlagsleitung immer neue Ausreden einfallen lassen, warum unsere Auflage Woche für Woche tiefer in den Keller sinkt.«

Dann schaute er wieder mich an. »Pack dir die Unterlagen über den Fall ein und fahr nach Haus. Nimm dir morgen frei und les dich rein. Und dann machst du mir eine Geschichte daraus, die mehr beinhaltet als aufgewärmte Polizeiberichte.«

*

Eine halbe Stunde später war ich in Sülz angekommen und parkte den Wagen vor unserem Haus in der Gerolsteiner Straße. Kurz nach der Hochzeit hatten Sarah und ich hier eine Vierzimmerwohnung gekauft und diese Entscheidung auch nie bereut. Aus dem ehemaligen Arbeiterviertel war über die Jahre eine Gegend für Akademiker und gutverdienende Familien geworden, die Bionade tranken, in Bioläden einkauften und *Latte macchiato* bestellten, weil ihnen das Wort *Milchkaffee* zu ordinär erschien. Die neuen Spießer also. Wahrscheinlich war ich auch einer von ihnen.

Als ich die Wohnungstür aufschloss, wurde mir erneut übel. In der Redaktion hatte ich ein paar Sekunden lang gedacht, ich würde in einem billigen Drehstuhl aus Kunstleder sterben, ein Herzinfarkt vielleicht. Das Letzte, was ich gehört hätte, wäre Kempers Stimme gewesen, der einem Kollegen den Auftrag gibt, eine Story aus meinem Ableben zu stricken: *»So was schön Menschliches halt.«*

Zumindest das war mir erspart geblieben. Ich ging in die Küche, nahm den Orangensaft aus dem Kühlschrank und goss mir ein Glas ein. Die Akte über die beiden Morde hatte ich im Wohnzimmer auf das Sideboard gelegt, direkt neben das Bild von Sarah und Lukas. Meine Frau war gestern mit unserem Sohn nach St. Peter-Ording gefahren, und ich wollte am nächsten Sonntag nachkommen. Lukas hatte im vorigen Urlaub sein achtjähriges Herz an das Windsurfen verloren, und seitdem gab es für ihn nichts Wichtigeres mehr – abgesehen vielleicht von seiner Playstation und den ebenso verzweifelten wie vergeblichen Versuchen des 1. FC Köln, sportlich wieder an glorreiche Zeiten anzuschließen.

In diesem Moment bedauerte ich zutiefst, dass ich meinen Urlaubsantrag erst verspätet eingereicht und prompt die erste Ferienwoche nicht mehr genehmigt bekommen hatte. Wenn ich heute am Strand gelegen und Lukas beim Windsurfen zugeschaut hätte, wäre dieser Auftrag an irgendeinen Kollegen gegangen. Ich hätte nie diese verdammte braune Mappe gesehen und den Sommer 1986 da lassen können, wo ich ihn seit 27 Jahren begraben hielt – tief versteckt in den hintersten Winkeln meines Gehirns.

Mit dem Orangensaft in der Hand legte ich mich auf die Liege im Wohnzimmer. Sie war das einzige Möbelstück in unserer Wohnung, von dem ich behauptete, es gehöre *mir* und nicht *uns*. Die Liege war geformt wie ein umgefallenes S und mein Lieblingsplatz, wenn ich mir in Ruhe einen Spielfilm oder eine Doku anschauen wollte. Ich roch den Duft des weichen Leders und wartete darauf, dass sich mein Körper wie gewohnt entspannen würde.

Es klappte nicht.

Meine Gedanken fuhren Achterbahn und jagten

kreuz und quer durch meinen Kopf, ohne ein konkretes Ziel zu erreichen. Ich atmete tief durch und versuchte, mich auf die Zeit zu konzentrieren, in der ich noch ein Teenager gewesen war, der zu allem eine Meinung, aber von wenig eine Ahnung gehabt hatte.

Irgendwann erschien das Bild eines Sommers vor meinen Augen. Ein Sommer, in dem der Himmel immer hellblau war, ein paar Schäfchenwolken vereinzelte Tupfer bildeten und Sonnenstrahlen auf jugendlichen Körpern explodierten. Alle um mich herum schienen in Jeans, Turnschuhen und weißen T-Shirts zu stecken, kauten Kaugummi und strotzten vor Unternehmungslust. Dieser Sommer roch nach frisch gemähtem Gras und dem Zweitaktbenzin, mit dem wir unsere Mopeds und Achtziger betankten, damit sie uns in eine Welt hinaustrugen, von der wir nicht viel wussten, aber überzeugt waren, dass es bald die unsere sein würde. Es war ein Sommer, der sich nach Neuer Deutscher Welle und Depeche Mode anhörte, der schmeckte wie das Zitroneneis beim Italiener und duftete wie diese süßen Parfüms, die damals alle Mädchen benutzten – nicht verführerisch, eher unschuldig riechend. Vielleicht waren wir das damals auch noch: Unschuldige.

Zwei Dinge prägten diese Zeit stärker als alle anderen: meine erste große Liebe und meine Freunde – die besten Freunde, die ich jemals gehabt hatte. Ich projizierte die in den Jahren undeutlich gewordenen Gesichter an meine Augenlider, und mit der Zeit fielen mir auch die dazugehörigen Namen wieder ein. Tanja und Christine, Mike und Alex, Rolf und Marion, Paul und …

»Sag ihn«, dachte ich, *»sag ihn doch einfach! Du wirst sie doch sowieso nie vergessen.«*

»Lara«, flüsterte ich in die Stille der Wohnung hinein, und dann noch einmal, diesmal lauter: »Lara!«

Augenblicklich krampften sich meine Eingeweide zusammen. Ich schaffte es gerade noch ins Bad, wo ich mich würgend in die Toilettenschüssel erbrach. Die hochkommende Säure brannte widerlich im Hals, vielleicht war der Orangensaft doch keine so gute Idee gewesen.

Während ich noch auf den Bodenfliesen kniete, begann ich, darüber nachzudenken, dass sich die entscheidenden Ereignisse jenes Sommers auf eine einzige Woche Anfang August konzentriert hatten. Jetzt war wieder August, und ich hatte eine knappe Woche Zeit, bis ich bei Sarah und Lukas in St. Peter-Ording sein musste. Das erschien mir angemessen – ich musste die Zeit nur richtig nutzen. Nach dem Vorfall heute Morgen würde es mir nicht schwerfallen, Kemper eine plausible Erklärung zu liefern, weshalb ich bis zu meinem Urlaubsbeginn nicht mehr in der Redaktion erscheinen konnte. *»Scheiß auf Reise und Sport«*, dachte ich. Arnold würde schon einen Deppen finden, dem er die Rubriken aufhalsen konnte.

Nachdem ich mich hochgerappelt hatte, putzte ich mir die Zähne und ließ eiskaltes Wasser über mein Gesicht laufen. Ich war unglaublich müde, in meinen Beinen schienen kiloschwere Bleistücke zu stecken. Langsam schleppte ich mich ins Wohnzimmer zurück und begann, Mützes Nummer zu wählen. Die Unterlagen über den Fall ließ ich weiterhin auf dem Sideboard liegen. Ich fühlte mich nicht annähernd fit genug, um mir jetzt schon Einzelheiten anzuschauen.

»Schneider«, meldete sich eine weibliche Stimme

am anderen Ende der Leitung. So schnell, wie sie den Hörer abnahm, musste sie direkt neben dem Telefon gestanden haben.

»Ich bin's, Jan. Hast du Zeit?«

»Prinzipiell schon. Was gibt's denn?«

»Ich brauch dich, Mütze.«

Eine kurze Pause entstand. Ihre Stimme war leiser geworden, als sie sagte: »Was ist denn los? Du hörst dich echt fertig an.«

»Bin ich auch. Passt es dir, wenn ich jetzt direkt vorbeikomme?«

Es passte. Ich zog mir eine Jeans und ein locker sitzendes T-Shirt an und verließ die Wohnung. Kurz darauf klingelte ich an ihrer Tür. Mütze hieß mit richtigem Namen Stefanie Schneider, wohnte nur zwei Straßen weiter und war, nachdem sie vor neun Jahren in unserer Redaktion ein Volontariat absolviert hatte, zu einer guten Freundin geworden einer rein platonischen Freundin, wohlgemerkt. Wie alle, die sie kannten, nannte ich sie Mütze, weil sie ihre Wohnung nie ohne Kopfbedeckung verließ. Im Winter und Frühling trug sie farblich abenteuerliche Strickmützen, die im Sommer und Herbst diversen Baseballkappen wichen.

»Was ist denn los?«, fragte sie, nachdem sie die Tür geöffnet hatte. »Du siehst noch übler aus, als du dich angehört hast. Ist irgendwas mit Sarah oder Lukas passiert?«

Große braune Ponyaugen schauten mich besorgt unter einem 49ers-Cap an, aus dem hinten ein dunkelblonder Zopf baumelte.

»Nein, denen geht's gut. Die sind an der Nordsee, liegen in der Sonne und surfen auf den Wellen. Aber ich hab ein Problem. Ein berufliches, das gleichzeitig aber auch … ziemlich privat ist.«

Mit meinen beruflichen Problemen kannte sie sich aus, mit meinen privaten weniger. Vor zwei Jahren hatte Mütze eine mittelschwere Erbschaft gemacht und noch am selben Tag den Journalistenjob hingeschmissen, von dem sie sich wohl mehr versprochen hatte, als über Großbaustellen und Lokalpolitiker zu berichten. Seitdem besaß sie eine Visitenkarte, auf der anstelle einer Berufsbezeichnung das Wort »Privatier« stand.

»Privatierin klingt doch scheiße, oder?«, hatte sie mit breitem Grinsen gesagt, und wer wollte ihr da widersprechen.

Wenn Mütze Langeweile hatte und es sich anbot, half sie mir manchmal, Fakten zu recherchieren, die ich für einen Artikel brauchte. Eine für beide Seiten vorteilhafte Konstellation: Sie freute sich über ein wenig Abwechslung in ihrem Privatier-Dasein und ich mich über kompetente Hilfe. Die zudem auch noch völlig kostenlos war, da Mütze sich wegen ihrer Erbschaft nicht traute, mir dafür etwas in Rechnung zu stellen. Außerdem konnten wir so ab und zu Zeit miteinander verbringen, ohne dass Sarah direkt einen Eifersuchtsanfall bekam.

Ich folgte Mütze ins Wohnzimmer und ließ mich auf die cremefarbene Stoffcouch fallen. Der Raum wurde von einem riesigen Flachbildfernseher dominiert, unter dem ein ultramodernes Soundsystem steckte. An den Längswänden standen Sideboards aus Pinienholz, die dem Ganzen ein mediterranes Flair verliehen. Und Bücher. Viele Bücher. Auf den Sideboards, in einem Regal, zu Stapeln aufgeschichtet auf dem Boden.

Mütze war in der Küche verschwunden und kam

kurz darauf mit zwei Gläsern wieder, in denen frisch gepresster Zitronensaft schwappte, den sie gezuckert und mit Mineralwasser aufgefüllt hatte. Ich nahm einen Schluck, lehnte mich zurück und begann, von dem Fall zu erzählen.

Ich ließ nichts aus. Fast nichts. Ich offenbarte ihr, dass ich damals derselben Clique angehört hatte wie die Opfer und mich an weite Teile des Sommers noch gut erinnern konnte. Aus irgendeinem Grund verschwieg ich ihr jedoch, dass ich zu dem Zeitpunkt des Verbrechens ebenfalls im Bergischen Land war – und ihrem unschuldigen Gesichtsausdruck nach zu urteilen, war sie weit davon entfernt, irgendetwas zu ahnen.

»Mensch, Jan«, sagte sie, als ich fertig war. »Wenn du ein Bulle wärst und ich dein Chef, dann würde ich jetzt sagen: Römer, Sie sind befangen. Geben Sie den Fall gefälligst an einen Kollegen ab!«

»Nichts da«, sagte ich und lächelte. Es war mein erstes aufrichtiges Lächeln an diesem Tag. »Da muss und da will ich jetzt durch. Ich kann das nicht noch einmal verdrängen, ohne mir zumindest vorher bewusst vor Augen zu führen, was damals alles passiert ist. Verstehst du?«

Sie nickte, obwohl ich nicht glaubte, dass sie es wirklich verstehen konnte. Wie auch? Sie war behütet aufgewachsen, ihr ganzes Leben war gradlinig verlaufen. Niemand hatte ihren besten Freund erschlagen. Keiner ein Mädchen vergewaltigt und abgestochen, das sie gut gekannt hatte. Ihre Träume wurden nicht von den Dämonen mühsam unterdrückter Erinnerungen heimgesucht. Ich wünschte ihr von ganzem Herzen, dass sich daran auch nie etwas ändern würde.

Dann schaute ich ihr in die Augen. »Fünf Tage, Mütze, nur fünf Tage. So viel sollte einem die eigene Vergangenheit doch wert sein, oder?«

»Wenn ich dir dabei helfen kann, dann mach ich das gerne, das weißt du.«

Nichts anderes hatte ich hören wollen.

Als die Dämmerung kam, saßen wir immer noch auf ihrem Balkon; das Wohnzimmer hatten wir schon vor Stunden verlassen. Ein kräftiges Indigoblau färbte den Himmel von den Rändern her dunkel wie eine Tinteninfusion. Vor uns auf dem Tisch lagen Zettelchen, auf denen wir unsere Pläne für die nächsten Tage notiert hatten.

Sämtliche alten Polizeiberichte lesen und auswerten.

Meine alten Freunde aufspüren und befragen.

Herausbekommen, woran sie sich erinnern können.

Die Orte des Geschehens aufsuchen.

In meinen Erinnerungen wühlen.

Mütze wollte sich dabei auf Aufgaben konzentrieren, die Distanz erforderten, ich auf persönliche Dinge, den ganzen emotionalen Part.

Jetzt fühlte ich mich ermattet und ausgelaugt. Am liebsten hätte ich Scotty angefunkt, damit er mich augenblicklich ins Bett beamen würde. Mütze dagegen wirkte frisch und ausgeruht. Sie saß mir gegenüber und rauchte entspannt eine Zigarette, deren Glut in der hereinbrechenden Dunkelheit ab und zu rötlich aufleuchtete wie ein Bremslicht.

»Wo hat sich eure Clique eigentlich immer getroffen?«

»Im Park«, sagte ich und lächelte. »Ich weiß gar

nicht mehr, wer auf den Namen gekommen ist. Aber solange ich ihn kenne, hieß er so: der Park.«

»So was wie der Volksgarten?«

»Nein – eigentlich war es auch kein Park im eigentlichen Sinne, sondern ein hinter einer Toreinfahrt liegendes Gelände mit Wiesen, Bäumen und einem kleinen Spielplatz. Ich hab keine Ahnung, ob es ihn heute überhaupt noch gibt.«

Sie drückte ihre Zigarette aus und schaute mich an. Pure Energie blitzte aus ihren Augen.

»Bring mich hin!«, sagte sie.

»Jetzt?«

»Ich will sehen, wo alles angefangen hat.«

»Aber …«, begann ich zu widersprechen. Ich wollte nur noch nach Hause. Außerdem würde Sarah bald anrufen, wie jeden Abend, bevor sie ins Bett ging. Entweder, um mir eine gute Nacht zu wünschen oder um mich zu kontrollieren – ich war mir da nie ganz sicher.

»Kein Aber, Jan«, sagte sie und stand auf. »Du kannst mich doch nicht die ganze Zeit mit deiner Vergangenheit zutexten und dann sang- und klanglos von der Bildfläche verschwinden, ohne dass ich mir ein konkretes Bild machen konnte. Komm schon – los geht's!«

Ich stöhnte. Mütze war 14 Jahre jünger als ich, und in diesem Moment schien jedes einzelne davon zentnerschwer auf meinen Schultern zu lasten. Aber ich hatte auch keine Kraft mehr zur Gegenwehr, und außerdem, so ganz im Hinterkopf, reizte mich der Gedanke, den Park wiederzusehen.

Seufzend raffte ich mich auf und griff nach den Autoschlüsseln.

Kurz darauf parkten wir im Kartäuserwall und blickten auf den Ort, der für mich der Park gewesen war. Alles sah noch genauso aus, wie ich es in Erinnerung gehabt hatte: die Häuser, die Straße, das hundert Meter entfernt liegende Altersheim. Auch die Toreinfahrt war nahezu unverändert, nur dass der Zugang in den Hof jetzt durch ein Rolltor versperrt war, das es früher nicht gegeben hatte. Merkwürdigerweise erschien mir die Umgebung dennoch seltsam fremd, wie eine Stätte, die ich zwar gekannt, mit der mich emotional jedoch nichts verbunden hatte.

Auch Mütze wirkte enttäuscht. Was auch immer sie sich von diesem Ausflug versprochen hatte: Hier gab es keine spukenden Geister der Vergangenheit, die nur auf uns gewartet hatten. Keine erhellenden Einblicke. Nur eine verschlossene Hofeinfahrt, die in ihrer Banalität fast schon komisch wirkte.

Ich wollte Mütze gerade fragen, ob wir wieder zurückfahren sollten, als im Rückspiegel Scheinwerfer auftauchten. Ein silberfarbener Opel Astra bremste hinter uns ab, fuhr auf den Bürgersteig und blieb mit laufendem Motor vor dem verschlossenen Tor stehen. Während der Wagen in die Nacht dieselte, stieg der Fahrer aus, kramte einen Schlüssel aus der Hosentasche und schob ihn in den metallenen Kasten, der neben dem Rolltor angebracht war. Kurz darauf wurde es von einem unsichtbaren Antrieb in die Höhe gezogen und gab den Blick frei auf den dahinter liegenden Hof, perfekt ausgeleuchtet durch die Scheinwerfer des Opels.

Da lag sie also vor mir, meine Vergangenheit. Insgesamt betrachtet war es eine glückliche, unschuldige Zeit gewesen, und obwohl es auch Schattenseiten gegeben hatte, riefen die Erinnerungen daran jetzt doch eine beklemmende Sehnsucht in mir hervor. Ich versuchte, dies vor mir selbst zu erklären, indem ich mir sagte, dass mein Innenleben gerade in Aufruhr war, weil so vieles auf mich einstürzte. Mir gingen meine verstorbenen Eltern durch den Kopf, meine Jugend, meine damaligen Freunde. Und auch all die Dinge, die unerledigt geblieben waren, weil diese Zeit ein so abruptes vorzeitiges Ende fand. Rückblickend war es mir manchmal so vorgekommen, als hätte das Böse damals noch keinen Platz in meinem Leben gehabt. Aber das stimmte nicht. Es war da gewesen. Schon immer.

AUGUST 1986

Alex Riewer und ich standen in einem Tempel aus Licht und Glück. Der abendliche Sommerwind streichelte unsere Haut, der Gesang aus 45 000 Kehlen unsere Seele. Der Fußballrasen unter uns sah dermaßen grün aus, dass man denken könnte, jemand hätte ihn angemalt. Im weiten Oval feierten die Fans, ein einziges rot-weißes Freudenmeer brandete durch das Müngersdorfer Stadion. Ich schaute hoch zur Anzeigetafel. 1. FC Köln: 3, VfL Bochum: 0. Es war 1986, ein Freitagabend Anfang August, und es lief die 86. Spielminute.

Alex beugte sich hinüber zu den drei Jungs, die links von uns standen. Fränzchen, Thorsten und Helmut, den alle nur Heli nannten und den ich nie anders als kaugummikauend gesehen hatte. Die drei kamen wie wir aus der Kölner Innenstadt, wohnten in der Nähe des Neumarkts und gehörten einer Clique an, mit der wir lose befreundet waren.

Ich wendete mich ab und konzentrierte mich wieder auf das Geschehen auf dem Rasen. Von ihrem Gespräch bekam ich nur Wortfetzen mit. Es ging um die Pläne nach dem Spiel. »Bochumer klatschen«, hörte ich Fränzchen sagen.

»Was geht jetzt?«, fragte Heli nach dem Schlusspfiff und schob sich ein neues Kaugummi in den Mund. »Seid ihr mit dabei oder nicht?«

Ich sah den fragenden Blick von Alex und schüttelte leicht den Kopf. Gerade so, dass er es mitbekam, die anderen jedoch nicht.

»Ansonsten echt gerne, sch… sch… scheiß Bochumer«, sagte Alex. Er stotterte immer, wenn er aufgeregt war. »Aber heute steht noch 'ne Party an und da sind voll die super Bräute am Start.«

»Klingt geil. Wo denn?«, fragte Heli interessiert.

»Ist leider privat in 'nem Partykeller.«

Alex zuckte bedauernd die Schultern. »Da könnt ihr nicht mit, sonst flippt der Alte von dem Kumpel aus, dem der Keller gehört. Der kann es nicht abhaben, wenn da Fremde mitkommen.«

»Scheißegal«, sagte Fränzchen und winkte ab. »Dann hauen wir die Bochumer eben alleine weg. Und euch viel Spaß mit den Schüssen. Steckt einen für uns mit rein, ja?«

»Ja, klar«, sagte Alex und grinste, dann gingen wir. Raus aus der Arena und den Fußweg entlang, der vom Stadion zur Haltestelle der Straßenbahn führte. Unter unseren Füßen knirschte der Kies, hinter uns schoben die Massen, noch immer Schlachtgesänge schmetternd, die alle von Treue und Liebe zum Verein erzählten.

Ich schaute meinen Kumpel an. Alex war fast einen Kopf kleiner als ich, hatte dunkelbraune Locken und ausgeprägte Grübchen, um die ich ihn unsagbar beneidete. Aus irgendeinem Grund waren die bei den Mädels der absolute Reißer – kaum eine, die Alex nicht niedlich fand.

Er hätte nie offen zugegeben, dass die angebliche Party nur ein Vorwand gewesen war, um sich ohne Gesichtsverlust vor der Schlägerei drücken zu können. Also fragte ich nicht nach. Ich kannte ihn und er kannte mich. So war das eben, wenn man mehr Zeit miteinander verbrachte als mit der eigenen Familie.

Das Spiel war schon eine gute Stunde vorbei, als Alex und ich an der Ulrichgasse wieder aus der Straßenbahn stiegen. Direkt neben der mittelalterlichen Ulrepforte bogen wir in den Kartäuserwall ab. Eine schmale Seitenstraße, die geradewegs auf die Severinstraße und den Chlodwigplatz führte und somit mitten hinein ins Herz der Kölner Südstadt.

Hinter einer Hofeinfahrt erreichten wir unser Revier. Den Ort, an dem wir uns jeden Tag trafen und den wir nur den Park nannten. Nie musste man sich groß verabreden, irgendwer war immer da. Aber der Park war viel mehr als nur ein praktischer Treffpunkt. Hier lernten wir, wie man sich streitet und wieder verträgt. Hier schlossen wir Bündnisse und brachen sie wieder. Hier prügelten und vertrugen wir uns. Und jeden Abend wurde ein Schlussstrich gezogen, bevor dann am nächsten Tag wieder neue Allianzen entstanden. Für uns war das nicht einfach nur ein halb verwildertes Gelände hinter einer Hofeinfahrt – es war unsere Schule des Lebens.

Wenn man in den Park hineinwollte, musste man zuerst durch eine Toreinfahrt laufen, an die sich dann ein Hof mit mehreren Garagen anschloss. In der hintersten Ecke, zwischen der letzten Garage und einer gut zwei Meter hohen Backsteinmauer, gab es einen schmalen Durchgang, der in den eigentlichen Park führte. Er war vielleicht so groß wie zwei nebeneinanderliegende Tennisplätze und bestand aus einer von dornigen Büschen und hoch aufragenden Bäumen umgebenen Wiese, in deren Mitte sich ein Sandkasten befand, neben dem zwei Klettergerüste standen. Dennoch haben wir hier nie Kinder gesehen, die im Sand buddelten oder auf Gerüsten herumtobten. Auch keine Erwachsenen, die Klatsch austauschend auf den Bänken saßen. Vermutlich hatte die Nachbarschaft irgendwann akzeptiert, dass dieser Ort der unsere war, und sich mit ihrem Nachwuchs in den nahe gelegenen Volksgarten zurückgezogen.

Als Alex und ich den Hof betraten, lag er bereits völlig im Dunkeln. Das gesamte Areal wirkte wie ausgestorben. Nur ein leichter Wind strich durch die Bäume und brachte die Blätter zum Rauschen. Wir wollten uns gerade wieder umdrehen, als wir Stimmen hörten, die aus der Richtung eines abseits liegenden Geländers kamen. Während wir langsam darauf zu schlenderten, schälten sich die Gesichter von Tanja Busch und Rolf Greuel aus der Dunkelheit.

»Hey, wie war's beim FC?«, fragte Tanja, nachdem sie uns gesehen hatte.

Sie schaute mich mit einem schiefen Lächeln an, während Rolf das tat, was er meistens tat: schweigen. Mit seiner dicken Hornbrille und dem watschelnden Gang erinnerte er mich immer an einen halbblinden Pinguin. Er war weder sportlich noch geistig eine Leuchte, hatte bis zum Sommer des letzten Jahres sogar eine Sonderschule besuchen müssen. Irgendwie hatte sein Vater es dann geschafft, ihm eine Ausbildung als Maurer bei einer großen Baufirma zu verschaffen.

Der Mann war seit 23 Jahren Mitglied bei den Roten Funken und musste über grandiose Beziehungen verfügen.

»Super, die sch… sch… scheiß Bochumer mit 3:0 abgefertigt«, antwortete Alex und stieß triumphierend die Faust nach oben. »Anschließend wollten wir denen noch auf die Fresse hauen, aber die sind ja alle w… w… weggerannt, das feige Pack.«

Tanjas Mundwinkel umspielte ein spöttischer Zug. Dann sah sie zu mir herüber, was mich augenblicklich nervös machte. Sie war so alt wie ich und der Grund, warum ich in letzter Zeit häufig feuchte Träume bekam. Tanja hatte, obwohl sie schlank war, bereits ausgeprägte Kurven und ein niedliches Gesicht mit ein paar Sommersprossen und einer hinreißenden kleinen Lücke zwischen den Schneidezähnen. Dazu dunkelblondes Haar mit einem zu langen Pony, der ihr immer ein wenig wirr ins Gesicht fiel.

Und sie war clever, verdammt clever. Ich war gerne in ihrer Nähe und liebte es, mit ihr über alles Mögliche zu diskutieren. Selbst wenn es nur darum ging, welche Band gerade am angesagtesten war. Weniger begeistert war ich davon, dass ich bei diesen Diskussionen meist den Kürzeren zog.

»Und du, Jan?«, fragte sie und schaute mir in die Augen. »Wolltest du auch andere Fans verprügeln?«

Mein Gott – wie ich solche Fangfragen hasste! Sagte ich ja, hielt sie mich für einen Schläger. Sagte ich nein, war ich ein Feigling. Also musste ganz schnell eine Alternative her. Eine Gegenfrage vielleicht.

»Glaubst du etwa, ich hätte Alex bei so was alleine gelassen?«

»Hätte der nicht!«, rief Rolf dazwischen und schaute Tanja erbost an, obwohl sie die Frage ja gar nicht gestellt hatte. »Oder, Jan?«

Ich kam erst gar nicht zu einer Antwort.

»Keine Ahnung«, sagte Tanja. »Beim Jan kann man ja nie wissen, was er macht … oder eben auch nicht macht.«

Dann zog sie die Augenbrauen hoch und lächelte. Ihre Augen blitzten selbst in der Dunkelheit noch wie zwei blaue Edelsteine, die von hinten angestrahlt wurden. »Ist ja auch egal. Sagt mal lieber, was ihr heute noch vorhabt?«

»Ich mach gar nichts mehr«, hörte ich Rolf sagen. »Ich muss jetzt nach Hause. Morgen bin ich mit Papa bei den Roten Funken, und da singen die immer so ein Lied, das ich noch auswendig lernen muss.«

Ohne ein weiteres Wort watschelte er davon, der komische Karnevalsprinz. Rolf wohnte direkt am Park, und obwohl ihn niemand vermisste, wenn er mal nicht da war, gehörte er irgendwie dazu, wahrscheinlich, weil er schon immer da war. Ab und zu verarschten wir ihn, jedoch nie bösartig. Er duldete das, weil wir seine Freunde waren. Wahrscheinlich die einzigen, die er je gehabt hatte.

»Wollen wir 'ne Runde flippern gehen?«, fragte Alex.

Er wollte immer flippern. Jeden Tag. Und er war gut darin. In unserer Clique unschlagbar.

Ich nickte. Tanja sagte nichts.

»Prima«, freute sich Alex, der das wohl als Einverständniserklärung interpretierte. »Ich geh nur schnell neue Kippen kaufen und dann nix wie los.«

Ich blieb mit Tanja allein zurück. Eine Situation, die aufregend, aber gleichzeitig auch unangenehm war. Tanja schaute mich schweigend an, als würde sie auf irgendetwas warten, während ich mich zwang, nicht wegzuschauen. Mein Herz pochte, und ich hoffte, dass meine Ohren nicht Feuer fingen. Gleichzeitig überlegte ich, wie ich ihr näherkommen konnte, ohne mich der Gefahr einer Blamage auszusetzen.

Bevor meine Überlegungen zu einem Ziel führen konnten, sprang Tanja vom Geländer herunter. »Bis morgen, Doofmann!«, rief sie und verschwand winkend in der Dunkelheit.

Verblüfft über den schnellen Abgang schaute ich ihr nach. Dann ärgerte ich mich über meine Unsicherheit, über das Auslassen einer perfekten Gelegenheit. Anschließend ärgerte ich mich darüber, dass ich mich ärgerte. Warum waren Dinge, die von außen betrachtet so einfach schienen, plötzlich so kompliziert, wenn es um einen selbst ging? Warum hatte ich sie nicht einfach geküsst und mir dann eine passende Ausrede einfallen lassen, falls sie mir eine gescheuert hätte?

Ich setzte mich auf das Geländer. Auf exakt die gleiche Stelle, auf der Tanja eben noch gesessen hatte. Ich bildete mir sogar ein, noch ihre Körperwärme auf dem Metall spüren zu können. Dann dachte ich nach. Wieder und wieder stellte ich mir vor, was ich gerade hätte anders machen können, und jede Version endete damit, dass ich Tanja im Arm hielt. Und küsste.

Kurz darauf standen Alex und ich im *Leuchtturm*, einer von Zigarettenqualm durchzogenen Eckkneipe, die zwei Blocks vom Park entfernt lag. Abwechselnd prügelten wir eine kleine silberfarbene Kugel durch den altersschwachen Star-Wars-Flipper, der dabei Geräusche von sich gab, die sich wie die Laserschwert-Kämpfe zwischen Luke Skywalker und Darth Vader anhörten. Das Imperium schlägt zurück: *»Ich bin dein Vater, Luke!«*

Selbst jetzt, beim Flippern, konnte ich nur an Tanja denken: *»Ich bin deine Freundin, Jan!«*

Auf dem Stehtisch neben uns stellte der schnauzbärtige Wirt zwei Kölschgläser ab. Aus den Augenwinkeln sah ich seine behaarten Unterarme aus hochgekrempelten Hemdsärmeln hervorlugen, zwischen die Finger hatte er eine filterlose Roth-Händle geklemmt. »Ich schreib es auf den Deckel, Jungs«, sagte er, wobei seine Zigarettenasche zu Boden fiel.

»Hmm, ja … gut«, murmelte ich und verlor kurz die Konzentration. Mit einem höhnischen Klappern verschwand die Silberkugel zwischen den beiden Flipperarmen. Entnervt wendete ich mich ab. Wenigstens würde mein Bier jetzt nicht schal werden.

»Tipp vom Profi gefällig?«

»Nein, danke, Alex. Spar es dir.«

»Du solltest beim Flippern nicht immer an die Weiber denken, dann klappt's auch mit dem Bonus.«

Solche Sprüche fehlten mir gerade noch. Sofort begann ich, mich zu verteidigen: »Ich habe überhaupt nicht an Tanja gedacht. Mich hat nur der blöde Wirt abgelenkt.«

»Wer hat von Tanja gesprochen?«

Jetzt lachte er, wobei die Grübchen seinen Mund wie Ausrufezeichen umschlossen. »Aber wenn du mir sagst, du hättest nicht an ihre Titten gedacht oder daran, wie es wäre, mal mit ihr in der Kiste zu landen, dann …«

»Jaja, schon gut! Ich hab an Tanja gedacht«, gab ich zu und trank das Kölsch in einem Zug aus. »Aber nicht gerade eben. Da hat mich einfach nur der Wirt abgelenkt.«

Alex schaute mich an und grinste. Es war so ein blödes, oberschlaues Grinsen, als wüsste er alles besser. »Da ist unser Janni wohl verknallt, was?«

»Bin ich nicht.«

»Bist du doch.«

»Ich bin … ach, leck mich doch!«

In diesem Moment wechselte der Wirt die Musikrichtung. Auf Neue Deutsche Welle folgte übelster deutscher Schlager. Schon das erste Lied machte mich fertig: *Santa Maria* von Roland Kaiser. Im ersten Augenblick verstand ich *Tanja Maria*.

Ich gab auf und seufzte. »Lass uns nach Hause gehen, ja? Ich bin platt, und morgen geht's um zehn Uhr zum Heider Bergsee. Kannst ja mitkommen, wenn du Bock hast.«

»Wer ist denn noch dabei?«

»Nicht viele. Bis jetzt nur Mike und Markus.«

»Nee, lass mal, du Liebeskasper«, sagte Alex, nachdem er kurz darüber nachgedacht hatte. »Ich hab keinen Bock, so früh aufzustehen. Aber zu Christines Party am Abend seid ihr wieder zurück, oder?«

»Klar«, antwortete ich. »Ist doch die perfekte Gelegenheit, um Tanja rumzukriegen.«

»Haha … das will ich sehen.«

»Das wirst du sehen«, sagte ich und klang dabei überzeugter, als ich mich fühlte.

Eines war klar: Bis zur Party brauchte ich einen perfekten Plan, was Tanja anging. Und zwar einen, der nicht nur in meinem Kopf funktionierte.

*

Als ich am nächsten Morgen das Fenster öffnete, war ich auf einen Schlag hellwach. Der Himmel über der Stadt leuchtete in einem fast schon unanständigen Blau, und die Luft vibrierte von jener Spannung, wie sie besonderen Tagen zu eigen ist. Obwohl der alte Wecker mit dem albernen Mickymaus-Gesicht auf meinem Nachttisch erst 09:37 Uhr anzeigte, stand das Thermometer bereits auf 28 Grad. Ein Hitzerekord bahnte sich an, und der Wetterdienst verkündete, dass sich an den Temperaturen in den nächsten Tagen auch nichts ändern würde.

Ich streckte mich. Mein Zimmer sah mit seinen hellen Kiefermöbeln, der buntgemusterten Tapete und dem von Fußballaufklebern übersäten Schreibtisch noch genauso aus wie vor zehn Jahren. Nur der Sturzhelm, die Musikanlage und ein Poster von David Bowie deuteten darauf hin, dass hier jetzt ein Jugendlicher wohnte.

Das von meiner Mutter gemachte Frühstück ließ ich achtlos stehen. Stattdessen ging ich direkt in die Dusche und lehnte mich mit den Händen gegen die Wand, während kühles Wasser an meinem Körper herunterlief. Meine Gedanken kreisten fortwährend um die Party am Abend. Sobald ich die Augen schloss, konnte ich Tanja vor mir sehen. Wie sie lachte. Wie sie mich ansah. Wie ihre Lider sich schließen würden, wenn unsere Lippen sich näher kamen.

Nachdem ich mit Duschen fertig war, zog ich mir eine kurze Jeans an, dazu ein weißes T-Shirt und Turnschuhe, wie immer ohne Schnürsenkel, weil ich Schnürsenkel hasste. In meinem Zimmer stand schon mein fertig gepackter Rucksack, in den ich neben Schwimmsachen auch ein Badetuch, ein Stephen-King-Buch, eine Flasche Cola, zwei Raider und eine Packung Marlboro gepackt hatte. Das sollte als Verpflegung genügen, zumal Markus' Mutter dafür bekannt war, dass sie ihrem Sohn bei jedem Ausflug so viel zu essen mitgab, dass es einer kompletten Fußballmannschaft als Tagesration reichen würde.

»Jan?«

»Ja, Mama?«

Sie war in mein Zimmer getreten. Hatte wie immer die Tür geöffnet, ohne anzuklopfen. Hinter ihr sah ich zwei prall gefüllte Tüten auf dem Boden stehen, die sie vom Einkauf mitgebracht hatte.

»Das ist aber schön, dass ich dich noch sehe«, sagte sie und lächelte. »Hast du auch gefrühstückt?«

»Hab keinen Hunger. Wir essen garantiert unterwegs was.«

Missbilligend zog sie die Augenbrauen zusammen. »Iss doch lieber was Anständiges, nicht immer dieses pappige Ding aus dem Hamburgerladen. Soll ich dir schnell ein Brötchen schmieren?«

»McDonald's heißt der Laden. Und das pappige Ding ist ein Big Mäc.«

»Wie auch immer«, wischte sie meine Erklärung mit einer Handbewegung zur Seite. »Was ist jetzt mit dem Brötchen?«

»Danke, Mama«, sagte ich und gab mir Mühe, besonders lieb auszusehen. »Aber ich bekomme gerade wirklich nichts runter. Und später hole ich mir zu Mittag einen Salat, versprochen.«

Sie grinste mich an, wohl wissend, was von meinem Versprechen zu halten sei. Dann nahm sie mich in den Arm.

»Pass bloß auf dich auf«, sagte sie, küsste mich auf die Wange und streichelte über meinen Rücken. »Und komm gesund wieder. Ich lieb dich – vergiss das nicht!«

»Ich dich auch«, sagte ich, und diesmal war es die Wahrheit. Dann packte ich meinen Sturzhelm und meinen Rucksack und verließ die Wohnung. Die hinterhergerufenen Ermahnungen meiner Mutter, ich solle vorsichtig fahren und auf die Autos aufpassen, hatte ich bereits vergessen, als ich durch die Haustür trat. Ich überquerte die Straße und setzte mich auf das Biest, das unter einem Balkon stehend auf mich wartete. Das Biest; so hatte ich die Yamaha RD80 LC getauft, die ich vor einem Dreivierteljahr zum Geburtstag bekommen hatte. Direkt danach wurde sie einer Komplettoperation unterzogen. Alex besorgte aus Holland einen Zylinder mit mehr Hubraum, Paul Wontzek bearbeitete die Ein- und Auslasskanäle, und ich hatte mir vom Weihnachtsgeld, das von meiner Mutter, Tante Hedwig und Onkel Paul für Anziehsachen gedacht gewesen war, eine Auspuffanlage gekauft, auf deren Verpackung in fetten Lettern stand: *Im öffentlichen Straßenverkehr verboten!*

Zum Abschluss war die Optik dran. Rolfs Vater brachte die Yamaha, die damals noch ein langweiliges Weiß trug, in sein Autohaus. Als ich sie nach drei Tagen wieder abholte, erstrahlte sie in dem gleichen Rot, in dem Enzo Ferrari immer seine Autos lackieren ließ. Bezahlen musste ich die Lackierung nicht – Rolfs Vater verrechnete das mit den Nachhilfestunden, die sein Sohn das Jahr über von mir bekommen hatte.

Nur die turbinenartigen Felgen ließ ich schwarz. Ein wenig Understatement konnte nicht schaden. Und auch, wenn das Biest immer noch klang wie ein Rasenmäher auf Kokain – die Maschine war mein ganzer Stolz; das heißeste Moped der Gegend.

Von meiner Haustür bis zum Park brauchte ich keine zwei Minuten. Als ich auf den Hof bog, sah ich Markus schon abfahrbereit auf seiner Honda sitzen. Wie erwartet hatte er einen Rucksack dabei, der bis oben hin mit Butterbroten, Frikadellen, Äpfeln, Schokolade und allerhand anderem leckeren Zeug gefüllt war. Vermutlich hatten seine Eltern den Tagesausflug mit einem einwöchigen Überlebenstraining in den unbesiedelten Weiten Kanadas verwechselt. Oder sie hatten lediglich ein schlechtes Gewissen, das sie damit beruhigen wollten.

Markus' Eltern waren Pächter einer großen und sehr beliebten Kneipe am Chlodwigplatz, in deren Kellerräumen es auch eine Kegelbahn gab. Sieben Tage in der Woche standen sie hinter der Theke, meist von elf Uhr morgens bis weit in die Nacht hinein. Wenigstens bestand mit ihren Überlebenspaketen keine Gefahr, dass Markus in der Zwischenzeit verhungerte. Das Ergebnis ihrer Fürsorge zeigte sich in fünfzehn Kilogramm Übergewicht, die sich vor allem im Bereich der Hüften und des Bauches angesiedelt hatten. Ständig musste er seine zu eng gekauften T-Shirts nach unten ziehen, weil sie sich wie ein Rollo über die Wampe hochkrempelten.

»Was geht ab?«, fragte ich, nachdem ich den Sturzhelm abgenommen hatte.

»Doofe Frage: Alles, was nicht fest ist«, entgegnete er und wischte sich den Schweiß von der Stirn. Mit seinem runden Babygesicht und den strohblonden Haaren wirkte er auf den ersten Blick wie der dicke Junge aus Bullerbü.

»Aber Mike ist immer noch nicht da.«

Ich schaute auf die Uhr. Zwei Minuten nach zehn. Kein Grund zur Hektik. »Mach dich locker, der wird schon rechtzeitig …«

Ich wurde vom Knattern einer frisierten Achtziger unterbrochen. Mike rauschte an. Lange braune Haare schauten unter einem offenen Helm mit Kinnschutz hervor, wie ihn Motocross-Fahrer trugen. Mike; das war kein Spitzname, so hieß er wirklich. Genauer gesagt, Mike Küppers – keine Ahnung, was seine Eltern sich dabei gedacht hatten.

Wir schlugen uns zur Begrüßung gegenseitig auf die Schulter, ließen lachend ein paar Sprüche los. Fantasierten kurz herum, was heute Abend auf der Party mit den Mädels so alles abgehen könnte. Dann starteten wir unsere Mopeds und fuhren los.

Zuerst folgten wir der Vorgebirgsstraße, passierten das Stadion von Fortuna Köln und bogen dann am Südfriedhof auf den Militärring ab. Der Verkehr war grausam, obwohl es mitten in den Schulferien war. Wir schlängelten uns an den Autokolonnen vorbei bis zur Luxemburger Straße, die uns nach Hürth und aus Köln heraus führte. Langsam ließ der Verkehr nach. Wir flogen über die Landstraße, überholten Trecker, schnitten PKWs und ließen erschrockene Rentner hinter uns, die wild hupten, während wir mit dem Mittelfinger grüßten. Auf unseren Visieren zerplatzten Insekten wie kleine Wasserbomben, und die warme Luft roch, wie nur der Sommer riechen kann – nach purem Leben und satt vor Glück.

Ich fuhr direkt hinter Mike her. Nicht zum ersten Mal fiel mir dabei auf, was für ein breites Kreuz er hatte und welches Risiko er beim Überholen einging. Der Aufkleber auf seinem Helm passte perfekt zu seiner Fahrweise. *No Mercy* stand darauf, keine Gnade.

Anders als Markus und ich fuhr Mike eine Achtziger, die auf Geländemaschine getrimmt war. Lange Federwege, grobstollige Reifen. Kein Moped, mit dem ich gerne durch Kurven räubern würde, schon gar nicht in dieser Geschwindigkeit.

Während die Landstraße unter uns hinwegrauschte und die Bäume am Wegesrand zu einer grünen Wand verschmolzen, ließ ich meinen Gedanken freien Lauf und dachte über Mike nach. Ich kannte ihn länger als alle anderen aus der Clique, schon aus Grundschulzeiten. Früher einmal waren wir die besten Freunde gewesen, und wir wären es wohl bis heute geblieben, wenn ich an einem Tag im April nicht so feige gewesen wäre.

Wir hingen an diesem Tag gelangweilt im Hof herum und ließen die Zeit verstreichen. Mike saß etwas abseits und schraubte an seiner Malaguti. Tanja kicherte mit Marion über irgendwas, während Alex von einem Mädchen aus der Berufsschule erzählte, das nach seinen Aussagen wohl mehr Drogenerfahrungen haben musste als Keith Richards.

Auf dem Gelände hatte auch Paul Wontzek mit seinem Bruder Rainer eine Doppelgarage gemietet, in der sie ihre Motorräder abstellten. Bis zu diesem Tag war Paul fast wie ein Vorbild für mich gewesen. Er war seit einem Jahr volljährig, hatte ein Motorrad, lange schwarze Haare, dicke Muskeln und regelmäßigen Sex. Wir kamen mit den Wontzek-Brüdern gut aus. Wenn wir ein Problem mit unseren Achtzigern hatten, konnten wir sie um Hilfe bitten, uns Werkzeug ausleihen oder gute Tipps abholen. Zehn Kilometer der Höchstgeschwindigkeit meiner Yamaha verdankte ich alleine Pauls Talent, ihre Ein- und Auslasskanäle perfekt bearbeiten zu können.

Aber so umgänglich Paul sich auch uns anderen gegenüber verhielt, Mike hatte er gefressen. Wo immer er konnte, zankte er mit ihm. Ich habe nie verstanden, wo dieser Hass eigentlich herkam. Vielleicht sah er in Mike schon eine zukünftige Bedrohung seiner eigenen Position, vielleicht fühlte er sich auch einfach nur davon herausgefordert, dass Mike sich nichts gefallen ließ. Mike hatte eine zweifach gebrochene Nase und eine Narbe über der Oberlippe, die von einem lange zurückliegenden Fahrradsturz herrührte, und Paul nannte ihn deshalb oft »Hasenscharte«. Vor allem dann, wenn andere dabei waren.

Als Mike gerade dabei war, die Bremsbeläge an seinem Moped zu wechseln, trat Paul von hinten an ihn heran. »Na, Hasenscharte – was gibt es denn da zu schrauben? Lass mal besser die Pfoten davon; hast ja eh keine Ahnung.«

Mike reagierte nicht. Er konzentrierte sich weiterhin auf sein Moped und schien Paul gar nicht wahrzunehmen.

»Hey, Hasenscharte – ich rede mit dir!«

Wieder keine Reaktion.

Pauls Wangen färbten sich rot. »Was ist denn mit dem Wichser los? Stumm geworden, du Spacko?«

Langsam legte Mike sein Werkzeug zur Seite. »Warum verpisst du dich nicht einfach, hm?«

Seine Stimme klang dabei kein bisschen verunsichert. Als er einen Fuß auf den Boden setzte, als wolle er aufstehen und es mit Paul aufnehmen, explodierte die Situation.

Pauls Turnschuh traf mitten in sein Gesicht. Es klang, als hätte jemand mit voller Wucht einen Tennisball gegen die Wand getreten. Mike fiel nach hinten, aus seiner Nase schoss Blut. Bevor er sich schützen konnte, prasselten weitere Tritte auf ihn ein.

Paul geriet völlig außer Kontrolle und hörte erst auf, als Mike wie ein Embryo zusammengerollt auf dem Boden lag.

Ich hätte später gerne behauptet, dass ich die ganze Zeit über wie paralysiert gewesen wäre. Unfähig, irgendetwas zu unternehmen.

Aber das stimmte nicht.

Die Wahrheit war: Ich hatte schlicht und einfach zu viel Angst gehabt, um einzugreifen.

Und während ich einfach nur danebenstand und die Dinge geschehen ließ, griff Tanja ein: »Ich glaub, du hast sie nicht mehr alle«, schrie sie und schubste Paul von Mike weg. »Tickst du noch ganz sauber?«

Für einen Moment sah es so aus, als wollte Paul sich auch auf Tanja stürzen. Dann überlegte er es sich anders. Beugte sich stattdessen über Mike, spuckte ihm ins Gesicht und schrie: »Beim nächsten Mal gibst du mir gefälligst direkt eine Antwort, scheiß Hasenscharte!«

Dann drehte er sich zu uns um. »Und ihr glotzt nicht so blöd, klar?«

Wahrscheinlich waren es der Einsatz von Tanja und meine Sorge um sie gewesen, die meine Wut angeheizt hatten. Dies und die Schmach, die ich bei meinem Verhalten empfunden hatte. Feigheit, so dachte ich, ist deutlich schlimmer als eine Tracht Prügel.

»Lass ihn gefälligst in Ruhe – Mike hat dir nichts getan.«

Paul starrte mich an, sein Gesicht immer noch wutverzerrt. »Was mischst du dich da ein?«

»Es ist genug, verstanden?«

»Ja – das fin… finde ich auch«, stimmte Alex zu, der neben mich getreten war. »Lass ihn in Ruhe.«

»Oder?«

Paul ging einen Schritt auf Alex zu.

»Nichts oder«, sagte ich. »Es ist einfach gut jetzt, okay?«

Paul ließ seinen Blick abschätzig von Alex zu mir wandern. Dann drehte er sich um, trat gegen eine im Hof stehende Mülltonne, die scheppernd umfiel, und verließ das Gelände.

Wir blieben zurück und sahen zu Mike, der sich in der Zwischenzeit wieder aufgerichtet hatte. Marion beugte sich zu ihm herab und wollte ihre Hand auf seine Schulter legen, doch er stieß sie weg. Dann stand er auf, wischte sich das Blut von der Nase und fuhr fort, an seiner Malaguti zu schrauben, als sei nichts gewesen.

Aber es war etwas passiert. Jeder konnte das spüren, Alex, Tanja, Marion und ich.

Besonders ich.

Irgendetwas ging an diesem Tag zwischen Mike und mir kaputt, und ich war schuld daran. Wir redeten später noch miteinander, lachten noch miteinander, aber die besondere Nähe, die aus Vertrauen entsteht, fehlte fortan. Und an manchen Tagen fehlte mir auch Mike. So doll, dass es mich schmerzte. Unzählige Male habe ich mir vorgenommen, ihn auf den Vorfall anzusprechen, aber immer einen Rückzieher gemacht. Ich hatte Angst, als Paul damals auf ihn eingeschlagen hatte. Und jetzt hatte ich Angst, dass er mich fragen könnte, warum ich ihm nicht früher geholfen hatte. Eine Frage, auf die ich selber keine Antwort wusste.

Grell aufleuchtende Bremslichter brachten mich in die Gegenwart zurück. Wir bogen von der Luxemburger Straße ab, einmal links, zweimal rechts, dann hatten wir den See erreicht. Der Heider Bergsee lag inmitten eines Naturparks und war in den sechziger Jahren als Überbleibsel des Braunkohleabbaus entstanden. Für mich klang das paradox: Zuerst vernichtete man ganze Landschaften, die man dann später wieder mühevoll aufforsten musste.

An seinen Ufern lagen ein von Bäumen umgebener Ruderverein, ein das ganze Jahr über geöffneter Campingplatz und ein Restaurant, an das sich eine große Terrasse mit Bänken und Tischen anschloss.

Wir stellten unsere Mopeds auf dem Parkplatz ab und steuerten direkt die neben dem Restaurant gelegene Wiese an. Unterwegs hatte der Fahrtwind noch für Kühlung gesorgt. Jetzt lief mir der Schweiß ungehemmt die Stirn herunter, und das T-Shirt klebte unangenehm am Rücken.

»Scheiße, kein Platz mehr frei«, stellte Markus mit Blick auf die Familien fest, die sich bereits unter den wenigen Bäumen breitgemacht hatten. Viele hatten ihr Essen von zu Hause mitgebracht, es roch nach Kartoffelsalat und selbstgemachten Frikadellen, nach Sonnencreme, Schweiß und leichten Sommerparfüms.

»Egal«, sagte Mike. »Legen wir uns eben in die Sonne.«

Wir platzierten unsere Handtücher möglichst dicht am Wasser und stellten die Rucksäcke darauf ab. Ich schüttete einen halben Liter Mineralwasser in mich rein, dann sah ich mich um.

Um uns herum führte das Chaos Regie: Eltern schrien ihre Kinder an, die Kleinkinder anschrien, die heulend nach ihren Eltern schrien. Ein Stück entfernt jaulte ein Radio auf höchster Lautstärke die aktuellen Hits, während zehn Meter weiter mit einem Kassettenrecorder dagegengehalten wurde, aus dem Frl. Menke ihr *Tretboot in Seenot* besang. Es war heiß, es war laut, es war traumhaft schön.

Ich zog mich bis auf die Badehose aus und lief mit Mike runter zum Wasser, während Markus auf der Wiese zurückblieb.

»Ich hab noch nichts gegessen«, rief er uns nach. »Warum müsst ihr denn so ’ne Hektik machen?«

Ich drehte mich kurz um und lachte. Für Markus schien ein plötzlicher Hungertod die größte Bedrohung zu sein, schlimmer noch als ein sich anbahnender Hitzeschlag. Oder er wollte seine Wampe den kichernden Mädchen neben uns nicht unbekleidet zeigen. Sein

Problem – mir war so heiß, dass ich keine Minute länger warten wollte.

Schon der erste Schritt ins kühle Nass kam einer Erlösung gleich. Mike zog sofort mit kräftigen Kraulschlägen in Richtung Seemitte davon, während ich mich in Ufernähe treiben ließ. Das Wasser war perfekt, nicht zu kalt und nicht zu warm. Die Luft duftete nach Wald und Wiesen. Ich schwamm auf dem Rücken liegend durch die Schatten der am Ufer stehenden Bäume. Einzelne Sonnenstrahlen stachen durch die Äste und Blätter hindurch, um flirrend auf der Wasseroberfläche zu sterben. Die kleinen Wellen um mich herum glitzerten wie Diamanten in der Sonne. Alle Geräusche nahm ich nur noch gefiltert wahr: das Schreien der Kinder, die Musik aus dem Radio, das Planschen der Badenden.

Ich bewegte die Beine nur langsam, gerade so stark, dass ich nicht unterging. Dabei dachte ich an Tanja und an den bevorstehenden Abend. Was ich sagen könnte, wie sie reagieren würde. Sämtliche Möglichkeiten wog ich ab, ging deren Erfolgsaussichten durch und legte mir einen Plan zurecht, bei dem Musik und Alkohol eine wichtige Rolle spielten. Irgendwann verlor ich das Zeitgefühl.

Als Mike mich an der Schulter packte, schreckte ich hoch wie jemand, der unsanft aus einem Traum gerissen wurde. Ich schluckte Wasser, hustete und bekam nur halb mit, was Mike mir zu sagen versuchte.

»Markus hat Ärger!«, wiederholte er. Ich spuckte das letzte bisschen Wasser aus und blickte in Richtung der Liegewiese. Drei Jugendliche hatten sich vor Markus aufgebaut, wobei einer ihm immer wieder den Zeigefinger gegen die Brust stieß.

Wir gaben Gas und erreichten nach Luft schnappend das Ufer. Einer der drei Jungs, die etwa in unserem Alter waren, verpasste Markus gerade einen Bodycheck, der ihn stolpern und zu Boden taumeln ließ. Den Wortfetzen konnten wir entnehmen, dass es sich bei dem Schubser offenbar um den Frl.-Menke-Fan mit dem quäkenden Kassettenrecorder handelte. Während wir im Wasser waren, hatte Markus wohl die Faxen dicke gehabt und sich beschwert.

Markus war dick und Markus war allein, die perfekte Beschreibung für ein einfaches Opfer hatten sie zumindest gedacht.

Wie die meisten Jugendlichen, die in einer Großstadt aufwachsen, kannten wir die goldene Regel. Wann immer sich ein Konflikt abzeichnet, sind die ersten Sekunden entscheidend dafür, wer die Oberhand behält. Wer zuerst Angst zeigt, hat verloren. Ich trat also auf die drei zu, bemühte mich um einen möglichst coolen Gesichtsausdruck, schaute dem Anführer fest in die Augen und sagte: »Probleme, du Arschloch?«

Er wich unwillkürlich zurück und warf einen Blick über die Schulter, als wolle er sich vergewissern, dass seine Kumpels noch da waren. Zum Glück konnte er nicht sehen, wie meine Knie zitterten.

»Was geht's dich an?«, fragte er dann trotzig.

»Das da ist mein Kumpel! Wenn der ein Problem hat, ist es auch meins. Und somit gerade zu deinem geworden.«

Ich ging einen weiteren Schritt auf ihn zu. Kurzzeitig sah es so aus, als würde er abermals zurückweichen. Dann fiel ihm wohl ein, dass seine Freunde zuschauten und er haarscharf vor einer Blamage stand.

Er änderte daraufhin die Taktik und versuchte, das Ganze wie einen Spaß aussehen zu lassen.

»Okay, Freunde, alles in Ordnung«, versuchte er einzulenken. »Vergessen wir die Sache – dem Dicken ist ja nichts passiert.«

Als ich nicht antwortete, schaute er zu Mike, von dem er sich wohl mehr Verständnis erhoffte. »Nur weil dem Moppel die Musik zu laut ist, muss er ja nicht direkt 'ne Riesen-Welle machen. Oder, Kumpel?«

Ich konnte nicht glauben, dass ein Einzelner so dämlich war. Wäre ich an seiner Stelle, dann wäre Mike der Letzte gewesen, bei dem ich auf Verständnis gehofft hätte. Um das zu erkennen, hätte ein Blick in sein Gesicht genügt.

Mike schaute mich mit hochgezogenen Augenbrauen an. »Hat der Spasti mich gerade Kumpel genannt?«

Ich zuckte die Schultern. »Hörte sich fast so an. Und ich bin mir ziemlich sicher, dass er Markus als Moppel bezeichnet hat.«

Mike ließ den Typen ein paar Sekunden lang warten, wobei er bedauernd den Kopf schüttelte. Dann legte er ihm die Hand auf die Schulter und sagte: »Du hast jetzt zwei Möglichkeiten, *Kumpel.* Möglichkeit eins: Du entschuldigst dich bei meinem Freund hier. Nein, noch besser – ihr alle entschuldigt euch. Möglichkeit zwei: Es gibt was aufs Maul! Auch für alle.«

Das war ein bisschen dick aufgetragen, aber es verfehlte seine Wirkung nicht. Die drei gingen auf Markus zu, reichten ihm die Hand und murmelten etwas, das man mit gutem Willen als Entschuldigung interpretieren konnte. Dann verabschiedeten sie sich in Richtung ihres Kassettenrecorders.

Beim Versuch, so schnell wie möglich aus Mikes Reichweite zu kommen, ohne dabei zu rennen, stolperte der Anführer und fiel der Länge nach hin. Wir lachten uns an und ihn aus. Besser hätte die Sache nicht enden können.

»Das hatte jetzt echt Chuck-Norris-Format«, sagte Mike und steckte sich eine Zigarette an. »Was für Nullen, die drei. Einfach unglaublich.«

»Absolut«, stimmte Markus, der sich in der Zwischenzeit wieder aufgerichtet hatte, ihm zu. »Und wenn ihr nicht gekommen wärt, hätte ich die alleine fertiggemacht.«

»Natürlich hättest du das«, sagte Mike und zog an seiner Kippe. »Notfalls hättest du dich auf sie geworfen und unter dir zerquetscht.«

»Nee, echt jetzt … ich wollte gerade aufstehen und dem so eine scheppern, dass er erst am Dom wieder zum Stehen gekommen wäre.«

Dabei hörte sich Markus nicht an, als würde er selbst daran glauben. Er war nicht so ein Junge, und er wusste das auch.

Vor zwei, drei Jahren wollte irgendein Idiot ihn in der Schule verprügeln, und Markus hatte gekniffen und war weggelaufen. Eltern und Lehrer nannten so etwas immer eine kluge Entscheidung. Sie fanden es richtig, einem Streit aus dem Wege zu gehen. Aber das war Schwachsinn – keine Tracht Prügel, keine gebrochene Nase und keine aufgeplatzte Lippe konnten rückblickend mehr schmerzen als diese Entscheidung. Er hatte sich vor den Augen aller als Feigling geoutet: Die anderen würden das nie vergessen, und er würde nie darüber hinwegkommen.

Und so war es auch weitergegangen. Als Alex und ich ihn letzte Saison zu einem Fußballspiel mitgenommen hatten, wollten uns gegnerische Fans nach dem Schlusspfiff eine Abreibung verpassen. Markus hatte die Kurve gekratzt und uns im Stich gelassen. Hatte wieder gekniffen.

Er hatte auch nicht eingegriffen, als ein Typ auf einer Party die einzige Freundin angemacht hatte, die Markus je gehabt hatte. Stattdessen hatte er an seiner Cola genuckelt und die Dinge laufen lassen. So war er eben – wenn man ihn böse anschaute, senkte er den Blick. Völlig undenkbar, dass er es mit drei Jungs gleichzeitig hätte aufnehmen wollen.

Ich schaute zu Mike und grinste. Er grinste zurück und zwinkerte mir zu – wahrscheinlich wusste er genau, was ich gerade gedacht hatte. In diesem Moment verstanden wir uns ohne Worte. Das alte Gefühl: Für einen Nachmittag war es wieder da. Fühlte sich vertraut und warm an.

Lachend und feixend verließen wir kurz darauf den See und gingen zurück zu unseren Mopeds. Ich hatte das Biest gerade erreicht, als ich aus dem Augenwinkel eine Bewegung wahrnahm, vielleicht fünfzehn Meter entfernt. Drei Raben, die aggressiv den Kadaver eines Igels bearbeiteten. Sie hatten eine Art zu fressen, die mich gleichzeitig abstieß und faszinierte. Sie standen neben dem totgefahrenen Tier und drehten immer wieder die Köpfe hin und her, als wenn sie die Umgebung nach potenziellen Gefahren absuchen wollten. So, als wenn sie Futter suchten und gleichzeitig darauf achten würden, nicht selber zu Futter zu werden. Fühlten sie sich sicher, stießen sie ihre langen Schnäbel in das Innere des Kadavers und zerrissen das Fleisch. Zogen Teile der Eingeweide heraus, die mich an blutige Würmer erinnerten. Die drei Vögel verfolgten das gleiche Ziel, waren aber augenscheinlich eher Konkurrenten als Verbündete. Immer wieder hackten sie auch aufeinander ein. Mit einem flauen Gefühl im Magen setzte ich mir den Sturzhelm auf und startete die Yamaha.

*

Christine wohnte mit ihren Eltern im selben Haus wie Rolf direkt am Park, und gemeinsam mit Tanja war sie das mit Abstand hübscheste Mädchen, das ich kannte. Außerdem hatte sie es als Einzige aus unserer Gruppe zu einem Spitznamen gebracht: Blondie. Wie die Sängerin der gleichnamigen Gruppe, der sie mit den hohen Wangenknochen, der schmalen Nase und den hellblonden Haaren verblüffend ähnlich sah.

Tanja und Christine sahen beide gut aus, aber damit hörten die Gemeinsamkeiten auch schon auf. Tanja blödelte gerne mit Jungs herum und konnte sich schwarzärgern, wenn wir sie bei unseren Fußballturnieren nicht mitspielen ließen. Christine lachte weniger, wirkte oftmals in sich gekehrt, und die Vorstellung, dass sie sich ihre teuren Turnschuhe freiwillig beim Fußball ruinieren würde, war geradezu absurd. Es gab kaum etwas, das Christine nicht von ihren Eltern bekam. In den vergangenen Monaten hatte sie sich zu einem richtigen Luxusweibchen entwickelt – mit Pullovern aus Kaschmir, dem teuersten Walkman und einer Hi-Fi-Anlage vom Allerfeinsten.

Das Beste an Christine war jedoch der Partykeller

ihrer Eltern. Eine schummrige Höhle, die aus einer Bar mit ein paar Hockern, einer Couch und einem klebrigen Dielenboden bestand, der auch als Tanzfläche genutzt wurde. Der Partykeller gehörte zwar allen Hausbewohnern zu gleichen Teilen, aber Christines Vater hatte ihn vor ein paar Jahren in Eigenregie umgebaut. Seitdem betrachtete er ihn als sein persönliches Eigentum. Über dem Tresen hatte er etwas angebracht, das er stolz als »original Las-Vegas-Diskokugel« bezeichnete und die, wenn sie angestrahlt wurde, Tausende kleine Lichter auf die Körper der Tanzenden zauberte.

Als ich gegen acht Uhr eintraf, war der Raum schon gut gefüllt. Ich trug Vans, eine Edwin-Jeans und ein schwarzes, kurzärmeliges Hemd, das ich vier Monate zuvor bekommen hatte und das mein absolutes Lieblingskleidungsstück war – es passte, als sei es maßgefertigt. Dennoch hatte ich das Hemd bislang erst zweimal angehabt. Wahrscheinlich hatte ich Angst davor, ihm irreparable Schäden zuzufügen, sobald ich es der frischen Luft aussetzte.

Nachdem ich Alex, Rolf, Mike und die anderen Jungs mit Handschlag begrüßt hatte, sah ich Tanja auf einem der Barhocker sitzen. Es war zu dunkel, um ihren Gesichtsausdruck zu erkennen, aber schon ihr Winken verwandelte meine Beine in Götterspeise. Ich winkte zurück und lehnte mich vorsichtshalber gegen die Wand. Mein Mund fühlte sich trocken an, mein Magen war ein paar Etagen tiefer gesackt. Der Plan, den ich mir am See noch lang und breit zurechtgelegt hatte, war weg. Verschwunden in dem schwarzen Nichts, in das sich mein Gehirn verwandelt hatte. Da saß sie nun, während ich mit einem Bier in der Hand dastand, im

Rhythmus der Musik mit dem Kopf wackelte und mit aller Kraft versuchte, von ihr wahrgenommen zu werden.

In der nächsten Stunde redete ich mit allen über alles, nur zu Tanja traute ich mich nicht. Und warum? Weil ich Angst hatte. Vor allem davor, dass jeder im Raum sehen könnte, wie unsicher ich war, wenn sie in meiner Nähe war. Stattdessen versuchte ich, vor den anderen den Coolen zu mimen und bei ihr Eindruck zu schinden, indem ich hochstapelnd tiefstapelte.

Ich klebte bereits an meinem sechsten Kölsch, als sie endlich auf mich zukam. Sie trug eine hautenge Jeans und ein dunkelblaues Shirt. Dann stand sie vor mir, und ich erkannte, dass sie Lippenstift aufgetragen hatte. Wir plauderten ein bisschen, zaghaft und mit großen Pausen, und riefen uns gegen die Musik Belanglosigkeiten zu. Ich wollte sie gerade fragen, ob ich ihr noch ein Kölsch holen sollte, als ihr Blick von mir wegwanderte und einen Punkt fixierte, der sich in meinem Rücken befand.

Ich drehte mich um. Zeitgleich ging die Musik aus, weil die Kassette zu Ende war und niemand zum Wechseln bereitstand. Kai Lehmann stand in der Tür, ein Junge in unserem Alter, der ab und zu im Park vorbeischaute und den ich grundsätzlich für einen blöden Angeber hielt. Doch was unsere Blicke anzog, war nicht er, sondern das Mädchen, das er an der Hand hielt und mit Besitzerstolz in der Stimme als »Lara Baumbach, meine Freundin« vorstellte. Als er bemerkte, wie alle sie anstarrten, legte er besitzergreifend den Arm um sie und zog sie noch fester an sich heran. Einen Moment lang fragte ich mich, ob er sie gleich anpinkeln würde, um sein Revier zu markieren. Wobei ich ihn zum Teil schon verstehen konnte: Ihre Figur war perfekt, einfach perfekt. Sie war schlank, ohne dürr zu sein, mit Kurven an den genau richtigen Stellen. Ihre blonden Haare schimmerten wie Seide und liefen in einer leichten Welle aus. Sie trug eine schlichte und dennoch edel wirkende Jeans, eine weiße Bluse, dazu eine schmale Silberkette um den Hals. Kein Lippenstift, keine Ringe und keine Ohrringe. Sie war das wunderschöne Mädchen aus gutem Haus, die Wiedergeburt von Grace Kelly. Ich hätte Wetten darauf abgeschlossen, dass sich schon jetzt jeder Junge im Partykeller in Lara Baumbach verknallt hatte. Sie sah aus, als käme sie ohne Umwege direkt aus einer anderen Welt – einer Welt, in der man nachmittags nicht an verölten Mopeds herumschraubte, sondern von den Eltern verordnete Klavierstunden nahm. Irgendwer rief ein »Hammer!« in die Stille, Alex vielleicht. Dann ging die Musik wieder an.

»Erde an Jan: Noch jemand zu Hause?«

Die Nennung meines Namens ließ mich zusammenzucken. Tanja stand immer noch neben mir, nur dass sie jetzt einen beleidigten Gesichtsausdruck zur Schau stellte.

»Klar, sicher, alles okay.« Ich musste mich kurz sammeln. »Hatte ich dem Kai nur nicht zugetraut, so einen Super-Schuss.«

»Ach nee?«

Tanja zog eine Schnute und schaute mich herausfordernd an. »Ich find den eigentlich ganz süß … Kann schon verstehen, was die Tussi an ihm findet.«

War das jetzt die Rache für meine verträumten Blicke oder dafür, dass ich sie eine Stunde lang ignoriert hatte? Egal, es wirkte. Von einer Sekunde auf die andere war ich eifersüchtig.

»So toll finde ich diese Lisa oder Lara nun auch nicht«, ruderte ich zurück. »Zumindest nicht so toll wie dich. Irgendwie ist die doch total überheblich, genau wie Kai.«

Das war ein gehöriger Schatten, über den ich da gesprungen war: Ich hatte Tanja gesagt, dass ich sie toll fand. Was einem »Ich bin verknallt in dich« schon ziemlich nahe kam.

Sie rückte wieder dichter an mich heran und lächelte.

»Du bist ein ganz schöner Depp, Jan Römer«, sagte sie dann. »Du hast doch wohl nicht wirklich geglaubt, dass ich Kai süß finde? Hier im Raum gibt es nur einen Jungen, der mir gefällt. Und der steht ganz in meiner Nähe. Irgendeine Ahnung, wer das sein könnte?«

Ich hatte das Gefühl, als wären alle meine Sinne schlagartig auf Anschlag gedreht worden. Überdeutlich roch ich ihr Parfüm, den zarten Hauch Zitronenduft, der von ihr ausging. Ich sah ihre Haut wie in Großaufnahme, und der Anblick machte mich irre. So zart und glatt, als wären gar keine Poren da. Ihre Hand berührte mich, ganz leicht nur, aber die Stromschläge, die davon ausgingen, fühlte ich im ganzen Körper. Ich schaute ihr ins Gesicht, in diese großen, wunderbaren und alles beherrschenden Augen. Sie lächelte. Ich zögerte. Dann beugte ich mich nach vorne. Spürte ihre weichen Lippen auf meinen, unendlich sanft, dann ihre vorsichtig tastende Zunge. Ich zog sie dichter an mich heran und nahm ihren Körper, ihre Formen wahr, während aus der Musikanlage *Somebody* von Depeche Mode strömte und die Diskokugel Tausende von Sternen auf uns niedergehen ließ.

Alles saugte ich in mich auf: ihren Duft, ihre Wärme, den Geschmack ihrer Zunge. Passierte mir das wirklich, oder war das wieder nur ein Traum? Nein – was ich da fühlte, war viel zu intensiv für Kopfkino. Ihre Schultern, ihre Arme, die babyzarte Haut im Nacken. Ich liebkoste alles, was ich unter die Finger bekam. Wirbelsäule, Schulterblätter, die kleine Mulde am unteren Ende des Rückens.

Irgendwann spürte ich einen Stoß, keine Ahnung von wem, aber man hätte mich schon umtreten müssen, damit ich meine Lippen freiwillig von ihren entfernt hätte. Dann tippte mir jemand auf die Schulter. Einmal, zweimal, beim dritten Mal deutlich energischer. Ich gab auf und löste mich von Tanja; extrem widerwillig und ein wenig sauer.

Alex stand mit einem Rum-Cola in der Hand vor uns und fragte, ob wir das mit dem nächsten Wochenende schon mitbekommen hätten. Hatten wir nicht. Wir hatten genaugenommen die letzten zwanzig Minuten über gar nichts mitbekommen, was nicht mit uns zu tun hatte. Weder, dass Rolf in die Ecke gekotzt hatte, noch Markus' hilflosen Versuch, mit Christine rumzuknutschen. Ich hatte noch nicht einmal mitgekriegt, dass zwischendurch *I just died in your arms tonight* von Cutting Crew gelaufen war – eine Prophezeiung, die fast eingetreten wäre, wenn ich an meinen Puls dachte, der nicht mehr von seinen dreistelligen Werten herunter wollte.

Aber ich hatte ja Alex, dem es sichtlich Spaß bereitete, mir alles haarklein zu erzählen. Besonders den Teil, wo es um Lara und das kommende Wochenende ging. Während ich mit Tanja beschäftigt war, hatte Kais neue Freundin uns alle zu sich nach Hause eingeladen. Genauer gesagt, in ein Kaff namens Oberbierenbach, irgendwo im Bergischen Land zwischen Wiehl und Nümbrecht, wo sie mit ihrer Mutter seit der Scheidung vom Vater lebte, der seinerseits laut Alex in einer Villa zwischen Köln und Bonn residierte. Wir würden freitagnachmittags mit unseren Mopeds losfahren und könnten dann bis Sonntag bleiben. In einer Blockhütte, die auf dem Gelände lag, wo Laras Mutter Pferde züchtete.

Ich schaute Tanja fragend an, Tanja schaute mich fragend an. »Magst du ... ich meine, kannst du mitkommen?«

»Klar bin ich dabei«, antwortete Tanja und grinste auf eine Art, die meinem Magen direkt wieder Probleme bereitete.

Ich konnte so viel Glück kaum fassen. Heute war mein Abend, und dank dieser Lara würde das nächste Wochenende das Wochenende meines Lebens werden. Alleine schon die Vorstellung, mit Tanja zwei Nächte in einer abgelegenen Blockhütte zu verbringen, war mehr, als ich verarbeiten konnte. Bevor ich vollends durchdrehte, wendete ich mich wieder Alex zu und fragte ihn nach den Details.

Soviel er wusste, würde Rolf mitkommen, Kai sowieso, dazu Paul, Markus, Mike und Christine. Und er natürlich, klar, das wollte er sich nicht entgehen lassen.

»Was ist mit Marion?«

»Die auch«, antwortete er. Und leise, so dass Tanja es nicht hören konnte, fügte er hinzu: »Ich will ja schließlich an dem Wochenende was zu bumsen haben.«

Bis vor einem halben Jahr war Marion die Freundin von Mike gewesen, hatte dann aber Schluss gemacht, um mit Alex zusammen zu sein. Für sie mochte Alex die große Liebe sein, für ihn war sie lediglich ein Zeitvertreib, um die Wartezeit zu überbrücken, bis er etwas Besseres fand. Das war weder nett noch fair ihr gegenüber – aber auch nicht mein Problem. Aus so etwas hält man sich am besten raus, sonst steht man schnell zwischen allen Fronten.

Bei dem Gedanken an die drei schaute ich automatisch zu Mike, um in seiner Miene etwas ablesen zu können. Doch er blickte weder in Alex' noch in Marions Richtung. Stattdessen musterte er Lara, ganz merkwürdig und fast so, wie eine Katze ihre Beute mustert. Voller Konzentration, voller Hingabe. Seine Augen verfolgten jede ihrer Bewegungen, während er regungslos auf der Couch saß und eine Camel rauchte. Mit jedem Zug saugte er den Rauch so tief in sich hinein, als wolle er alles absorbieren, als solle nichts von dieser Zigarette jemals wieder nach außen dringen. Seine ganze Körpersprache wirkte gleichzeitig in sich versunken und lauernd, als würde er die Welt ausblenden und nur auf den passenden Moment warten, in dem ihn nichts mehr aufhalten konnte. Er sah aus wie jemand, der genau wusste, was er wollte. Und was er wollte, war Lara.

GEGENWART

Eine Stimme drang zu mir durch. »Jaaaan!«, rief sie, und es klang, als käme sie vom gegenüberliegenden Ufer eines Flusses. Kurz darauf spürte ich eine Hand an meiner Schulter, die mich sanft rüttelte. Ich öffnete die Augen und fühlte mich so desorientiert wie ein Zeitreisender aus einem Film. Einer jener hilflosen Typen, die einschliefen und in einer anderen Zeit wieder aufwachten, wo sie Passanten fragen mussten, welches Jahr gerade war. Wo alle sie anstarrten, als wären sie verrückt gewesen.

»Du warst ja völlig weggetreten«, sagte Mütze. »Alles okay bei dir?«

»Ja, klar … alles okay. Ich habe nur eine kleine Reise in die Vergangenheit unternommen.«

Ich drehte mich in ihre Richtung und war plötzlich wieder hellwach.

»Ist es nicht komisch, dass wir uns an manche Dinge, die ewig zurückliegen, perfekt erinnern können, wohingegen wir vieles vergessen, was vor einer Woche passiert ist?«

»Das ist nicht komisch«, sagte sie und grinste mich an. »Das nennt man Alzheimer.«

Ich musste lachen.

»Ernsthaft jetzt«, sagte ich dann. »Ich hatte das alles gerade so lebhaft vor Augen, als wenn es erst gestern passiert wäre. Der Sommer, meine Freunde … fast hatte ich das Gefühl, ich würde wieder mit dem Moped durch die Gegend kurven.«

Sie zuckte die Schultern. »So verwunderlich ist das gar nicht. Erkläre ich dir mal irgendwann, wenn ich nicht so schrecklich müde bin. Kinder- und Jugendzeit, besonders prägend … verstehst du?«

Ich verstand zumindest den Wink mit der Müdigkeit. Drehte mich nach vorne und startete den Wagen. Das kalte Xenonlicht schnitt gleißende Löcher in die Dunkelheit.

»Lass uns morgen weiterreden«, sagte ich, während ich aus der Parklücke bog. »Für heute reicht es.«

Schweigend fuhren wir durch die Nacht. Im Autoradio sangen Die Ärzte lauthals, aber letzten Endes wohl erfolglos gegen die eigene Bedeutungslosigkeit an. Sie kämpften mit einer Zeit, die immer bunter und hektischer wurde. Auch mir kam es immer öfter so vor, als würde das Leben nur noch an mir vorbeirauschen. War tatsächlich alles schneller geworden? Oder lag es an mir – war ich so viel langsamer geworden?

*

Ich hatte den Eindruck, als wenn ich von der Zeit im Park geträumt hätte. Von einer Welt, von der ich geglaubt hatte, sie schon lange hinter mir gelassen zu haben, ihr schon lange entkommen zu sein.

Schlaftrunken blinzelte ich gegen das Morgenlicht

an und versuchte, mir die Müdigkeit aus den Augen zu reiben. Hörte dann, wie das Telefon klingelte.

»Guten Morgen, Schatz«, begrüßte mich Sarah. »Ich hab versucht, dich in der Redaktion zu erreichen. Arnold hat mir erzählt, was gestern passiert ist. Geht's dir gut? Alles wieder okay?«

So langsam verlor ich den Überblick, wer mich in den letzten vierundzwanzig Stunden nicht alles schon gefragt hatte, ob alles okay sei. So viel Aufmerksamkeit war ich gar nicht gewohnt. Um sie zu beruhigen, bestätigte ich Kempers Version einer leichten Kreislaufschwäche. Anschließend versicherte ich ihr, dass alles bestens sei, ich aber heute noch zu Hause bleiben würde.

»Du arbeitest zu viel«, sagte Sarah. »Schon dich mal ein bisschen und geh nicht immer so spät ins Bett.«

»Ja, Mama.«

Sie machte eine kurze Pause. Dann sagte sie: »Wenn du den Urlaubsantrag nicht verpennt hättest, könntest du jetzt mit uns an der Nordsee liegen. Es ist wirklich schön hier. Und Lukas würde sich auch freuen, wenn er mal mehr von dir hätte.«

Ich verdrehte die Augen. Wie gut, dass sie das nicht sehen konnte, sonst hätten wir die nächste Stunde nur noch darüber diskutiert.

Dann erzählte sie mir von irgendwelchen Wellnesangeboten, die sie für heute Nachmittag gebucht hatte, während Lukas Unterrichtsstunden bei einem Surflehrer bekam. Sie war so mit Erzählen beschäftigt, dass sie völlig vergaß, mich zu fragen, ob es sonst noch etwas Neues gab. Ich hätte auch nicht gewusst, was ich ihr hätte antworten sollen. Zum Schluss sagte sie mir, dass sie mich liebte, und ich versicherte ihr, dass es mir genauso ginge.

Nachdem wir eingehängt hatten, machte ich mir einen Cappuccino. Die unverschämt teure Kaffeemaschine brodelte, dampfte und zischte. Vor Jahren hatte Sarah sie in einem Prospekt für exklusive Wohnungsausstattungen gesehen und unbedingt haben müssen. Ich hasste das Ding. Es dauerte ewig, bis ein Kaffee fertig war, und nach jedem Gebrauch musste sie gründlich gereinigt werden.

Anschließend nahm ich die Tasse ins Wohnzimmer mit, griff mir im Vorbeigehen die braune Mappe vom Sideboard und legte mich auf meine Lieblingsliege. Ich trank einen Schluck und begann, in den Unterlagen zu blättern. Anders als gestern schaffte ich es jetzt, die Ereignisse des Sommers mit den Augen eines Journalisten zu betrachten. Ich versuchte, die Namen in den Akten von den Menschen zu lösen, die ich gekannt hatte. Merkwürdigerweise gelang mir das sogar mit meinem eigenen ganz gut.

Dann vertiefte ich mich in den Inhalt. Die Fakten waren schnell erzählt: Im Sommer 1986 hatten vier Mädchen und sechs Jungen ein Wochenende in einer Blockhütte im Bergischen Land verbracht. Die Hütte war Teil eines Anwesens gewesen, welches Nicole Baumbach gehörte, der Mutter eines der Mädchen. Sie hatte die Jugendlichen auch eingeladen, die an einem Freitagmittag losgefahren waren und bis zum Sonntag bleiben wollten. Alle waren damals 16 oder 17 Jahre alt und lebten in Köln.

In der zweiten Nacht, von Samstag auf Sonntag, geschahen die Morde. Aus ungeklärten Gründen hatten ein Junge und ein Mädchen die Hütte verlassen und den dahinter liegenden Wald aufgesucht. Da es sich bei den beiden nicht um ein Paar gehandelt hatte, war ihr Verschwinden den anderen merkwürdig vorgekommen. Sie beschlossen, nach ihnen zu sehen, und folgten ihnen in den Wald. Suchten. Riefen nach ihnen. Und fanden schließlich auf einer Lichtung die Leichen. Bei der anschließenden polizeilichen Untersuchung kam heraus, dass der Junge erschlagen und das Mädchen vergewaltigt worden war, bevor der Täter es erstochen hatte. Die Tatwaffe steckte noch im Opfer, Fingerabdrücke waren nicht vorhanden. Auch Spermaspuren, die zu dem Vergewaltiger hätten führen können, wurden bei späteren Analysen nicht festgestellt. Der Mörder hatte bei der Tat ein Kondom benutzt; zumindest fanden sich entsprechende Rückstände eines Gleitmittels im Intimbereich des Opfers.

Die acht überlebenden Jugendlichen, insbesondere die fünf männlichen, wurden in den Folgetagen von der Polizei intensiv verhört und unter Druck gesetzt. Ergebnislos: Gegen keinen von ihnen ergab sich ein konkreter Tatverdacht. Niemand hatte ein wie auch immer gelagertes Motiv oder gar eine gewalttätige Vorgeschichte. Ihre Alibis stützten sich gegenseitig. Eines der Mädchen hatte zwar bemerkt, wie die beiden Opfer gemeinsam die Hütte verlassen hatten. Sie gab aber zu Protokoll, absolut sicher zu sein, dass den beiden niemand gefolgt war.

Also konzentrierte sich die Polizei in der Folge auf die Suche nach einem unbekannten Täter und richtete hierfür die Sonderkommission »Blockhütte« ein. Ein gutes Jahr lang wurde intensiv ermittelt: Zeugen wurden befragt, Spuren gesichert und in regionalen Zeitschriften um Hinweise aus der Bevölkerung geworben. Alles ergebnislos. Die Sonderkommission wurde aufgelöst. Der Fall blieb ungeklärt und geriet in Vergessenheit. Bis heute.

Ich schlug die Mappe wieder zu, legte sie auf den Fußboden und trank einen Schluck Kaffee. Angewidert stellte ich das kalt gewordene Gebräu weg.

Die zeitlichen Abläufe, die Untersuchungsergebnisse, die Aussagen der Beteiligten – alles passte zusammen, und dennoch stimmte etwas nicht. Nicht mit den Unterlagen an sich, sondern damit, wie sie zu meinen Erinnerungen passten. Ich hatte das Gefühl, dass in meinen Hirnwindungen etwas verborgen lag, das sich nicht mit den von der Polizei zusammengetragenen Fakten in Einklang bringen ließ.

Es ging um den Tod eines Jungen, der einst mein bester Freund gewesen war. Der in einer heißen Sommernacht aus dem Leben gerissen worden war, bevor dieses Leben richtig begonnen hatte. Der nie heiraten würde, nie zusehen konnte, wie seine Kinder groß wurden. Und es ging um ein Mädchen, 16 Jahre alt und strahlend schön, das vergewaltigt, getötet und anschließend weggeworfen worden war wie ein ausrangiertes Möbelstück. Auch sie würde nie in Weiß gekleidet vor einen Altar treten können, würde niemals heranwachsendes Leben in sich spüren und gemeinsam mit dem richtigen Mann alt werden. Und warum? Wegen ein paar Minuten unkontrollierter Gier? Wegen eines kurzfristigen Kontrollverlustes? Wegen einer nicht vorhandenen Achtung vor dem Leben?

Je länger ich darüber nachdachte, desto klarer wurde

mir, dass die Unterlagen mir nicht weiterhelfen konnten. Um herauszufinden, was mich störte, brauchte ich die Hilfe der anderen Überlebenden. Irgendeiner von ihnen musste wissen, was an der bisher bekannten Melodie falsch war. Warum einige Töne nicht stimmten. Welche Akkorde nicht zusammenpassten.

Ich stand auf und legte die Mappe zurück auf das Sideboard. Dann griff ich nach meinen Autoschlüsseln, steckte Geldbörse und Handy ein und verließ die Wohnung.

Der Erste auf meiner Liste war Rolf Greuel, unser Karnevalsprinz. Wenn ich an ihn dachte, hatte ich das Bild eines etwas beschränkten, aber durch und durch gutmütigen Teenagers vor Augen, der zu den anderen Jungs im Park aufgeblickt hatte. Ich war mir sicher, dass er mir bereitwillig alles erzählen würde, woran er sich erinnern konnte. Ganz egal, wie schmerzhaft diese Erinnerung auch sein sollte. Rolf schien der perfekte Anfang zu sein.

Seine Adresse stand im Telefonbuch. Er wohnte in der Taunusstraße, mitten in Köln-Kalk, einem Bezirk, den Politiker gerne als sozialen Brennpunkt bezeichneten. Die Taunusstraße ging von der Kalker Hauptstraße ab, eine jener Konsummeilen auf unterstem Niveau, in der mit Ramsch und Billigangeboten die geringe Kaufkraft der Anwohner abgegraben wurde. Lediglich die Köln-Arkaden gaben dem Viertel einen großstädtischen Anstrich, der Rest bestand aus Disko untern, Ein-Euro-Läden und unzähligen Dönerbuden. Viele Migranten, Hartz-IV-Empfänger und jugendliche Mütter, deren Hüftspeck zwischen engen Oberteilen und zu tief sitzenden Hosen herausquoll, bestimmten das Straßenbild.

Ich stellte den Alfa in der Nähe der angegebenen Hausnummer ab und hoffte, dass sich die Alufelgen bei meiner Rückkehr noch am Fahrzeug befinden würden. Die Straße war so gut wie leer, die wenigen Passanten beachteten mich nicht. Vor einem Café saß eine Gruppe alter Männer und unterhielt sich lautstark in einer mir fremden Sprache.

Greuel war einer von nur zwei Namen ohne Umlaut, die auf dem Klingelbrett standen. Mit der Hand geschrieben und stark verwittert. Ich drückte den dazugehörigen Knopf und wartete. Nichts geschah. Dann hörte ich hinter mir einen Hund knurren und drehte mich um. Auf der anderen Straßenseite führten zwei wenig vertrauenerweckend aussehende Typen einen Pitbull ohne Maulkorb Gassi.

»Was guckst du so blöd, Arschloch?«

In der Hoffnung, die beiden würden sich damit zufriedengeben, drehte ich mich wieder zur Tür. Der Hund knurrte erneut, diesmal lauter. Ich konnte nicht anders und warf einen zweiten Blick über die Schulter. Die beiden Kerle waren stehen geblieben und schauten mich an. Zwei sicher jeweils hundert Kilogramm schwere Berge aus Fett und Muskeln, deren Arme über und über tätowiert waren. Kalker High Society.

»Hey, du Wichser«, brüllte der eine.

Na prima, dachte ich, genau durch solche Situationen bekam man später einen Platz in der Kriminalstatistik zugewiesen. Als Opfer unbegründeter Gewalt. Es kotzte mich an, und ich wünschte mir, mich auf der Stelle in Wladimir Klitschko oder Chuck Norris verwandeln zu können. Die beiden in Sekundenbruchteilen mit zwei gut gezielten Faustschlägen fällen und gleichzeitig den Pitbull mit seiner eigenen Leine fesseln.

»Probleme, du Arschgesicht?«, fragte der eine.

Wieder presste ich den Finger auf den Klingelknopf.

»Scheiße, Mann, bist du taub?«

Nie in meinem Leben hatte ich mich mehr über das Summen eines Türöffners gefreut als in diesem Augenblick.

So schnell ich konnte, drückte ich die Tür auf und schlüpfte hinein. Draußen hörte ich die beiden noch dröhnend lachen, während ich mich umschaute. Der Hausflur war eine lange, enge Röhre, in der eine gelbe Glühbirne für psychedelisches Licht sorgte. Über ausgetretene Stufen, die schon lange keiner mehr geputzt hatte, stieg ich in den dritten Stock hinauf. Ich stoppte vor einer Wohnungstür, die einen Spaltbreit offen stand, von innen aber mit einer massiven Kette gesichert war. Ich klopfte. Wartete. Klopfte erneut. Eine Geruchsmischung aus Schweiß, Bier und kaltem Zigarettenrauch schlug mir entgegen. Dann näherten sich schlurfende Schritte aus der im Dunkeln liegenden Diele. Durch den Türspalt konnte ich schemenhaft die Umrisse einer hageren Gestalt erkennen.

»Wat gibbet?«

»Bin ich hier richtig bei Rolf Greuel?«, fragte ich.

»Wer will dat wissen?«, entgegnete die Stimme.

Dann sah ich ihn. Ich hatte schon geahnt, dass es das Leben mit meinem alten Kumpel nicht gut gemeint hatte, aber dass es so schlimm stand, schockierte mich dennoch. Er hatte eine ungesunde wächserne Gesichtsfarbe, und seine letzte Rasur musste schon tagelang zurückliegen. Auf der linken Wange war die Haut schorfig, fast wie bei einer Schuppenflechte. Seinen Kopf umgab ein Kranz aus fettigen Haaren undefinierbarer Farbe, und winzige Augen schauten mich durch eine Brille an, deren linker Bügel notdürftig mit Tesafilm geflickt worden war. Die kurzen Beine steckten in einer ausgebeulten Jogginghose, der schmächtige Oberkörper in einem ausgeleierten T-Shirt, das mehr über seine letzte Mahlzeit verriet, als mir lieb war. Irgendetwas in einer roten Soße – spontan tippte ich auf Ravioli aus der Dose.

»Hallo, Rolf.«

Er sagte nichts.

»Ich bin es, Jan. Du erinnerst dich? Von früher, vom Park.«

Endlich zeigte er eine Reaktion. Sagte: »Was willste?«

Das fing ja gut an. Kein »Wie geht's dir?«, kein »Schön, dich zu sehen«, noch nicht einmal ein »Was machst du denn hier?«.

Ich begann zu ahnen, dass dieser Besuch meine Erwartungen nicht erfüllen würde. Ich hatte Rolf noch immer als den Freund aus Jugendtagen gesehen. Wir waren uns nie besonders nah gewesen, aber die vielen Jahre, die inzwischen vergangen waren, hatten den Abstand zwischen uns zu einer nicht mehr überbrückbaren Kluft werden lassen.

Der Fremde, der einmal mein Kumpel gewesen war, kratzte sich mit der Hand im Schritt. »Wenn du mir nit bald sagst, wat de willst, mach ich die Tür widder zo. Also?«

In zwei, drei Sätzen erklärte ich ihm, dass ich Journalist sei und an einer Geschichte arbeiten würde, in der es um den Mordfall im Bergischen Land ging.

»Schau an, Journalist isser. Hast dich ja schon immer für besonders clever gehalten, was?«

»Wollen wir uns nicht drinnen unterhalten?«

Hustend rieb Rolf Daumen und Zeigefinger aneinander. »Wat is denn bei dinger Fragerei für mich drin?«

»Nichts. Ich möchte dir einfach nur ein paar simple Fragen stellen.«

Er musterte mich von oben bis unten. Es war der Blick eines Mannes, der sich vom Leben betrogen fühlte und einen Hass auf all jene entwickelt hatte, denen das Schicksal bessere Karten mitgegeben hatte.

»Dann bekommste auch nichts, Klugscheißer«, blaffte er. »Aber wenn du mir 500 Tacken gibst, darfste mich inter…, inter…, na ja, ausfragen halt.«

Schweigend schüttelte ich den Kopf. Was auch immer in den vergangenen Jahren passiert sein mochte – es hatte ihn zu einem Menschen gemacht, den ich nicht mehr kannte. Den ich nicht mehr kennen wollte.

»Keine Chance«, sagte ich und merkte, wie frustriert ich klang. »Ich wollte mich nur mit dir unterhalten.«

»Worüber denn genau?«

»Über das, was damals im Wald passiert ist. Ich möchte wissen, woran du dich erinnern kannst.«

Er kam einen Schritt näher und warf einen Blick die Treppe hinunter. Dann senkte er die Stimme und sagte: »Halt dich da raus, sonst …«

»Was sonst?«

»Hör auf mich … lass die Finger davon.« Er klang jetzt fast schon flehentlich. »Sonst wird alles nur noch schlimmer werden.«

»Was wird schlimmer werden?«

Er schwieg.

»Rolf … rede mit mir!«

»Ich sach nix mehr. Lass mich in Ruhe und mach, dat de fottkommst.«

Doch so schnell würde er mich nicht loswerden. Nicht nach diesen Andeutungen. Ich legte meine Hand auf seine Schulter, sah ihm in die Augen und fragte: »Wovor hast du Angst?«

»Das spielt doch keine Rolle.«

»Doch, natürlich tut es das. Was weißt du, das ich nicht weiß? Vor wem hast du Angst?«

»So ist das nicht. Du musst dich da raushalten, kapierste? Wenn du nix schreibst, ist es vorbei.«

»Erzähl mir, was los ist«, sagte ich und versuchte, möglichst beschwörend zu klingen. »Ich werde es im Artikel nicht erwähnen. Das verspreche ich. Es bleibt unter uns.«

Ein paar Sekunden lang kämpfte er mit sich. Dann sagte er: »Nur, wenn du mir Kohle gibst. Erst die Scheine, dann red ich vielleicht …«

Für einen Moment war ich auf seine Nummer hereingefallen, aber jetzt wurde mir klar, dass Rolf überhaupt nichts wusste. Er veranstaltete diese alberne Show lediglich in der Hoffnung, doch noch ein paar Euro aus mir herauszupressen.

»Mach es gut, Rolf«, sagte ich. Dann drehte ich mich um und stieg die Treppen hinunter.

»Überleg es dir gut«, rief er mir hinterher. »Fünfhundert und wir können reden. Tausend und ich red auch mit keinem anderen. Haste verstanden?«

Was auch immer er mit dieser letzten Bemerkung

andeuten wollte: Ich hatte genug von seinem leeren Geschwätz.

Nach dem klebrigen Elend und dem Gestank im Treppenhaus kam mir die in der Sonne liegende Taunusstraße wie eine Offenbarung vor. Ich schaute mich um und atmete tief durch. Auch die Typen mit dem Kampfhund waren zwischenzeitlich weitergezogen.

Allerdings bekam meine im Steigen begriffene Laune einen erneuten Dämpfer, als ich einen Jugendlichen auf der Motorhaube des Alfa sitzen sah. Er war fünfzehn oder sechzehn, wirkte durchtrainiert und war augenscheinlich türkischer oder arabischer Abstammung. Vier ähnlich aussehende Kerlchen standen hinter ihm. Bekleidet war er mit Turnschuhen, einer verwaschenen Jeans mit Löchern, einem weit aufgeknöpften Hemd und einer überdimensionierten Sonnenbrille, die jedem Pornostar gut zu Gesicht gestanden hätte. Für die wie betoniert wirkende Igelfrisur hatte er sicher eine halbe Tube Gel gebraucht.

Nach der Begegnung mit den Muskelprotzen eben hatte ich keine Lust auf erneuten Ärger. Ich hatte aber auch die Schnauze davon voll, ständig klein beizugeben. Vorhin hatte es dazu keine Alternative gegeben. Dieses Mal schon.

»Du sitzt auf meinem Auto, Kleiner«, sagte ich, während ich auf ihn zuging. »Aber ich lasse dir die Entscheidung.«

»Welche Entscheidung?«, fragte er.

»Wie du da wieder runter willst.«

»Hä?«

»Ich meine Folgendes«, erklärte ich ihm und behielt die anderen Typen im Blick. »In ein paar Sekunden bist du da weg, so oder so. Du hast aber die Wahl, auf welche Art – freiwillig oder mit Nachhilfe.«

Normal war das nicht meine Art, aber nach diesem Tag war meine Toleranzschwelle auf dem Tiefpunkt angekommen. Zu viel Frust, zu viel Wut, die jetzt ein Ventil suchten.

»Eins«, begann ich zu zählen.

Er zeigte keine Reaktion.

»Zwei.«

Bei »Drei« packte ich sein Ohr, verdrehte es und zog den Jugendlichen runter auf die Knie.

»Aua, spinnst du?«, jammerte er los. »Irre geworden, oder was?«

»Nein«, sagte ich und ließ ihn los. »Ich bin bloß irgendein Kerl, der an seinem Auto hängt.«

Er nahm die Pornobrille ab und rieb sich das schmerzende Ohr. Mit einem Mal sah er nicht mehr aus wie ein zu klein geratener Ghetto-Gangster, sondern wie das große Kind, das er noch war.

»Bist du 'n Bulle?«, fragte er, während er sich die Brille wieder aufsetzte. Unwillkürlich musste ich grinsen.

»Wer will das wissen?«

»Ich bin Oktay«, verkündete er in einem Tonfall, als müsse mir das irgendwas sagen. »Hab gesehen, dass du bei dem scheiß Kinderficker geklingelt hast.«

»Bei wem?«

»Na, bei dem Greuel, dem Wichser. Außerdem siehst du aus wie ein Bulle.«

»Ich bin kein Bulle. Ich bin Journalist.«

Ich war diesem Oktay zwar keine Rechenschaft schuldig, aber irgendwie war der Junge mir sympathisch. Außerdem schien er Dinge über Rolf zu wissen, die mir noch unbekannt waren.

»Klar, Mann. Ein Schreibknecht also«, verkündete mein neuer Freund. Das Berufsbild des Journalisten schien bei ihm kein hohes Ansehen zu genießen. »Und was willste von dem?«

»Du guckst doch sicher oft Fernsehen. Was wollen Journalisten meistens?«

»Dumme Fragen stellen?«

»Richtig«, sagte ich.

»Wird auch Zeit, dass ihr die Kinderficker in der Zeitung zeigt. Am besten mit Bild und so. Denen gehört echt der Schwanz abgeschnitten.«

»Wie kommst du eigentlich darauf, dass Rolf Greuel ein Kinderschänder ist?«

»Mann, das weiß doch jeder! Deshalb traut der sich auch nicht mehr aus seiner Bude raus. Er weiß genau, dass es dann auf die Fresse gibt.«

»Ach – ist das so?«

»Klar, Alter! Ich meine, bei mir zu Hause würden wir den an den Eiern aufhängen, bis er redet. Und dann die Eier abschneiden. Schön langsam, kapiert?«

Ich verstand zumindest, dass Oktay gerne Eier und Schwänze abschneiden wollte und mit »zu Hause« das Land meinte, aus dem seine Eltern stammten. So viel zur geglückten Integration. Dann erzählte Oktay mir, dass Rolf bis vor vier Jahren in einem Schwimmbad als Bademeister gearbeitet hatte, da aber rausgeflogen war, weil er ein 14-jähriges Mädchen befummelt hatte. Er war mit einer Bewährungsstrafe davongekommen, für Oktay ein weiterer Beweis dafür, wie verweichlicht der deutsche Staat war. Außerdem ging in Kalk das Gerücht um, dass Rolf sein Hartz-IV-Geld mit Jugendlichen beider Geschlechter teilte, sofern diese bereit waren, nett zu ihm zu sein. Oder, um es mit Oktays Worten auszudrücken, »ihm den Schwanz zu wichsen«.

Mir fiel es immer noch schwer, den Rolf Greuel, den ich gekannt hatte, mit der Person in Einklang zu bringen, die Oktay beschrieb. Wenn ich jedoch an die Gestalt dachte, vor deren Wohnungstür ich gestanden hatte, klappte es problemlos.

»Du hast mir immer noch nicht gesagt, was du von dem Greuel wolltest. Oder ist das ein Geheimnis?«, fragte Oktay, als er fertig war.

»Nein, kein Geheimnis. Ich arbeite an einer Geschichte aus den achtziger Jahren. Er hätte mir dabei helfen können, weil er einige der Beteiligten von früher kennt.«

»Lass mich raten, Mann: Der Wichser hat dir nichts gesagt, was?«

Ich musste lachen. »Richtig geraten.«

»Und er hat sich auch nicht getraut, dich in seine versiffte Drecksbude zu lassen, oder?«

Oktay wurde mir immer sympathischer. Er schaltete schnell. Augenblicklich nahm ich mir vor, mich zukünftig wieder weniger von Vorurteilen leiten zu lassen, was mein Menschenbild betraf.

»Wieder richtig«, sagte ich. »Er hat mich weder reingelassen noch mir irgendwelche Fragen beantwortet. Genaugenommen hätte ich mir den Besuch auch sparen können.«

Er sah aus, als wenn er über irgendetwas nachdenken würde.

»Pass auf – ich mach dir ein Angebot«, sagte er dann

und drückte mir tatsächlich eine Visitenkarte in die Hand. »Da steht meine Nummer drauf. Ich wohn im selben Haus wie der Arsch, genau die Wohnung darüber. Wenn du von dem irgendwas willst, rufst du mich an. Ich regel das dann mit meinen Brüdern. Kostet dich nur 'nen Hunderter, und wir sorgen dafür, dass der Schwanzlutscher mit dir labert. Bekommst auch 'ne Garantie darauf – wenn er dich nicht reinlassen sollte, gibt's die Kohle zurück.«

Ein Hunderter mit Geld-zurück-Garantie: Das war das mit Abstand beste Angebot, das ich heute bekommen hatte. Wieder musste ich grinsen; dann steckte ich Oktays Karte ein, gab ihm meine und verabschiedete mich von ihm.

Anschließend machte ich mich auf den Heimweg. Auf der Severinsbrücke schaltete ich das Radio ein. Es lief ein Klassiker von Depeche Mode, der mich augenblicklich an Tanja erinnerte. Ich war allein, niemand konnte mich hören, also sang ich mit. *Your own Personal Jesus*, mitten im Gewühle einer westdeutschen Großstadt. Als das Lied vorbei war, stellte ich das Radio wieder leiser und dachte über den Besuch bei Rolf nach. Darüber, was Oktay mir erzählt hatte. Ich konnte mich noch gut daran erinnern, wie Rolf damals auf der Waldlichtung gehockt hatte, nachdem wir die beiden Leichen gefunden hatten, das Gesicht tränenüberströmt und mit Rotz verschmiert. Die Ereignisse hatten bei uns allen Spuren hinterlassen, aber für Rolf war es besonders hart gewesen. Seine Eltern hatten ihm nach dem Wochenende den Umgang mit uns anderen verboten. Er musste alles mit sich selbst ausmachen, und auch ein stärkerer Mensch, als Rolf es war, konnte daran zerbrechen. Das war keine Rechtfertigung für das, was er jetzt tat, aber eine Erklärung. Vielleicht suchte ich auch nur nach einer Entschuldigung für etwas, das nicht zu entschuldigen war. Wie auch immer – bei meinen Nachforschungen würde er mir nicht helfen können. Einer weniger auf der Liste derer, die damals dabei gewesen waren.

*

Als ich zu Hause ankam, blinkte im Wohnzimmer das Lämpchen des Anrufbeantworters. Ich drückte den Knopf, um mir die Nachricht anzuhören. Mütze. Sie hatte in der Zwischenzeit die Telefonnummer von Artur Lindemann herausbekommen, dem mittlerweile pensionierten Kommissar, der damals die Ermittlungen geleitet hatte. Jetzt wollte sie wissen, ob sie direkt mit ihm in Kontakt treten oder das lieber mir überlassen sollte.

Den Rückruf bei ihr verschob ich auf später. Es war kurz nach Mittag, und mein Magen knurrte. Ich warf einen Blick in den Kühlschrank und fand gähnende Leere vor. Im Eisfach entdeckte ich schließlich drei eingefrorene Gerichte, die Sarah vor ihrer Abreise mit kleinen Zettelchen versehen hatte. Spaghetti Bolognese, Chili con Carne, Jägerpfanne mit Reis.

Ich hätte jetzt gerne etwas Alkoholisches getrunken, am liebsten ein Bier. Da nichts im Haus war, begnügte ich mich damit, mir die Spaghetti warm zu machen, und hockte mich anschließend mit dem Teller und einem Glas Limonade an den Esstisch.

Dabei kam ich mir vor wie früher, als ich noch ein Kind gewesen war. Obwohl Sarah erst zwei Tage lang weg war, fehlte sie mir. Ich empfand plötzlich eine tiefe

Sehnsucht nach den vergangenen Jahren, nach der Zeit des frischen Verliebtseins und der gegenseitigen Neugierde. Ich wusste noch genau, wie alles mit uns angefangen hatte. Ich war Ende zwanzig gewesen, als wir uns in einer Buchhandlung am Neumarkt zum ersten Mal gesehen hatten. Das Ganze war anfangs relativ unspektakulär abgelaufen. Kein großer Knall, keine Liebe auf den ersten Blick. Ich weiß nicht einmal mehr, ob ich Sarah im ersten Augenblick ausgesprochen hübsch oder anziehend fand. Sie hatte einen dicken Schmöker von Stephen King in der Hand, *ES*, und ich sagte beiläufig, dass dies eines jener Bücher sei, die man unbedingt gelesen haben musste, sofern man auf dieses Genre stand. Eine halbe Stunde später saßen wir in einem Eiscafé. Kurz darauf wusste ich, dass ihr Vater Italiener war, ihre Mutter aus Münster kam und sie an einer Grundschule unterrichtete.

Wir saßen noch nicht lange zusammen, als sie sich mit der Hand durch die langen braunen Haare strich und zeitgleich an ihrer Unterlippe knabberte. In diesem Moment machte es bei mir *Peng*. Ich war nicht oft richtig verliebt gewesen in meinem Leben, aber so hatte es immer angefangen. Ich sah eine Frau und dachte, okay, die sieht ja nett aus. Dann passierte irgendwas, eine betörende Geste oder exakt der richtige Satz im richtigen Moment, und es haute mich um, als sei ich gegen eine Wand gerannt.

Wir verabredeten uns für den Abend. Ich brachte sie noch zur U-Bahn-Haltestelle. Dann stieg sie ein, setzte sich auf einen Sitz am Fenster und legte die Hand gegen die Scheibe. Ich legte meine von der anderen Seite dagegen. Ein stummes Versprechen, das wir noch am selben Abend einlösten, als aus dem Essen eine Affäre wurde, etwas später aus der Affäre eine Beziehung und schließlich aus der Beziehung eine Ehe. Ich hatte diese Schritte nicht geplant, noch nicht einmal bewusst gewollt. Irgendwie kam ein Punkt zum anderen, bis sich eine Eigendynamik entwickelte, die nicht mehr zu stoppen war.

Liebte ich sie noch? Ja, das tat ich. Ich liebte ihre Begeisterungsfähigkeit, ihre Lachfältchen, ihren tiefsinnigen Humor. Liebte ihre Fürsorglichkeit, ihr aufgeschlossenes Wesen, ihre Stimme und ihr für Ende 30 noch sehr jugendliches Aussehen.

Aber ich liebte sie nicht mehr auf diese drängende Weise, die nur dann entsteht, wenn Liebe auf Verliebtheit trifft. Wenn ich in den letzten Jahren beruflich auf Reisen war, vermisste ich sie nicht mehr so schmerzhaft wie am Anfang. Manches Mal fehlte die Sehnsucht auch ganz, und ich war mir nicht sicher, ob ich dieses Fehlen wirklich bedauerte. Manche nannten das Alltag. Andere behaupteten, auch große Gefühle stumpften irgendwann ab. Wurden ersetzt durch andere Werte. Vielleicht war da was dran.

Nachdem ich das Geschirr in die Spülmaschine gestellt hatte, rief ich in der Redaktion an und meldete mich für den Rest der Woche krank. Kemper erzählte ich, mir wäre seit gestern immer mal wieder schlecht geworden. Er schob das auf eine Gehirnerschütterung, die ich mir beim Sturz vom Bürostuhl zugezogen haben konnte. Er drängte mich, zum Arzt zu gehen, mich untersuchen zu lassen und ihm dann umgehend Bescheid zu geben. Ich versprach, seinem Rat zu folgen. Damit gab er sich zufrieden, und ich konnte endlich Mützes Nummer wählen. Wir verabredeten uns in einer Eckkneipe in unserem Viertel. Keine zwanzig Minuten später kam ich dort an. Der Wirt hatte auf seiner Terrasse mit ausladenden Sonnenschirmen eine kühle Oase inmitten der aufgeheizten Großstadt errichtet. Es war der ideale Treffpunkt, um der stickigen Hitze in unseren Wohnungen zu entfliehen. Außerdem stand eine göttliche Gemüsesuppe auf der Karte, ich hatte immer noch Hunger.

Das Gebäude wurde von der Sonne angestrahlt. Sie spiegelte sich in sämtlichen Fenstern, und ich musste die Augen abschirmen, als ich nach Mütze Ausschau hielt. Ich fand sie allein unter einem der großen Sonnenschirme sitzend. Ich begrüßte Mütze mit Küsschen links, Küsschen rechts und setzte mich zu ihr. Sie trug ausgefranste Flip-Flops, kurze beige Shorts mit seitlich aufgesetzten Taschen und ein dunkelgrünes Top mit Spaghettiträgern, auf dem in knalligem Weiß »Good Girls love bad Guys« stand. Auf dem Kopf saß das obligatorische Käppi, diesmal in einer olivgrünen Variante, die mich entfernt an die Kopfbedeckungen von Che Guevara erinnerte.

Als der Wirt kam, gaben wir unsere Bestellungen auf. Er war ein Bulle, Mitte fünfzig, mit grauem Haar, das ihm bis über den Nacken reichte. Franz Kamps führte die Kneipe seit 19 Jahren, war hellwach und ständig auf Zack, und er war der Hauptgrund dafür, warum wir immer wieder ins Birkenstübchen gingen. Hier bekam man alles: das beste Kölsch, leckeres Essen und ein offenes Ohr, wenn einem danach war.

Ich erzählte Mütze von dem unbefriedigenden Besuch bei Rolf Greuel, von meiner Begegnung mit Oktay und schilderte ihr auch, was dieser mir über meinen alten Kumpel berichtet hatte. Sie hörte aufmerksam zu, schwieg die meiste Zeit und stellte zwischendurch genau die richtigen Fragen.

Nein, ich glaubte nicht, dass diese Geschichten über ihn in irgendeinem Zusammenhang mit den Ereignissen von 1986 standen. Ja, dem heutigen Rolf Greuel würde ich so etwas durchaus zutrauen. Nein, es schien mir nicht sinnvoll, ihn ein zweites Mal zu besuchen.

Dann brachte Kamps unsere Suppen, eine Art Minestrone, und wir aßen. Während Mütze erzählte, wie sie an die Telefonnummer und die Adresse des ehemaligen Ermittlers gekommen war, dachte ich darüber nach, wie ich ihr schonend beibringen konnte, dass ich damals in der Blockhütte mit dabei gewesen war. Ich holte gerade Luft, um mit der Wahrheit herauszurücken, als ein Schatten auf unseren Tisch fiel. Ich blickte auf und sah über Mützes Schulter hinweg direkt in das erstaunte Gesicht von Arnold Kemper.

»Ich glaub's ja nicht«, sagte er und zog sich ungefragt einen Stuhl heran. »Ich mache mir Sorgen um dich, setze mich extra ins Auto, um nach dir zu sehen, und wen sehe ich da, während ich einen Parkplatz suche? Dich! Wie du fit und fröhlich mit unserer ehemaligen Kollegin – Hallo, Frau Schneider! – vor einer Kneipe sitzt und den Tag genießt. Ich hoffe, ich störe euer kleines Rendezvous nicht?«

Mütze sprang auf, als wenn sie etwas gestochen hätte. »Ihr entschuldigt mich einen Moment?«, sagte sie mit zusammengekniffenen Lippen und eilte in Richtung der Toiletten. Verdutzt schaute ich ihr hinterher.

Dann stieg Ärger in mir auf. Nicht weil Kemper mich bei einer offensichtlichen Lüge ertappt hatte, sondern wegen der kaum verhohlenen Unterstellung.

Als Kemper bemerkte, dass ich Mütze nachschaute, schlug er mir mit der Hand aufs Knie, was wohl ein kumpelhaftes Verhältnis symbolisieren sollte. »Mensch, Jan«, sagte er im Verschwörerton. Sein dünner Polyesteranzug knirschte, als er sich auf dem Stuhl bewegte. »Ich bin doch auch ein Kerl, und die Schneider ist nun wirklich heiß wie Frittenfett. Wenn deine Frau ein paar Tage weg ist und ihr – wie soll ich sagen? – ein bisschen Zeit miteinander verbringen wollt, warum sagst du mir das nicht einfach? Da musst du mir doch kein Märchen von einer Gehirnerschütterung auftischen.«

Ich atmete tief durch. Ganz tief. »Erstens, Arnold, habe nicht ich das Wort Gehirnerschütterung gebraucht, sondern du. Zweitens ist mir seit gestern tatsächlich öfters schlecht. Und drittens«, ich stieß ihm den Zeigefinger auf die Brust, »ist da nichts zwischen Stefanie und mir. Zumindest nicht das, worauf du anspielst. Sie hilft mir bei den Recherchen für den Artikel, wir sind gut befreundet, und das war's!«

»Jetzt mach mal halblang, Jan. Was regst du dich denn so auf?« Beschwichtigend hob er die Hände. »Ob du mit der Schneider was hast oder nicht, ist doch dein Ding. Ich wollte damit ja nur ausdrücken, dass ich das bei so einem heißen Gerät durchaus verstehen könnte.«

Dann senkte er die Stimme. »Mal ganz unter uns: In der Redaktion mögt ihr in mir nur den peniblen Bürokraten sehen, aber privat bin ich ganz anders. Das kannst du glauben.«

»Ja, Arnold«, sagte ich. »Ganz sicher bist du das.«

»Vielleicht sollten wir bei Gelegenheit mal ein Bierchen trinken gehen, dann würdest du mich besser kennenlernen.«

Fast hätte ich gelacht. Er schien tatsächlich zu glauben, sein Verständnis für eine Affäre mit einem »heißen Gerät« mache ihn zu einem sympathischen Freigeist, dabei passte es perfekt zu seiner kleinbürgerlichen Spießigkeit.

Allerdings wollte ich es mir mit ihm auch nicht verderben, schließlich war er immer noch mein Chef. Außerdem hielt ich es durchaus für vorstellbar, dass er bei der erstbesten Gelegenheit Sarah gegenüber eine dumme Bemerkung fallenlassen könnte, wenn ich ihn jetzt verärgerte.

»Du hast doch vorhin etwas von Vertrauen gesagt, oder, Arnold?«

Er nickte. Seine Augen glänzten. Wahrscheinlich dachte er, er bekäme jetzt eine richtig schmutzige Geschichte zu hören. Eine, die mit vielen dreckigen Details angereichert war.

»Dann«, fuhr ich leise fort, »solltest du mir auch in diesem Punkt vertrauen. Stefanie hilft mir lediglich bei der Recherche. Sonst nichts. Und wenn du uns jetzt in Ruhe lässt, liefere ich dir eine Story, die alles in den Schatten stellt, was je in der Rubrik ›Ungelöste Kriminalfälle‹ erschienen ist.«

»Aber …«, begann er.

»Nichts aber! Vertrauen gegen Vertrauen. Einverstanden?«

Er konnte gar nicht anders, als zu nicken. Ich versprach, mich diese Woche noch in der Redaktion zu melden und ihm weitere Einzelheiten zu verraten, wenn er uns jetzt alleine lassen würde.

»Alles klar«, knickte er ein. »So machen wir's. Ruf mich bis Freitag an und sag mir Bescheid, in welche Richtung die Story geht.«

»Mach ich.« Er klopfte mir auf die Schulter, dann ging er. Winkte mir noch einmal zu, bevor er um die Ecke verschwand.

Kaum war Kemper meinem Blickfeld entschwunden, kam Mütze zurück. »Ich hab drinnen gewartet, bis er weg war«, sagte sie und schnaufte. »Boah, war das peinlich! Ist Kemper jetzt sauer auf dich?«

»Nein«, sagte ich und grinste. »Der Gedanke, dass wir beide ein Verhältnis hätten, hat ihn ungemein beruhigt.«

Mütze zog eine Augenbraue hoch, lächelte schief und sagte nichts. Dabei spielten ihre Finger mit dem Saum ihres Tops, drehten den Stoff hin und her. Einen Wimpernschlag lang konnte ich den unteren Bereich ihres straffen Bauches sehen. Wir schauten uns an. Für zwei, drei Sekunden blieben unsere Augen aneinander haften. Dann tauchte der Wirt auf und fragte, ob wir noch etwas trinken wollten. Wir verneinten, verlangten nach der Rechnung und zahlten. Es dauerte keine Minute, bis wir wieder allein waren, aber der besondere Moment war vorbei. Wenn es ihn denn je gegeben hatte.

Ohne konkretes Ziel liefen Mütze und ich anschließend durch Sülz und landeten im Beethovenpark, wo wir uns auf eine der wenigen Bänke setzten, die noch nicht vollständig mit Vogelkot bedeckt waren. Die weitläufige

Wiese vor uns lag in einer leichten Senke, aus der im Kreis angepflanzte Pappeln wie trotzige Inseln aufragten.

Ich war nervös. Wenn ich es ihr jetzt nicht sagte, wann dann?

»Es gibt da etwas, das du wissen musst …«, begann ich.

Während ich redete, hielt Mütze den Blick starr auf die vor uns liegende Wiese gerichtet. Kinder tollten auf ihr herum, Hunde jagten zugeworfenen Frisbee-Scheiben hinterher, und türkische Großfamilien hockten wild gestikulierend auf buntgemusterten Decken. Fröhliche Menschen, fröhliche Tiere. Ein Bild, das nicht zu meiner aktuellen Gemütslage passen wollte.

Als ich fertig war, schaute Mütze mich durchdringend an. »Mensch, Jan – wenn du damals mit dabei warst, müsstest du dich doch besser an alles erinnern können.«

»Sollte man denken, oder? Aber ich kann's nicht. Ich hab immer nur einzelne Fragmente vor Augen, nie das große Ganze.«

»Was meinst du?«

»Sieh es mal so: Wir waren sechzehn oder siebzehn. Eine fröhliche Clique. Ein toller Sommer. Und dann, ohne jede Vorwarnung, sind zwei meiner Freunde tot. Nicht wegen eines Unfalls oder so – das könnte man ja noch verarbeiten. Bei einem Mord sieht das anders aus. Weil ein solcher Tod … wie soll ich sagen … nicht natürlich ist. Verstehst du, was ich meine?«

Sie nickte.

»Und dann siehst du die Leichen. Mitten in der Nacht. In einem dunklen Wald. Du stehst komplett unter Schock. Später versuchst du, das Ganze zu verarbeiten. Aber das funktioniert nicht. Also verdrängst du es. Das schreckliche Erlebnis wird zu so etwas wie einem Film, den man vor langer Zeit gesehen hat. Mit den Jahren kannst du dich zwar immer noch an einzelne Szenen erinnern, aber nicht mehr an alles.«

»Ich verstehe ...«

»Aber den Film haben außer mir noch andere gesehen. Und die erinnern sich vielleicht an ganz andere Szenen. Ich hoffe einfach, dass wir gemeinsam den ganzen Film zusammenbekommen.«

»Und?«

»Was und?«

»Brauchst du das? Den ganzen Film?«

Ich verstand ihre Frage nicht. »Natürlich. Ich muss wissen, was damals geschehen ist!«

»Warum?«, bohrte sie nach. »Nur wegen der Story?«

Ich schüttelte den Kopf. »Die Story war nur der Auslöser, mich mit etwas zu beschäftigen, das ich viel zu lange verdrängt habe. Und jetzt ist die Zeit gekommen, mit dem Thema abzuschließen. Doch bevor ich das kann, muss ich es richtig aufarbeiten.«

Mütze schaute schweigend auf die Wiese.

»Was ist?«, fragte ich.

»Nichts. Ich überlege nur.«

Wieder eine kurze Pause.

»Was war eigentlich mit der Tat selbst?«, fragte sie dann. »Hast du davon etwas mitbekommen?«

»Nein«, antwortete ich wahrheitsgemäß. »Das heißt nicht viel. Als wir am Tatort ankamen, war ja schon alles vorbei. Das meiste, was ich weiß, stammt aus den polizeilichen Befragungen und aus der Zeitung.«

Mütze hatte sich vorgebeugt und schaute den Türken zu, die gerade ein Fladenbrot herumreichten und sich in einer Lautstärke unterhielten, dass man befürchten musste, gleich würde hier ein Krieg ausbrechen. Dann lachten sie laut und herzlich. Einer der Männer zündete den Grill an, und Mütze griff in ihre Hosentasche. Als sie ihre Hand wieder herauszog, hielt sie eine zerknitterte Packung Zigaretten zwischen den Fingern.

»Lass mich das kurz zusammenfassen«, sagte sie, nachdem sie sich einen Glimmstängel angezündet hatte. »Du bist mit den anderen für ein Wochenende ins Bergische Land gefahren, irgendwo in die Nähe von Nümbrecht. Ihr seid am Freitag angekommen, habt abends Party gemacht und den Samstag an einem See verbracht. Irgendwann in der Nacht auf Sonntag wurdet ihr von einem Mädel geweckt – wie hieß sie noch gleich?«

»Marion«, sagte ich.

»Genau, Marion ... Also, diese Marion hat euch wach gemacht, weil ein Junge und ein Mädchen die Hütte verlassen hatten und nicht mehr zurückkamen. Die beiden waren kein Paar, und Marion kam das komisch vor. Daraufhin haben einige von euch beschlossen, nach den zweien zu suchen. Du bist mit deiner Freundin – Tanja – in der Hütte zurückgeblieben, weil ihr ...«, sie grinste mich an, »nun ja, anderes im Sinn hattet. Ist das bis hierhin richtig?«

»Absolut.«

»Okay, weiter: Kurz darauf habt ihr Schreie gehört und seid den anderen gefolgt. Die Rufe kamen aus dem Wald hinter der Hütte. Als ihr dort angekommen seid, habt ihr die anderen neben den Leichen stehen gesehen. Alle waren in Panik, ängstlich und total geschockt, klar. Dann ist einer von euch zu dem Haus gelaufen, in dem Laras Mutter wohnte, hat sie aus dem Bett geklingelt und die Polizei angerufen. Das war's – oder hab ich etwas Wichtiges vergessen?«

Ich verneinte.

Mütze knabberte an ihrer Unterlippe und schien über irgendetwas nachzudenken. Dann drehte sie sich in meine Richtung.

»Jan?«

»Ja?«

»Was macht dich so sicher, dass keiner von euch der Täter war?«

Ich schloss die Augen und atmete durch. Genau vor dieser Frage hatte ich Angst gehabt.

»Der Mörder hat bei dem Jungen Spuren hinterlassen«, erklärte ich. »Später hat die Polizei auch die DNA gesichert und analysiert.«

»Und?«

»Nichts und. Es gab keine Übereinstimmung. Mit keinem aus unserer Clique.«

Eine Zeitlang sagte sie nichts. Als sie wieder redete, klang es, als führe sie ein Selbstgespräch. »Mir kommen Morde immer seltsam vor, bei denen der Täter *der große Unbekannte* sein soll. In 99 Prozent aller Fälle war es jemand aus dem persönlichen Umfeld.«

»Das stimmt – sofern es sich nicht um organisierte Kriminalität handelt.«

Sie legte den Kopf zur Seite und zog spöttisch die Augenbrauen hoch. »Das können wir hier aber wohl ausschließen, oder?«

Ich zuckte die Achseln. Die Frage war so hypothetisch gewesen, dass ich darauf nichts antworten musste.

»Wie hieß der Freund der Toten noch mal?«

»Kai. Warum fragst du?«

»Das liegt doch auf der Hand, oder? Wenn eine Frau ermordet wird, ist der Hauptverdächtige immer der Mann, der behauptet, sie zu lieben. Das sollte jeder Journalist wissen, der sein Geld wert ist.«

Es hätte nicht viel gefehlt, und ich hätte Mütze alles erzählt, was ich wusste. Hätte den Pakt des Schweigens gebrochen, der all jene 27 Jahre lang verbunden hatte, die damals mit dabei gewesen waren. Aber das konnte ich nicht. Noch nicht.

Ich verstand Mütze gut. Von ihrem Standpunkt aus betrachtet hatte sie recht. Sie kannte nur die Version, die sich aus den Ermittlungsakten der Polizei ergeben hatte. Aber auch die hatte immer nur im Dunkeln getappt. Hatte sich einen Reim darauf machen müssen, was ihre Untersuchungen, Analysen und Befragungen ergeben hatten. Das konnte einen nur unbefriedigt zurücklassen – als ob man einen Krimi sehen würde, bei dem in den letzten Minuten der große Unbekannte als Täter aus dem Hut gezaubert wurde.

»Sollen wir gehen?«

Ich schreckte aus meinen Gedanken auf. Sah sie an, nickte, lächelte und kam mir dreckig vor. Weniger, weil ich das Geheimnis für mich behalten hatte – darin hatte ich weiß Gott genug Erfahrung gesammelt. Aber dass ich ihr gegenüber den Ahnungslosen markiert, ihr nicht die Wahrheit gesagt hatte, machte mich fertig.

Es war ein Scheißspiel ohne Gewinner. Ob ich redete oder schwieg: Ich wurde so oder so zum Verräter. Entweder an meinen alten Freunden oder an Mütze.

Schweigend verließen wir den Park. Als wir nebeneinander die Straße hinuntergingen, bellte irgendwo ein Hund. Ein Auto hupte. Menschen lachten. Ich kam mir vor wie in einer Filmkulisse, in der Mütze und ich die einzigen realen Menschen waren.

»Kann ich dich morgen zum Brunch ins Hyatt einladen?«

Sie schaute mich an. »Wie komm ich denn zu der Ehre?«

»Sieh es einfach als kleines Dankeschön für deine Hilfe an.«

»Das wird aber nicht billig.«

»Egal. Im Moment bin ich es gewohnt, einen hohen Preis zu bezahlen.«

Mütze sah mich nachdenklich an, ging aber nicht weiter auf meine Bemerkung ein. »Soll ich Lindemann fragen, ob er auch kommen will?«, erkundigte sie sich stattdessen. »Das wird zwar noch teurer, aber dann kannst du dem Exkommissar direkt deine Fragen stellen.«

»Gute Idee – mach das!«

Sie nickte, dann verabschiedeten wir uns. Einen Moment lang wollte ich nichts lieber, als ihr hinterherzurennen, um ihr die ganze Wahrheit zu sagen. Mir alle Bedenken und Überlegungen von der Seele reden. Auf eine abstruse Weise Absolution erlangen.

Sobald Mütze im Hauseingang verschwunden war, ging ich zu meinem Wagen und fuhr wieder in den Kartäuserwall. Gestern hatten wir es nur bis zum Tor geschafft, heute wollte ich hinein. Allein. Der Ort, an dem alles begonnen hatte – er zog mich magisch an.

Ich musste nur eine halbe Stunde lang warten, dann hielt ein VW Golf vor der Hofeinfahrt. Als die in einem babyblauen Kostüm steckende Fahrerin das Tor geöffnet und den Wagen hindurchgefahren hatte, schlich ich in den Hof, bevor das Rolltor sich wieder schließen konnte.

Alles sah noch genauso aus wie früher. Selbst das Geländer war noch da. Ich setzte mich auf die gleiche Stelle, auf der Tanja damals gesessen hatte, als ich mit Alex vom FC kam, und dachte nach. Merkwürdigerweise konnte ich mich immer nur an die warmen Monate erinnern – was hatten wir früher eigentlich im Winter gemacht? Ich wusste es nicht. Es kam mir vor, als wäre der Park in meinen Erinnerungen nicht in einer Straße angesiedelt, sondern in einer Jahreszeit.

Dann schreckte ich auf. Ein paar Meter entfernt raschelte es im Gebüsch. Ich drehte den Kopf und sah ein Eichhörnchen, das auf den Hinterbeinen hockte, sich umschaute und dann in rasender Geschwindigkeit einen Baum erklomm. Auf einem Ast hielt es inne und blickte herunter. Was es sah, konnte ihm nicht gefallen. Die Wiese in der Mitte des Parks hatte nur noch wenige grüne Flecken. An vielen Stellen war das Gras vertrocknet, und selbst die Gänseblümchen ließen die Köpfe hängen. Dieser Sommer war nicht so heiß wie der 1986, aber es genügte, um die Natur nach Feuchtigkeit schreien zu lassen. Wie lange hatte es nicht mehr geregnet? Sicherlich zwei Wochen.

Von weit entfernt drang Musik herüber. *Out of the Dark* von Falco. Das Lied kam aus einer der unsichtbaren Häuserfronten, prallte in Wellen an schallisolierten Fenstern ab, zog die Dächer entlang, mäanderte zwischen Baumwipfeln und Heckensträuchern hindurch und erreichte schlussendlich mein Ohr. Ich lächelte. Scheinbar war ich nicht der Einzige, der diesen augenscheinlich so arroganten und innerlich zerrissenen Österreicher über seinen Tod hinaus liebte.

Ich hatte nie daran gezweifelt, dass seine Drogensucht lediglich ein Symptom gewesen war, nicht die Krankheit. Falco war ein Star gewesen, und ein Star ist ein König. Mehr noch, ein Star ist das, was auf Erden einem Gott am nächsten kommt. Männer hatten ihm den Arsch geküsst, Frauen alles andere. Als er seinen Ruhm verloren hatte, war nichts mehr übriggeblieben. Nur Leere.

Gerne hätte ich jetzt ein Bier gehabt, um auf Falco zu trinken, kam aber nicht aus dem Park heraus, bevor wieder jemand das Rolltor öffnete. Stattdessen schaute ich mich weiter um und entdeckte den Balkon der Wohnung, in der Rolf mit seinen Eltern gelebt hatte. Es war eines der wenigen Häuser, deren Blick auf den Park nicht durch Bäume verstellt war. Ich dachte an Rolf, den halbblinden Pinguin, der unbedingt dazugehören wollte und um Anerkennung kämpfte. Und ich dachte an Rolf, den Bademeister, der Jugendlichen aus der Unterschicht Geld gab, damit sie ihm einen runterholten. Manchmal war das Leben zum Kotzen.

Als um kurz nach sechs ein Auto auf den Hof rollte, verdrückte ich mich durch das Tor auf die Straße. Anderthalb Stunden waren vergangen, seitdem ich den Park betreten hatte und von denen ich später nicht hätte sagen können, was genau ich in dieser Zeit gemacht hatte. Aber wenigstens wusste ich jetzt, was als Nächstes zu tun war.

Ich fuhr zurück nach Sülz und ging auf der Dürener Straße einkaufen. Nachdem ich den Wagen mit Brot, Wurst, Milch, Orangensaft und Kaffee vollgepackt hatte, ging es mir besser. Der Besuch im Supermarkt hatte mir ein Stück der Normalität zurückgegeben, die ich momentan so schmerzlich vermisste.

Ich brachte die Tüten nach oben, hockte mich vor den Rechner und suchte im Internet nach der Telefonnummer von Alex Riewer. Im Park war mir klargeworden, dass ich mit ihm als Nächstes sprechen musste. Nach dem frustrierenden Gespräch mit Rolf brauchte ich unbedingt ein Erfolgserlebnis, und Alex war der Einzige aus der Gruppe, den ich in den Jahren nach den Morden ab und zu wiedergesehen hatte, wenn auch nur zufällig. Wir hatten uns beim FC gesehen, uns hin und wieder auf einem Straßenfest getroffen, und es konnte noch keine drei Jahre her sein, seitdem wir uns in einem Brauhaus über den Weg gelaufen waren. Besonders an diesen Abend konnte ich mich noch gut erinnern. Vor allem an den kolossalen Absturz, mit dem er endete.

Ich schnappte mir das Telefon und wählte seine Nummer. Viermal ging der Ruf durch, dann wurde abgenommen.

»Riewer«, meldete sich eine männliche Stimme.

»Alex? Hier ist Jan – Jan Römer.«

»Wer …?«

Er musste den Bruchteil einer Sekunde überlegen, dann hatte er es. »Jan! Hey, ist ja geil, dass du anrufst! Wie geht's dir, Amigo?«

Sofort musste ich grinsen. Alex klang genauso unbekümmert wie früher, und er schien sich zu freuen, meine Stimme zu hören.

»Bei mir ist alles okay«, sagte ich. »Und selbst? Wir haben ja Ewigkeiten nichts mehr voneinander gehört.«

Dann machten wir ein paar Minuten lang Small Talk, bevor ich ihm von dem geplanten Bericht in unserem Magazin erzählte, von meinen Nachforschungen und dem merkwürdigen Besuch bei Rolf. Nur was Oktay mir über unseren alten Freund erzählt hatte, behielt ich für mich. Auch wenn ich die Vorwürfe für glaubwürdig hielt; bislang hatte ich sie nicht überprüft, und ich war keiner, dem es Spaß machte, unbestätigte Gerüchte in die Welt zu setzen.

»Mensch, Alter«, sagte Alex, als ich fertig war. »Das Ganze ist doch schon Ewigkeiten her. Und da macht ihr jetzt echt noch 'ne Geschichte draus?«

»Ja«, bestätigte ich. »Aber davon abgesehen – ich hab das Gefühl, dass da irgendwas nicht zusammenpasst. Weißt du, als wir in den Wald kamen und auf der Lichtung … ach, Quatsch: Können wir uns nicht treffen und dann darüber reden?«

»Klar können wir – sag einfach, wann.«

»Wie wär's mit morgen Abend?«

»Passt. Und wo?«

Ich nannte ihm den Namen einer beliebten Kneipe in der Eichendorffstraße.

»Kenn ich. So um sieben?«

»Prima! Bis morgen dann, Kumpel – ich freu mich.«

»Ich mich auch«, sagte er.

Dann hängten wir ein. Ich konnte es kaum erwarten,

Alex wiederzusehen. Gleichzeitig nahm ich mir vor, alte Freundschaften in Zukunft besser zu pflegen. Ich war nicht gut in so was, das wusste ich. Ich ging niemals auf Klassentreffen, und Mütze war die einzige ehemalige Arbeitskollegin, mit der ich noch Kontakt hatte. Wenn ich darüber nachdachte, kam es mir fast so vor, als wenn alles, was hinter mir lag, es nicht wert gewesen wäre, daran festzuhalten.

*

Zwei Stunden später klingelte das Telefon. Diesmal war Sarah dran. Sie gab den Hörer direkt an Lukas weiter, und er erzählte mir, was er den Tag über gemacht hatte. Jedes Wort war pure Begeisterung, und ich wünschte mir nichts sehnlicher, als gerade jetzt bei ihm zu sein. Dann hörte ich Sarah im Hintergrund rufen, dass er Schluss machen solle, für ihn sei jetzt Schlafenszeit. Er küsste mich noch schnell durch den Hörer hindurch, dann hatte ich Sarah wieder am Apparat.

»Komische Freunde hast du übrigens«, sagte sie. »Wer ist dieser Frank überhaupt?«

Frank? Ich kannte keinen Frank. Augenblicklich hatte ich ein mulmiges Gefühl im Bauch.

»Was wollte er?«

»Das war irgendwie seltsam … er hat mich gefragt, wo ich bin.«

»Und?«

»Jan …«, sagte sie besorgt. »Stimmt was nicht?«

»Nein, alles okay. Sag mir einfach, was du geantwortet hast.«

»Na, dass ich im Urlaub bin und du noch in Köln.

Ich habe ja gedacht, er wollte mit dir sprechen, obwohl es mich gewundert hat, dass er auf meinem Handy …«

Ihr Handy: Die Nummer stand für Notfälle auf der Internetseite der Schule, an der Sarah unterrichtete.

»Hast du ihm gesagt, wo du bist?«

»Nicht genau … nur dass wir an der Nordsee sind. Aber was ist denn los? Du klingst ja völlig aufgebracht.«

»Wahrscheinlich nur ein blöder Scherz eines Kollegen. Du weißt ja, wie die manchmal sind.«

Sie klang nicht überzeugt, als sie antwortete: »Er hat noch was gesagt. Und ich finde, damit hat er recht.«

»Was?«

Sie lachte leise. »Wenn er eine Frau wie mich hätte, würde er schauen, dass er bei ihr ist, und seine Zeit nicht mit alten Mordfällen vergeuden. Mit Ermittlungen, die eh nichts bringen. Er sagte, so was Tolles wie mich würde er an deiner Stelle nicht aus den Augen lassen.«

Mir wurde übel. Irgendwie schaffte ich es dennoch, unbeschwert zu klingen, als ich sagte: »Siehste – ein Kollege. Woher wüsste er sonst von den Recherchen?«

»Ja, wahrscheinlich hast du recht. War ja auch nichts Schlimmes, ich wollte es dir nur gesagt haben.«

»Das ist auch gut so. Und wenn er noch mal anruft, dann würg ihn bitte sofort ab, ja? Das geht die ja nichts an, wo ihr gerade seid. Sag ihm einfach nur, er soll mich anrufen, okay?«

Sie versprach es mir. Dann legten wir auf.

Ich lehnte mich zurück und massierte mir die Schläfen. Irgendwer schien etwas dagegen zu haben, dass ich den alten Fall in die Zeitung bringen wollte. Ich hatte bislang nur mit Rolf und Alex darüber gesprochen, was aber nicht ausschloss, dass einer der beiden irgendwem davon erzählt hatte. Nur wem?

In der folgenden Nacht konnte ich lange nicht einschlafen. Der Körper war müde, dennoch rasten die Gedanken.

Der Anruf dieses angeblichen Franks bewies zweierlei: Zum einen unterstützte er mein Gefühl, dass irgendetwas an dem, was wir bislang über den Sommer '86 gedacht hatten, nicht stimmen konnte. Zum anderen zeigte der Anruf, dass ich nicht der Einzige war, der ein Interesse an diesem 27 Jahre zurückliegenden Verbrechen hatte.

Sarah mochte es nicht verstanden haben, weil sie die Hintergründe nicht kannte – doch dieser Anruf war eine Drohung gewesen. Solange der Anrufer jedoch nicht wusste, wo Sarah und Lukas sich aufhielten, bestand keine konkrete Gefahr. Noch nicht.

Ich drehte mich im Bett von links nach rechts und wieder zurück. Das dünne Laken klebte am Körper. Selbst nachts fiel die Temperatur nicht unter 23 Grad. Dann stand ich auf, holte mir eine Apfelschorle und legte mich wieder hin. Versuchte es mit Schäfchen zählen. Mit bewusstem Atmen. Mit einem Hörspiel. Alles sinnlos.

Ich knipste die Leselampe an und griff nach dem Buch, das neben dem Bett auf dem Boden lag. *Mystic River* von Dennis Lehane. Knapp 30 Seiten schaffte ich, dann fiel ich in einen unruhigen Schlaf, aus dem mich um sieben Uhr zwitschernde Vögel rissen, die vor dem geöffneten Fenster saßen.

Ich bekam kaum die Augen auf. Grelle Sonnenstrahlen drangen zwischen den Lamellen der Jalousien hindurch. Ich blinzelte. Fühlte mich, als hätte ich einen fetten Kater, obwohl ich schon seit Ewigkeiten nichts mehr getrunken hatte. Dann stand ich auf und schleppte mich ins Badezimmer. Neben der Dusche stand ein albernes Radio in Form einer Schildkröte, das Lukas in einem Baumarkt entdeckt hatte. Irgendwann hatte Sarah seinem Betteln nachgegeben und das Ding gekauft. Drehte man an der einen vorderen Flosse, veränderte sich die Lautstärke, drehte man an der anderen, wechselten die Sender.

Ich drehte so lange, bis ich WDR2 hereinbekam, stellte mich unter die Dusche und ließ den harten Strahl in einem Wechsel aus heiß und kalt auf meinen Körper prasseln. Als ich damit fertig war, rubbelte ich Körper und Haare mit einem Handtuch trocken, zog mir eine kurze Hose und ein T-Shirt an und ging ins Wohnzimmer, wo ich mir die Unterlagen vom Sideboard griff.

Der braune Umschlagdeckel wurde von zwei Gummibändern zusammengehalten. Eine Zeitlang zupfte ich daran herum, dann öffnete ich die Mappe. So ganz hatte ich die Hoffnung wohl doch noch nicht aufgegeben, dass mir beim Blättern einfallen würde, was mich störte. Der Ordner enthielt alles, was die Pressestellen der Behörden herausgegeben hatten, ein paar kopierte Zeitungsberichte und jede Menge Querverweise und Aktenzeichen.

Meine Kehle war knochentrocken – den ganzen Morgen hatte ich noch nichts getrunken. Ich holte mir ein großes Glas Orangensaft, ging zurück und las weiter. Tanjas Name sprang mir ins Auge.

Scheiße, was war ich verliebt gewesen …

Ich wusste noch genau, wie sie ausgesehen hatte, und wenn ich die Augen schloss, glaubte ich fast, den Duft des Parfüms riechen zu können, das sie früher benutzt hatte. Die erste Liebe war mit nichts zu vergleichen, was später kam. Sie blieb einmalig, ein Leben lang.

Mir schoss ein Bild durch den Kopf – Tanja auf der Yamaha, wie sie gerade den Sturzhelm absetzte. Das blonde Haar wehte ihr über die hohen Wangenknochen, bevor sie es mit einem Lächeln zur Seite strich. Ich dachte an ihr Gesicht, das darunter zum Vorschein kam. Ich dachte an ihren Körper, dessen Formen die Jeans und das T-Shirt nur unzureichend verbergen konnten. Ich dachte an ihren Blick, wenn sie mich mit ihren unglaublichen Augen angesehen hatte. Ich dachte an alles, was ich verloren hatte, und daran, was hätte sein können. Und irgendwann dachte ich auch an das Blut. An all das verdammte Blut.

Mit einem Blinzeln wischte ich das Bild beiseite und konzentrierte mich wieder auf den Inhalt der Akte.

Erneut nahm ich mir die Protokolle der Spurensicherung vor, die Ergebnisse der Obduktionsberichte. Las Seite für Seite durch. Machte Pausen, in denen ich Orangensaft trank und über das Gelesene nachdachte. Und endlich fand ich, was ich bisher übersehen hatte. Die eine Zeile, die alles veränderte.

Mütze winkte mir zu, als sie zwei Stunden später mit Lindemann das Hyatt betrat. Ich saß an einem Tisch am Fenster, von wo aus ich den träge dahinfließenden Rhein beobachtet hatte. Jetzt richtete ich meinen Blick auf Lindemann. Der Exkommissar war Ende sechzig, Anfang siebzig, ein stattlicher Mann mit silbergrauem

Haar und wachsamen Augen, dem eine Brille mit rotem Gestell einen intellektuellen Habitus verlieh. Dunkel konnte ich mich daran erinnern, wie mich eine jüngere Ausgabe dieses Mannes in den Tagen nach dem Verbrechen verhört hatte.

Nachdem wir uns vorgestellt und die Hände geschüttelt hatten, fragte Lindemann, wie er uns helfen könnte. »Frau Schneider hat mir bereits im Groben erzählt, worum es geht«, sagte er. »Ich bin mir allerdings nicht sicher, ob ich für Ihr gemeinsames Unterfangen der richtige Ansprechpartner bin.«

Während er redete, schenkte er Mütze ein charmantes Lächeln, das sie, ich glaubte es kaum, erröten ließ.

»Und natürlich fiel mir Ihr Name auf, Herr Römer. Darf ich fragen, wie ein Journalist, der selber … nun ja … Teil der Geschichte war, nach so vielen Jahren auf die Idee kommt, darüber einen Bericht schreiben zu wollen?«

Ich musste kurz schlucken. Lindemann fackelte nicht lange.

»Vielleicht gerade deswegen«, antwortete ich. »Es ist nicht einfach nur *eine* Geschichte, es ist *meine* Geschichte – zumindest ein Teil davon.«

»Und die lässt Sie nicht los?«

»Gewissermaßen. Vielleicht ist der Artikel für mich auch einfach eine Form der Vergangenheitsbewältigung.«

»Verstehe. Möchten Sie mir verraten, wie ich Ihnen dabei helfen kann?«

»Nun – mir würde schon helfen, wenn Sie mir einen Einblick in die damalige Sicht der Ermittler gewähren könnten.«

Er lehnte sich in dem bequemen Polstersessel zurück. »Das will ich gerne versuchen.«

Ich atmete auf. Anders als viele Polizisten, die ich bisher kennengelernt hatte, schien er nichts dagegen zu haben, mit Journalisten zu sprechen. Die erste Hürde – sie war genommen.

»Was mich beispielsweise interessieren würde«, begann ich, »ist, ob Sie damals einen Verdächtigen hatten, von dem die Medien nichts wussten?«

Lindemann nahm die Brille ab und massierte die geröteten Druckstellen an der Nasenwurzel mit Daumen und Zeigefinger.

»Sicher hat es Verdächtige gegeben«, antwortete er. »Aber bei keinem davon hat sich der Verdacht erhärtet.«

»Zum Beispiel?«

»Wir hatten eine Zeitlang einen Mann aus Gummersbach im Visier, der wegen Vergewaltigung vorbestraft war.«

»Wissen Sie noch, wie der Mann hieß?«

»Abgesehen davon, dass ich Ihnen den Namen sowieso nicht nennen dürfte, würde es auch nichts bringen, mit ihm Kontakt aufzunehmen. Ich versichere Ihnen: Der Mann hatte mit den Morden nichts zu tun.«

Er atmete kurz durch, dann fuhr er fort: »Sie müssen das wie folgt betrachten: Wir hatten zwei Tötungsdelikte im Bergischen Land, in einer Gegend, in der nur wenige Gewaltverbrechen passieren. Dem einen Mord ging eine Vergewaltigung voraus, und selbstverständlich überprüft man anschließend Personen im räumlichen Umfeld, die eines ähnlichen Verbrechens überführt wurden. Dieser Mann wurde drei Jahre zuvor wegen einer äußerst brutalen Vergewaltigung verurteilt und war erst seit wenigen Wochen wieder in Freiheit. Natürlich machte ihn das verdächtig.«

»Wie jetzt?«, fragte Mütze verwundert. »Weniger als drei Jahre für Vergewaltigung?«

Lindemann seufzte. »Sagen Sie das nicht mir; sagen Sie das den Politikern und Richtern, die die Gesetze machen und umsetzen. Wie ermitteln nur – alles andere liegt außerhalb unserer Zuständigkeit.«

»Drei Jahre kommen mir dennoch wenig vor.«

»Waren es auch«, sagte er nach kurzem Zögern. »Ich erinnere mich, dass der Mann bei der Tat unter Drogeneinfluss gestanden hatte. Soweit ich weiß, ging es um LSD. Zumindest lieferte es der Verteidigung die passenden Argumente, um auf mildernde Umstände zu plädieren. Denn eigentlich war ja nicht er schuld, sondern die Drogen, die Umstände oder die bösen Eltern, die sich nie um ihn gekümmert haben. Sie wissen, was ich meine?«

Der Expolizist hatte sich in Rage geredet und ich konnte ihn verstehen. Es gab jugendliche Intensivtäter mit über 70 Strafeinträgen, die immer noch frei herumliefen. Männer, die Bewährungsstrafen bekamen, weil sie ihre Frauen nicht nüchtern, sondern besoffen ins Krankenhaus geprügelt hatten. Kinderschänder, bei denen Gutachter nur aufgrund der Behauptung, früher selbst missbraucht worden zu sein, auf mildernde Umstände plädierten.

»Wir haben uns den Kerl ausgiebig vorgeknöpft«, fuhr er fort, »aber bis auf die Vorstrafe gab es absolut nichts, was ihn mit den beiden Morden in Verbindung gebracht hätte.«

Ich nickte. Dann kam die Kellnerin, und wir bestellten drei Kaffee. Keiner von uns schien hungrig zu sein.

»Was ist denn mit den am Tatort gefundenen Spuren?«, fragte ich. »Konnte man damit nichts anfangen?«

Der Pensionär schaute uns abwechselnd an. »Wie gut kennen Sie sich mit der Bedeutung von DNA-Analysen aus?«

Mütze zuckte die Schultern. »So gut, wie sich jemand auskennt, der regelmäßig *CSI Miami* schaut.«

Lindemann lächelte, verlagerte sein Gewicht und beugte sich nach vorne. Seine Augen begannen zu leuchten. Er sah jetzt aus wie ein Mann, der im Begriff war, mit einem Vortrag über sein Lieblingsthema zu beginnen.

»Viele Zuschauer solcher Serien neigen dazu, die Bedeutung von DNA-Spuren zu überschätzen.«

Ein Blick zu Mütze, einer zu mir.

»Die überwältigende Mehrzahl aller Tötungsdelikte wird immer noch durch gute, altmodische Ermittlungsarbeit aufgeklärt. 1986 sowieso. Der genetische Fingerabdruck war erst zwei Jahre zuvor entdeckt worden, und es sollten noch zwei weitere Jahre vergehen, bis ein deutsches Gericht ihn als Beweismittel zuließ. Darüber hinaus ist er ohne den Kontext zur Tat nahezu wertlos. Soll ich Ihnen ein Beispiel geben?«

Mütze und ich nickten im Gleichklang.

»Nehmen wir an – was Gott verhüten möge –, Frau Schneider verschwindet spurlos und Herr Römer verdächtigt mich. Die Polizei untersucht mein Auto und findet darin Haare von Frau Schneider. Würde dieser Fund etwas beweisen?«

»Ich denke nicht«, sagte ich. »Nur dass Frau Schneider in Ihrem Auto gesessen hat.«

»Ganz genau«, sagte Lindemann wie ein Lehrer, der auf einen Schüler besonders stolz war. »Ohne den Bezug zur Tat bedeutet eine solche Spur lediglich, dass Frau Schneider *irgendwann* in meinem Auto gesessen hat. Mehr nicht. Bleiben wir aber bei dem Fall, um den es geht. Wir hatten die Kleidung der Toten sichergestellt, und das BKA hat sie untersucht. Nicht nur einmal, direkt nach der Tat, sondern erneut in den Folgejahren, als die Analysemöglichkeiten sich rasant entwickelten. Es fanden sich mehrere Anhaftungen, die von der Gruppe um Herrn Römer stammten. Was, wie ich gerade verdeutlicht habe, keinerlei Rückschlüsse zuließ – schließlich hatten sie das Wochenende zusammen mit den Opfern verbracht und die Leichen gefunden. Nur bei dem toten Jungen konnten wir eine Einzelspur bestimmen, die eindeutig mit der Tat in Zusammenhang stand. Nämlich Blutspuren an der Kleidung und den Schneidezähnen, die nur entstanden sein konnten, als der Täter ihn totgeprügelt hatte. Allerdings hat uns dieser Fund keinen Schritt weitergebracht, der genetische Fingerabdruck konnte nie zugeordnet werden – den Opfern nicht, dem Verdächtigen aus Gummersbach nicht, der Clique von Herrn Römer nicht.«

Lindemann nippte an seinem Kaffee, dann schaute er mich prüfend an. »Die sich, das muss ich leider so sagen, bei den Vernehmungen damals nicht sonderlich kooperativ gezeigt hat. Ich sag es Ihnen, wie es ist: So richtig schlau bin ich damals aus Ihnen und Ihren Freunden nicht geworden.«

Sein Lächeln war verschwunden, seine hellblauen

Augen hielt er fest auf mich gerichtet. Ich erwiderte den Blick Lindemanns, obwohl mir sein veränderter Tonfall Sorgen bereitete.

»Ganz ehrlich gefragt, Herr Lindemann«, sagte ich. Meine Stimme klang so rau, als hätte ich mir eine Erkältung eingefangen. »Haben Sie uns verdächtigt?«

»Ganz ehrlich geantwortet, Herr Römer: Das habe ich.«

»Wieso?«

Lindemann hustete hinter vorgehaltener Hand. »Angesichts der Begleitumstände war das doch völlig normal. Auch wenn sich gegen keinen von Ihnen ein konkreter Verdacht ergeben hatte – das möchte ich betonen. Aber wenn ich meinem Bauchgefühl folge, glaube ich immer noch, dass Sie und Ihre Freunde mehr über die Tat wissen, als Sie uns damals gesagt haben.«

Wahrscheinlich war das nur ein Schuss ins Blaue. Der Versuch, eine Reaktion bei mir hervorzurufen. Ich glaubte nicht, dass Lindemann ahnte, wie dicht er damit der Wahrheit gekommen war. Aber warum zweifelte er immer noch an unserer Unschuld?

Vielleicht hatte es damit zu tun, dass der Fall einfach zu eindeutig erschien, sämtliche Indizien auf den großen Unbekannten hinwiesen. Vielleicht basierten seine Zweifel aber auch wirklich auf etwas so schwer Definierbarem wie Eingebung – wobei ich daran nicht wirklich glaubte. Das Bauchgefühl wurde in der Ermittlungsarbeit oft herbeizitiert, wenn jemand keine Fakten hatte und versuchte, diese durch ominöses, schwammiges Zeug zu ersetzen. Oder in Krimiserien, wenn die Autoren riesige Logiklöcher in ihren Drehbüchern stopfen mussten. In der Praxis jedoch spielte so etwas kaum eine Rolle, das wusste ich. Da zählten die greifbaren Beweise, bei denen eins und eins immer noch zwei ergab.

»Ihr Bauchgefühl in allen Ehren«, sagte ich. »Aber ich verstehe immer noch nicht, wie Sie darauf kommen. Oder was Sie zu der Behauptung bringt, wir hätten uns der Polizei gegenüber nicht kooperativ verhalten.«

Lindemann suchte nach den richtigen Worten. »Das tote Mädchen zum Beispiel … Ihre gesamte Gruppe hatte Lara Baumbach immer als ›ein nettes Mädchen‹ beschrieben. Einer wie der andere. Acht Jugendliche, achtmal die gleiche Wortwahl. Das ist doch merkwürdig, finden Sie nicht?«

»Was wollten Sie denn hören? Sie war ein nettes Mädchen. Abgesehen davon hatten wir Lara ja erst eine Woche zuvor kennengelernt und wussten praktisch nichts über sie. Und ob Sie es glauben oder nicht: Wenn Sie mich heute fragen, fällt mir dazu auch nicht mehr ein als damals. Außer vielleicht, dass sie gut ausgesehen hat und ihre Eltern nicht gerade arm waren. Aber um das herauszufinden, werden Sie uns ja wohl nicht gebraucht haben.«

»Kein Grund, sich aufzuregen. Wie ich bereits sagte: Es war lediglich ein Bauchgefühl.«

»Dann kann ich nur hoffen, dass Ihre Ermittlerqualitäten besser ausgeprägt sind als Ihr Bauchgefühl. Ansonsten wundert es mich nicht, dass der Mörder noch frei herumläuft.«

Schweigen legte sich über den Tisch. Lindemann wirkte äußerlich ruhig. Nur seine mahlenden Kieferknochen zeigten, wie es in ihm arbeitete.

»Das ist alles, was ich dazu sagen kann, Herr Römer.«

»Das ist nicht gerade viel.«

»Hören Sie …«, begann er, doch ich hob die Hand.

»Tut mir leid, ich wollte nicht respektlos klingen«, sagte ich entschuldigend. »Die letzten Tage waren nicht einfach für mich.«

Er schaute mich an, dann nickte er stumm.

Bevor die Situation erneut peinlich wurde, räusperte sich Mütze: »Wenn sich keine konkreten Hinweise ergeben, wenn alle Nachforschungen im Sand verlaufen – wie lange dauert es dann in der Regel, bis die Nachforschungen nach dem Täter eingestellt werden?«

»Das passiert nie«, sagte Lindemann.

Sobald er sich Mütze zuwendete, klang seine Stimme wieder freundlicher. »Die Sonderkommission wurde zwar aufgelöst, als sich keine weiteren Ermittlungsansätze ergaben, aber die Mordakte selbst wird nicht geschlossen. Nicht, solange sich der Täter noch in Freiheit befindet.«

»Das ist doch Schwachsinn«, platzte es aus mir heraus. »Ihre Kollegen haben die Akten wahrscheinlich schon vor Jahrzehnten in den Keller gepackt, ganz sicher aber jagen sie den Mörder nicht mehr. Zumindest nicht so, wie man ein solches Dreckschwein jagen muss. Vielleicht sollte ich den Job für Sie übernehmen?«

Es war raus, bevor ich mich eines Besseren besinnen konnte, wie die Worte eines anderen, über den man keine Kontrolle hatte. Aus dem Augenwinkel bekam ich mit, wie Mütze mich irritiert anschaute, während Lindemann mit Nachdruck sagte: »Ich kann Ihnen nur raten, das der Polizei zu überlassen. Dafür sind wir da. Und wenn Sie etwas wissen, das wir erfahren sollten, sprechen Sie mit den Kollegen darüber – wir sind die Profis, nicht Sie!«

Er sagte immer noch »wir«, wenn er über die Polizei redete, und sprach von den »Kollegen«, ohne das »ehemalige« davor zu setzen. Lindemann war ein guter Polizist gewesen, und es tat mir leid, dass ich so die Beherrschung verloren hatte.

Er stand auf und verabschiedete sich, zuerst von Mütze, dann von mir. Als ich meine Hand zurückziehen wollte, hielt er sie fest umschlossen. »Ich sage es Ihnen noch einmal, Herr Römer: Ich glaube nicht, dass Sie etwas mit dem Mord zu tun haben. Aber ich bin sicher, dass Sie beileibe nicht alles erzählt haben, was Sie wissen. Machen Sie Ihrem Gewissen Luft und hören Sie auf, weiterhin einen Mörder zu schützen!«

Wenn er meine Hand nur einen Sekundenbruchteil länger festgehalten hätte, hätte ich ihm vielleicht alles erzählt. Alles, was ich wusste. Alles, was ich vermutete. Alles, was mir auf der Seele lag. Aber er ließ meine Hand einen Augenblick zu früh los, winkte Mütze noch einmal zu und verließ das Hyatt gemäßigten Schrittes in Richtung der Rheinpromenade.

»Was war das denn gerade?«, fragte Mütze, als wir kurz darauf vor dem Hoteleingang standen.

»Ich bin mir nicht sicher. Aber ich würde darauf wetten, dass sein Interesse an dem Fall neu entfacht ist.«

»Was hältst du von ihm?«

»Ich vertraue ihm. Lindemann war ein guter Polizist, einer von der engagierten Sorte. Ich weiß noch, wie er uns damals verhört hat, und glaub mir, er hat nichts unversucht gelassen, um die Wahrheit herauszufinden. Wir konnten sie ihm nur leider nicht sagen.«

»Konntet ihr nicht oder wolltet ihr nicht?«

Sie schaute mich mit großen braunen Augen an. »Jan … ganz egal, was du mir erzählst, ganz egal, was geschehen ist – du weißt doch, dass ich immer zu dir halten werde, oder?«

Während sie redete, war sie einen Schritt auf mich zugekommen. Sie musste den Kopf in den Nacken legen, um mir weiterhin in die Augen schauen zu können.

»Das weiß ich«, sagte ich. »Ich weiß nur nicht, womit ich eine Freundin wie dich verdient habe.«

»Weil du mir etwas bedeutest, du Idiot! Und weil man zu Menschen hält, die einem etwas bedeuten.«

Ich nahm sie in die Arme. Konnte nicht anders.

»Danke«, sagte ich leise, während ich ihre Hände auf meinem Rücken spürte. »Das tut unglaublich gut. Ganz ernsthaft.«

»Prima«, sagte sie und löste sich von mir. »Dann können wir ja jetzt mit der Gefühlsduselei aufhören und uns stattdessen überlegen, was wir als Nächstes tun.«

Ich musste lachen. Sie war wirklich unglaublich.

»Mike«, sagte ich. »Mike Küppers. Seine Eltern heißen Gerd und Ursula; früher haben sie in der Saarstraße gewohnt. Versuch mal herauszufinden, ob sie immer noch dort wohnen und falls nicht, wo sie hingezogen sind. Ich treffe mich heute Abend mit Alex; mal sehen, was dabei herauskommt.«

»Mach ich«, sagte sie. »Soll ich auch schauen, ob ich die Adresse von Mike Küppers auftreiben kann?«

»Das brauchst du nicht«, antwortete ich und strich

ihr mit dem Zeigefinger langsam über die Wange. »Ich weiß, wo ich ihn finde.«

*

Eine halbe Stunde später ging ich durch den Haupteingang des Südfriedhofs, vorbei an Engelsskulpturen und herrschaftlichen Grabmälern. Im hinteren Teil, nahe der Kriegsgräber aus dem Zweiten Weltkrieg, wurden die Grabsteine kleiner. Ich war seit Ewigkeiten nicht mehr hier gewesen und hatte Mühe, den richtigen zu finden. Das trapezförmige Friedhofsgelände strahlte eine wunderbare Ruhe aus, und mächtige Tannen und Pappeln sorgten dafür, dass weite Teile der aus festgedrückter Erde bestehenden Wege im Schatten lagen. Besucher, die aus dem Licht in den Schatten traten, veränderten sich, wurden dunkler, wirkten fast unheimlich. Kamen sie in die Sonne zurück, verloren sie ihre Bedrohlichkeit.

Auf manchen Bänken saßen Rentner und unterhielten sich über ihre Leiden, während eine einzelne alte Dame den Rücken bog, um Blumen auf ein Grab zu legen. Ich fragte mich, was der Tod für sie bedeuten mochte: ein Ende, das sie hinausschieben wollte? Oder eines, das sie herbeisehnte, weil sie hoffte, wieder mit ihrem Liebsten vereint zu werden?

Dann hatte ich das richtige Grab gefunden. Es lag am Ende eines gebogenen Wegabschnitts, in der Nähe des Nebeneingangs am Kalscheurer Weg. In einer grünen Plastikvase, die jemand fest in die Erde gerammt hatte, steckte ein frischer Strauß weißer Nelken. Um das Grab herum verlief ein sorgfältig gepflegter grüner

Kranz aus Zwergmispel und Immergrüner Heckenkirsche, dazwischen setzten Stiefmütterchen und Chrysanthemen vereinzelte Farbtupfer.

Man sah dem Grabstein sein Alter nicht an, er war weder verwittert, noch hatte er Moos angesetzt. Oben auf dem marmornen Rechteck waren die *Betenden Hände* von Dürer angebracht, darunter stand:

Mike Küppers
1969–1986
Der Tod ist ein grausamer Geselle

Ich schaute auf die Erde, atmete den Modergeruch ein und versuchte mir vorzustellen, dass dort, in zwei Meter Tiefe, derjenige lag, der der Schlüssel zu allem war. Der beste Freund meiner Kinder-, einer der besten Freunde meiner Jugendtage. *No Mercy*. Keine Gnade.

Ich dachte daran, wie ich Mike kennengelernt hatte. Dritte Klasse, Grundschule. Wir fanden Mädchen blöd und Fußball toll; in diesem Alter genügte das, um darauf eine Freundschaft aufzubauen. Später wechselten wir beide aufs Humboldt-Gymnasium. Ich weiß nicht, wie oft ich während dieser Zeit nach der Schule mit zu Mike gegangen war. In seinem Zimmer mit ihm Musik gehört hatte, Hausaufgaben machte, zu Mittag aß. Die Küppers waren so etwas wie eine Ersatzfamilie für mich geworden. Sie waren für mich da gewesen, wenn meine Mutter arbeiten musste. Hatten mich wie einen zweiten Sohn aufgenommen.

Ich konnte mich noch gut an den Lieblingsspruch von Mikes Vater erinnern: *»Du bekommst von der Welt keine Geschenke gemacht. Wenn du etwas willst, musst du es* *dir holen!«* Mikes Eltern waren der festen Überzeugung gewesen, dass der letzte Satz für nahezu alle Lebensbereiche galt. Fleiß und die Orientierung an festen Werten nahmen einen wichtigen Platz in ihrem Leben ein, und sie versuchten, diese Philosophie an ihren Sohn weiterzugeben.

In der Pubertät begann Mike, sich zu verändern, zuerst langsam und schleichend, von außen kaum bemerkbar. Er wurde stiller und in sich gekehrter, fast ein Eigenbrötler. Als wir mit 13 oder 14 dann zu der Clique im Park stießen, lernte ich Alex kennen, der langsam Mikes Platz als mein bester Freund einnahm. Dennoch würde ich behaupten, dass Mike und ich weiterhin gute Freunde geblieben waren. Zumindest bis zu dem Tag, an dem er sich mit Paul geprügelt hatte. Wahrscheinlich war dies der Anfang vom Ende gewesen. Der Tag, an dem das Böse in unser Leben getreten war. Das Böse, das wir fortan unbewusst genährt und in unserer Mitte aufgenommen hatten, bis es stark genug gewesen war, um auszubrechen und über uns herzufallen. Wären Mike und ich an diesem verhängnisvollen Wochenende noch die Freunde aus früheren Tagen gewesen, hätte ich sofort gewusst, dass der Anschein trügen musste. Aber in seinen letzten Monaten war er mir fremd geworden.

Eine Elster krächzte in den Bäumen und riss mich in die Gegenwart zurück. Mir war heiß. Selbst im Schatten war es unerträglich, das Hemd klebte mir am Rücken. Ich wischte mir den Schweiß von der Stirn und nahm die neben dem Grab stehende Kanne. Sie war halb voll, und wo die Flüssigkeit die Erde berührte, änderte sie augenblicklich ihre Farbe, aus Braun wurde

Schwarz. Dann hielt ich inne. *Der Tod ist ein grausamer Geselle.*

Warst du das, Mike? Ein grausamer Geselle?

Viele Jahre war ich davon überzeugt gewesen, erst in den letzten Tagen waren mir Zweifel gekommen. An Ursache und Wirkung. An dem, was man sah und an dem, was man glaubte. An Tätern und Opfern. An der Schuld und an den Schuldigen.

Ich bückte mich und hob drei Blätter auf, die auf das Grab gefallen waren. Auf dem Weg zum Ausgang warf ich sie in einen der vielen Mülleimer, die die Friedhofsverwaltung aufgestellt hatte. Ein älterer Mann trat neben mich und warf das Papier weg, mit dem die Blumen in seiner Hand umwickelt gewesen waren. Er nickte mir freundlich zu und lupfte den Hut. Wahrscheinlich war es die Trauer in meinem Gesicht, die uns für einen kurzen Moment verbunden hatte.

Eine halbe Stunde später war ich zu Hause. Aus dem Briefkasten schaute oben ein Exemplar der Autozeitschrift heraus, die ich abonniert hatte. Als ich den Briefkasten öffnete, um nach weiterer Post zu schauen, fiel mir ein Zettel entgegen. Graues Papier. Unliniert. Schreibmaschinenschrift. Nur zwei Sätze.

Lass die Vergangenheit ruhen, Jan! Du weißt doch, dass geliebten Frauen manchmal schlimme Dinge passieren können.

Ich zerknüllte den Zettel und warf ihn wütend in den eigentlich für Reklame gedachten Mülleimer, der unterhalb der Briefkästen stand. Erst der Anruf bei Sarah, jetzt dieser anonyme Wisch. Wieder fragte ich mich, ob meine Frau in Gefahr war, und wieder kam ich zu dem Schluss, dass ich mir zumindest im Moment noch keine Sorgen machen musste. Solange sie in St. Peter-Ording blieb und dies außer einer Handvoll Leuten niemand wusste, war sie in Sicherheit.

Ich fischte den Zettel wieder aus dem Mülleimer, steckte ihn ein und ging nach oben. Im Wohnzimmer angekommen, nahm ich die Flasche mit dem 15 Jahre alten El Dorado aus dem Regal und holte mir ein Glas. Mit beidem bewaffnet, legte ich mich auf die Liege.

Ich schenkte mir reichlich ein, sog das Aroma des Rums ein, ließ einen Schluck langsam die Kehle hinunterlaufen und dachte über Mike und Artur Lindemann nach.

Rückblickend war ich froh, dass ich ihm bei unserem Treffen am Vormittag nichts gesagt hatte. Ich wusste ja noch nicht einmal, an welchem Punkt der Geschichte ich hätte anfangen sollen. Irgendwann musste ich mit ihm oder einem seiner Kollegen reden, das war mir klar, aber dieser Moment lag noch in unbestimmter Ferne.

Meine Entdeckung vom Morgen ging mir nicht mehr aus dem Kopf. Ein winziges Detail nur, das für jeden anderen unsichtbar war. Nicht aber für mich. Weil ich mit den Menschen aufgewachsen war, um die es hier ging.

Wenn man Menschen so gut kannte, gerade in diesem Alter, dann blieb einem nur wenig verborgen. Dann wusste man Sachen von ihnen, die man in den Jahren danach vielleicht vergessen konnte, die aber an die Oberfläche drängten, sobald man daran erinnert wurde.

Wieder trank ich einen Schluck Rum. Genoss das weiche und reichhaltige Aroma, den Hauch Schokolade, Holz und Minze, den es enthielt. Ich schwenkte das Glas hin und her und beobachtete, wie die Schlieren auf der Innenseite ein Muster bildeten, das den Fenstern einer gotischen Kathedrale glich. Dabei fiel mir ein Zitat ein, das Niccoló Machiavelli zugeschrieben wurde, einem umstrittenen Staatsmann und Schriftsteller des 15. Jahrhunderts: »Es gibt nichts Klügeres im menschlichen Leben, als wenn man darauf verzichtet, zu drohen und mit Worten zu beleidigen. Denn weder das eine noch das andere entzieht dem Feind die Kraft. Drohungen machen ihn vorsichtig, und Beleidigungen stärken seinen Hass.«

Scheinbar hatte der anonyme Zettelschreiber Machiavelli nicht gelesen. Er hatte mir nicht nur zusätzliche Motivation geliefert, nein, dank ihm glaubte ich auch nicht mehr an den großen Unbekannten, geschweige denn an Mikes Schuld. Wenn ich nach dem, was ich in den Polizeiunterlagen gelesen hatte, noch einen weiteren Beweis gebraucht hätte, hatte ich ihn gerade bekommen.

Lindemann hatte recht: Einer von uns hatte sich in dieser Nacht des größten Verbrechens schuldig gemacht, das ein Mensch begehen konnte. Es war einer von uns gewesen, der zum Vergewaltiger und Mörder geworden war. Zum Verräter an allem, was Freundschaft bedeutete.

Ich lehnte mich zurück und versuchte, meine aufgebrachten Gefühle neu zu ordnen. An Mikes Grab war die Trauer noch das Vorherrschende gewesen, jetzt nicht mehr. Ich konnte die Wut in mir spüren, fast wie ein lebendiges Wesen. Fühlte, wie sie sich regte und nur auf ihre Chance zu lauern schien, endlich hervorzubrechen.

AUGUST 1986

Vier Tage nach Christines Party wurde ich durch ein vergessen geglaubtes Geräusch geweckt. Regen prasselte gegen das Fenster. Es klang, als marschiere eine Armee vorbei.

Ich zog das Rollo hoch. Mit bangem Blick schaute ich nach draußen, doch am Horizont rissen die Wolken schon wieder auf und gaben das gewohnte Blau frei. Das war gut so, denn heute war der wichtigste Tag in meinem Leben. Den Grund dafür konnte man in drei Stichpunkten zusammenfassen. Mein erstes Date mit Tanja. 19 Uhr. Vor dem UFA-Palast am Hohenzollernring.

Meine Mutter war bereits auf der Arbeit. Bevor sie gegangen war, hatte sie mir das Frühstück hingestellt, wahrscheinlich wie immer darum besorgt, ich könnte nicht genug essen. Irgendwie brachte ich das Früchte-Müsli und den Multivitaminsaft herunter. Dann ging ich ins Bad, duschte, zog mich an und verließ die Wohnung, in der mir eh nur die Decke auf den Kopf zu fallen drohte.

Als ich im Park ankam, hatte der Himmel sich schon wieder in eine blassblaue Leinwand verwandelt, von der eine hochstehende Sonne erbarmungslos herunterknallte. Ich schloss das Biest auf dem Bürgersteig ab, klemmte den Sturzhelm unter den Arm und betrat den Hof.

Markus saß auf dem Boden und schaute frustriert auf die vor ihm stehende Honda. Um ihn herum lagen diverse Schraubenschlüssel, ein Vergaser und eine halbvolle Tüte Chips. Sein T-Shirt, an dem ein Pin mit der Aufschrift »Petting statt Pershing« prangte, war von Krümeln übersät.

»Ich bekomm in die Kiste einfach nicht mehr Endgeschwindigkeit rein«, jammerte er, als er mich kommen sah.

Wie auch? Seine Honda MB8 war die lahmste Möhre, die es unter Leichtkrafträdern gab. Schon mit einer Person besetzt hatte sie Mühe, ihre zulässige Höchstgeschwindigkeit zu erreichen, zu zweit oder mit einem Moppel wie Markus klappte das nur, wenn es bergab ging oder er einen Rückenwind erwischte, der in Orkanstärke blies. Markus hatte das lahmste Moped und war ein schlechter Fahrer – eine Kombination, die dafür sorgte, dass er bei jedem Ausflug als Erster aufbrach und als Letzter ankam.

Ich schob mir die Sonnenbrille auf die Haare, kniete mich neben ihn und warf einen Blick auf die Auspuffanlage.

»Bevor du den Vergaser wechselst, brauchst du einen dickeren Krümmer. Das Teil ist viel zu schmal. Was durch den größeren Vergaser reinkommt, muss auf der anderen Seite ja auch wieder raus. Ist klar, oder? Und solange du den nicht hast, musst du wenigstens das Krümmerrohr am Ende absägen. Lange Krümmer sind gut für mehr Durchzug, kürzere für mehr Spitzenleistung.«

»Kannst du das nicht machen? Ich hab echt keine Ahnung, wo ich da was absägen soll. Und das nervt voll, dass das Teil nicht in die Gänge kommt.«

»Jaja, schon okay«, sagte ich. »Aber langfristig wirst du um einen dickeren Krümmer nicht herumkommen. Hast du eine Metallsäge?«

Markus machte sich auf den Weg, um im Werkzeugkasten seines Vaters nach einer Säge zu suchen, während ich die Auspuffanlage abschraubte. Hinter dem Bereich, wo der Krümmer mit einer Muffe und einer Schelle mit dem Auspuff verbunden war, ragte er zwanzig Zentimeter in den Auspuff hinein. Fünfzehn konnten weg.

Kurz darauf kam Markus mit der Säge zurück, und wir machten uns gemeinsam an die Arbeit. Hin und her, hin und her, immer wieder. Keine schlechte Gelegenheit, um Markus ein wenig auszuquetschen.

»Sag mal: Kommt dir Mike in letzter Zeit nicht auch irgendwie anders vor?«

»Wie jetzt, anders?«, keuchte er.

»Weiß auch nicht. Merkwürdig halt.«

»Der ist doch immer merkwürdig, der Küppers.«

»Das mein ich nicht. Ich hab das Gefühl, dass er in letzter Zeit so ruhig ist. Auch wegen Marion und Alex und so. Ist doch komisch, dass ihm das total am Arsch vorbeigeht, oder?«

»Findest du?«

Markus zuckte die Schultern.

»Was soll er denn machen? Bei so was ist es das Beste, man reagiert nicht. Weiß doch eh keiner, was

Frauen wollen. Und außerdem«, er machte eine kleine Pause, um nach Luft zu schnappen, »ist mir das auch egal! Was ist jetzt mit dem Krümmer?«

»Bald durch«, antwortete ich. »Warte … jetzt …«

Wir bogen den fast durchgeschnittenen Stahl hoch und runter, dann brach er ab und die überflüssigen Zentimeter waren weg.

»Fertig«, sagte ich. »Jetzt lass uns den Auspuff wieder dranschrauben und ausprobieren, ob es etwas gebracht hat.«

Ich verband die beiden Teile erneut mit der Muffe, sicherte sie durch zwei Schlauchschellen und schraubte den Auspuff an die Aufhängung. Kurz darauf dröhnte das typische Knattern eines Zweitakters durch den Hof. Markus zog seinen Sturzhelm auf und legte den ersten Gang ein, kaum, dass er auf der Honda saß. »Bin in drei Minuten zurück! Einmal die Ulrepforte runter und zum Testen auf die Nord-Süd-Fahrt.«

Sobald Markus verschwunden war, kreisten meine Gedanken wieder um Tanja. Ich konnte das Treffen kaum erwarten.

Tanja und ich.

Im Kino.

In einem *dunklen* Kino.

Vielleicht hatte ich Markus auch deshalb so bereitwillig geholfen. Die Schrauberei hatte mich abgelenkt, und als ich auf die Uhr schaute, war es schon kurz nach eins.

»Fünf Kilometer«, schrie Markus und reckte die Faust nach oben, als er die Honda kurze Zeit später mit einer Vollbremsung wieder im Hof abgestellt hatte. »Volle fünf Kilometer hat das gebracht; der Wahnsinn!«

»Echt geil«, erwiderte ich und tat, als würde ich mich mit ihm freuen. »Mit einem dickeren Krümmer kommen sicher noch mal fünf Kilometer dazu.«

»Dann muss ich die Karre aber anders übersetzen – die dreht ja jetzt schon in den roten Bereich.«

Zweifelnd schaute ich ihn an. »So dicke Krümmer gibt es nicht, dass deine Krücke auf Touren kommen würde.«

»Wirst schon sehen, wart ab! Spätestens am Freitag fahr ich euch allen weg.«

»Ja klar – träum weiter.«

»Dann hast du mit dem Biest keine Chance mehr.«

»Mag sein«, sagte ich und lachte. »Aber nur, wenn ich maximal bis in den dritten Gang schalten darf.«

Er zeigte mir den Mittelfinger. »Genug geschraubt für heute – wenn du willst, lass ich fürs Helfen ein Eis springen.«

Das Dolomiti lag am Anfang der Severinstraße. Links davon befand sich eine Parfümerie, rechts ein Fotogeschäft. Die Eisdiele gehörte einem Pärchen aus Sizilien, Luigi Pisano und seiner Frau Gina, die wir Mama Gina nannten. Optisch hätten die beiden nicht gegensätzlicher sein können: Luigi sah aus, als hätten wir eine Hungersnot gehabt, und Gina, als sei sie daran schuld gewesen.

Wenn man das Dolomiti betrat, fiel der Blick als Erstes auf eine Zeichnung, die die komplette Längswand bedeckte. Auf ihr waren das Mittelmeer, ein Berg mit schneebedecktem Gipfel und unzählige Orangenbäume zu sehen. Der schlauchförmige Gastraum wirkte alles andere als einladend, aber im Sommer stellte

Mama Gina immer Tische nach draußen. Um sie herum standen Stühle aus Metall, die in der Sonne unangenehm heiß wurden.

Wir setzten uns, eingekeilt zwischen Hauswand und Straßenverkehr, und warteten auf die Bedienung. Markus bestellte einen Früchtebecher mit doppelter Sahne, ich ein Spaghettieis ohne. Ich hatte keine Angst, dick zu werden – ich mochte einfach keine Sahne. Aber Mama Gina interpretierte meine Verweigerung wohl eher als Hinweis auf zur Neige gehendes Taschengeld. Sie nahm unsere Bestellung auf und verschwand im Inneren der Eisdiele. Als sie kaum fünf Minuten später wiederkam, stellte sie ein Spaghettieis vor mir ab, auf dem ein Berg Sahne stolz wie eine Krone thronte.

»Musse du nich extra bezahle. Habe isch umsonst drauffe gemacht.«

Sie strahlte mich entwaffnend an. Höflichkeitshalber strahlte ich zurück und sagte: »Mille Grazie, Signora.«

Ich wartete, bis ihr gewaltiger Hintern im Inneren der Eisdiele verschwunden war, dann schaufelte ich die Sahne auf Markus' Früchtebecher, der sich sofort darauf stürzte.

»Ist das beste Eis in Köln«, freute er sich. »Und voll die Riesenportionen. Kann man echt nicht meckern, was?«

Auf der einspurigen Severinstraße standen die Autos Stoßstange an Stoßstange. Kurz vor dem Chlodwigplatz wurde die Fahrbahn durch einen weißen Transporter mit eingeschalteter Warnblinkanlage blockiert. Die ersten Autofahrer hupten. Warum mich der Anblick so faszinierte, wusste ich selbst nicht. So viele Menschen auf dem Weg nach irgendwo.

»Was geht ab, Leute?«

Plötzlich standen Paul und Kai vor uns. Der weiße Transporter hatte mich so abgelenkt, dass ich nicht bemerkt hatte, wie sie sich näherten. Oder der Stau. Oder das vielleicht 20-jährige Mädel auf der anderen Straßenseite, dessen roter Minirock kaum mehr als ein breiter Gürtel war.

Paul trug eine Latzhose und hatte die Hände in den Hosentaschen vergraben, Kai eine Leinenhose und ein pastellfarbenes T-Shirt, auf dem in großen Lettern CHEVIGNON stand. Sein Haar hatte er mit Gel nach hinten geklatscht. Er spielte gerne den Aufreißer – und der Erfolg bei Lara gab ihm recht. Auch dem Mädchen im Minirock schien es zu gefallen, zumindest grinste sie zu uns herüber.

»Was macht ihr denn hier?«, fragte ich, als die beiden sich gesetzt hatten.

»Was schon? Abhängen«, antwortete Paul. »Und später gehen wir vielleicht noch in die Spielhalle, 'ne Runde zocken.«

Paul bestellte einen Schokobecher, Kai ein Pizzaeis. Ich schaute ihn an. Für mich war Kai immer ein Junge ohne eigene Identität gewesen, ein Wellenreiter. Wir redeten miteinander, wenn es sein musste, und wir ignorierten uns, wenn es möglich war.

»Und – seid ihr am Wochenende dabei?«, fragte er, als Mama Gina weg war. »Ist 'ne geile Braut, die Lara, was?«

»Apropos geile Braut«, sagte Paul und grinste Markus an. »Was war denn das mit dir und Christine?«

Markus schaute irritiert zwischen den beiden hin und her. »Was soll denn mit Christine gewesen sein?«

»Wolltest ihr auf der Party die Zunge reinstecken, was?«, fragte Paul.

Kai feixte. Er lachte immer, wenn Paul etwas halbwegs Lustiges von sich gab. Dann beugte er sich vor und sagte: »Der Dicke braucht doch keine Christine. Der hat doch die Fremde.«

»Was denn für 'ne Fremde?« Markus war jetzt komplett neben der Spur. »Mann, Leute – ich hab echt keinen Plan, was ihr da labert.«

»Na, die Fremde eben. Auf die linke Hand setzen, bis sie eingeschlafen ist, und dann wichsen!«

Das letzte Wort ging schon in seinem prustenden Gelächter unter. Die Leute am Nebentisch schauten zu uns herüber, und Markus sah aus, als hätte ihn jemand geohrfeigt.

»Wo hast du Lara eigentlich kennengelernt?«, fragte ich, um das Thema zu wechseln.

Kai wendete sich mir zu. »Das glaubst du nicht: in 'nem Koffergeschäft!«

»Echt jetzt? Wo denn?«

»Neben der Schildergasse. Ist der Laden von ihrem Vater. Wenn sie das Wochenende über bei dem Alten ist, hilft sie dort aus.«

»Und was machst du in 'nem Koffergeschäft?«

»Na ja, meine Eltern brauchten so'n Ding für den Urlaub. Ich hab Lara gesehen und«, er schnippte mit den Fingern, »auf der Stelle klargemacht. Ist erst drei Wochen her. Und ich sag's euch: Die ist rattenscharf, die Alte. Kann gar nicht genug bekommen. Zumindest wenn die an so 'nen Super-Stecher wie mich gerät.«

»Und du?«, fragte er mich. »Hab gesehen, du hast

mit Tanja rumgemacht. Die ist auch 'ne Rakete – hast echt Glück, dass ich Lara dabeihatte, sonst ...«

Er ließ offen, was sonst gewesen wäre, aber ich nahm ihn sowieso nicht ernst. Mochte sein, dass er jemanden blenden konnte, den er erst drei Wochen lang kannte und in dieser Zeit kaum gesehen hatte. Bei Tanja hätte das nicht geklappt – da war ich mir sicher.

»Jaja«, sagte ich. »Da hab ich mit Sicherheit Glück gehabt. Wärst du allein auf der Party erschienen, hättest du Tanja wahrscheinlich ins Koma gequatscht und ich hätte dann sehen können, wie ich sie wieder wach bekomme.«

»Keine Bange«, sagte Kai und schob den Daumen zwischen Zeige- und Mittelfinger. »Ich weiß schon, wie ich 'ne Braut aufwecke.«

»Klar! Da sie dir ja alle einschlafen, hast du sicher jede Menge Erfahrung damit!«

Markus lachte prustend los, ein bisschen zu laut vielleicht.

»Was lachst du denn so blöd, Specki?« Augenblicklich wurde Kai sauer. »Du kannst beim Thema Weiber doch gar nicht mitreden.«

»Lass Markus in Ruhe«, ging Paul dazwischen, bevor die Situation eskalieren konnte. »Selber keine Haare am Sack, aber mit deiner Lara einen auf dicke Hose machen.«

»Es sprach: der alte Mann«, sagte ich und grinste.

Dann kam Mama Gina mit den beiden Eisbechern, und wir wechselten das Thema.

»Kommt die Hasenscharte eigentlich auch mit?«, fragte Paul und schob sich einen Löffel Schokoeis in den Mund.

»Nenn ihn nicht so«, sagte ich. »Ich versteh nicht, was du gegen ihn hast. Echt, Paul, das nervt.«

»Was meinst du, was der Idiot *mich* nervt? Ich kann den Arsch nicht ausstehen. Der soll mir bloß nicht mehr blöd kommen, klar?«

Ich nickte nur. Solche Diskussionen führten zu nichts und endeten höchstens im Streit.

»Und was ist mit dir, Paul?«, fragte Markus. »Auch dabei?«

»Keine Ahnung«, antwortete er. »Ich muss samstags noch arbeiten, zumindest bis eins. Vielleicht komme ich später nach, um auf euch aufzupassen. So ganz ohne Erwachsene passiert nachher noch was.«

Ich hoffte, dass er die Zeit finden würde, nachzukommen. Mir hatte gefallen, wie er Markus in Schutz genommen hatte, und auch sonst war Paul schwer in Ordnung. Verdammt schade war nur, dass er ausgerechnet Mike derart auf dem Kieker hatte.

Irgendwie kamen wir dann auf *Formel Eins*, die Musiksendung. Jede Woche das Neueste aus den Charts. Bis Ende des letzten Jahres war sie von Ingolf Lück moderiert worden, den wir alle witzig fanden. Dann war Stefanie Tücking gekommen, die wir nicht ausstehen konnten. Nur Paul fuhr voll auf sie ab und meinte, wir wären einfach noch zu jung, um erkennen zu können, was für eine hammermäßige Braut die Tücking wäre. Ich fand sie eher nervig, was aber auch daran lag, dass ich mich generell mit neuen Gesichtern schwertat, die liebgewonnene ersetzten.

Bevor der nächste Schlagabtausch losgehen konnte, kam Mama Gina und brachte die Rechnungen. Als sie mir meine gab, wuschelte sie mir mit der Hand durch die Haare, und für einen Moment fühlte es sich an, als ob ich wieder fünf wäre.

Dann bezahlten wir, jeder ging seiner Wege. Meiner führte in die Ehrenstraße. Hier reihte sich eine Boutique an die andere, und man bekam Sachen, die es in den großen Kaufhäusern nicht gab. Ich stellte die Yamaha in einer Lücke zwischen zwei Autos ab. Die Hitze war brutal, auf den Bürgersteig gespuckte Kaugummis verwandelten sich in klebrige Fallen. Vor einem Schickimicki-Café sah ich Schirme mit dem Werbeaufdruck eines italienischen Kräuterlikörs. Es hätte mich nicht gewundert, wenn das helle Segeltuch in der unerbittlichen Sonne Feuer gefangen hätte.

Der Verkäufer in dem Szene-Schuppen, der mit seiner Weste und Lederhose wahrscheinlich aussehen wollte wie der Sänger von Depeche Mode, nervte mich bereits nach zwei Minuten. Seine ganze Aufmerksamkeit galt einer sonnenbankgebräunten Tussi, die vor einem Kleiderständer stand und augenscheinlich nach einer Bluse suchte, die perfekt zu ihrer prolligen MCM-Tasche passte. Meine Frage hatte er einfach ignoriert. Vielleicht hatte er mich auch nur nicht gehört, weil Samantha Fox aus versteckt angebrachten Lautsprechern *»Touch me, touch me, I wanna feel your body«* stöhnte.

Ich stellte mich in sein Blickfeld. »Entschuldigung – habt ihr nun ein schwarzes Hemd in Größe L oder nicht?«

»Schwarz ist out.«

Der Dave-Gahan-Verschnitt setzte eine gelangweilte Miene auf und deutete mit der Hand auf einen der Ständer. »Da hängen Hawaiihemden, guck dir die mal an. Stehen dir sicher auch gut und passen besser zum Sommer.«

»Ich will aber ein schwarzes«, konnte ich gerade noch sagen, bevor er mich erneut stehenließ und zu der Blondine eilte, die ihn, kaum, dass er bei ihr angekommen war, lautstark nach einer weißen Bluse fragte. »So was Edles, verstehste?«

Ich hatte die Schnauze voll. Dann eben kein neues Hemd. Auf dem Weg zum Ausgang tippte ich der Proll-Tussi auf die Schulter und sagte: »Weiß ist übrigens out. Dahinten hängen aber Hawaiihemden: Stehen dir garantiert auch gut und passen perfekt zum Sommer!«

Bevor sie antworten konnte, war ich schon draußen. Als ich keine zehn Schritte mehr von meiner Yamaha entfernt war, sah ich auf dem Bürgersteig gegenüber Mike und Marion, die in die Gegenrichtung gingen und sich lebhaft unterhielten. Sie wirkten vertraut miteinander, so als seien sie immer noch ein Paar.

Ich hatte nicht gewusst, dass die zwei sich noch trafen, nachdem Marion ihn wegen Alex verlassen hatte. Aber vielleicht hatte es auf der Party ja einen Kehrtschwenk gegeben, von dem ich nichts mitbekommen hatte.

»Hey, Jan!«

Jetzt hatte Marion mich doch gesehen. Ich winkte und überquerte die Straße. »Hi – was macht ihr denn hier?«

»Wir wollten was trinken gehen«, sagte sie und strahlte. »Und uns vielleicht ein paar Klamotten fürs Wochenende kaufen.«

Während sie redete, schaute Mike überall hin, nur nicht in meine Richtung.

»Wollte ich auch gerade«, sagte ich. »Hab aber nichts Passendes gefunden.«

Dann versiegte das Gespräch.

Als das Schweigen unangenehm wurde, fragte ich: »Freut ihr euch auch schon auf die Tour?«

Mike schürzte die Lippen und nickte schwach. Bei Marion fiel die Zustimmung begeisterter aus.

»Ich war vorhin noch mit Paul, Markus und Kai ein Eis essen«, fuhr ich fort. »Mann, was der von Lara erzählt, das klingt ...«

»Mach dir um Lara keinen Kopf!«

Verwundert schaute ich Mike an: Er konnte ja doch noch sprechen.

»Was?«

»Ich hab gesagt: Mach dir um Lara keinen Kopf. Und kümmere dich nicht um das, was dieser Schwachkopf Kai über sie erzählt.«

»Ich mach mir keinen Kopf«, sagte ich. »Ich freu mich einfach nur auf die Tage mit Tanja. Und was Lara angeht ...«

»Du hast doch keine Ahnung!«

Ich musste kurz schlucken. Auch Marion schien die Situation unangenehm zu sein.

»Wovon hab ich keine Ahnung?«

»Ich will nicht, dass ihr hinter ihrem Rücken über sie redet.«

»Jetzt mach mal halblang, Mike – was geht dich Lara an?«

Er kam einen Schritt näher und deutete mit dem Zeigefinger auf mich. »Ich sag's dir nur einmal, als guter Freund: Lass die Finger von Lara, kapiert?«

»Ich hab überhaupt nicht vor, meine ...«

»Hey, Jungs, jetzt beruhigt euch mal!«

Marion war zwischen uns getreten. »Was ist denn los? Dreht ihr jetzt komplett am Rad?«

»Ja«, sagte ich und schaute Mike verwundert an. »Das frage ich mich gerade auch.«

Er hatte sich schon wieder abgewendet. »Ich hab's dir gesagt – denk dran!«, sagte er nur noch, dann steckte er sich eine Kippe an.

Ich sparte mir die Antwort und verabschiedete mich stattdessen von Marion, die bedauernd die Schultern zuckte. Ich sah den beiden noch eine Zeitlang nach, wie sie die Straße hinuntergingen, aber als ich mir kurz darauf den Sturzhelm aufsetzte, hatte ich den Vorfall fast schon wieder vergessen. Und es sollte noch Tage dauern, bis er mir wieder einfallen würde.

*

Jeder zweite Blick galt der Standuhr auf dem Bürgersteig. Ich war zu früh, viel zu früh. Der große Sekundenzeiger lachte mich aus und bewegte sich mit einer Lahmarschigkeit voran, als würde er in Honig stecken. Mehr als 20 Minuten stand ich schon vor dem UFA-Palast, zehn weitere würde ich noch warten müssen, falls Tanja pünktlich kam.

Um mich herum war halb Köln auf den Beinen. Alle schienen auf einen Sitzplatz in einem der zahlreichen Straßencafés zu hoffen, während der heiße Nachmittag in den kaum kühleren Abend überging. Pärchen schlenderten Arm in Arm vorbei, und eine Gruppe Jugendlicher hörte einem Typen zu, der sich mit seiner Gitarre an einer alten Bob-Dylan-Nummer verging. *Knockin' on Heaven's Door*. So, wie der Kerl spielte, würde er lange anklopfen müssen.

Plötzlich stieß mich jemand von hinten an, während ich gleichzeitig zwei Hände auf meiner Hüfte spürte. »Buuh!«, sagte dieser Jemand fröhlich.

Ich drehte mich um und sah Tanja vor mir stehen. Sie trug ein gelbes Sommerkleid und flache Sandalen. Das Haar fiel ihr offen über die Schultern, und in ihren Augen sah ich ein Leuchten, das ich vorher noch nie wahrgenommen hatte. Während sie mich umarmte, konnte ich kurzzeitig ihr Parfüm riechen und den Druck ihrer festen Brüste spüren.

Als wir uns voneinander lösten, sah ich sie nochmals an, länger und intensiver diesmal. Sie sah aus wie die Hauptdarstellerin in einem dieser angesagten amerikanischen Filme, in denen ein Serienmörder einen ganzen Campus niedermetzelte – süß und unglaublich sexy. Ihre gebräunte Haut bildete einen atemberaubenden Kontrast zu dem gelben Kleid, das neu wirkte, und mir wurde schlagartig klar, dass ich sie liebte. Ich war nicht einfach nur verknallt – ich liebte sie, so richtig und mit allem, was mir dafür zur Verfügung stand.

In der Zwischenzeit war sie näher gekommen und schaute mir in die Augen. Ohne nachzudenken, legte ich den Arm um ihre Taille, zog sie an mich und küsste sie. Lange, tief und intensiv, und sie erwiderte den Kuss auf exakt die gleiche Art und Weise. Ihre Lippen waren warm und sanft und hatten einen süßlichen Geschmack, der auf der Zunge intensiver wurde. Widerwillig rückten wir schließlich einen Schritt voneinander ab. Ihre Augen strahlten, die roten Farbtupfer auf ihren Wangen machten sie nur noch verführerischer.

»Wenn wir jetzt nicht aufhören, Jan Römer, dann können wir uns das Kino direkt sparen«, sagte sie und lächelte.

Am liebsten hätte ich geantwortet *»Scheiß aufs Kino«*, aber ich traute mich nicht. Stattdessen drehte ich mich um, griff nach ihrer warmen, weichen Hand und ging mit ihr zur Kinokasse. Wir kauften Cola, Popcorn und zwei Eintrittskarten für *Drei Männer und ein Baby*.

Bis der Eismann kam, hockten wir steif auf unseren Sitzen, lediglich unsere Finger spielten miteinander. Dann wurde es dunkel, der Vorhang verschwand, und der Film begann. Wie auf Kommando klebten wir augenblicklich aneinander und küssten uns. Ach Quatsch, küssten – wir knutschten alles weg: den Film, das Kino, die Menschen um uns herum. Ich konnte den Stoff ihres Kleides unter meinen Händen spüren, die leichte Wölbung des Reißverschlusses in seinem Futteral. Als ich die Hand auf ihr Knie legte und ihre nackte Haut spürte, bekam ich augenblicklich einen Ständer – und zwar einen von der Sorte, die schon schmerzten. Ich nahm wahr, wie sich ihr Atem beschleunigte, so wie auch sie wahrnahm, wo bei mir der Schmerz saß. Ich spürte ihre Hand in meinem Schoß, sie streichelte mich durch die Jeans hindurch. Es wirkte, als würde Tanja ihre Hand nur unbewusst bewegen, so sanft war sie. Sanft, aber beharrlich.

Irgendwann spürte ich etwas Warmes in der Hose. Es war das erste Mal, dass ich durch die Hilfe einer Hand kam, die nicht meine eigene war. Ein durch und durch historischer Moment, und dennoch war ich froh, dass Tanja ihn nicht mitbekommen hatte. Zumindest ließ sie sich nichts anmerken, als wir weiterknutschten. Ich erkundete ihre Beine bis zu der Stelle, wo ich den Saum ihres Slips unter meinen Fingern spürte. Dann noch ein Stückchen höher, aber über dem Stoff bleibend, der sich feucht anfühlte. »Nicht, Jan …«, sagte sie, aber es klang wie ein »Nicht *jetzt*, Jan …«.

Ich hatte nie an Glück in der Liebe geglaubt. Hatte nie einen Grund dazu gehabt. Jetzt jedoch saßen mir die Götter auf der Schulter, hatten ihre Freude und feuerten mich an. In diesem einen strahlenden Augenblick wusste ich, was Glück war.

Als das Licht anging, brauchte ich ein paar Sekunden, um in der Wirklichkeit anzukommen. Sobald ich mich gefangen hatte, griff ich nach ihrer Hand, und als Pärchen verließen wir den Saal.

»Hast du noch Hunger?«

Sie schüttelte den Kopf. »Ich bekomm jetzt eh nichts runter. Außerdem habe ich meinen Eltern versprochen, dass es nicht zu spät wird. Du kennst das doch: Die beiden wollen von ihrem Mädchen noch etwas haben, bevor ich ab Freitag drei Tage lang weg bin.«

»Klar doch«, sagte ich und bemühte mich, mir meine Enttäuschung nicht anmerken zu lassen. Es tat schon beinahe körperlich weh, sie jetzt gehen zu lassen. Andererseits wollte ich nicht nerven und einer dieser Typen sein, die darum bettelten, dass ihr Mädchen länger blieb. Also sagte ich bewusst beiläufig: »Ich bring dich noch nach Hause, ja?«

»Besser nicht. Ich will nicht, dass meine Eltern uns sehen, sonst gibt es wegen dem Wochenende nur wieder blöde Diskussionen.«

Ich nickte, und dieses Mal schien sie zu spüren, wie enttäuscht ich war. Sie kam näher, streichelte meinen Oberarm und sagte: »Du kannst dir nicht vorstellen, wie ich mich auf das Wochenende mit dir freue.«

Ich freute mich auch, sehr sogar. Tanja sah die Wölbung in meiner Hose, biss sich auf die Unterlippe, grinste, und Sekunden später hielt ich sie erneut im Arm. Sie klammerte sich an mich wie eine Ertrinkende, und ich küsste sie, gefühlte zwei Stunden lang. Als sich schließlich unsere Lippen voneinander gelöst hatten, winkte sie zum Abschied und ging in Richtung der Straßenbahnhaltestelle davon. Ich sah ihr nach, auch als die anonyme Menschenmenge sie schon längst verschluckt hatte.

Ich hatte keine Lust, mit der Straßenbahn nach Hause zu fahren. Nicht an diesem Abend, nicht bei den Temperaturen. Lieber wollte ich die laue Sommernacht auf der Haut spüren und mir bei McDonald's noch einen Cheeseburger holen. Als ich vor der Kasse stand, bestellte ich einen Big Mäc, Fritten und einen Erdbeermilchshake. Kohlenhydrate, Fett und Eiweiß – es ging doch nichts über eine ausgewogene Ernährung.

Auf einer Bank ganz in der Nähe, mitten auf dem Rudolfplatz, machte ich mich mit Heißhunger über das Essen her.

Als ich fertig war, schmiss ich die leeren Verpackungen in den Mülleimer und folgte den Ringen bis zum Zülpicher Platz. Vor einer der Diskotheken dort lehnte ein Pärchen an einer Hauswand und knutschte. Er hatte eine Hand von hinten in ihre Hose geschoben, ihre steckte unter seinem T-Shirt und streichelte seine Brust. Der Typ sah mich über ihre Schulter hinweg direkt an und schob seine Hand noch tiefer in ihre Hose, als wolle er mir etwas demonstrieren. In seinem Blick lag keine Liebe oder Lust – nur Berechnung.

Leise öffnete ich die Tür, um meine Mutter nicht zu wecken, und schlich in mein Zimmer. Ich hätte jetzt gerne jemanden zum Reden gehabt, aber ich hatte keine Geschwister. Aus dem Plattenregal suchte ich mir das Album *Black Celebration* von Depeche Mode heraus und schloss den Kopfhörer an die Musikanlage an.

Wenn ich unabhängig von sachlichen Zwängen einen Berufswunsch hätte angeben sollen, dann wäre dieser Musiker gewesen. Ich war keiner, der dicht am Wasser gebaut war, und erlebte nur selten größere emotionale Schwankungen. Wenn ich Musik hörte, war das anders. Es gab Lieder, da kamen mir die Tränen, und andere, die unglaubliche Glücksmomente auslösten. Ich war überzeugt davon, Musik zu verstehen: ihr inneres Wesen, die Abfolge von Tönen, Akkorden und Harmonien. Das Problem war nur: Ich konnte kein Instrument spielen und schon gar nicht singen. Gut, auf der Akustikgitarre bekam ich *Ein Bett im Kornfeld* oder *Country Roads* hin, aber unter *Musik* stellte ich mir etwas anderes vor.

Depeche Mode beispielsweise – was die Jungs aus Essex da ablieferten, war ebenso wegweisend für andere Bands wie die Lieder der Beatles in den sechziger Jahren. Ausgefallene Arrangements, eingängige Melodien, dazu die wehmütig klingende Stimme von Dave Gahan. Die Kombination all dieser Elemente erzeugte eine leicht düstere Atmosphäre, die dennoch massenkompatibel war. Schon beim dritten Lied der Platte, *A Question of Lust*, vergaß ich, wo ich war, und *Stripped* haute mich dann völlig um. Immer und immer wieder hörte ich die Nummer, bis sie ein Teil von mir wurde, ich Raum und Zeit vergaß und vollständig in Melodie und Text aufging.

Und wieder dachte ich an Tanja. Jede einzelne Zeile von *Stripped* passte genau zu dem, was ich wollte. Genau wie Depeche Mode bei der Unbekannten wollte auch ich Tanja dahin mitnehmen, wo die Bäume waren. Mit ihr im Gras liegen und die Stunden verstreichen lassen. Ihr dabei zusehen, wie sie sich langsam vor mir auszog.

Blödes Kopfkino.

Ich spürte, wie meine Hand unbewusst den Weg unter die Decke suchte. Schnell zog ich sie zurück. Das kam mir falsch vor – so, als würde ich Tanja damit beschmutzen.

Wieder wünschte ich mir, ich hätte jemanden zum Reden. Doch abgesehen von der Uhrzeit fiel mir einfach keiner ein, den ich hätte anrufen können. Alex war für so etwas der falsche Freund. Mit ihm konnte man Spaß haben, zum Fußball gehen, über andere lästern und rumflachsen. Ernsthafte Gespräche, die das eigene Gefühlsleben betrafen, waren seine Sache nicht.

Wenn ich es mir recht überlegte, wusste ich auch kaum etwas über ihn. Weder, was er Marion gegenüber empfand, noch, ob er Probleme in der Schule oder mit seinen Eltern hatte. Und irgendwie war es auch uncool, über Probleme zu reden. Harte Männer weinten nicht. Coole Jungs kamen alleine klar. Die Blöße, ihm gegenüber zuzugeben, wie verliebt ich war, und dass ich an nichts anderes mehr denken konnte, wollte ich mir nicht geben. Solche Geständnisse machten einen angreifbar, und wenn das mit Tanja nicht klappen sollte, wenn sie es sich gar anders überlegte, dann stand ich wie ein Vollidiot da. *Jan, der Liebeskasper.*

Die Nadel schabte über das Ende der Platte. Ich stand auf, packte sie weg und legte stattdessen das Vorgängeralbum auf. *Some Great Reward* war nicht ganz so düster wie *Black Celebration*, hatte mehr Pop-Anleihen und enthielt mit *Master and Servant* sowie *People are People* die beiden Nummern, die den meisten zuerst einfielen, wenn sie an Depeche Mode dachten. Dummerweise war auch *Somebody* darauf. Das Lied, zu dem Tanja und ich am vergangenen Wochenende zum ersten Mal geknutscht hatten. Ein Teil von mir wollte lachen, wenn er an diesen Moment dachte, der andere weinen, weil er diese Frau so schmerzlich vermisste.

Plötzlich wurde mir bewusst, dass ich noch vor ein paar Monaten einen Freund gehabt hatte, dem ich ohne Bedenken, mich lächerlich zu machen, von meinen Gefühlen erzählt hätte.

Mike hätte einfach nur zugehört, ohne blöde Sprüche abzulassen. Er war ruhiger und nachdenklicher als ich. Wenn ich mir einen Bruder hätte aussuchen können, wäre er es gewesen. Aber dann war die Sache mit Paul passiert, und alles hatte sich verändert. Mike war seitdem nicht mehr der Gleiche. Und dennoch: In Momenten wie diesen vermisste ich ihn, und ich fragte mich, ob es ihm umgekehrt genauso erging.

Ich beugte mich zur Seite und zog die Nachttischschublade auf. Vor Wochen hatte ich dort einen Joint versteckt, und wenn es jemals eine perfekte Nacht gegeben hatte, um ihn zu rauchen, dann diese. Nur ich, die Tüte und die Stimme von Dave Gahan. Ich fand ihn in der hintersten Ecke, zwischen Batterien für den Walkman und einem angebissenen und mittlerweile vergammelten Schokoriegel.

Der Joint war völlig ausgetrocknet, und die Tabakkrümel rieselten heraus. Ich zündete ihn an und nahm einen Zug. Hustend stieß ich den Rauch aus – ungefähr so musste getrockneter Kamelmist schmecken. Ich zog erneut und wartete, bis die Wirkung einsetzte. Mit Drogen hatte ich keine großen Erfahrungen. Ab und zu ein Joint, das war's – wenn man mal von dem Tag vor zwei Monaten absah, an dem ich mit Alex zusammen LSD probiert hatte.

Paul hatte aus Holland Mickymaus-Trips mitgebracht: mit LSD getränktes Löschpapier, auf das bunte Disney-Figuren gedruckt waren. Man nahm das Löschpapier in den Mund, und der Speichel löste das getrocknete LSD wieder heraus. Alex und ich wollten damals nur ein Ritzel an meiner Yamaha wechseln, mussten dann aber feststellen, dass uns ein passender Schraubenschlüssel fehlte. Wir wussten, dass Paul und sein Bruder auch an ihren Motorrädern schraubten und klopften an deren Garage, um uns das Werkzeug zu leihen.

»Kommt rein, aber macht das Tor schnell wieder zu«, sagte Paul, nachdem er die Garage einen Spaltbreit geöffnet hatte. Nach dem hellen Sonnenschein war mir das Innere wie eine finstere Höhle vorgekommen, in der lediglich eine matte Glühbirne für milchiges Licht sorgte. Nachdem sie Alex und mir das Versprechen abgenommen hatten, auch ja den Mund zu halten, boten sie uns an, »einen Trip zu schmeißen«, schließlich seien wir ja keine Kinder mehr. Alex war sofort dabei, nach kurzem Zögern nickte auch ich. Dann gab Paul mir ein Stück Löschpapier. Ich legte es auf die Zunge. Es fühlte sich pelzig an und schmeckte nach nichts.

»Abwarten«, sagte Paul. »Gleich geht's ab!«

Ich setzte mich auf den Boden und schaute mich um. Mein Blick blieb an einer Steckdose hängen. Bewegte sich da etwas? Tatsächlich, aus den Löchern zwängten sich zwei kleine schwarze Mäuseohren. Ich schüttelte den Kopf und schloss die Augen. Als ich sie wieder öffnete, war Bewegung in die Sache gekommen. Aus der Steckdose sprangen in endloser Folge winzige Mickymäuse heraus, die alle ein Gewehr trugen und einen Pickelhelm auf dem Kopf hatten. Ich glaubte, im Hintergrund das Lied aus der Underberg-Werbung hören zu können. Die Mäuse marschierten – passend zur Melodie – in Zweierreihen direkt auf Paul und Alex zu. Dann kletterten sie an ihnen hoch und drangen durch die Ohren in ihre Körper ein. Ich bewegte mich nicht, blieb völlig starr sitzen. Bislang hatten die Killermäuse mich noch nicht gesehen, und ich betete, dass dies auch so bleiben würde. Denn würden sie mich erst entdeckt haben, da war ich mir sicher, würden sie auch von mir Besitz ergreifen und mich zu ihrem willenlosen Sklaven machen wollen.

Zum Schluss zwängte sich eine besonders große Mickymaus heraus, auf deren Brust unzählige Orden angebracht waren – scheinbar der General. Er röchelte beim Atmen wie Darth Vader, sprach aber wie Yoda, der alte Yedi-Meister, als er den anderen Mäusen befahl: »Keine Gefangenen ihr machen sollt.«

Wie in Zeitlupe drehte ich meinen Kopf weg und sah Paul auf mich zuschweben. Er sah mir tief in die Augen und sagte: »Willkommen auf dem Todesstern.«

Als ich irgendwann wieder zu mir kam, waren die Mäuse verschwunden. Dafür beugte sich ein grinsender Alex über mich und sagte: »Wow! Du warst ja geil drauf – hat dich richtig weggeblasen, was?«

Als ich mich jetzt daran erinnerte, musste ich lachen und konnte nicht mehr aufhören. Wahrscheinlich lag es an der Wirkung des Joints, der zwar grausam schmeckte, seinen Zweck aber immer noch erfüllte. Ich stand auf, öffnete das Fenster und schnippte den Rest auf die Straße. Dann legte ich mich wieder hin. Das Fenster ließ ich offen – meine Mutter sollte am Morgen nichts riechen. Ich fühlte mich wie in Watte gepackt, herrlich leicht, als würde ich ein paar Zentimeter über der Matratze schweben.

Dann kippte meine Stimmung. Von einer Sekunde auf die andere ging es mir dreckig. Mein Magen rebellierte. Ich hatte auf einmal das sichere Gefühl, dass die Geschichte mit Tanja und mir nicht gutgehen würde. Alles war zu schön, zu perfekt. Ich wusste in diesem Augenblick mit absoluter Gewissheit: Irgendetwas Schlimmes würde passieren, es war nur eine Frage der Zeit. So, als ob sich am Horizont eine dunkle Gewitterfront auf einen zuschob, die ein Unwetter in sich trug, das sich unweigerlich früher oder später über einem entladen würde.

GEGENWART

Um 16 Uhr rief Sarah an. Sie fragte, ob es mir bessergehen würde. Ich sagte ihr, was sie hören wollte, fragte dann, ob Hotel und Wetter schön seien, und sie sagte, dass man nicht klagen könne. Dann schwiegen wir. So waren unsere Gespräche in letzter Zeit leider oft: belanglos und flach wie eine Pfütze.

Das Telefonat mit meinem angeblichen Kollegen erwähnte sie nicht mehr – woraus ich schloss, dass der Unbekannte sich nicht erneut gemeldet hatte.

Dennoch war mir unbehaglich zumute. Ich wusste einfach nicht, was ich mit Sarah noch besprechen sollte. Es war, als telefonierte ich mit einer Bekannten, die man lange nicht gesehen hatte und mit der man nur wenige Gemeinsamkeiten teilte.

Innerlich atmete ich auf, als Sarah das Telefon an Lukas weitergab, der sich vor Begeisterung über das Meer und das Surfen und das Essen kaum noch einkriegte. Wenn ich da sei, sagte er aufgeregt, müsse er mir unbedingt die ganzen Sachen zeigen, die sein Surflehrer ihm beigebracht hatte. Das Kurswechseln, die Drehungen des Riggs, das Aufholen des Segels. Und überhaupt könne er jetzt nicht länger mit mir reden, da gleich die nächste Übungsstunde anstünde und er sich fertigmachen müsse. Ich lachte und wünschte ihm viel Spaß. Als er aufgelegt hatte, blieb ich mit dem Gefühl zurück, dass Sarah und ich momentan zwei Leben lebten, die kaum etwas miteinander gemein hatten.

Bis zum Treffen mit Alex hatte ich noch zweieinhalb Stunden Zeit. Ziellos tigerte ich durch die Wohnung, dann versuchte ich, Mütze zu erreichen. Bei ihr zu Hause ging niemand ran. Ich probierte es auf dem Mobiltelefon.

»Sag nichts«, sagte sie, bevor ich meinen Namen nennen konnte. Scheinbar hatte sie meine Nummer auf dem Display gesehen. »Erst bin ich dran!«

»Schon gut, schon gut. Ich schweige.«

»Also …«, sie holte tief Luft. »Einen Gerd Küppers habe ich nicht gefunden. Nicht im Telefonbuch, nicht über die Auskunft, nicht im Internet. Aber eine Ursula Küppers gibt es. Wohnt in der Siegburger Straße. Vielleicht sind Mikes Eltern ja mittlerweile geschieden?«

»Keine Ahnung«, sagte ich. »Aber danke.«

»Nichts zu danken. Sag mir lieber, dass ich einen Wunsch frei habe.«

»Welchen denn?«

Sie machte eine kurze Pause. »Können wir morgen ins Bergische Land fahren? Dorthin, wo alles passiert ist?«

»Ich weiß nicht … muss das sein?«

»Wenn du mich fragst: ja! Mir fehlt der persönliche Eindruck. Außerdem denke ich, dass dir da vielleicht etwas einfallen könnte, was du bislang vergessen hast. Oder macht es dir etwas aus, den Ort wiederzusehen?«

»Keine Ahnung. Das werde ich wissen, wenn wir da sind. Aber ich mache mir gerade eher Sorgen um dich.«

»Um mich? Warum das denn?«

»Du opferst so viel Zeit …«

»Hast du etwa ein schlechtes Gewissen?«

»Ja – und ich frage mich, ob ich dich mit meinem Kram nicht zu sehr belaste. Oder dich von wichtigeren Dingen abhalte.«

»Von wichtigeren Dingen?«

»Na ja – was ist denn mit dem Typen von der Fluggesellschaft, von dem du im Frühjahr erzählt hast? Triffst du ihn noch?«

Sie sagte nichts.

»Nicht dass du mir irgendwann noch die Schuld gibst, dass dein Sexualleben leidet.«

Mütze antwortete immer noch nicht. Nur ihr Atmen verriet, dass sie noch dran war.

»Mütze?«

»Ich hab's mir anders überlegt. Er war nicht der Richtige.«

»Wieso? Was hat denn nicht gestimmt?«

»Er war ein Langweiler!«

Wieder machte sie eine kurze Pause. »Also: Du kommst mich morgen abholen, ja? Dann kannst du mir auch erzählen, was dieser Alex gesagt hat.«

Ich fügte mich ihrem Wunsch nach einem Themenwechsel. Wenn sie über Mister Lufthansa nicht reden wollte, würde sie schon ihre Gründe haben.

»Mach ich. Bis morgen, Mütze.«

»Bis morgen, Holmes! Und viel Spaß heute Abend.«

Zwanzig Minuten vor der verabredeten Zeit parkte ich den Wagen unter einem der vielen Bäume in der Eichendorffstraße. Bevor ich mit Sarah die Wohnung in

Sülz gekauft hatte, hatte ich ganz in der Nähe gewohnt. Ich liebte dieses Viertel immer noch. Die Fassaden der denkmalgeschützten Häuser waren durch und durch Jugendstil, verziert mit Reliefs und Ornamenten, kleinen Erkern und unterschiedlichen Aufbauten. Die Mietpreise waren hoch, Parkplätze gab es kaum, aber das Flair war einmalig.

Mittendrin lag die Kneipe, in der ich mich mit Alex verabredet hatte. Im holzgetäfelten Schankraum hingen alte Motorräder an den Wänden, und der kleine Biergarten wurde durch eine Hecke vom Bürgersteig abgetrennt. In der hintersten Ecke war noch ein Tisch frei, direkt unter einer ausladenden Birke. Es war drückend heiß, die Luft stand vor Schwüle, und um mich herum hatten die Leute Flip-Flops, T-Shirts und Tops an. Lauter fröhliche Gesichter, es wurde wild durcheinandergeredet, gelacht und Kölsch getrunken.

»Da ist er ja!«

Erschrocken fuhr ich herum. »Alex.«

Er kam grinsend auf mich zu. Wir musterten uns, jeder auf der Suche nach Veränderungen beim anderen. Vielleicht waren seine Lachfältchen ein wenig tiefer geworden, seit ich ihn zum letzten Mal gesehen hatte. Auch die Augen wirkten ein wenig müder, die Haut etwas schlaffer. Ansonsten war er aber ganz der Alte. Über 40 und immer noch ein Strahlemann. Während er sich setzte, kam die Kellnerin und fragte nach unseren Wünschen. Wir bestellten Kölsch und zweimal die Lasagne.

Kurz darauf flogen die Sätze wie Tennisbälle hin und her. Die Freunde, die Familie, das Elend beim FC. Ich konnte kaum glauben, dass wir uns so lange nicht gesehen hatten, und mir fiel ein Spruch ein, den ich irgendwo mal aufgeschnappt hatte: *Ein alter Freund ist besser als zwei neue*.

Die frühere Vertrautheit war binnen weniger Minuten zurück, und es war ein schönes Gefühl, mit jemandem zusammenzusitzen, der einen schon seit Ewigkeiten kannte. Dem man nichts über sich erklären musste, weil er die prägendste Zeit des eigenen Lebens live mitbekommen hatte. Wir hauten das erste Kölsch weg, das zweite, das dritte. Dann fragte ich ihn, ob er noch mit irgendwem aus der alten Clique in Kontakt stand.

»Nicht wirklich«, sagte Alex. »Christine ist verheiratet und hat zwei Kinder, mit der schreib ich manchmal über Facebook. Und den Paul Wontzek hab ich vor ein oder zwei Jahren im Supermarkt getroffen.« Er lachte. »Das ist voll der Spießer geworden. Fährt 'nen Passat Kombi und trägt Strickpullover.«

»Echt?«

»Ja, ich hab's auch kaum glauben können. Haste mal was von Markus gehört?«

Ich schüttelte den Kopf.

»Der Dicke hat jetzt ein Boxstudio und ist gar nicht mehr dick«, klärte er mich auf. »Hab mal 'ne Zeitlang dort trainiert, aber irgendwie war Boxen nichts für mich. Scheint sich echt gefangen zu haben, damals nach der Sache war er ja richtig abgestürzt und voll auf Drogen. Aber das hast du gar nicht mehr mitbekommen, oder?«

Wieder schüttelte ich den Kopf. Nach dem Wochenende im Bergischen Land war die Clique in ihre Einzelteile zerfallen, und ich war raus.

»Was ist eigentlich mit Tanja?«, fragte ich und gab mir Mühe, nicht allzu interessiert zu klingen.

»Keine Ahnung – aber Christine hat wohl noch Kontakt zu ihr. Die ist irgendwann aufs Land gezogen, hab ich mitgekriegt. Alter Schwede … war das 'ne Hammerbraut!«

»Tanja?«

»Wer denn sonst?«, sagte er und lachte. »Die war schärfer als Samantha Fox.«

»Stimmt – schärfer als Nena und Helen Schneider.«

»Schärfer als Chili.«

»Schärfer als …«, mir fiel gerade nichts ein.

»Auf alle Fälle zu scharf für dich, Amigo! Jetzt kann ich es dir ja sagen: Ich hab dich damals echt beneidet …«

»Und weißt du, womit?«

Er schüttelte den Kopf.

»Mit Recht«, sagte ich und stieß ihm den Zeigefinger vor die Brust. »Tanja war der Wahnsinn! Eines der wenigen Mädels, die innerlich genauso schön sind wie äußerlich. Mann … ich würde zu gerne wissen, wie sie jetzt aussieht und was sie so macht.«

»Schreib doch Christine auf Facebook an, vielleicht weiß die ja was.«

Er legte eine kurze Pause ein. »Christine heißt jetzt übrigens Hasewitz mit Nachnamen – wie übel ist das denn?«

»Richtig übel«, lachte ich. »Ich kann nur hoffen, dass ihr Mann die Namensänderung wert ist.«

Dann kam die Lasagne, und wir aßen. Ich überlegte, wie ich zu dem Thema überleiten sollte, um das es mir eigentlich ging. In dieser Beziehung war ich noch immer wie ein Kind, das versuchte, den Zeitpunkt, an dem etwas Unangenehmes zur Sprache kam, so lange wie möglich hinauszuzögern.

Alex nahm einen Bissen von der Lasagne und sagte: »Nicht so gut wie früher im *Napolitano*.«

»Der Laden war doch grausam.«

»Ein bisschen dreckig«, stimmte er zu. »Aber die Lasagne war der Hammer.«

»Ein bisschen? Wenn du da irgendwas angefasst hast, musstest du dir anschließend die Hände desinfizieren. Ich will nicht wissen, wie es bei denen in der Küche ausgesehen hat.«

Er nickte und schaufelte sich lachend die nächste Gabel in den Mund.

»Alex?«

»Ja?«

»Wegen dem Artikel …«

Er reagierte nicht. Stattdessen griff er nach seinem Glas und trank einen Schluck. Langsam stellte er es wieder ab und fuhr mit dem Zeigefinger am oberen Rand entlang, während er gedankenverloren auf das Logo der Brauerei starrte.

»Willst du das wirklich machen?«, fragte er dann. »Ich meine, was soll das bringen? Lara und Mike sind tot, und mit so einem Scheiß reißt du bei allen anderen nur alte Wunden auf.«

»Der Artikel kommt so oder so. Wenn ich die Story nicht schreibe, dann übernimmt sie jemand anderes.«

»Und wenn schon«, entgegnete er. »Irgendein Schreiberling, wen interessiert's – aber doch nicht du.«

Da hatten wir es wieder. Schreiberling. Ob Alex und Oktay sich kannten? Oder sollte mein Job im öffentlichen Ansehen so tief gesunken sein? Wenn dem so war, gebührte der Dank dafür den Boulevardblättern mit den fetten Schlagzeilen.

»Pass auf, Alex«, setzte ich zu einer Erklärung an. »Anfangs habe ich zugesagt, weil ein Kollege krank war und mein Chef mir das Thema aufgedrückt hat. Was soll es da schon groß zu recherchieren geben, hab ich gedacht. Zwei Morde vor 27 Jahren, Täter nicht gefasst, Ende.«

Alex nickte. Genau so sah die Sache auf den ersten Blick aus.

»Aber dann ist mir in den Unterlagen zu dem Fall etwas aufgefallen. Ein winziges Detail nur – anfangs habe ich es überlesen –, das alles komplett geändert hat.«

Er runzelte die Stirn. »Sorry, aber … ich hab wirklich keinen Plan, worauf du hinauswillst.«

Ich lehnte mich zurück.

Atmete durch.

Suchte nach den richtigen Worten.

»Schon mal Arthur Conan Doyle gelesen? Den Autor von Sherlock Holmes?«

Er schaute mich irritiert an. »Was hat der denn damit zu tun?«

»Einer seiner Grundsätze bestand darin, erst die Theorien zu entwickeln, wenn man alle Fakten beisammenhat. Niemals vorher. Und weißt du auch, warum?«

»Du wirst es mir verraten.«

»Weil man ansonsten dazu neigt, die Fakten der bestehenden Theorie anzupassen.«

»Ja, und?«

Ich merkte, wie meine Stimme rauer wurde. »Unsere Theorie war vom ersten Augenblick an, dass Mike Lara vergewaltigt und ermordet hat, richtig? Und das nur, weil wir ihn bei der Leiche gesehen haben. Und dann haben wir alle Fakten dieser Theorie angepasst. Kannst du mir folgen?«

»So gerade. Aber ich verstehe immer noch nicht, was wir dabei übersehen haben sollen …«

»Gleich, Alex. Gib mir noch eine Minute und lass mich dir vorher ein paar Fragen stellen.«

Ich konzentrierte mich. »Als du und die anderen kurz vor Tanja und mir auf der Lichtung angekommen seid, war Lara schon tot, richtig?«

»Ja, natürlich, aber was …?«

»Stopp«, sagte ich. »Unterbrich mich jetzt nicht. Bitte. Gleich kannst du fragen, was immer du fragen willst, okay?«

Er verdrehte die Augen, sagte aber nichts. Also weiter.

»Das heißt: Keiner von uns hat die eigentliche Vergewaltigung gesehen. Keiner den Mord an Lara.«

»Natürlich nicht! Wir …«

Mein erhobener Zeigefinger brachte ihn zum Schweigen.

»Wir haben bei der Polizei ausgesagt, keiner von uns hätte die Hütte nach den beiden verlassen. Aber was ist mit vorher? Ich hab mit Tanja rumgemacht, du mit Marion. Und Christine mit … ich weiß nicht mehr, mit wem. Kann nicht einer der anderen schon vor Lara und Mike rausgegangen sein?«

»Theoretisch ja. Aber das führt doch zu nichts. Wer soll das denn gewesen sein?«

»Darum geht es gar nicht. Noch nicht jedenfalls.«

Wie sollte ich es ihm bloß begreiflich machen? Vielleicht so: »Was ich damit sagen will, ist Folgendes: Irgendjemand von uns könnte mit den beiden draußen im Wald gewesen sein. Als wir uns auf die Suche gemacht haben, war es stockdunkel. In der Hektik wäre es doch keinem aufgefallen, wenn einer gefehlt hätte. Zumal diese Person dann im Wald ja wieder dabei gewesen wäre.«

Alex legte die Hand auf meinen Arm. »Mein Gott, Jan, hätte, wäre, wenn. Alles nur Spekulationen. Und selbst wenn du recht hast: Welche Fakten kannten wir denn nicht, als wir unsere – wie du es nennst – Theorie aufgestellt haben?«

Ich zog eine Kopie der entsprechenden Stelle aus der Hosentasche, entfaltete sie und legte sie vor ihm auf den Tisch. »Lies selbst.«

Er nahm das Blatt in die Hand. An seinen Augen konnte ich sehen, dass er den gesamten Text Zeile für Zeile durchlas. Als er fertig war, faltete er das Papier wieder sorgfältig zusammen.

»Und?«, fragte er schulterzuckend. »Da steht doch nichts Neues drin. Ich glaub langsam echt, du bist verrückt geworden.«

»Bin ich nicht«, sagte ich. »Auch wenn ich mir das in den letzten Tagen manchmal gewünscht hätte. Alex ... irgendwer hat etwas dagegen, dass ich in der Sache recherchiere. Irgendwer hat meine Frau bedroht und mir anonyme Nachrichten geschickt. Verstehst du, was das heißt?«

»Ja«, sagte er zögerlich, »ich glaube schon. Aber wer soll das sein? Außerdem weiß ich immer noch nicht, was das mit dem Wisch zu tun haben soll, den du mir gerade gezeigt hast.«

»Was in dem Bericht steht, sind die Fakten. Was sie bedeuten, kannst du nicht wissen. Aber ich weiß es.«

Dann erzählte ich ihm die Vorgeschichte. Was ich über Mike wusste, was ich über den Mord wusste. Während ich redete, veränderte sich sein Gesichtsausdruck. Am Anfang sah Alex noch genervt aus, vielleicht sogar verärgert. Gefühle, die nach und nach durch andere ersetzt wurden. Angst und Bestürzung.

»Ist es dir jetzt klar?«, fragte ich, als ich fertig war. »Wenn das stimmt, was da steht, dann kann es unmöglich so abgelaufen sein, wie wir immer dachten.«

Alex schwieg und trank sein Kölsch in einem Zug aus. Dann drehte er sich um, winkte der Kellnerin und hielt das leere Glas mit zwei ausgestreckten Fingern in die Höhe. Die Bedienung nickte, verschwand im Inneren der Kneipe und kam kurz darauf mit gefüllten Gläsern zurück.

»Wie sicher bist du dir?«, fragte er, als sie wieder weg war. Sein Gesicht konnte ich dabei nicht sehen. Er hatte die Ellbogen auf den Tisch gestützt und den Kopf nach vorne gebeugt. Mit gespreizten Fingern fuhr er sich durch die Haare.

»Ziemlich sicher. Aber ich spreche noch mit Mikes Eltern, um jeden Irrtum auszuschließen.«

»Ich ho… ho… hoffe …«, begann er stockend. »Ich hoffe, du irrst dich, Jan. Denn w… wenn das stimmt, was du da sagst, dann …«

Er vollendete den Satz nicht. Das brauchte er auch nicht. Ich wusste auch so, was er sagen wollte.

Gegen 23 Uhr war ich wieder zu Hause. Wir waren sämtliche Möglichkeiten durchgegangen, hatten nach Lösungen gesucht, die sich mit den Ergebnissen des Obduktionsberichtes in Einklang bringen ließen. Aber es gab keine. Alex war dennoch nicht davon überzeugt, dass Mike damals nicht der Täter gewesen war. Er hoffte weiterhin auf eine Erklärung, die so simpel war, dass wir sie bislang einfach übersehen hatten. Ich hatte das Gefühl, dass er einfach nicht glauben wollte, dass wir 27 Jahre mit einer Lüge gelebt hatten. Ganz zu schweigen davon, was diese Lüge für unser weiteres Leben bedeuten konnte.

Plötzlich sehnte ich mich nach Lukas. Ich vermisste ihn. Und ich vermisste das Gefühl von Normalität, das er meinen Tagen verlieh.

Ich schaute auf die Uhr. Es war jetzt halb zwölf. Viel zu spät, um noch bei Sarah anzurufen. Dann beruhigte ich mich mit dem Gedanken, dass sie ja ihr Handy mithatte und das sicher ausschalten oder auf lautlos stellen würde, wenn sie schlafen ging. Also griff ich zum Hörer und wählte die Nummer ihres Mobiltelefons. Nach dem vierten Klingeln ging sie ran.

»Hallo, Jan.«

Sie klang streng. Streng und distanziert.

»Tut mir leid, dass ich so spät noch anrufe. Hast du schon geschlafen?«

»Hab ich. Was gibt's denn?«

»Ich wollte nur hören, wie es euch geht. Warum hast du denn das Handy nicht lautlos gestellt?«

»Jan, es ist spät, und ich bin müde. Ich hab's einfach vergessen. Können wir nicht morgen reden?«

»Sag mir wenigstens, wie es Lukas geht. Alles okay bei ihm?«

»Natürlich ist alles in Ordnung. Ansonsten hätte ich mich schon gemeldet, meinst du nicht?«

Sie wünschte mir freundlich, aber entschieden eine

gute Nacht, dann beendete sie das Gespräch. Verwundert hielt ich den Hörer in der Hand – war sie wirklich nur müde, oder hatte sie irgendwas?

Eine Zeitlang starrte ich im Bett liegend die Decke an. Dann sah ich nach links, wo normalerweise Sarah lag. Wie oft hatte ich dagelegen wie jetzt und sie von der Seite aus angesehen, während sie in einem Buch versunken war. Wie oft war sie das Letzte gewesen, das ich sah, bevor ich einschlief. Irgendetwas in unserem Leben näherte sich dem Ende, das spürte ich. Ich wusste nicht, ob das noch zu ändern war. Ich wusste nicht einmal, ob ich es ändern wollte. Dann drehte ich mich um und schloss die Augen.

*

Am nächsten Tag wachte ich im Morgengrauen mit der festen Überzeugung auf, im Schlaf geweint zu haben. Aber meine Wangen waren trocken, keine Tränen, trotz eines traurigen Traums, an dessen Einzelheiten ich mich nicht erinnern konnte. Ich drehte den Kopf zur Seite, die Ziffern des Weckers zeigten 05:58 Uhr an, und ich wusste, dass ich nicht mehr würde einschlafen können. Das kleine Stück Himmel, das ich zwischen den Lamellen der Jalousie sehen konnte, kündigte einen herrlichen Augusttag an.

Ich schlurfte ins Badezimmer und schaufelte mir Wasser ins Gesicht. Die Kälte brachte meinen Traum zurück, zumindest Teile davon, und es war kein Wunder, dass ich mich beim Aufwachen so elend gefühlt hatte. In dem Traum saß ich auf einer Wiese, irgendwo auf dem Land, und Menschen ohne Gesichter standen um mich herum, allesamt Geschworene eines imaginären Gerichts. Ganz vorne stand Mike und klagte mich an, die anderen zeigten mit den Fingern auf mich. Ich verstand nicht, was mir vorgeworfen wurde, versuchte aber dennoch, mich zu verteidigen. Ich schüttelte den Kopf, bestritt jede Schuld, aber keiner glaubte mir. Keiner außer Alex, der mein Verteidiger war. Dann wendeten sich die Gesichtslosen ab und gingen, wobei sie einen enttäuschten Eindruck machten. Auch Mike schüttelte den Kopf, und seine Lippen bewegten sich, formten Worte, die ich nicht verstehen konnte. Alex legte mir die Hand auf die Schulter, sagte etwas wie »Das wird schon wieder, aber du musst es selber schaffen«, dann löste er sich auf, und ich blieb allein auf der Wiese zurück.

Ich versuchte gar nicht erst, eine plausible Deutung zu finden, sondern beschloss, die frühmorgendlichen Temperaturen auszunutzen und mir Kopf und Waden freizustrampeln. Ich kramte die Sportbekleidung aus dem Schrank, holte das Rennrad aus der Garage und fuhr durch den Grüngürtel runter ans Rheinufer, wo ich dem Flusslauf weiter bis nach Wesseling folgte. Unterwegs ließ ich die Gedanken kreisen. Nach dem gestrigen Treffen mit Alex war meine Motivation, Nachforschungen über die Vergangenheit anzustellen, deutlich gesunken. Ich war so sicher gewesen, von ihm Antworten auf meine Fragen zu bekommen, aber meine Hoffnung hatte sich nicht erfüllt. Keine erhellenden Einsichten, keine Erinnerung, die den großen Durchbruch einläutete. Stattdessen nur ein netter Abend mit einem alten Freund und viele neue Bedenken. Ich musste mir eingestehen, dass ich mir das alles leichter vorgestellt hatte. Aber wie hätte es das sein können, leicht? Ich wollte den Toten helfen, wie ich mir selbst helfen wollte. Es wurde nicht einfacher, Antworten auf schwierige Fragen zu finden, nur weil sie der Gerechtigkeit dienten.

Ich hatte die Schnauze voll, wollte in diesem Moment nur eins: nach St. Peter-Ording fahren und mich um meine Familie kümmern. Ich hatte das Tor zur Vergangenheit einen Spaltbreit aufgestoßen, war aber bislang noch nicht hindurchgetreten. Ich konnte immer noch umdrehen, die Dinge mit Sarah ins Lot bringen und mich nie wieder mit dem Fall beschäftigen. Diese Geschichte hinter mir lassen, wie ich viele andere Geschichten in meinem Leben hinter mir gelassen hatte.

Doch dann dachte ich an Mike, an den Besuch auf dem Friedhof, und mir wurde klar, dass ich das nicht konnte. Nicht, wenn ich mich später noch im Spiegel ansehen wollte.

Zu Hause duschte ich ausgiebig und verwendete zwanzig Minuten darauf, mir die letzten Bedenken vom Leib zu schrubben. Dann fühlte ich mich bereit, der Geschichte ein Ende zu machen. Den Preis zu zahlen, der nötig sein sollte, und mich endlich der Vergangenheit zu stellen.

Um Viertel vor zehn klingelte ich bei Mütze. Niemand öffnete. Ich wollte mich gerade umdrehen und gehen, als ein Mann das Haus verließ. Bevor die Tür zufallen konnte, schlüpfte ich hinein, stieg die Treppen hoch und klopfte lautstark an ihre Wohnungstür. Keine Reaktion.

»Komm schon, mach auf«, rief ich. »Wir sind verabredet.«

Dann öffnete sich die Tür. Mütze stand mit verwuschelten Haaren im Rahmen. Sie hatte lediglich einen Slip und ein verknittertes T-Shirt an, das ihr knapp bis zum Bauchnabel reichte. »Hab verpennt«, nuschelte sie und rieb sich den Schlaf aus den Augen.

Ich war erstaunt. Ein Teil von mir hatte tatsächlich erwartet, dass sie mit einem Baseballcap auf dem Kopf schlafen würde.

»Wie spät ist es, verdammt noch mal?«

Ich sah auf die Uhr. »Gleich zehn.«

»Was? Zehn Uhr vormittags?«

»Ja, Mütze. Zehn Uhr vormittags. Siehst du das Licht?« Ich deutete hinter mich. »Nimm es als kleine Eselsbrücke: Wenn es draußen hell ist, kannst du davon ausgehen, dass es zehn Uhr vormittags ist. Hätten wir zehn Uhr abends, wäre es draußen dunkel. Und wenn du magst«, ich grinste, »kann ich dir für die Zukunft gerne noch ein schönes Diagramm malen.«

Sie schaffte es, gleichzeitig aufzustöhnen und mich missbilligend anzusehen, ging sich dann aber anziehen. Ich wartete in der Diele, hörte kurz die Dusche.

Sie war wie eine unausgeschlafene, ansonsten aber ganz und gar normale Frau ins Badezimmer gegangen. Heraus kam sie als Mütze. Mit Kopfbedeckung und allem Drum und Dran.

»Okay«, sagte sie und strahlte mich an. »Worauf warten wir?«

Als wir über die Zoobrücke fuhren, kramte sie eine CD aus ihrer Umhängetasche, die sie mit dramatischer Gestik in den Player schob. »Und damit die Fahrt auch stilecht verläuft«, sagte sie und grinste mich geheimnisvoll an, »hab ich uns gestern Abend noch das hier gebrannt.«

Kurz darauf erklang *Major Tom* aus den Boxen, gefolgt von Nena, die versicherte, *Nur geträumt* zu haben. Die Achtziger … damals, als die Neue Deutsche Welle ihrem Namen alle Ehre gemacht hatte und noch nicht zum Dudelfunkklischee verkommen war. Spätestens, als Extrabreit den Flieger bat, die Sonne zu grüßen, saßen wir beide mit im Takt wippenden Köpfen im Auto und sangen lauthals mit. »*Vom Nordpol zum Südpol ist nur ein Katzensprung – wir fliegen die Strecke bei jeder Witterung …*«

Spontan beschlossen wir, denselben Weg nach Nümbrecht zu nehmen, den ich damals mit dem Biest gefahren war. Also nur ein kurzes Stück über die Autobahn und dann viel Landstraße. Von Köln aus waren das vielleicht 70 Kilometer – *ein Katzensprung* –, aber als Jugendlicher war mir diese Strecke wie die Reise in ein anderes Universum vorgekommen.

Hinter Bensberg, nicht weit von der Kölner Stadtgrenze entfernt, steuerte ich den Alfa von der A4 herunter und bog auf die Bundesstraße nach Lindlar ab. Geschwungen wand sie sich durch eine Landschaft aus Hügeln, Wäldern und saftig grünen Wiesen, auf denen Kühe grasten und Strommasten standen, deren Leitungen sich in der Ferne verloren. Wir überholten Bauern auf Traktoren, die hinaus auf ihre Felder fuhren, und einen alten Opel Ascona, auf dessen Kofferraum ein von den Jahren verwitterter »Freundlich fährt man besser«-Aufkleber prangte. Die Luft roch anders als in der Stadt, sauberer und klarer, und es schien auch nicht so drückend schwül zu sein.

Mütze brachte ihren Sitz in eine halb liegende Position und pfiff mit geschlossenen Augen *Rosemarie* von Hubert Kah mit, während wir Engelskirchen passierten, wo die Post jedes Jahr die Weihnachtspostzentrale eröffnete, in der alle Briefe und Wunschzettel ankamen, die Kinder an den Weihnachtsmann schrieben. Von dort aus folgten wir der B55, die an den Ufern der Agger entlangführte. Vor Osberghausen bogen wir in Richtung Bielstein ab, durchquerten den Ort und erreichten kurz darauf Wiehl. Ich drehte die Musik leiser. Mütze kam aus ihrer halb liegenden Position hoch. Neugierig schaute sie durch die Seitenscheibe.

»Gleich kommt links die Wiehler Tropfsteinhöhle«, sagte ich und zeigte mit dem Finger auf den neben der Straße liegenden Parkplatz. »Und direkt dahinter Oberbierenbach.«

»Hast du nicht immer was von Nümbrecht gesagt?«

»Oberbierenbach gehört zu Bierenbachtal, das ist ein Ortsteil von Nümbrecht«, sagte ich und kam mir wie ein Klugscheißer vor. »Aber das Kaff kennt ja keiner …«

Ich hatte bislang keine klare Vorstellung davon gehabt, was der Anblick des Dorfes in mir auslösen würde. Die Bilder, die sich in den letzten 27 Jahren in meinem Kopf eingenistet hatten, waren verschwommen. Eine leicht hügelige Landschaft, gepflegte Fachwerkhäuser, der See. Dazu grüne Wiesen, die in jeder Richtung gegen Wände aus dichtem, dunklem Wald stießen. Es waren diffuse Erinnerungen, die stets sehr unterschiedliche Gefühle in mir ausgelöst hatten. Furcht, Misstrauen, auch Angst gehörten dazu – und eine kaum zu erklärende, schwermütige Sehnsucht. Die bevorstehende Rückkehr zur Hütte weckte keine allzu unangenehmen Gefühle in mir. Sie bestand nur aus Holz, Nägeln und Leim. Ich erwartete nicht, dass mich allein ihr Anblick schon aus der Bahn werfen könnte. Vielleicht ließ ich solche Gedanken aber auch nicht an mich heran. Verdrängte sie wie so vieles anderes.

Wir passierten das Ortseingangsschild und folgten der Hauptstraße. Sie verlief quer durch das Dorf und teilte es in zwei etwa gleich große Hälften, von denen die rechte erhöht auf einem Hang lag. Alte Fachwerkhäuser mit zur Seite geklappten Fensterläden wechselten sich mit modernen Bungalows ab. Über dem ganzen Ensemble thronte stolz die Dorfkirche. Es war kurz vor Mittag, und der Ort lag wie ausgestorben vor uns. Nur eine stämmige Endfünfzigerin mit Brüsten so groß wie Bowlingkugeln fegte mit einem Strohbesen den Bürgersteig, der sowieso blitzblank aussah. Hier schmiss offenbar noch immer niemand seinen Abfall achtlos auf den Boden. Kurz vor dem Ortsausgang bogen wir auf eine kleine Seitenstraße ab. Zwei Namen standen auf dem gelben Schild am Wegesrand: Oberbierenbach und Rommelsdorf.

»Irgendwo hier muss der Hof liegen, auf dem Lara lebte«, sagte ich, während ich das Tempo fast auf Schrittgeschwindigkeit drosselte. »Warte … da hinten, das könnte es sein …«

Eine Reihe von Tannen wurde durch eine Zufahrt unterbrochen, die kaum mehr als ein asphaltierter Feldweg war. Die Bäume drängten sich auf beiden Seiten dicht an die Fahrbahn, vom Himmel war nur ein schmaler hellblauer Streifen zu sehen. Das Tempo-30-Schild hätte man sich sparen können, die Wurzeln einiger

Bäume hatten sich durch den Belag gebohrt und wirkten so wie eine natürliche Geschwindigkeitsbegrenzung.

Kurz darauf öffnete sich der Blick, und das Asphaltband fiel in ein Tal ab, das aus von Wäldern umgebenen Weiden bestand, auf denen vereinzelt Pferde grasten. Auf der Wiese links der Straße stand zurückgesetzt ein Haus, der ehemalige Baumbach-Hof. Er erinnerte an einen alten Gutshof in L-Form mit einem Fundament aus grob behauenen Steinen, darüber Fachwerk aus schwarzen Balken und weißem Lehmgefache. Die Butzenfenster waren mit grünen Fensterläden versehen, das Satteldach mit Schiefer bedeckt.

Von der kleinen Straße aus führte ein Weg aus festgetretenem Erdreich bis zum Hof, und an der Abzweigung stand ein Holzschild, auf dem in Großbuchstaben das Wort PFERDEZUCHT zu lesen war, darunter eine Telefonnummer und der Name des jetzigen Besitzers.

Ich stoppte den Wagen an der Abzweigung und schaute zum Hof hinüber, der vielleicht fünfzig Meter entfernt lag. Schräg dahinter konnte ich einen Teil der Stallungen sehen und eine offene Scheune, in der ein Traktor stand. Meine Augen suchten die rechts des Gebäudes liegende Wiese ab, die von einem elektrischen Weidezaun umgeben war. Doch etwas fehlte: die Blockhütte. In meiner Erinnerung stand sie mitten auf dem Grün, rund hundert Meter vom Haus entfernt, und in diesem Punkt irrte ich mich ganz sicher nicht. Irgendjemand musste sie nach den Morden abgerissen haben, und nichts deutete mehr darauf hin, dass sie jemals dort gestanden hatte.

»Hier war es?«, fragte Mütze.

»Da hinten«, sagte ich und deutete auf den Punkt

aus meiner Erinnerung. »Da hat die Hütte gestanden. Grobe, dunkle Holzstämme, jeweils ein großes Fenster pro Längsseite. Vielleicht sieben Meter lang und vier Meter breit.«

Wieder machte ich eine kurze Pause. »Das ist total irre, Mütze – ich kann die Hütte immer noch vor mir sehen …«

Sie berührte meinen Arm. »Und die Morde?«

»Ich zeig's dir.«

Langsam fuhr ich weiter. Folgte der Straße, die am Ende des Tals einen Bogen beschrieb und zwischen den Bäumen verschwand, die hinter dem Gutshof aufragten.

»Du kannst ab hier den Hof nicht mehr sehen«, sagte ich, als wir den Wald erreichten. »Aber wenn du dich links ins Unterholz schlägst und den Hang hinunterkletterst, kommst du genau auf der Wiese wieder raus.«

Vor uns machte die Straße erneut einen Bogen. Im Scheitelpunkt der Kurve begann ein holpriger Waldweg, der nur für Fußgänger oder Geländewagen passierbar war. Ich stellte den Alfa an dessen Beginn ab. Als wir aus dem Wagen stiegen, spürte ich sofort die Geister der Vergangenheit. Es gab hier zu viele von ihnen, und sie alle buhlten um meine Aufmerksamkeit oder klagten mich an.

»Wollen wir?«, fragte ich. Sie nickte. Dann gingen wir in den Wald.

Die Luft wurde deutlich kühler, eine eigentümliche Mischung aus Frische und Moder, die aber keineswegs unangenehm roch. Der Boden war übersät mit Tannennadeln und -zapfen, zwischen mächtigen Baumstämmen wuchs Moos. Der dichte Wald tauchte selbst die

Mittagsstunden in Dämmerlicht und bildete eine fast undurchdringliche Mauer. Als Großstädter neigte man dazu, den Wald als einen Ort der Stille zu bezeichnen, aber das stimmte nicht. Überall um mich herum raschelte, knackte und fiepte es. Mich beschlich das Gefühl, verfolgt zu werden. Am schlimmsten war es an den Stellen, wo vereinzelte Sonnenstrahlen auf die Düsternis des Waldes trafen. Immer wieder glaubte ich, in den Schatten eine Bewegung wahrzunehmen. Eine Person zu erahnen, die uns beobachtete. Ich versuchte, meine Füße besonders vorsichtig zu setzen, und lauschte, ob ich noch andere Schritte erkennen konnte. Geräusche, die nicht von Mütze oder mir erzeugt wurden. Ich kam mir dabei wie ein Narr vor, der unter Verfolgungsangst litt. Dann fiel mir eine Redensart ein, dass die Tatsache, dass man unter Verfolgungsangst litt, keine Garantie dafür war, dass man nicht wirklich verfolgt wurde.

Vor einer winzigen Lichtung, die kaum größer als zehn Meter im Quadrat war, blieb ich stehen. Das ganze Gebiet hatte etwas von einer riesigen Wildnis an sich – oder von einem Ort, an dem schlimme Dinge passierten. In der Mitte der Lichtung sah ich ein Kreuz, ähnlich wie die, die man an Straßen für Unfallopfer aufstellte. Es war alt, Laras Name darauf fast schon verwittert, und über und über mit Moos bewachsen. Kein Zettel klebte an ihm, kein Bild, und niemand hatte Blumen niedergelegt. Nichts deutete darauf hin, was hier geschehen war – nur dieses alte Kreuz im Wald.

»Hier«, sagte ich. Durch den Kloß in meinem Hals klang meine Stimme rauer als gewohnt. »Lara lag auf dem Rücken, die Arme zur Seite und ein Bein angewinkelt. Als ich mit Tanja aus dem Wald trat, habe ich aus der Entfernung zunächst nur die hellen Konturen ihres Körpers gesehen. Beim Näherkommen wurde mir dann bewusst, dass der dunkle Fleck auf ihrem Kleid Blut war.«

»Gott … das ist ja grausam.«

Mütze war näher gekommen und lehnte sich an mich, als würde sie Schutz suchen. Als könnte das Böse, das hier gewütet hatte, ihr immer noch gefährlich werden. »Und wo habt ihr Mike gefunden?«

»Hm?«

»Wo war Mike, Jan?«

»Mike lag ein Stück den Hang herunter. Halb auf den Knien, den Oberkörper nach vorne gekippt. Ich …«

Mir versagte die Stimme. Für ihn gab es kein Kreuz. Nichts, das an ihn erinnerte. Da, wo ihm der Schädel eingeschlagen worden war, wuchs Moos. Laub und Tannennadeln lagen darauf. Tiere urinierten auf die Stelle. Es war, als hätte es ihn nie gegeben.

Ich spürte, wie Mütze nach meiner Hand griff. Unsere Finger schoben sich ineinander. »Tanja und ich sind zunächst in der Hütte geblieben. Die anderen waren erst ein paar Minuten weg, da hörten wir einen Schrei. Also sind wir ihnen nach. Dann kam noch ein Schrei. Nein, kein Schrei … das war eher ein Kreischen … ein …«

»Du musst nicht darüber reden, wenn du nicht willst.«

»Doch. Ich muss.«

Sie sah mich an, offen, voller Verständnis.

»Also … Wir sind losgerannt, und Tanja ist hingefallen. Es war ja stockdunkel. Dann habe ich den Schein von Pauls Taschenlampe zwischen den Bäumen aufleuchten sehen.«

Mütze drückte meine Hand und ließ mir die Zeit, die ich brauchte. Bilder, die ich vergessen geglaubt hatte, drängten unerbittlich in mein Bewusstsein.

»Alex kniete neben den Bäumen und kotzte. Irgendjemand hat geschrien, keine Ahnung, wer, vielleicht Markus. Ich hab am Anfang gar nicht verstanden, was los war. Dann sah ich Lara und die Wunde und wie das Blut im Mondlicht glänzte. Hast du schon mal Blut im Mondlicht gesehen?«

Sie schüttelte den Kopf.

»Es sieht schwarz aus, Mütze, tiefschwarz. Tanja ist zu Christine gerannt, die neben Lara auf dem Boden hockte und vor sich hin stammelte. Rolf hatte das Gesicht in den Händen vergraben, ich glaube, der war komplett apathisch. Das war ... ich weiß nicht ...«

Mütze legte ihren Kopf an meine Brust. Minutenlang standen wir schweigend da, erschöpft und ermattet, wie zwei Wanderer am Ende eines langen Weges. Dann löste sie sich von mir und schaute mich an.

»Jan?«

»Ja?«

»Du sagst, Paul hatte eine Taschenlampe dabei. Dann war er an dem Wochenende also auch hier?«

Ich nickte. »Paul ist am Samstagnachmittag nachgekommen, weil er vormittags noch arbeiten musste.«

»Du hast bislang nie erwähnt, dass er dabei war«, sagte sie zögernd. »Warum nicht? Und warum taucht sein Name nicht in den Unterlagen auf?«

Ich sah ihr in die Augen und fragte mich, wie sehr ich ihr vertrauen konnte. Die Antwort fiel eindeutig aus.

»Paul ist abgehauen, bevor die Polizei kam.«

Sie trat einen Schritt zurück. Ihre Augen blickten mich ratlos an. »Aber, ich versteh nicht ... warum denn?«

In den Bäumen hörte ich den Wind rauschen. Ich blickte nach oben. Die Wipfel der Tannen wogten hin und her, aber sie brachen nicht. Wie flexibel Holz doch war.

»Weil er Mike erschlagen hat.«

Irgendetwas hinter uns raschelte.

»Und weil wir überzeugt waren, er hätte das Richtige getan.«

Das Rascheln kam näher.

»Vor allem aber ...«

*

»Kann ich Ihnen helfen?«

Aufgeschreckt fuhren wir herum. Hinter uns stand ein alter Mann, dessen Gesicht mit einem Spinnwebennetz aus Falten überzogen war. Tiefe Gräben zogen sich entlang der Mundwinkel, und als er blinzelte, entdeckte ich sogar auf seinen Lidern gekräuselte Fältchen. Sein Kinn war außergewöhnlich spitz, die Haut am Hals hing schlaff herunter. Er trug klobige dunkelbraune Schnürstiefel, eine tiefgrüne Cordhose und eine Jacke, wie sie Jäger oftmals trugen. Zu dieser Vermutung passte auch das Gewehr, das der etwa 70-Jährige in den Händen hielt.

»Wir ... wir wollten nur ein wenig spazieren gehen«, sagte Mütze, die als Erstes die Fassung wiedergefunden hatte. »Haben Sie uns vielleicht erschreckt!«

»Das war nicht meine Absicht, Fräulein, tut mir leid.

Aber ich hab das Auto oben stehen gesehen und dachte mir: Schau mal nach, vielleicht hat da ja jemand ein Problem.«

»Nein, kein Problem«, sagte ich. »Sofern Sie mit dem Gewehr nicht Jagd auf uns machen wollen.«

»Oh, das …« Er lächelte entschuldigend. »Ich war früher Förster, und das Gewehr trage ich immer noch mit mir herum, wenn ich im Wald bin. Alte Gewohnheit, Sie verstehen? Nichts, worüber das Fräulein und Sie sich Sorgen machen müssten.«

Dann trat er vor und streckte die Hand aus. »Herscheid mein Name, Walter Herscheid.«

Wir stellten uns ebenfalls vor, wobei Mütze mir heimlich einen genervten Seitenblick zuwarf. Einen unpassenderen Zeitpunkt für seinen Auftritt hätte der Mann sich nicht aussuchen können.

»Heutzutage muss man ja aufpassen wie ein Luchs«, klagte der Alte. »Die Zeiten haben sich geändert, und nicht zum Besseren, das können Sie mir glauben. Erst letztens«, er kratzte sich am Kinn, »hab ich Jugendliche erwischt, die im Unterholz Feuer gemacht haben. Glaubt man das? Und als ich den blöden Bengeln dann die Meinung gegeigt habe, sind die auch noch frech geworden! Keinen Respekt haben die. Aber meine Freundin hier«, er streichelte den Lauf der Waffe, »hat denen schon Manieren beigebracht, das können Sie mir glauben.«

Ich konnte es mir lebhaft vorstellen. Ein offenes Feuer im Wald war keine schöne Sache. Ein starrköpfiger Rentner, der mit einem Gewehr in der Hand herumfuchtelte, allerdings auch nicht.

»Man muss ja überall aufpassen«, sagte Herscheid.

»Die Welt ist nicht mehr das, was sie früher mal war. Gibt zu viel Böses heute.«

»Das gab es auch früher schon«, antwortete ich. »Auch hier, vor 27 Jahren.«

Erst als ich den misstrauischen Blick des Alten registrierte, wurde mir bewusst, dass ich den letzten Satz nicht nur in Gedanken formuliert hatte.

»Sie meinen ... Was wissen Sie denn darüber?«

»Ich war dabei. Als Jugendlicher. Die beiden Toten waren meine Freunde.«

Sein Augenlid zuckte. Er leckte sich die Lippen. »Sagen Sie bloß, Sie kannten das Baumbach-Mädchen?«

»Nicht besonders gut. Ich hatte sie zuvor nur einmal gesehen. Aber den Jungen habe ich gekannt.«

»Üble Sache«, sagte der Alte. »Wirklich 'ne ganz üble Sache. War'n bildhübsches Ding, das Mädchen, diese ... warten Sie, gleich hab ich's ...«

»Lara«, half ich seinem Gedächtnis auf die Sprünge.

»Ja, genau. Lara hieß sie.«

Er trat einen Schritt näher, begierig darauf, seinen Klatsch loszuwerden. »Aber ich hab's kommen sehen. Hübsch war sie ja, die Lara, aber eiskalt. Kein gutes Herz. Hat oft mit Jungs rumgemacht. Immer alle heißgemacht, aber dann nicht rangelassen. Sie wissen, was ich meine, nicht wahr?«

Bevor ich darauf antworten konnte, fuhr Herscheid mit seiner Tirade fort. »Mir hat nur die arme Mutter leidgetan. War 'ne feine Frau, sag ich Ihnen, 'ne richtige Dame. Nach dem Mord ist sie ganz schnell weggezogen, hat keinen Monat gedauert. Kann man ja auch verstehen. Hat sie ja alles nur an das tote Kind erinnert.«

Am liebsten hätte ich dem verknöcherten Rentner gesagt, was ich von seinen Unterstellungen hielt. Davon, wie er über ein Mädchen sprach, das sich nicht mehr wehren konnte. Aber ich hielt mich zurück. Vielleicht wusste er ja noch etwas, das uns nützlich sein konnte.

»Aber jetzt wohnt da wieder wer, hab ich gesehen.«

»Jaja«, sagte er und nickte. »Die Walterscheidts. Sind aus Bonn zugezogen. Ganz nette Leute sind das. Die züchten auch Pferde, genau wie die Baumbachs damals.«

Er machte eine kurze Pause, dann schaute er mich neugierig an. »Was treibt Sie eigentlich nach so vielen Jahren hierher?«

»Mein Mann wollte mir das mal zeigen«, sagte Mütze, bevor ich antworten konnte. »Schließlich möchte ich ja wissen, wie der Ort aussieht, an dem er so etwas Schreckliches erlebt hat.«

Mein Mann. Ich bewunderte ihre Reaktion, gerade angesichts dessen, was ich ihr kurz zuvor gestanden hatte. Zum einen war das Bergische Land immer noch eine erzkatholische Gegend, zum anderen hatte ich in den letzten Tagen genügend Kostproben vom Ansehen der Journalistenzunft in der öffentlichen Wahrnehmung bekommen.

Der ehemalige Förster schaute mich vorwurfsvoll an. »Das sollten Sie Ihrer Gattin aber nicht zumuten, so etwas Grausames. Ist kein schöner Ort für eine junge Dame. Und Sie wissen ja, dass der Mörder nie gefasst wurde, oder?«

Ich hörte, wie Mütze neben mir schnaufte.

»Da haben Sie recht«, sagte ich in Richtung des Alten und nickte schuldbewusst. »War mein Fehler.«

Anschließend warf ich Mütze einen besorgten Blick zu. »Hoffentlich bekommst du heute Nacht keine Alpträume, Liebes.«

Ich sah den innigen Wunsch, mir gegen das Schienbein zu treten, in ihren Augen aufblitzen, aber sie riss sich zusammen und lächelte gequält. Herscheid dagegen schien besänftigt zu sein. »Machen Sie sich mal keine Sorgen. Der Mörder kam ja nicht von hier. Der ist schon lange über alle Berge.«

»Was macht Sie denn da so sicher?«

»Ähm ... sicher wobei?«

»Dass der Mörder nicht von hier kam. Dass es ein Fremder war.«

»Na, hören Sie mal«, schnaufte er. »Hier kennt doch jeder jeden. Glauben Sie, wir würden es nicht merken, wenn mitten unter uns ein Irrer herumlaufen würde?«

Ich behielt für mich, was ich glaubte. Stattdessen wendete ich jene Tricks an, die ich auch bei Interviews benutzte, wenn ich möglichst viel aus meinen Gesprächspartnern herausholen wollte. Ich stellte ihm zur rechten Zeit die richtigen Fragen, begegnete offen seinem Blick und versuchte, ihm das Gefühl zu vermitteln, er gehöre zu den brillantesten Köpfen, mit denen ich jemals gesprochen hatte. Auch dieses Mal funktionierte es. Herscheid redete und redete. Das Problem war nur, dass er nichts wusste. Zumindest nichts, was uns in irgendeiner Form weitergebracht hätte.

»Ich glaube ja«, sagte er im Verschwörerton, »dass das Ganze auch was mit Drogen zu tun hatte. Die jungen Leute heutzutage sind ja alle ...«

Erschrocken schaute er mich an. Entweder war ihm eingefallen, dass *heutzutage* schon 27 Jahre zurücklag, oder dass ich damals einer dieser jungen Leute gewesen war.

»Ähm, verstehen Sie mich nicht falsch«, stotterte er herum. »Ich wollte nicht andeuten, dass …«

»Kein Problem. Man kommt ja ganz durcheinander, wenn so ein Irrer das halbe Dorf aufschreckt, nicht wahr?«

»Jaja, ganz genau«, sagte er und nickte bekräftigend.

Dann versiegte das Gespräch. Bevor das Schweigen peinlich wurde, verabschiedeten Mütze und ich uns und gingen zurück in Richtung des Autos.

Wir waren erst ein paar Schritte entfernt, als mir noch etwas einfiel. Ich drehte mich zu dem Rentner um, der auf der Lichtung stehen geblieben war. »Eine Frage hätte ich noch.«

Herscheid schaute in unsere Richtung. »Was denn?«

»Hat Lara Sie damals auch heißgemacht und dann nicht rangelassen?«

»Was … was erlauben Sie sich?«, geiferte er.

Eine Antwort bekam er nicht. Jedes weitere Wort wäre zu viel der Ehre gewesen.

»Was für ein ekelhafter Typ«, sagte Mütze, als wir am Wagen angekommen waren. »Bis obenhin voll mit Vorurteilen.«

»Leider wusste er nichts, was uns weiterbringen könnte. Schade, solche Leute können kein Geheimnis für sich behalten, wenn sie eine Chance wittern, mal ein paar Minuten lang im Mittelpunkt zu stehen.«

»Apropos Geheimnis«, sagte Mütze, nachdem wir eingestiegen und losgefahren waren. »Lass uns in der Nähe ein Lokal suchen, wo wir etwas zu trinken bekommen. Und dann, denke ich, solltest du mir endlich erzählen, was damals wirklich passiert ist.«

Zwanzig Minuten später saßen wir vor einer alten Mühle, die zum Ausflugslokal umgebaut war. Mitten in der Woche war nur wenig Betrieb. Zwei Kellnerinnen kämpften um eine Handvoll Ausflügler. Irgendwo in den Bäumen rief ein Vogel, dem ein anderer antwortete, worauf weitere in die Diskussion einstimmten. Das Bergische Land. Der perfekte Ort für Wanderer, Naturliebhaber und Triebtäter.

Als wir unsere Getränke hatten, schaute Mütze mich erwartungsvoll an. »So – was war jetzt mit Paul? Was sollte das heißen vorhin?«

Ich atmete tief durch und räusperte mich. Ich war mir der Tatsache bewusst, dass ich Mütze mit der Wahrheit, soweit ich sie kannte, etwas aufbürdete, das ihr schwer zu schaffen machen würde. Doch es gab keine Alternative. Ich brauchte jemanden, dem ich alles erzählen konnte, und sie hatte totale Offenheit verdient. Unsere Freundschaft hatte schon viel überstanden, von kleinen und größeren Meinungsverschiedenheiten bis hin zu Sarahs Eifersucht. Nun würde sich zeigen, ob sie auch die Wahrheit überstehen würde.

»Mütze … was ich dir jetzt sage, weiß kein Mensch außer denen, die damals dabei gewesen sind. Und ich denke, wenn ich fertig bin, verstehst du auch, warum.«

»Schieß los.«

»Also … Ich habe dir ja erzählt, dass wir ab Freitag hier waren. Paul ist erst am Samstagnachmittag nachgekommen, weil er vormittags noch arbeiten musste. Laras

Mutter hat ihn deshalb nie zu Gesicht bekommen, verstehst du?«

Sie nickte.

»Bis in die Nacht hinein verlief alles ganz normal. Wir haben gegrillt, gefeiert, gelacht, Musik gehört und Bier getrunken. Paul hatte beim Essen Streit mit Mike, nichts Dramatisches, eigentlich ist Streit schon übertrieben.«

»Und dann? Was ist in der Nacht passiert?«, fragte sie ungeduldig.

»Irgendwann, ich weiß nicht mehr, vielleicht so gegen halb zwei, sind wir in die Hütte gegangen. Einige sind schnell eingeschlafen, wir hatten ja auch alle gut getrunken, andere haben ...«

»Haben miteinander herumgespielt, ich weiß schon.«

»Ja, genau«, sagte ich verunsichert. Warum ritt sie permanent darauf herum? »Irgendwann hat Marion dann etwas gerufen, irgendwas wie ›Hey ... Mike und Lara sind schon ewig draußen – was die wohl machen?‹, und Alex sagte so was wie ›Cool, lass uns mal nachschauen, vielleicht machen die ja gerade miteinander rum‹. Dann hat Paul sich seine Taschenlampe geschnappt und ist raus, und die anderen sind ihm gefolgt.«

»Und Kai? Was hat der denn dazu gesagt? Der muss doch tierisch sauer gewesen sein ...«

»Kann ich dir gar nicht sagen. Ich hab einfach nicht auf Kai geachtet, ich war ... na ja, du weißt schon.«

Sie verdrehte die Augen. Anschließend erzählte ich ihr den Teil, den ich selber nur vom Hörensagen kannte. Dass Paul und die anderen die beiden nicht auf der Wiese gefunden hatten und dann in den Wald gingen, um sie dort zu suchen. Dass sie zwei Personen entdeckten, die auf dem Boden lagen. Dass die eine Person sich aufrichtete, als sie bemerkte, dass jemand kam. Dass die andere Lara war. Dass Paul und die anderen im Taschenlampenlicht das Messer sahen. Das hochgeschobene Kleid. Dass Paul dem Fliehenden hinterherstürmte, ihn einholte und zu Boden riss. Dass er bis zu diesem Zeitpunkt nicht wusste, dass es Mike war. Dass er, als er ihn erkannte, irgendetwas wie »Du Drecksau« schrie. Dass Mike sich hochrappelte und nach ihm trat. Dass Paul ihn packte und mit Wucht auf ihn einschlug. Dass er sicher nicht vorgehabt hatte, ihn zu töten. Dass es einfach passiert war. Dass Mike unglücklich stürzte und sich dabei die tödlichen Kopfverletzungen zuzog. Dass Marion und Christine danebenstanden und schrien. Dass es ein einziger, blutiger Alptraum gewesen war.

Mütze schaute mich fassungslos an. »Aber … warum habt ihr das denn nicht der Polizei erzählt?«

Ich schloss die Augen. Ja, warum?

Aus Angst? Freundschaft? Gruppendynamik?

Ich wusste es nicht. Ich schaute in den Himmel, aber auch von dort bekam ich keine Antwort. Mütze sprach mit mir, aber ich verstand nichts von dem, was sie sagte. Ich hörte nur noch eine leise Stimme in meinem Kopf, die in einer endlosen Litanei flüsterte: *Du hast dich getäuscht. Du hast völlig danebengelegen.* Diese Stimme wollte ich nicht hören. Nie mehr.

»Jan?«, sagte Mütze gerade. »Du hörst mir überhaupt nicht zu, oder?«

»Was?«

»Ich hab dich vorhin gefragt, warum ihr nicht zur Polizei gegangen seid.«

Ich atmete tief durch. »Wir waren komplett neben der Spur, Mütze«, sagte ich dann. »Völlig durcheinander. Da hat keiner mehr klar nachgedacht. Irgendwer – ich glaube sogar, es war Kai – hat dann zu Paul so was wie ›Scheiße … du hast ihn umgebracht!‹ gesagt.«

»Aber das war doch kein Mord«, entgegnete sie. »Maximal Totschlag, wenn nicht nur ein Unfall.«

»Ja, das ist mir heute auch klar. Aber damals als Jugendliche, unter Schock stehend … da haben wir nur gedacht: Mike hat Lara vergewaltigt und umgebracht, und Paul hat Mike getötet. Vielleicht«, ich fühlte, wie meine Hand sich unwillkürlich zur Faust ballte, »kam es dem ein oder anderen sogar wie eine höhere Form der Gerechtigkeit vor, ich weiß es nicht. Wir wollten einfach nicht, dass Paul für das, was er getan hatte, bestraft wurde. Und als Alex dann sagte, dass Paul abhauen müsse, dass ihn ja außer uns niemand gesehen hätte, kam uns das wie die perfekte Lösung vor. Kannst du das verstehen?«

Auf ihrer Stirn zeigten sich krause Fältchen, während sie das Gehörte sacken ließ. Ich wusste, wie viel jetzt von ihrer Antwort abhing. Vielleicht sogar unsere Freundschaft.

Sie dachte lange nach. Dann schaute sie mich an. »Doch …«, sagte sie. »Ich glaube, ich kann es irgendwie verstehen. Wer weiß, wie ich in so einer Situation reagiert hätte. Aber warum hast du der Polizei auch später nie die Wahrheit gesagt?«

»Und wozu, Mütze? Was wäre dann passiert? Sie hätten Paul angeklagt. Mikes Eltern hätten erfahren, was ihr Sohn getan hat. Ganz zu schweigen davon, dass ich meine besten Freunde wegen ihrer Falschaussage reingeritten hätte.« Ich holte tief Luft. »Aber gut, Mütze – wenn du mir sagst, dass du zur Polizei gegangen wärst, trotz der von mir genannten Gründe, dann fahren wir los. Jetzt sofort. Ins nächste Revier. Und ich mache eine Aussage!«

Sie schwieg ungewöhnlich lange. Dann sah sie mich traurig an. »Das ist nicht fair.«

»Ich weiß«, sagte ich mit sanfter Stimme.

Mit zittrigen Fingern holte sie eine Schachtel Zigaretten aus der Tasche. »Eigentlich wollte ich ja aufhören«, sagte sie entschuldigend. »Aber jetzt brauche ich eine.«

Während sie rauchte, schaute ich mir die Umgebung an. Mein Blick streifte an der alten Mühle vorbei hin zu den Tannenwäldern, die das Areal umschlossen. Ich spürte die Sonne, ganz warm auf meinem Gesicht, und hörte das Plätschern eines Baches. Welch eine Idylle und welch ein Gegensatz zu meinen Gedanken, die wild durcheinanderrasten. In den ersten Jahren nach der Tat hatte ich keine Zweifel gehabt, dass wir uns damals richtig verhalten hatten. Wir waren Teenager, und ein ausgeprägtes Rechtsbewusstsein ist nicht des Teenagers Stärke. Damals waren Werte wichtig, unsere Werte, und keine Gesetze, die in Büchern standen. Man hielt zusammen. Gegen andere Cliquen, gegen die Welt der Erwachsenen. Wir hatten uns geschworen, Paul zu schützen, und dieser Schwur bedeutete uns mehr als alles andere.

Hatten wir damals das Falsche aus dem richtigen Grund getan oder das Richtige aus dem falschen Grund? Ich wusste es nicht.

»Warte mal«, unterbrach Mütze meine Gedanken, während sie ihre Zigarette ausdrückte. »Mike hat also Lara vergewaltigt und ermordet. Paul hat daraufhin Mike getötet. Ihr anderen habt alle bis heute geschwiegen. Und Lindemann und seine Kollegen haben jahrelang nach einem Doppelmörder gesucht, den es gar nicht gab. Ist das die ganze Geschichte?«

»Nein«, sagte ich. »Nicht mehr.«

Mir war klar, was ich ihr jetzt zumuten würde. Aber ich hatte mich entschlossen, reinen Tisch zu machen. Und ohne ihr den Grund dafür zu verraten, warum ich mich in den Fall derart verbiss, konnte ich nicht erwarten, dass sie verstand, was in mir vorging. Warum ich das Gefühl hatte, keinen Boden mehr unter den Füßen zu haben.

»Das *war* die Geschichte«, sagte ich. »Bis letzten Montag. Bis ich von Kemper die Unterlagen über den Fall bekam. Ich hatte schon beim ersten Lesen das Gefühl, dass etwas daran nicht stimmte. Ein winziges Detail. Ich bin nur nicht darauf gekommen, was es war. Aber schau selbst.«

Ich reichte ihr die Kopie, die ich gestern Abend schon Alex gezeigt hatte. Sie las aufmerksam, dann schaute sie mich an. »Und? Das sind die Ergebnisse des Obduktionsberichtes von Lara. Was stimmt daran nicht?«

»Hab ich dir mal erzählt, wie ich Mike kennengelernt habe?«

»Nein, hast du nicht, aber was hat das mit …?«

»Hör mir zu. Dann ist alles viel einfacher.«

In ihren braunen Augen konnte ich die Angst erkennen, dass das bisher Erfahrene, so verwirrend es auch war, beileibe nicht das Schlimmste darstellte, was dieser Nachmittag für sie bereithalten sollte. Ich hätte viel dafür gegeben, ihr sagen zu können, dass diese Angst unberechtigt wäre.

»Wir waren noch klein, sieben oder acht, und gingen auf dieselbe Grundschule. Ich hatte Mike zu meinem Geburtstag eingeladen. Meine Mutter hatte im Volksgarten so eine richtige Kleine-Kinder-Party organisiert, mit Würstchen grillen und Spielen im Freien und so. Und Luftballons, vielen Luftballons, auf denen ›Happy Birthday‹ stand. Auch Mike hat einen aufgepustet. Das heißt, er hat es versucht. Sein Hals ist angeschwollen, irgendeine allergische Reaktion, fast wäre er daran erstickt. Später hat uns seine Mutter gesagt, dass er seit der Geburt an einer Latexallergie litt. Eigentlich wusste er das auch, aber im Eifer des Gefechts hat er wohl nicht daran gedacht.«

Mütze schaute mich fragend an. Sah den Zusammenhang nicht.

Ich griff nach ihrer Hand und schaute ihr in die Augen. »Verrat mir eines, Mütze: Wie soll ein Junge mit solch einer Allergie … wie soll der ein Mädchen mit einem Kondom vergewaltigen, das aus Latex besteht?«

Jetzt hatte Mütze mich verstanden. Ich konnte es an ihren Augen erkennen, die flackernd hin und her huschten. An ihrem Mund, der lautlos Worte formte, während sie im Kopf fieberhaft nach einer logischen Erklärung suchte.

»Bist du … bist du dir sicher?«

»Was die Allergie angeht, ja! Und dass der Vergewaltiger ein Kondom benutzt hat, konntest du ja gerade nachlesen. Was ich nicht sicher weiß, ist, ob Mike die Allergie als Teenager noch hatte. Aber das werden mir seine Eltern sagen können.«

»Deshalb die Adresse?«

»Genau«, sagte ich und nickte. »Aber ich hab Angst davor. Eine Schweineangst. Ist dir klar, was das bedeutet, wenn er zum Zeitpunkt seines Todes immer noch Allergiker war?«

»Scheiße«, sagte sie ganz leise. »Scheiße.«

*

Eine knappe Stunde später hatte ich Mütze zu Hause abgesetzt und war auf dem Weg in meine Wohnung. Vorher hatten wir uns noch für acht Uhr zum Abendessen verabredet. Ich hoffte, dass die Zeit ausreichen würde, das Gehörte halbwegs zu verarbeiten. Auf der Rückfahrt hatte sie kaum gesprochen und meistens nur stumm aus dem Seitenfenster geschaut. Dabei schien sie weniger die Tatsache zu belasten, dass Mike von Paul erschlagen worden war. Für Mütze fiel das unter die Kategorie »Tragischer Unfall«, wie sie mir im Auto verraten hatte, obwohl es strafrechtlich gesehen Totschlag war. Was sie dagegen wirklich fertigmachte, war, dass der Mörder von Lara höchstwahrscheinlich aus unserer Clique stammte – und immer noch frei herumlief.

Auch mir gingen während der Fahrt unzählige Fragen durch den Kopf. Wenn Mike Lara nicht vergewaltigt und ermordet hatte, was hatte er dann bei ihrer Leiche gemacht? Wieso war er überhaupt mit ihr im Wald gewesen? Was hatte die beiden verbunden? Wo war er gewesen, als der Täter sich an ihr vergangen hatte? Und vor allem: Wer? Wer hatte sie umgebracht?

Zu Hause angekommen, hörte ich bereits durch die Wohnungstür hindurch das Klingeln unseres Telefons.

Hektisch fummelte ich den Schlüssel ins Schloss, stürmte hinein, griff nach dem Hörer und ging ran.

»Wo treibst du dich denn ständig rum?«, drang Sarahs Stimme an mein Ohr, kaum dass ich mich gemeldet hatte. »Ich denke, dir geht's nicht gut?«

»Hallo Schatz«, sagte ich, ein wenig außer Atem und enttäuscht darüber, dass sie direkt mit einem Vorwurf loslegte. »Ich treib mich nicht rum, ich war wegen eines Artikels unterwegs. Musste noch was recherchieren.«

»Was denn für ein Artikel? Immer noch die Nummer mit dem ungelösten Mordfall, von dem dieser Frank geredet hat? Ich weiß nicht ... solltest du dich nicht lieber schonen?«

So langsam kam ich mir wie bei einem Verhör vor. Eine Frage nach der anderen. Stakkatoartig. Als wenn es heute nicht schon genug davon gegeben hätte.

»Thomas Reinhardt hatte letzte Woche einen Autounfall und kann nicht arbeiten, aber die Story ist fest eingeplant. Und außerdem geht's mir auch schon deutlich besser.«

»Na hoffentlich. Ist der Bericht wirklich so wichtig? Ansonsten könntest du ja schon früher kommen. Arnold hat gesagt, du gehst die Woche ja eh nicht mehr zur Arbeit.«

Einen Moment lang wollte ich die Gelegenheit ergreifen, ihr alles zu erzählen. Aber ich verpasste sie. Stattdessen sagte ich nur: »Ja, der Bericht ist wichtig. *Mir* ist er wichtig. Und deshalb werde ich ihn auch fertigstellen und erst wie vereinbart am Sonntag nachkommen.«

Meine Antwort klang eine Spur schärfer, als ich es beabsichtigt hatte. Eine kurze Pause entstand. Als Sarah wieder etwas sagte, hörte ich, dass sie eingeschnappt war. »Wie du meinst. War ja nur ein Vorschlag. Dann sehen wir uns eben am Sonntag.«

Einen Moment lang dachte ich, sie würde einhängen. »Warte mal«, rief ich deshalb schnell. »Ist Lukas gerade bei dir?«

»Nein«, antwortete sie. »Der ist wieder mit dem Surfbrett unterwegs. Den bekomm ich da die ganzen Tage schon kaum runter. Außerdem haben die hier einen Kiddies-Club mit lauter kleinen Terroristen in Lukas' Alter – wenn er nicht gerade surft, tobt er dort herum.«

»Hmm«, machte ich. »Kann da auch nichts passieren?«

»Mach dir mal keine Sorgen.« Ihre Stimme klang jetzt deutlich wärmer. »Am Anfang habe ich auch immer wie eine Glucke danebengestanden, aber die passen hier so gut auf die Kinder auf, das ist der Wahnsinn.«

Wenn Sarah das sagte, musste es stimmen. Lukas war schon immer ein Mama-Kind gewesen. Ich fing erst an, eine Rolle zu spielen, nachdem er in den Kindergarten gekommen war. In den Jahren davor hatte es mir oftmals richtig weh getan, zuzuschauen, wie der Kleine, vom Schlaf noch ganz benommen, immer direkt zu Sarah tapste und mit seinen winzigen Händen nach ihren Armen griff. Sie war sein Heimathafen, nicht ich. Einen Teil des Rückstandes konnte ich aufholen, als er begann, sich für Fußball zu interessieren, aber wenn es jemals einen Oscar für Eltern geben sollte, würde mir maximal der für die beste Nebenrolle bleiben.

»Na denn«, sagte ich. »Wenn die Mama beruhigt ist, bin ich es auch.«

»Jan?«

»Ja?«

»Eine Frage habe ich noch.«

»Was denn?«

»Wer liebt mich?«

»Ich würde sagen – ich!«

»Und wie sehr?«

Ich musste lachen. »Das sind jetzt schon zwei Fragen.«

»Och biiiitte!«

»Also«, sagte ich langgezogen. »Einmal von hier zum Mond und wieder zurück.«

»Hmmm … nicht von hier zum Mond und zurück und einmal um die Erde rum?«

»Warte … lass mich auf das tagesaktuelle Liebesbarometer sehen.«

Ich legte eine Kunstpause ein. »Menschenskinder! Da steht sogar, einmal zum Mond und zurück und anschließend zweimal um die Erde.«

»Puh … ich Glückliche! Ich bin aber auch eine verdammt tolle Ehefrau – ich hab dir sogar ein paar Mahlzeiten gekocht. Findest du im Tiefkühlfach.«

»Hab ich schon gefunden. Danke – das war nett von dir.«

»Ich bin allerdings nach wie vor die schlechteste Köchin der Welt.«

»Das weiß ich«, sagte ich und lachte. »Ich hab ja nicht gesagt, dass ich sie essen würde.«

Mit durch den Hörer gezwitscherten Küssen hängten wir ein. So plötzlich, wie Sarahs Verstimmungen manchmal kamen, so schnell verzogen sie sich auch wieder. Wahrscheinlich war dies die Italienerin in ihr. Anfangs hatte mich diese ständige Aufregung immens angezogen. Meine heißblütige Ehefrau. Dann hatte es eine Zeit gegeben, in der mich ihre Stimmungsschwankungen nur noch ermüdet hatten. Inzwischen hatte ich gelernt, damit umzugehen. So war sie eben. Auf einen Schlag war das Vermissen wieder da.

Nach dem Telefonat schaltete ich den Rechner ein. Während er hochfuhr, machte ich mir einen extrastarken Kaffee, dann ging ich auf die Webseite von Facebook und gab in die Personensuche »Christine Hasewitz« ein. Es gab nur einen Eintrag; ich erkannte sie sofort. Sie war natürlich älter geworden, hatte ein paar Fältchen um die Augen bekommen, und aus Blondie war eine Brünette geworden, aber ansonsten glich sie immer noch dem Bild aus meiner Erinnerung. Sie machte auf ihrem Profilfoto einen glücklichen Eindruck, aber das musste nichts heißen – auf Facebook sehen alle immer glücklich aus.

Ich schrieb ihr eine Nachricht. Wer ich war, ob sie sich noch an mich erinnern könne und dass ich gerne mit ihr telefonieren würde. Dann klickte ich auf Senden. Anschließend scrollte ich ihre Freundesliste durch, fand aber nur einen bekannten Namen, den von Alex. Eine Tanja war nicht darunter.

Danach gab ich »Kai Lehmann« in die Maske ein. Wie bei dem Namen nicht anders zu erwarten war, gab es mehrere Treffer, aber keines der Gesichter kam mir vertraut vor. Von allen, die damals zu unserer Park-Clique gehörten, war er derjenige, an den ich mich am schlechtesten erinnern konnte. Kein Wunder, wir waren uns ja auch aus dem Weg gegangen, wann immer es möglich gewesen war. Wenn ich jetzt an Kai dachte, hatte ich einen Jungen vor Augen, der zwar sehr witzig, aber auch arrogant und egoistisch sein konnte. Der gerne Polohemden von Lacoste trug, an denen er die Kragen hochstellte. Der vor Stärkeren buckelte und bei Schwächeren nachtrat. Vor allem Rolf und Markus hatte er immer wieder spüren lassen, dass er sie nicht als ebenbürtig betrachtete.

Auch zu Paul Wontzek fand ich keinen Eintrag, selbst dann nicht, als ich von der Webseite des sozialen Netzwerks zu einer großen Suchmaschine wechselte. Es erschien mir merkwürdig, dass ein in der westlichen Welt lebender Mensch unter 60 im Internet keine Fußspuren hinterlassen hatte. Dabei war Paul früher der Erste gewesen, der einen Commodore 64 besaß, vor dem er ganze Nächte verbrachte, um die Erde vor außerirdischen Angreifern wie den *Space Invaders* zu beschützen.

Ich schaltete den Computer wieder aus und schaute auf die Uhr. Kurz nach drei. Am liebsten hätte ich mich jetzt für einen kurzen Nachmittagsschlaf hingelegt. Ich war schrecklich müde, aber die Zeit drängte. Alex hatte mir erzählt, dass Markus ein Boxstudio in Mülheim besaß, und kurz nach drei schien mir eine passende Uhrzeit zu sein, um ihm einen Besuch abzustatten. Vom dicklichen Teenager, der Angst vor jeder körperlichen Auseinandersetzung hatte, bis zum Inhaber eines Studios, in dem solche Auseinandersetzungen das Ziel waren – ein weiter Weg.

Nur 30 Meter von der angegebenen Adresse entfernt fand ich einen Parkplatz. Als ich den Wagen gerade abgeschlossen hatte, kam mir auf dem Bürgersteig ein völlig verwahrloster Mann entgegen, der einen leeren Einkaufswagen vor sich herschob. An seinem löchrigen Hemd klebten Essensreste, und über die Frage, woher die Flecken auf seiner Hose stammen mochten, wollte ich mir lieber gar nicht erst Gedanken machen.

»Der Führer will Cheeseburger«, brüllte er mir aus seinem verfilzten Bart entgegen.

Ich nickte nur.

»Hast du nicht gehört?«, schrie er weiter.

Meinem Informationsstand nach war Hitler Vegetarier gewesen, aber vielleicht hatte der Kerl ja bessere Quellen als ich. »Dahinten«, sagte ich und deutete über die Schulter, »gibt's einen McDonald's.«

Er schlich an mir vorbei. »Ich werde das Bormann melden«, brabbelte er noch, dann bog er um die Ecke.

Markus' Studio lag in einem Hinterhof abseits der Berliner Straße und war in einem Gebäude untergebracht, das große Ähnlichkeit mit einer Lagerhalle aufwies. Die verschmierten Fenster auf der Längsseite waren auf kipp geöffnet, die Wände in einem scheußlichen Grünton gestrichen – eine Farbe, die mich augenblicklich an Erbrochenes erinnerte.

Ich öffnete die Tür und ging hinein. Es war keines dieser Schickimicki-Studios, wie man sie aus der Werbung kannte, sondern eines, in dem es nach Anstrengung, Testosteron und billigem Desinfektionsmittel roch. Noch durchdringender als alle anderen Gerüche jedoch war der nach Schweiß. Er steckte in den Boxsäcken, den Ringseilen und den Pratzen; er stieg vom Boden des Ringes auf und konzentrierte sich in den alten Handtüchern, die die Boxer in die Ecke geschmissen hatten und die jetzt auf die nächste Wäsche warteten.

In einem der drei Ringquadrate waren zwei Sportler beim Sparring, argwöhnisch beäugt von einem Muskelprotz, der an den Seilen stand und die beiden nicht aus den Augen ließ. Einer der Boxer trug einen roten Kopfschutz und eine rote Hose, der andere war schwarz gekleidet. Ihre Hautfarbe ließ mich auf Südländer tippen, ich schätzte sie auf Anfang zwanzig. Beide waren Normalausleger, das heißt, die linke Hand war die Führhand, die rechte die Schlaghand. Ich schaute interessiert zu – Boxen gehörte zu meinen Lieblingssportarten, und es gab kaum einen WM-Kampf, den ich mir entgehen ließ.

Der in der roten Hose versuchte von Anfang an, mit seinem linken Fuß zwischen die Beine des Gegners zu kommen und sich so die Ringmitte zu sichern. Beide tasteten sich mit leichten Jabs der Führhand ab, bis die Distanz stimmte, dann legten sie los. Nach kurzer Zeit schlug der Boxer in der roten Hose eine gelungene Kombination. Die Führhand ging nach oben, dann folgte ein Körpertreffer mit der Rechten. Ohne dessen Wirkung abzuwarten, schoss er anschließend einen linken Haken in Richtung des gegnerischen Kopfes ab, der allerdings auf die Deckung ging.

»Nicht schlecht, Arslan, nicht schlecht!«, rief der Muskelmann an den Seilen, der anscheinend ihr Trainer war.

Schwarzhose versuchte umgehend, den gerade eingefangenen Nachteil wieder auszugleichen. Er ließ einen wilden Schlaghagel los, und ich sah, welche Wucht in seinen Fäusten steckte. Arslan entzog sich dem, indem er jetzt öfter klammerte, was in dieser Situation genau das Richtige war – der Junge war taktisch exzellent ausgebildet. Anschließend tasteten sich beide Boxer wieder mit der Führhand ab. Wirkungstreffer konnte jedoch keiner mehr erzielen, und nach zwei Minuten war Pause.

»Kann ich helfen?« Der Trainer hatte mitbekommen, dass ich das Sparring aufmerksam beobachtete. Auf seinem Oberarm prangte die Tätowierung einer fetten Mickymaus, die ein Messer in der Hand hielt, von dessen Spitze Blut tropfte.

»Ich suche den Inhaber«, sagte ich.

»Du hast ihn gefunden«, antwortete er, während er den beiden Boxern Plastikflaschen mit Wasser reichte.

»Markus?«

Er drehte sich zu mir. »Jan? Ja, das ist er – der gute alte Jan!«

Ich schaute ihn erstaunt an. Ich hätte ihn im Leben nicht wiedererkannt, wenn er mir auf der Straße begegnet wäre, und wunderte mich, dass er sofort wusste, wer ich war.

»Guck nicht wie ein Auto«, sagte Markus und grinste. »Alex hat heute Morgen angerufen und gesagt, dass du vorbeikommen wolltest. Wobei …«, er schaute mich prüfend an, »eigentlich hast du dich kaum verändert. Bist nur älter geworden. Wahrscheinlich hätte ich dich auch so erkannt.«

Ich grinste. Ein paar Sekunden lang musterten wir uns schweigend.

»Guter Junge«, sagte ich dann und deutete mit dem Kopf in Arslans Richtung. »Verdammt feine Technik.«

»Da hat jemand Ahnung, was?« Er kam zwei Schritte auf mich zu. »Sind Brüder, die beiden. Arslan ist unser bester Techniker, und Erkan«, er zeigte auf den Jungen in der schwarzen Hose, »haut das schwerste Pfund hier. Die Jungs sind ’ne echte Waffe, kämpfen wie Maschinen – das können mal Profis werden.«

»Gute Kombination fürs Sparring«, sagte ich. »Einen Schläger musst du boxen, einen Boxer musst du schlagen, oder wie war das?«

Markus zog anerkennend die Augenbrauen hoch. »Hey, hey … selber mal geboxt?«

»Nee«, sagte ich. »Aber über viele Boxkämpfe berichtet.«

»Stimmt – Alex hat erzählt, dass du Journalist bist. Warte mal ’nen Moment …«

Er drehte sich zu den beiden Sportlern um und gab ihnen ein paar Anweisungen, dann sagte er zu mir: »Komm, lass uns im Büro weiterquatschen.«

Ohne eine Antwort abzuwarten, marschierte er voran. Er öffnete eine Stahltür, hinter der sich ein fensterloser Raum befand, dessen Wände mit Boxplakaten tapeziert waren. Muhammad Ali, George Foreman und Evander Holyfield hingen dort, aber auch Dariusz Michalczewski und Felix Sturm. Die letztgenannten Boxer hatten die Plakate sogar handsigniert. Direkt hinter dem Schreibtisch hing ein Bild von Mike Tyson, auf dem »Iron Mike« etwas zur Schau stellte, das wohl ein Lächeln sein sollte. Der Schreibtisch selbst bestand aus Kiefernholz, seine Oberfläche war mit Kerben und Kratzern überzogen. Die Art, wie die Gegenstände darauf kreuz und quer verstreut lagen, ließ auf einen nicht allzu ordnungsliebenden Benutzer schließen.

»Kaffee?« Er blickte fragend über die Schulter.

Ich nickte. Während Markus Pulver in zwei Becher häufte und einen Wasserkocher füllte, hatte ich Gelegenheit, ihn ausgiebig zu mustern. Der Körper unter dem eng sitzenden T-Shirt erinnerte nicht einmal mehr entfernt an jenen Markus, dessen Wampe jedes Jahr ein Stück weiter über die Hose gehangen hatte. Seine Figur sah nicht definiert aus wie die eines Schwimmers, alles an ihm war Masse. Die Oberarme wirkten wie aufgepumpt, der Nackenbereich war so breit wie der Schädel, die Haare trug er millimeterkurz rasiert. Doch als er den Kopf ein Stück zur Seite drehte und ich ihn im Profil sah, glaubte ich für einen Moment, hinter den kantigen Gesichtszügen verschwommen den vertrauten Jungen aus Bullerbü erkennen zu können.

»Alex hat mir schon erzählt, warum du kommst«, sagte Markus, während er heißes Wasser in die Becher schüttete. »Und dass du nicht glaubst, dass Mike es war.«

Augenblicklich war ich sauer auf Alex. Dass er Markus erzählt hatte, dass ich vorhatte, ihn zu besuchen, war eine Sache. Eine ganz andere war es, ihm auch gleich noch meine Vermutungen anzuvertrauen.

»Alex ist 'ne Labertasche. Aber da du ja eh schon alles weißt: Ja, genau das glaube ich.«

»Alex war doch schon früher ein Waschweib. Aber bevor du dich weiter aufregst: Ich glaube auch nicht, dass Mike es war. Hab ich irgendwie noch nie.«

Verwundert schaute ich ihn an. Damit hatte ich nicht gerechnet.

»Zucker, Milch?«

»Beides«, antwortete ich.

»Immer noch ein Süßer, was?«

»Und wie«, bestätigte ich, bevor ich auf das eigentliche Thema zurückkam. »Wie meinst du das, du hast noch nie daran geglaubt, dass Mike es war?«

Er stellte beide Becher auf dem Schreibtisch ab und setzte sich in den Bürostuhl dahinter. Gedankenverloren rührte er in seiner Tasse. »Kann ich dir gar nicht genau sagen. Das hat sich einfach von Anfang an nicht richtig angefühlt.«

»Inwiefern?«

»Na ja … Mike war vielleicht ein bisschen durchgeknallt, aber der vergewaltigt doch keine! Das passt doch nicht zu ihm.«

»Zu wem passt das schon?«

»Auch wieder wahr. Ich sag ja, ich kann es nicht erklären. Aber wenn ich Alex richtig kapiert habe, hast du ja jetzt 'nen Beweis, dass er es nicht getan hat?«

Ich nippte an dem Kaffee. »Beweis ist zu viel gesagt. Hat Alex dir erzählt, worum es geht?«

»Die Allergie und das Kondom, oder?«

»Genau. Und wenn er immer noch Allergiker war, ist das …«

Es klopfte. Die Tür ging auf, und einer der beiden Boxer, Arslan, wenn ich mich richtig erinnerte, steckte den Kopf herein. »Wir sind dann mal weg, Trainer, okay?«

»Alles klar«, sagte Markus. »Bis nächste Woche!«

Die Tür schloss sich wieder, und ich überlegte kurz, woher Arslan mir bekannt vorkam. Ich kam nicht drauf. Wahrscheinlich sah er einfach nur jemandem ähnlich.

»Aber wenn es nicht Mike war«, sagte ich, als wir

wieder allein waren. »Wer war es dann? Der große Unbekannte?«

Er zuckte mit den Schultern. »Weiß man's? Ich meine … schau dir mal an, wie viel Gestörte da draußen rumlaufen. Vergewaltiger, U-Bahn-Schläger, das ganze asoziale Gesocks. Da musst du nur mal 'ne halbe Stunde hier durch die Gegend laufen, dann siehst du die im Dutzend.«

»Schon klar«, sagte ich. »Aber wir reden hier vom Bergischen Land im Jahre 1986, nicht von einer heutigen Großstadt. Wie hoch ist die Wahrscheinlichkeit, dass ein Irrer dort durch die Wälder streift und rein zufällig mitten in der Nacht über ein hübsches Mädel stolpert?«

»Stimmt. Klingt nicht sehr wahrscheinlich.«

»Würde ich auch sagen. Und dir ist klar, was das bedeuten könnte, oder?«

Einen Moment lang sagte er nichts. Als er schließlich antwortete, klang seine Stimme heiser und erregt. »Glaubst du, ich hätte nie daran gedacht? Die ganzen Jahre nicht? Hast du eigentlich 'ne Ahnung, wie fertig ich war? Wie dreckig es mir ging?«

Ich überlegte kurz, ob ich ihn auf die Drogengeschichte ansprechen sollte, verwarf den Gedanken aber wieder. Dafür fiel mein Blick auf das Foto einer attraktiven Blondine von ungefähr Mitte 30, das auf seinem Schreibtisch stand.

»Wer ist das?«, fragte ich ihn.

»Hübsch, nicht?«

»Ja«, stimmte ich ihm zu. »Ausgesprochen hübsch sogar.«

»Das ist Veronika«, sagte er und klang plötzlich ganz

sanft, »meine Freundin. Wobei … Freundin ist eigentlich nicht richtig. Sie ist meine Frau, wenn wir auch nie geheiratet haben.«

»Du bist glücklich?«

»Das bin ich. Sie ist wunderbar.«

Markus schien es gut getroffen zu haben, und ich freute mich für ihn. Er hatte es als Jugendlicher nicht leicht gehabt. Eltern mit wenig Zeit, Übergewicht, keinen großen Erfolg bei den Mädels – und immer irgendjemand in der Nähe, der ihn mit blöden Sprüchen an all das erinnerte. Zu manchem kam das Glück halt erst später. Zu anderen kam es nie.

»Wenn Mike nicht der Mörder gewesen ist und es auch keinen großen Unbekannten gibt – wer war es dann?«

»Keine Ahnung. Das ist die 100-Millionen-Dollar-Frage.«

»Irgendeinen Verdacht?«

»Nicht wirklich. Was denkst du?«

Seine Kiefermuskeln mahlten. Er wirkte konzentriert und so, als wenn er die folgenden Sätze genau abwägen würde.

»So viele Möglichkeiten gibt's ja nicht«, sagte er dann. »Ich weiß, dass ich es nicht war. Ich bin mir sicher, dass du es nicht warst – du warst ja die ganze Zeit mit Tanja zugange. Alex war es auch nicht, der hatte Marion. Bleiben nicht mehr viele übrig, was?«

Ich nickte. Paul, der schnell aggressiv wurde. Rolf, der für Sex mit Jugendlichen bezahlte. Kai, der als Laras Freund schon fast automatisch zu den Hauptverdächtigen gehörte. Drei Personen, von denen einer der Täter sein musste.

»Wer?«, bohrte ich nach. »Auf wen würdest du tippen?«

Diesmal musste er nicht lange überlegen – wahrscheinlich hatte er sich die Frage oft genug selbst gestellt. »Rolf … wenn es einer von uns war, dann Rolf.«

Ich schaute ihn erstaunt an. »Wie kommst du denn gerade auf den?«

»Seit damals hab ich – keine Ahnung – jede Menge Dokus gesehen, in denen es um Mörder ging.« Er lehnte sich in seinem Stuhl zurück. »Und weißt du, was die meisten gemeinsam hatten? Es waren Typen, die von anderen immer nur verarscht wurden. Freaks, die keine richtigen Freunde haben. Ich meine … wann haben wir Rolf denn mal beachtet?«

Ich zuckte die Achseln. Er beugte sich mir entgegen.

»Erinner dich mal, wie oft der geile Sack Tanja und Christine mit den Augen ausgezogen hat. Oder an die Sache mit Lara nach dem Grillen, das war doch nicht normal. Erinnerst du dich?«

Im ersten Augenblick wusste ich nicht, worauf er anspielte, aber dann fiel es mir wieder ein. Rolf hatte das ganze Wochenende an Lara geklebt, sie förmlich vergöttert, und war fast durchgedreht, als sie …

»Und außerdem«, riss Markus mich aus meinem Gedankengang. »Wem wäre schon aufgefallen, wenn Rolf die Hütte verlassen hätte? Dir vielleicht?«

Sein Verdacht hatte etwas für sich, das musste ich zugeben. Es gab Menschen, die sonderbar waren, mit denen niemand etwas zu tun haben wollte. Menschen wie Rolf, die dann oftmals ein Leben lang vor verschlossenen Türen standen. Die keiner mitspielen ließ. Die immer außen vor blieben. Ganz besonders, wenn es um Frauen geht. Gerade solche Männer glauben dann manchmal, ihre Männlichkeit durch Gewalt unter Beweis stellen zu müssen. Nahmen sich bei passender Gelegenheit, was sie freiwillig nie bekommen würden.

Ich erzählte Markus von der schmierigen Gestalt in dem dunklen Hausflur, von der Geschichte mit den Teenies, von Rolfs sonderbarem Verhalten. Während ich redete, blickte er die ganze Zeit über schweigend auf die Poster der Boxer, als wolle er die Narben zählen, die sie im Gesicht trugen. Aber ich merkte, dass er mir aufmerksam zuhörte, und sah, wie die Schlagader in seinem Hals pochte.

»Der kleine Wichser«, stieß er zwischen zusammengepressten Lippen hervor. »Diese Drecksau! Lass uns bei dem vorbeifahren, ihn uns vorknöpfen und schauen …«

»Wir knöpfen uns hier niemanden vor, Markus! Wir haben schon mal jemanden verdächtigt, ohne irgendeinen Beweis für seine Schuld zu haben. Muss ich dich daran erinnern, was dabei herauskam?«

Er atmete tief durch. Sein mächtiger Brustkorb hob und senkte sich.

»Du hast ja recht«, sagte er dann. »Aber wenn du jemals Hilfe brauchst – ich bin für dich da, das weißt du? Ruf einfach an, Tag oder Nacht, ganz egal. Du hast ja keine Ahnung, was ich dafür geben würde, um das alles abzuschließen …«

»Ich auch, Markus. Ich auch.«

»Weißt du …«, begann er, »manchmal habe ich das Gefühl, ich hätte zwei Leben gelebt. Das eine vor jener Nacht, das andere danach.«

Ich wusste vielleicht nicht genau, was er meinte, aber

ich ahnte es. Ebenso, wie ich ahnte, dass ich Rolf noch einen zweiten Besuch würde abstatten müssen. Aber dabei wollte ich jemanden an meiner Seite haben, der weniger auf Muskeln und mehr auf Hirn setzte. Jemanden, der die schwarzen Löcher in einer Geschichte mit chirurgischer Präzision offenlegte. Jemanden, der nie ohne Kopfbedeckung vor die Tür trat.

Vor dem Boxstudio blieb ich unentschlossen stehen. Die Menschen bewegten sich langsam wie Leguane; die Schwüle hatte die Stadt in ein einziges Terrarium verwandelt. Nach Hause? Nicht um diese Uhrzeit. Der Berufsverkehr hatte eingesetzt, und die Strecke quer durch die Stadt würde hoffnungslos verstopft sein.

Ich stieg dennoch in den Wagen und startete, folgte dann aber der Berliner Straße. Ich wollte aus Köln hinaus und ins Grüne, die Gedanken kreisen lassen. Vielleicht noch irgendwo etwas trinken.

Bis Dünnwald war ich Teil einer sich träge voranwälzenden Blechlawine, ab Odenthal lockerte der Verkehr auf. Zwischen den Häusern entstanden die ersten grünen Lücken. Buchen, Birken und Tannen verdrängten den Beton. Ein paar Kilometer hinter Altenberg fand ich ein nettes Lokal, vor dem auf einer Wiese Tische und Stühle standen, die zum Großteil im Schatten von Bäumen lagen. Der Kies des Parkplatzes knirschte unter den Reifen, als ich den Alfa abstellte. Aus dem Kofferraum holte ich mir mein »Sommer-Notfall-Paket«, das aus einer kurzen Hose und Flip-Flops bestand, die ich hinter dem Auto schnell gegen die Jeans und die Turnschuhe tauschen wollte, die ich bislang getragen hatte.

»Oh, là, là … ziehen Sie noch mehr aus?«

Erschrocken drehte ich mich um. Hinter mir stand eine Blondine, vielleicht Mitte 30, die in einem Joggingdress steckte und einen Golden Retriever an der Leine führte, der freudig mit dem Schwanz wedelte.

»Nur abends, gegen Geld«, antwortete ich. »Tagsüber übe ich nur.«

»Dann viel Erfolg«, antwortete sie und lachte. »Das Training sah schon mal nicht schlecht aus.«

Kurz überlegte ich, ob ich auf den Flirt eingehen sollte. Dann dachte ich an Sarah und an meine Überzeugung, dass nicht jeder kleine Hunger gestillt werden musste. Also lächelte ich lediglich freundlich zurück, drehte mich um und suchte mir einen Platz auf der Wiese.

Nachdem der Kellner mir ein alkoholfreies Weizen gebracht hatte, dachte ich über meinen bisherigen Erkenntnisstand nach. Die letzten Tage hatten mich überrollt und unzählige Fragen aufgeworfen, deren Antworten in alle Richtungen verstreut lagen wie die vertrockneten Eichenblätter vor mir, die in diesem Moment von einer leichten Brise erfasst wurden.

Morgen würde ich mit Mikes Eltern sprechen müssen. So schwer mir das auch fallen mochte: Es gab keine andere Möglichkeit, mir Gewissheit zu verschaffen. Mir grauste vor der Begegnung und der Frage, welche Folgen ihre Antwort auf mein Leben und das der anderen haben konnte. Am meisten Angst jedoch hatte ich davor, dass Mikes Eltern in meinen Augen die Schuld erkennen würden, die ich in mir trug. Ich war nicht an seinem Tod beteiligt gewesen, das nicht. Aber ich war Teil des Gerichtes gewesen, das acht Jugendliche in einem dunklen Wald abgehalten hatten, und ich hatte nicht protestiert, als sie ihr Urteil über einen Toten fällten. Mike Küppers, schuldig der Vergewaltigung, schuldig des Mordes.

Dann dachte ich an die Begegnung mit Markus, die erfreulicher verlaufen war, als ich es erwartet hatte. Stärker noch als bei Alex hatte ich bei ihm das Gefühl, einen Verbündeten gefunden zu haben. Jemanden, der auch an Mikes Unschuld glaubte. Seine Theorie hatte einiges für sich, aber je länger ich darüber nachdachte, umso unwahrscheinlicher erschien es mir, dass Rolf wirklich der Täter war. Der Vergewaltiger und Mörder hatte nach der Tat ein perfekt inszeniertes Theaterstück aufgeführt. Er hatte nicht nur uns getäuscht, auch bei den Verhören der Polizei hatte er keinen Verdacht erregt. Rolf mochte ein moralisch verkommenes Ekel sein, aber für eine derart ausgefeilte Maskerade war er schlicht und ergreifend nicht intelligent genug. Dennoch war ich mittlerweile davon überzeugt, dass er etwas wusste. Mir fiel seine letzte Bemerkung wieder ein, bevor er mir die Tür vor der Nase zugeschlagen hatte: *»Fünfhundert, und wir können reden. Tausend, und ich red auch mit keinem anderen.«*

Anfangs hatte ich seine Aussage dahingehend interpretiert, dass er glaubte, etwas über mich in Erfahrung gebracht zu haben, das mir tausend Euro Schweigegeld wert sein könnte. Aber das war Blödsinn. Was, wenn Rolf tatsächlich Informationen besaß, die er mir verkaufen wollte? Details aus jener Nacht, die auch jemand anderen interessieren konnten? Den Mörder vielleicht?

Ich seufzte. Allein kam ich nicht weiter. Dann schaute ich auf die Uhr, kurz nach sechs. Wenn ich mir ein wenig Zeit ließ, würde ich direkt von hier aus zum Treffen mit Mütze fahren können. Mir fehlte ihre analytische Art, ihr klarer Verstand, der unbeeinflusst von irgendwelchen Erinnerungen an eine gemeinsame Teenagerzeit in der Lage war, die Dinge anhand der Fakten zu beurteilen.

Ich versuchte, mich ein wenig abzulenken, und holte mein Smartphone heraus. Die Internetverbindung war zwar quälend langsam, aber sie funktionierte. Ich loggte mich bei Facebook ein und ging in das Menü mit den neuen Nachrichten. Die dritte war von Christine. Mit Spannung las ich, was sie geschrieben hatte:

Hallo Jan!

Ich muss ehrlich sagen, dass ich deine Mail ziemlich dreist finde. Was soll das bitte? Jahrelang hatten wir keinen Kontakt, und jetzt meldest du dich, weil du Informationen für irgendeinen Bericht brauchst. Dazu noch über eine Sache, die ich einfach nur vergessen will. Findest du das nicht unverschämt? Um es kurz zu machen: Ich will weder mit dir telefonieren noch mich mit dir treffen. Eigentlich will ich dir noch nicht einmal die Adresse von Tanja geben. Aber ihr seid erwachsene Menschen, und wahrscheinlich findest du sie ja eh heraus. Also: Tanja Busch, Sanddornweg 3, 53973 Dreiborn/Schleiden.

Christine
PS: Lass mich zukünftig in Ruhe!

Ja, Blondie, ich würde auch gern so tun, als wäre die ganze Sache nie passiert, war mein erster Gedanke. Dann wurde mir bewusst, wie unfair das ihr gegenüber war. Ich hatte mein halbes Leben lang jede Erinnerung daran verdrängt. Und wenn Kemper mich mit der Geschichte nicht in die Vergangenheit gestoßen hätte, würde ich es heute immer noch tun. Außerdem hatte sie mir gegeben, was ich so dringend wollte: Tanjas Adresse. Schleiden kannte ich, ein mittelgroßer Ort in der Eifel, Dreiborn dagegen sagte mir nichts. Das war nicht weiter verwunderlich – es gab dort Käffer, die nur deren Einwohnern und dem Briefträger bekannt waren.

Ich las die Mail ein weiteres Mal und blieb an Tanjas Nachnamen hängen. Sie hieß immer noch Busch. Entweder hatte sie nie geheiratet oder ihren Namen trotz einer Hochzeit behalten oder ihn nach einer Scheidung wieder angenommen. Albern, nach so vielen Jahren, aber ich hoffte dennoch, dass die erste Variante zutraf. Die erste große Liebe vergaß man nie und hoffte unterbewusst, dass es ihr genauso erging.

Ich versuchte, mir vorzustellen, wie Tanja heute aussehen würde, aber es gelang mir nicht. Immer wieder kam ich auf das Bild einer 16-Jährigen zurück, so schön, so süß, so makellos rein. Ich war neugierig darauf, sie wiederzusehen, andererseits graute mir davor, und das hatte nicht nur mit dem Fall zu tun.

Es mochte drei, vier Jahre her sein, seit ich in einem Supermarkt Claudia Richter getroffen hatte. Mit 18 oder 19 war ich schwer in sie verliebt gewesen. Claudia hatte früher viele gute Seiten gehabt, und die allerbeste davon war ihre Rückseite. Ein Hintern, mit dem man Nüsse knacken konnte. Über die Jahre hatte er sich jedoch in etwas verwandelt, mit dem man auf Walnüssen sitzen konnte, ohne diese überhaupt zu spüren. Ihre früher immer leicht gebräunte Haut war zu gegerbtem

Leder geworden. Ihr Lächeln, einst natürlich und offen, wirkte verbittert. Um den Mund herum – wie oft hatte ich ihn geküsst? – trug sie einen zynischen Zug, wie ihn Menschen bekamen, die als Teenager zu viel erhofften und als Erwachsene zu oft enttäuscht wurden. Das Schlimmste jedoch waren ihre Augen gewesen. Ausdruckslos, desillusioniert und unendlich müde schauten sie an mir vorbei ins Leere. Von ihrer einstigen Fröhlichkeit, der Herzenswärme, der Neugierde auf das Leben und was es für sie bereithalten mochte, war nichts übriggeblieben. Es waren die Augen eines Menschen, der nichts mehr erwartete, nicht unähnlich denen von Walter Herscheid, dem ehemaligen Förster, nur mit dem Unterschied, dass sie bei unserem Treffen im Supermarkt erst Ende dreißig gewesen war.

Ich hatte mir später oft gewünscht, ich wäre an diesem Tag woanders einkaufen gegangen. Es machte mich traurig, zu sehen, was die Jahre ihr angetan hatten. Ich wusste nicht, was sie hatte durchmachen müssen, was für diese Veränderungen verantwortlich gewesen war. Die Zeit war ein Dieb. Sie bestahl uns alle, aber bei Claudia hatte sie mit besonderer Gier zugeschlagen.

Ob das bei Tanja auch so war? Ich nahm mir vor, sie nach dem Aufstehen anzurufen und, wenn sie sich meldete, wieder einzuhängen und vorbeizufahren. Kein erster Kontakt per Telefon, lieber von Angesicht zu Angesicht. Und damit ich mir dabei nicht so verloren vorkam, würde ich Mütze fragen, ob sie mitkommen wollte.

Mütze?

Mütze!

Erschrocken schaute ich auf die Uhr, schon zwanzig nach sieben. Ich hatte viel zu viel Zeit vertrödelt. Würde es kaum noch pünktlich zu unserer Verabredung schaffen. Hektisch winkte ich den Kellner herbei. Musste auf die Rechnung warten. Zahlte und ließ massig Trinkgeld liegen. Lief zum Auto. Startete mit durchdrehenden Reifen. Scherte mich nicht um Geschwindigkeitsbegrenzungen. Sah stattdessen zu, dass ich so schnell wie möglich nach Köln kam.

*

Wie so viele Straßen in der Domstadt, stellte auch die Severinstraße eine Mischung aus Liebenswürdigkeit und bausündenbedingter Hässlichkeit dar. Dazu war die Parkplatzsuche reine Glückssache. Mehrmals kurvte ich um die angrenzenden Wohnblocks, bevor ich den Alfa in eine Lücke quetschen konnte, die ein direkt vor mir ausparkender Kleinwagen hinterlassen hatte. Ich hastete zu der Pizzeria und sah, dass sich Mütze bereits einen Tisch im Freien gesichert hatte. Sie saß da, hatte ihre Sonnenbrille auf das FC-Käppi gesteckt, hielt eine Speisekarte in der Hand und schaute mir vorwurfsvoll entgegen.

»Damit das mal klar ist«, fuhr sie mich anstelle einer Begrüßung an: »Du kannst viel mit mir machen – mich kostenlos für dich arbeiten lassen, mich mitten in der Nacht aus dem Bett klingeln oder mir Horrorgeschichten erzählen. Aber lass mich nie wieder so lange warten, wenn ich Hunger habe. Nie wieder! Verstanden?«

»'tschuldigung«, murmelte ich. »Ich hab erst im Verkehr gesteckt und dann keinen Parkplatz gefunden.

Aber dafür lad ich dich als Wiedergutmachung zum Essen ein.«

»Drauf geschissen – davon bin ich eh ausgegangen. Kannst ja Kemper die Rechnung geben und sagen, er soll sie unter Spesen verbuchen.«

»Das hätte ich sowieso gemacht.«

»Prima – dann brauch ich ja keine Hemmungen zu haben.«

»Hast du die?«

»Hemmungen? Nicht dass ich wüsste. Ich bin … lass mich überlegen … durch und durch hemmungslos.«

Einen Moment lang fragte ich mich, worüber wir hier eigentlich redeten. Dann kam die Kellnerin, und wir bestellten.

Die nächsten anderthalb Stunden waren wir mit unseren Gerichten beschäftigt und damit, die Geschichte wieder und wieder durchzugehen. Für Mütze hatten sich einige Fragen ergeben, und ich beantwortete sie, so gut ich konnte. Anschließend erzählte ich ihr von Markus, davon, wie er sich verändert hatte, aber natürlich auch von seiner Theorie. Sie wollte jedes Detail wissen, am liebsten wäre es ihr gewesen, ich hätte ein Tonband mitgenommen oder ein Gesprächsprotokoll angefertigt. Wenigstens die Mail von Christine konnte ich ihr zeigen.

»Und?«, fragte sie. »Willst du zu Tanja fahren?«

»Ja. Am besten schon morgen Vormittag. Und ich würde mich freuen, wenn du mitkommst.«

»Echt jetzt?« Sie schaute mich erstaunt an. »Willst du mit deiner Jugendliebe nicht lieber allein sein?«

»Mensch, Mütze – das ist gefühlte hundert Jahre her.«

»Jaja … du bist ja auch schon sooo alt! Wenn ich dich manchmal reden höre, könnte ich glauben, du wärst Anfang 80, nicht Anfang 40.«

»Hey«, sagte ich. »Immerhin bin ich alt genug, um dein Vater zu sein.«

»Vater?« Sie schaute mich zweifelnd an. »Mit 14?«

»Biologisch durchaus möglich.«

»Ja, theoretisch vielleicht. Aber entscheidend ist: Du bist es nicht. Und Tanjas Vater schon mal gar nicht.«

Sie machte eine kurze Pause, dann sagte sie: »Klar würde ich gerne mitkommen. Ich bin ja schon neugierig, wer dir damals das Herz gebrochen hat. Ich denk nur … nicht dass ich euch störe?«

»Blödsinn – du störst nicht. Ganz im Gegenteil. Ich weiß momentan sowieso nicht, was ich ohne dich anfangen würde. Da wäre ich nur«, ich überlegte, »ein alter, hilfloser Tattergreis.«

»Genau das wärst du ohne mich«, sagte sie und warf sich in Pose. »Völlig aufgeschmissen. Und damit ich sehe, dass du das auch richtig zu würdigen weißt, darfst du mir zum Abschluss noch einen Ramazotti spendieren.«

Aus dem einen Ramazotti wurden drei. Dann stiegen wir auf Rotwein um. Erst eine Karaffe, anschließend eine ganze Flasche. Ich war jemand, der nur selten trank, aber wenn, dann mit echter Leidenschaft. Und heute war der perfekte Abend dafür. Jedes Glas ließ mich den Fall ein wenig mehr vergessen. Dafür spürte ich den Sommer intensiver, die Wärme, die Gegenwart einer schönen Frau. Ich schaute sie an. Es schmeichelte meinem Ego, dass Mütze ab und zu mit mir flirtete, auch wenn ich nicht wusste, wie viel Ernsthaftigkeit dahintersteckte. Aber mir war klar, dass ich keinen Versuch starten würde, es herauszufinden. Nicht alles, was sich in manchen Momenten richtig anfühlte, war auch richtig.

Wir ließen der ersten Flasche Rotwein eine zweite folgen, und als der Kellner dann sagte, dass man so langsam schließen wolle, konnten wir ihm noch einen Absacker abringen. »One for the road«, wie Mütze es nannte.

Per Handy bestellten wir ein Taxi und stiegen gemeinsam hinten ein, als es angekommen war. Innerhalb von Sekunden war sie gegen mich gesunken und eingeschlafen, während der Taxifahrer ein Tempo vorlegte, als ob wir verfolgt würden. Warm spürte ich ihren Atem auf meinem Arm, ihre Hand an meinem Bein. Sie hatte den Mund leicht geöffnet, ihre Lippen glänzten feucht. Die Brustwarzen zeichneten sich deutlich unter dem Stoff ihres Oberteils ab, und die Lust auf sie überkam mich wie ein unerwarteter Tiefschlag. In diesem Moment wollte ich sie haben, an ihren Brustwarzen saugen, ihre Haut und ihre Hitze spüren, sie …

Elender Alkohol.

Wobei, das wäre zu billig gewesen, mit der Ausrede würde ich es mir zu leicht machen. Es war nicht nur der Alkohol. Und es war nicht nur ihr Körper, der mich reizte. Es war ihre Ausstrahlung, ihre Intelligenz, ihr ganzes Wesen. Dann schoss mir der Gedanke durch den Kopf, dass es seltsam wäre, mit jemandem ins Bett zu gehen, den man Mütze nannte. Ich musste grinsen. Das Taxi stoppte.

Irgendwie schafften wir es auszusteigen, ohne hinzufallen. Ich brachte Mütze bis zur Haustür, stützte sie, obwohl ich selber ziemlich unsicher auf den Beinen war. »Kommst du?«, fragte sie, und es klang wie *komschtu*. »Ich meine, pünktlich? Morgen?«

»Mach ich«, nuschelte ich und merkte, dass auch meine Zunge mir nur noch beschränkt gehorchte. »Um halb zehn. Hier.«

Ich wartete, bis sie im Hausflur verschwunden war und in ihrer Wohnung das Licht anging. Dann machte ich mich auf den Weg und versuchte, dabei nicht allzu sehr zu torkeln. Ich musste grinsen, als mir bewusst wurde, dass ich Schlangenlinien lief. Außer mir war zu dieser Stunde kein Mensch mehr unterwegs. Die Stadt schlief. Irgendwo bellte ein Köter. Vor meiner Haustür angekommen, lächelte ich immer noch.

Als ich die Schritte hörte, war es schon zu spät. Der Schlag kam wie aus dem Nichts. Ich stürzte nach vorne. Mein Lächeln blieb an der Tür kleben, gemeinsam mit dem Blut, das aus der aufgeplatzten Augenbraue schoss. Bevor ich mich umdrehen und den Angreifer erkennen konnte, war er schon wieder hinter mir und quetschte mein Gesicht gegen die Hauswand. Erneut schlug er zu, diesmal in die Nieren. Vor meinen Augen tanzten Sterne. Ich krümmte mich. Hörte sein Keuchen. Dann spürte ich etwas Kaltes, Spitzes an meinem Hals.

Die Panik sprang mich an wie ein wildes Tier; schlagartig war ich wieder nüchtern.

»Pst!«, zischte es hinter mir.

Sonst nichts. Keine Drohung, keine Forderungen. Ich stand da, mit dem Messer an der Kehle, und wagte kaum zu atmen. Wartete nur auf den Moment, in dem er zustechen würde. Das Schweigen des Angreifers machte die Situation noch unheimlicher. Dann griff er mit der anderen Hand an mein Kinn. Hob meinen Kopf. Legte den Hals frei.

In dem Moment konnte ich nicht mehr. Meine Beine versagten, meine Knie gaben nach, und ich fühlte schmerzhaft, wie die Messerspitze meine Haut durchdrang. Nicht tief, aber es genügte. Ich konnte spüren, wie Blut mir warm den Hals herunterlief.

»Was …?«, begann ich, aber er verstärkte den Druck sofort wieder.

Im nächsten Moment hörte ich Schritte, die sich schnell näherten. Eine Stimme, die meinen Namen rief. Das Messer verschwand von meinem Hals, und ein wuchtiger Schlag traf meinen Rücken. Ich fiel auf die Knie. Mir wurde schwarz vor Augen. Ich bekam nur noch nebulös mit, wie der Angreifer sich abwendete und davonrannte. Kurz darauf fühlte ich eine Hand auf meiner Schulter, und eine Stimme fragte: »Wer bin ich?«

Nur langsam klärte sich mein Blick. Aus den dunklen Schlieren vor meinen Augen tauchten die Umrisse einer Person auf, die sich über mich beugte.

»Oktay«, krächzte ich.

Er streckte mir die Hand entgegen und half mir auf die Beine. Dann wollte er wissen, wer Bundeskanzler war.

»Merkel …«, sagte ich. »Und jetzt frag bloß nicht, welches Jahr wir haben.«

»Aber im Fernsehen …«

»Vergiss das Fernsehen«, fiel ich ihm ins Wort und griff mir an die Nieren. Es fühlte sich an, als ob mich an der Stelle ein Pferd getreten hätte. Dann beugte ich mich nach vorn und stützte die Hände auf den Oberschenkeln ab. Endlich bekam ich wieder Luft und sah Oktay fragend an. »Was machst du eigentlich hier?«

»Ich wollte …«

»Ach, egal … komm erst mal mit hoch!«

Nachdem ich mich gewaschen und die beiden Wunden mit Pflastern versorgt hatte, setzte ich mich zu Oktay aufs Sofa. Den Angreifer konnte er nicht beschreiben: dunkle Kleidung, Skimaske, das war alles. Er hielt es für einen missglückten Raubüberfall, ich hatte einen anderen Verdacht.

Beim Versuch, uns etwas zu trinken einzuschenken, zuckte ich zusammen. Die Stelle im Rücken, wo der Kerl mich getroffen hatte, schmerzte immer noch höllisch, und ich hoffte, dass ich morgen kein Blut pinkeln würde.

»Auf alle Fälle hatte der Typ eine Faust wie ein Vorschlaghammer«, sagte ich.

»Muss nicht sein«, widersprach Oktay und schob die Unterlippe vor. »Der hatte 'nen Schlagring an. Damit haut auch deine Mama zu wie Klitschko.«

Dann fragte ich ihn, warum er gekommen sei.

»Nachdem du weg warst, hab ich den Greuel im Auge behalten«, erklärte er. »Der hat so viel Schiss gehabt, dass er sich nicht mehr aus seiner Drecksbude herausgetraut hat. Und irgendwann«, er sah mich an und grinste breit, »hab ich was aufgeschnappt, was dich interessieren könnte.«

»Mach's nicht so spannend«, sagte ich. »Für heute ist mein Bedürfnis an Aufregung weiß Gott gestillt.«

»Also gestern … so ganz spät abends, als ich von meinem Schuss nach Hause gekommen bin … da hat der Greuel Besuch gehabt. Hab die Stimmen durch die Tür gehört, wie sie sich angeschrien haben. Der Schwanzlutscher sagte dabei so'n Zeug, dass er es nicht mehr aushalten würde und so. Und dann fiel dein Name.«

Ich schaute ihn fragend an.

»Der Kinderficker meinte, dass du nicht aufhören würdest, in irgendeiner Geschichte herumzubohren, und er keinen Bock hätte, den Arsch dafür hinzuhalten. Und außerdem«, Oktay grinste, »hat er dich 'nen Wichser genannt.«

Ich stierte auf das Glas in meiner Hand. Die Puzzleteile begannen, sich ineinanderzufügen. Der Verdacht, den ich in Bezug auf Rolf hatte, bestätigte sich. Was immer damals auf der Lichtung seinen Anfang genommen hatte – es war noch nicht vorbei.

Ich schaute Oktay an. Vielleicht hatte der Kerl mir heute, ohne es zu wissen, das Leben gerettet. Wenn er nicht gekommen wäre, könnte ich jetzt ebenso gut auf dem Bürgersteig liegen und der Griff eines Messers würde aus meinem Hals ragen. Ich stand auf, holte mein Portemonnaie und drückte ihm einen Hunderter in die Hand. Er zierte sich kurz. Dabei war das, was er für mich getan hatte, mehr wert als alles Geld, das ich besaß.

*

Der nächste Morgen war die Hölle. Einer von der Sorte, bei dem man sich wünschte, man wäre gestorben und nicht betrunken zusammengeschlagen worden. Ich ersetzte das Frühstück durch drei Tassen Kaffee und zwei starke Kopfschmerztabletten, dann ging ich auf der Severinstraße den Alfa holen. Die Hitze spürte ich kaum noch. Auch nicht, wie mir der Schweiß den Rücken herunterlief. Man gewöhnte sich an alles. Nur an die Nierenschmerzen nicht.

Punkt halb zehn stand ich vor Mützes Haustür, und ihr Anblick gab mir den Rest. Sie sah aus, als hätte sie eine Woche Wellnessurlaub hinter sich und mindestens zehn Stunden Schlaf gehabt.

»Wie siehst du denn aus«, fragte sie und deutete auf meine Augenbraue, wo man unter dem Pflaster noch die Reste angetrockneten Blutes erkennen konnte. »Gestern noch für irgendeinen Orang-Utan den Sparringspartner gespielt?«

»Nichts Schlimmes«, winkte ich ab. »Ich bin nur gegen eine Tür gedonnert.«

»Und das da?« Jetzt zeigte sie auf das Pflaster an meinem Hals.

»Beim Rasieren geschnitten«, sagte ich. »Mensch, Mütze ... ich war gestern total besoffen und hatte heute Morgen immer noch genügend Alkohol im Blut, um besser die Finger vom Rasiermesser zu lassen.«

Wer auch immer der Angreifer gestern Nacht gewesen sein mochte – es war vorbei, und ich hatte nicht vor, Mütze unnötig zu ängstigen.

Ansonsten war zwischen uns alles wie immer. Der Flirt, meine Gedanken im Taxi, all das kam mir heute fast schon surreal vor. Ein Hoch auf den Alkohol – er sorgte nicht nur für Kopfschmerzen, er erleichterte auch das Vergessen. Wobei ich mich für meine gestrigen Gedanken nicht schämte. Mütze war eine Frau mit einer hohen sexuellen Anziehungskraft, um es politisch korrekt auszudrücken. Wenn man eine solche Frau kennt, denkt man früher oder später an Sex – oder man musste sich permanent dazu zwingen, nicht an Sex zu denken. Wenn weder das eine noch das andere zutraf, war man schwul oder kam von einem Planeten, auf dem ich noch nicht gewesen war.

Wir kauften uns für unterwegs in einer Bäckerei zwei mit Käse belegte Brötchen, dann ging es auf die Autobahn in Richtung Aachen, die wir bei Düren wieder verließen. Ich regelte die Klimaanlage nach; die Sonne schien mit jedem Grad, den sie weiter in Richtung Westen wanderte, auch ein Grad heißer zu werden. Über Zülpich kamen wir nach Gemünd, wo mir mit Schrecken einfiel, dass ich heute Morgen vergessen hatte, Tanja anzurufen.

»Ich glaub's nicht«, sagte Mütze. »Jetzt sind wir vielleicht völlig umsonst hierhergefahren. Soll ich es schnell bei ihr probieren?«

Ich schüttelte den Kopf. »Laut Navi sind es nur noch ein paar Kilometer, auf die kommt es jetzt auch nicht mehr an.«

»Und? Schon nervös?«

»Ein bisschen.«

»Ein kleines bisschen oder ein großes bisschen?«

Ich warf ihr einen kurzen Seitenblick zu. »Ein bisschen bisschen.«

»Wäre ich an deiner Stelle auch«, sagte sie und lehnte sich zurück. »Wenn ich mir vorstelle, ich würde gleich meine Jugendliebe wiedersehen ... Ach du Scheiße!«

»So schlimm?«

»Wie man's nimmt. Er hieß Daniel, so ein sportverrückter Typ mit richtig dicken Oberarmen, aber leider nicht der Hellste. Und jedes Mal, wenn wir ... na ja, du weißt schon … hat er seine lange, nasse Zunge in mein Ohr gesteckt und wie wild darin herumgeschleckt. Ich bekomm jetzt noch eine Gänsehaut, wenn ich nur daran denke.«

»Vor lauter freudiger Erregung?«

»Spinner«, sagte sie und boxte mir auf den Oberschenkel. »Ich kann dir ja mal mit 'nem nassen Lappen im Ohr rumfummeln, dann siehst du schon, wie geil das ist.«

»Danke für das Angebot, aber danke, nein«, sagte ich, was mir den nächsten Seitenhieb einbrachte.

Ich bekam Lust, sie noch ein wenig zu ärgern. »Ich kenne da jemanden, der würde perfekt zu dir passen …«

»Nein, danke«, wehrte sie ab.

»Er hat echt 'ne Superfigur!«

»Organisier bitte nie wieder ein Blind Date für mich, Jan. Bitte.«

»Wieso nicht?«

»Hast du vergessen, wie das beim letzten Mal gelaufen ist? Mit dem Typen, den du und Sarah zum Essen eingeladen habt?«

»Du meinst Jochen?«

»Genau den!«

»Was hat dir denn an dem nicht gefallen?«

»Alles.«

»Ach, komm schon – so übel war er doch gar nicht.«

»Stimmt. Wenn man auf Weicheier steht, die einem nicht mehr von der Seite weichen.«

»Herrgott, Mütze, ich denke, ihr Frauen wollt den einfühlsamen Mann.«

»Das denkst du auch nur, weil du keine Frau bist. So ein bisschen Macho muss schon sein.« Sie schaute mich an und grinste. »Also am besten: ein lieber Macho. Und damit ist das Thema jetzt auch durch, kapiert?«

Ich überlegte kurz, ob ich weiter darauf herumreiten sollte, entschied mich dann aber dagegen. Stattdessen konzentrierte ich mich wieder auf die Straße. Von Gemünd aus schlängelte sie sich durch eine beeindruckende Landschaft auf ein Hochplateau hinauf. Ein Schild verkündete, dass hier der Nationalpark Eifel begann. Ganz in der Nähe lag die ehemalige NS-Ordensburg Vogelsang, die einst Schulungsstätte für den NSDAP-Nachwuchs gewesen war. Zweimal wurde sie auch von der Wehrmacht genutzt – 1940 beim Westfeldzug, 1944 zur Vorbereitung der sogenannten Ardennenoffensive. Ich hatte für den *Reporter* mal eine Geschichte über den Komplex geschrieben, und das bedrückende Bauwerk war mir noch lange in Erinnerung geblieben. Ein steinernes Sinnbild nationalsozialistischen Größenwahns, abschreckend und faszinierend zugleich.

Dann erreichten wir Dreiborn. Ein paar Straßen, eine Schule, die Dorfkirche, vielleicht tausend Einwohner. Was mochte Tanja hierhin verschlagen haben? Die Eifel war voll von idyllischen Dörfern; Orten, die wie aus dem Mittelalter wirkten, die lebendig und lebenswert waren – Dreiborn gehörte nicht dazu. Ich bog hinter dem Sportplatz in den Sanddornweg ab, eine kleine Straße, Häuser aus den sechziger und siebziger Jahren, nichtssagend, gesichtslos. Als ich den Alfa abstellte, musterten mich Gesichter, nur notdürftig hinter dünnen Gardinen verborgen. Um sich zu fühlen wie der erste Ausländer in einem niederbayrischen Dorf, genügte in Dreiborn schon ein Auto mit Kölner Kennzeichen.

Auch Mütze schien das Misstrauen zu spüren, das uns entgegenschlug. Es lag in den Augen der jungen Frau, die einen Kinderwagen an uns vorbeischob und in den Blicken des vorbeieilenden Mannes, die er unter seiner Hutkrempe zu verbergen suchte. Wären die beiden Passanten und die Bewegungen hinter den Gardinen nicht gewesen, hätte man glauben können, der Ort wäre evakuiert worden. Kritisch hob Mütze die Augenbrauen und zog eine Schnute.

»Oh Mann«, sagte sie. »Hier möchte ich nicht tot über dem Zaun hängen.«

Ich konnte einfach nicht glauben, dass Tanja sich von allen Orten auf der Welt ausgerechnet diesen hier ausgesucht hatte. Wenn man bei klarem Verstand war, zog man von hier fort, kaum dass man volljährig war. Aber wer, bitte schön, zog hier hin?

»Haste gerade den komischen Vogel gesehen?«, fragte Mütze und kicherte. »Ich bin sicher, wenn du ins Telefonbuch schaust, findest du hier nur drei Nachnamen. Den von deiner Tanja bereits mitgerechnet.«

Meine Tanja.

Ich ging durch den kleinen Vorgarten, der ihr Haus von der Straße trennte. Es war ein wenig kleiner als die umstehenden, dafür aber das einzige, vor dessen Fenstern Blumenkästen hingen. Meine Hand zitterte. Ich ermahnte mich zur Ruhe. Schließlich war ich ein erwachsener Mann, Vater eines achtjährigen Sohnes.

Doch es half nichts. Ich war so nervös wie damals vor einem halben Leben, als ich auf den Klingelknopf drückte, und eine Sekunde lang hoffte ich, dass niemand zu Hause sein würde. Dann hörte ich Geräusche. Schritte näherten sich. Kurz darauf ging die Tür auf.

Es war ihr Gesicht, zweifelsohne, und trotz des locker fallenden Kleides konnte ich erkennen, dass sie auch ihre Figur behalten hatte. Die Haare trug sie jetzt kürzer als früher, fast ein Bubikopf, und sie war immer noch wunderschön.

»Hi«, hörte ich eine Stimme hinter mir. »Ich bin Mütze … ich meine, Stefanie.«

Tanja kam einen Schritt näher, den Anflug eines Lächelns auf den Lippen, und strahlte ein Selbstbewusstsein aus, das mich sofort faszinierte. Sie reagierte nicht auf Mützes ausgestreckte Hand, schaute nur mich an, und als sie etwas sagte, war es nur ein Wort: »Jan.«

Ich musste mich räuspern. Hatte plötzlich panische Angst, mir könnte die Stimme versagen. »Hallo, Tanja. Ich bin's.«

»Ja, du bist es«, sagte sie und lächelte. »Zweifelsohne.«

Dann fasste sie sich und trat zur Seite. »Wollt ihr nicht reinkommen?«

Wir folgten ihr in ein Wohnzimmer, das so gar nicht zu dem Ort passen wollte, in dem sie lebte. Die Längswand war in einem warmen Orange gestrichen, der Rest weiße Raufaser. Drei Palmen standen in terrakottafarbenen Töpfen auf dem Boden, der aus hell gemaserten Holzdielen bestand, und an den Wänden hingen Bilder, die in unterschiedlichen Ausführungen abstrakte Mittelmeerlandschaften zeigten. Mütze ließ sich sofort auf dem Sofa nieder, graues Leder, aufgeraut und in L-Form, während ich mitten im Raum stehen geblieben war.

»Kann ich euch etwas anbieten? Was Kaltes oder einen Tee vielleicht?«

»Ein Kaffee wäre klasse«, hörte ich mich sagen.

»Sorry, mit Kaffee kann ich leider nicht dienen. Aber ich hab ein paar wirklich leckere Teesorten da.«

Ich nickte. Wahrscheinlich hätte ich auch genickt, wenn sie mir Spülwasser angeboten hätte. Es war unfassbar: Ich war hier, in einem Kaff in der Eifel, und neben mir stand Tanja, meine Tanja, und wir hatten uns ewig nicht gesehen, und ich konnte mich nicht sattsehen an ihr. Es war, als ob ich träumte, und sie fragte, welche Teesorte ich haben wollte, und ich blieb sprachlos. Nach so langer Zeit hätte ich ihr anders gegenübertreten müssen. Vielleicht hätte ich eine gewisse Wehmut verspüren dürfen, einen Anflug von Nostalgie. Eine melancholische Erinnerung an die Zeit, in der ich jung und naiv gewesen war. Aber ich fühlte mehr, viel mehr, eine Mischung aus Verliebtsein und Liebeskummer, die mich zu zerreißen drohte.

»Ich mach uns einfach mal einen Früchtetee«, sagte Tanja. »Und du setzt dich besser. Siehst ja aus, als wenn du ein Gespenst gesehen hättest. Habe ich mich so verändert?«

»Ich … Du …«, stammelte ich, aber da war sie bereits verschwunden.

Ich ließ mich in den Sessel fallen und versuchte, mich zu sammeln. Mütze schien zu ahnen, was in mir vorging, und inspizierte mit großer Hingabe die Bilder an der Wand. Dann war Tanja wieder da und stellte drei Teekannen und Tassen vor uns ab. Ich griff nach einer der Kannen.

»Hey«, sagte Mütze. »Das ist Tee, kein Kaffee. Der muss ziehen.«

Ich kam mir wie ein Idiot vor und murmelte etwas,

das ich selbst nicht verstand. Tanja setzte sich neben Mütze aufs Sofa, und als ich ihr Gesicht betrachtete, machte sich in meinem Bauch ein Gefühl bemerkbar, das da seit Ewigkeiten geschlummert hatte. Das konnte ich jetzt allerdings überhaupt nicht brauchen. Mein Leben war schon kompliziert genug.

Und dann fiel es mir auf. Die beiden Frauen mir gegenüber sahen sich unglaublich ähnlich. Ich kannte Tanja mit 16, und ich sah sie jetzt mit Anfang 40 wieder. Mütze war der Teil, der dazwischen lag. Die Mitte, die mir bei Tanja verlorengegangen war.

»Es ist dir also auch aufgefallen«, sagte Tanja, als sie meinen Blick bemerkte. »Ich hab's direkt gesehen, als ihr vor der Haustür standet. Irgendwie ist es ja witzig, das du deinem Geschmack treu geblieben bist.«

»Wir sind nicht zusammen«, sagte ich völlig planlos.

»Er ist halt so schüchtern«, kicherte Mütze.

»Mach dir nichts draus«, sagte Tanja. »Das war er früher schon!«

»Hey …«, sagte ich. »Redet doch einfach über mich, als wenn ich nicht da wäre. Oder soll ich lieber rausgehen?«

»Bleib ruhig sitzen«, sagte Tanja.

»Du störst nicht«, ergänzte Mütze. »Zumindest nicht besonders.«

Einen Moment lang fragte ich mich, ob man sich auch bei drei Personen wie das fünfte Rad am Wagen fühlen konnte. Es klappte problemlos.

Tanja goss den Tee ein, dann stand sie auf und ging Zucker und Milch holen. Als sie zurück war, setzte sie sich neben Mütze und schaute mich an. »Gefallen dir die Bilder?«, fragte sie und deutete auf die Mittelmeerlandschaften. »Sind alle von mir. Davon lebe ich. Mal besser und mal schlechter.«

»Sehr schön, wirklich«, sagte ich und meinte es ernst. »Je länger man sie betrachtet, umso mehr Details entdeckt man.«

Auch Mütze machte ihr für ihre Werke Komplimente, und ich konnte hören, dass sie auch bei ihr von Herzen kamen. Schlagartig wurde mir klar, dass ich eines dieser Bilder haben wollte.

»Aber … warum gerade hier?«, sagte ich und breitete die Arme aus, als wollte ich den ganzen Ort umfassen.

Tanja lachte. »Genau deswegen – weil das Kaff so herrlich tot ist! Hier lenkt mich nichts ab, hier gibt's nichts zu tun, hier fließt die ganze Energie in die Arbeit. Außerdem sind die Häuser hier billig, und wenn ich mal Leben um mich brauche, bin ich in einer Dreiviertelstunde in Köln.«

Dann wurde ihr Gesichtsausdruck ernst. »Ich will ja nicht unhöflich klingen und freue mich wirklich riesig über deinen … ich meine, über euren Besuch. Aber ihr seid doch sicher nicht hergekommen, um mit mir über die Vorzüge von Dreiborn zu quatschen, oder?«

»Nein. Leider nicht«, sagte ich. Und dann erzählte ich ihr alles. Angefangen von meinem Job über den geplanten Artikel bis zu den Treffen mit Alex, Rolf und Markus. Ich erzählte ihr von meinem Verdacht, von den Spuren, von Christines Mail. Mütze ging zwischendurch eine Zigarette rauchen, kam wieder und ergänzte, was ich vergessen hatte: das Gespräch mit Lindemann, sein Eindruck von uns damals bei der Vernehmung, unsere weiteren Pläne.

Tanja hörte die ganze Zeit über aufmerksam zu. In

ihrem Gesicht konnte ich keine Ablehnung erkennen, nur Neugierde und Nachdenklichkeit.

Erst als wir schwiegen, wurde ihr die ganze Tragweite dessen bewusst, was damals im Wald geschehen war. Ihre Augen füllten sich mit Tränen. »Mein Gott ... Mike. Das hat er wirklich nicht verdient. Und wir ... wir haben es geglaubt. Ich meine ... ich hab ihn dafür gehasst, all die ganzen Jahre. Und jetzt ...« Sie fuchtelte mit den Händen durch die Luft, suchte nach Worten für etwas, das nicht zu beschreiben war. Irgendwann nahm Mütze sie in den Arm und streichelte ihr tröstend über den Rücken.

Ich saß einfach nur da, unfähig, etwas zu sagen. Irgendwie hatte das, was damals passiert war, wieder ein Eigenleben entwickelt. Ich fühlte mich schuldig, weil ich der Grund dafür war. Und Tanja? Sie war ein Teil des Ganzen. Irgendwann stand sie auf und ging. Mütze und ich schauten uns an, dann hörten wir, wie sie sich die Nase putzte, und anschließend das Rauschen eines Wasserhahns. Als sie wieder zurückkam, wirkte sie deutlich gefasster. Sie schaute uns an und lächelte traurig. »Tut mir leid – das war gerade alles ein wenig viel auf einmal.«

»Da gibt es nichts, was dir leidtun müsste«, sagte ich. »Gar nichts!«

Es folgte eine kurze Pause. Tanja hatte sich wieder hingesetzt und schaute mich an. Ihre Stimme klang zögerlich, als sie sagte: »Was das Wochenende angeht ...«

»Ja?«

»Ich glaube, die meisten von uns haben damals ein falsches Bild von Lara gehabt.«

»Wie meinst du das?«

Ihr war etwas eingefallen – etwas, das sie nicht weiter vertiefen wollte. »Ach nichts«, sagte sie.

»Tanja, was wolltest du sagen?«

»Über Tote soll man nicht schlecht reden …«

»Es sind nicht alle tot«, sagte ich. »Und die, die leben, haben die Wahrheit verdient.«

Tanja dachte kurz nach, dann fasste sie einen Entschluss. »Was ich gerade meinte, ist Folgendes: Wir haben doch immer ausgesagt, sie wäre so ein nettes und liebes Mädchen gewesen, oder?«

»Ja, haben wir.«

»Und wahrscheinlich haben die meisten von uns das auch geglaubt. Vor allem ihr Jungs. Aber so war sie nicht. Wenn du mich fragst, war sie ein eiskaltes Miststück. Durch und durch berechnend.«

»Wie kommst du denn darauf?«

»Sie hat doch mit allen nur gespielt! Am Anfang mit Kai. Als der ihr wie ein Hündchen nachgelaufen ist, hat sie Mike angegraben und es genossen, Kai leiden zu sehen.« Sie atmete tief durch und imitierte eine Kleinmädchen-Stimme. »Hat der sexy Grillmeister noch ein Würstchen für mich? Hach, wie toll … bist du mit deinen Fingern immer so geschickt?« Dann schaute sie mich fragend an. »Ist dir das wirklich nicht aufgefallen?«

Ich schüttelte den Kopf, obwohl ich mich schemenhaft erinnern konnte. Da war was dran.

»Auch nicht das mit Rolf? Was sie nach dem Grillen abgezogen hat?«

»Doch, das schon«, gab ich zu. »Aber ich bin immer davon ausgegangen, dass sie sich nur über seinen beschränkten Geist lustig gemacht hätte.«

»Und das fandest du okay?«

»Nein, fand ich nicht. Aber es klingt jetzt schlimmer, als ich es damals empfunden habe. Und wenn ich ehrlich bin, waren wir anderen in dieser Beziehung doch um keinen Deut besser.«

Tanja überging den Einwand. »Und als Paul kam«, fuhr sie stattdessen fort, »war eh alles vorbei. Den hat sie doch um den Finger gewickelt wie nichts. Ist ihr ja auch nicht schwergefallen, so, wie sie aussah.«

»Glaubst du, sie hat mit Paul geschlafen?«

»Kann sein. Ich denke, mit Lara haben viele geschlafen.«

»Ich nicht«, sagte ich und grinste.

»Ich weiß«, sagte Tanja. Endlich lächelte sie wieder. »Aber nur, weil ich dich voll in Beschlag genommen habe.«

»Stimmt – das war der Grund!«

Sie zog eine Schnute. »Der einzige?«

»Nein«, gab ich zu. »Ganz sicher nicht. Die Wahrheit ist, dass ich damals noch nicht einmal gemerkt habe, dass es noch andere Mädchen gibt.«

»Ernsthaft?«

»Ernsthaft!«

Ich sah, wie Mütze die Augen verdrehte, was mir in diesem Moment jedoch völlig egal war. War ja nicht meine Schuld, dass sie ihre erste Liebe mit einem ohrenschleckenden Vollpfosten erlebt hatte.

Tanja wurde wieder ernst. »Was Lara angeht – ich bin überzeugt, dass sie ein richtiges Luder war. Wenn auch eines mit einem Engelsgesicht.«

»Kann es nicht sein, dass du da rückblickend zu viel hineininterpretierst?«

»Nein, das denke ich nicht. Christine hat das genauso gesehen. Aber ihr Jungs«, sie grinste mich an, »wart ja eher simpel gestrickt.«

»Das sind sie immer noch«, sagte Mütze, die wohl Angst hatte, vergessen zu werden. »Zumindest die meisten.« Dabei warf sie mir einen vielsagenden Blick zu.

»Ja, nicht alle«, sagte Tanja. »Markus hat sich damals nicht von Lara einwickeln lassen. Zumindest nicht, dass ich wüsste. Der war ja eher hinter Christine her.«

»Alex ja wohl auch nicht«, warf ich ein. Irgendwie hatte ich das Gefühl, seine Ehre verteidigen zu müssen.

»Alex?« Tanja schaute mich lange und durchdringend an.

»Was ist mit ihm?«

»Bei Alex wäre ich mir nicht so sicher.«

»Was meinst du?«

Sie hatte ihre Unterlippe zwischen die Zähne gezogen. Ihre Hände spielten miteinander, und ich sah ihr an, wie sie mit sich rang.

»Ich glaub, du weißt nicht alles über Alex. Und wahrscheinlich hast du es auch nie wissen wollen.«

Ich runzelte die Stirn.

»Kannst du dich noch erinnern, dass wir an dem Mittwoch vor der Fahrt ins Bergische im Kino waren?«

Wie hätte ich das vergessen können.

»Als ich nach Hause kam, hat Alex vor der Tür auf mich gewartet. Er hat gesagt, er würde mich lieben, und wollte mich überreden, mit dir Schluss zu machen, weil du mich nicht verdient hättest.«

»Aber Alex ...«

»Warte«, sagte sie. »Ich bin noch nicht fertig.«

Sie war immer noch nicht sicher, das Richtige zu tun, das war ihr deutlich anzumerken. Aber jetzt hatte sie einmal damit begonnen. Es gab kein Zurück mehr. »Also – ich war völlig geschockt und wollte an ihm vorbei, da hat er mich gepackt und versucht, mich zu küssen. Er hat mich gegen die Hauswand gedrückt und festgehalten, bis ich ihn angeschrien habe und mein Vater aus dem Fenster schaute.«

Ich schaute sie entgeistert an. »Und warum hast du mir das damals nicht gesagt?«

»Weil er dein bester Freund war, du Depp! Und weil er mich am nächsten Tag angerufen und sich tausendmal entschuldigt hat. Er meinte, er hätte an dem Abend zu viel gekifft, es täte ihm alles unheimlich leid und es würde auch garantiert nie wieder vorkommen. Herrje … und damit war die Sache dann für mich erledigt.«

»Bis heute«, sagte ich.

»Bis heute«, sagte sie. Den Blick, den Mütze mir dabei zuwarf, sah sie nicht.

Wir blieben noch zwei Stunden bei Tanja, was hauptsächlich an mir lag. Nachdem ich sie nach so vielen Jahren wiedergefunden hatte, wollte ich diesen Moment so lange wie möglich auskosten. Ich hatte unendlich viele Fragen – Fragen, die ich ihr stellte, und Fragen, die ich mir stellte. Was war es, das mich immer noch mit ihr verband: das zusammen Erlebte? Die gemeinsame Jugend? Und – liebte ich sie noch? Dreimal lautete die Antwort ja. Ein kleiner Teil von mir liebte sie immer noch, aber dieser Teil war durch die verstrichene Zeit so unschuldig geworden, dass es mich wunderte, mit welcher Macht er jetzt wieder an die Oberfläche drängte.

Als Tanja uns zur Tür brachte, verabschiedete sich Mütze herzlich von ihr und ging zum Auto. Tanja und ich blieben noch eine Zeitlang in der Tür stehen.

»Auch, wenn der Anlass nicht erfreulich war«, sagte sie und griff nach meiner Hand, »ich habe mich gefreut, dich wiederzusehen.«

»Geht mir genauso.«

»Ich …«, sagten wir beide gleichzeitig, dann lachten wir los. Es war ein fast schon zwanghaftes Lachen, laut und unkontrollierbar. Wir lachten und lachten und konnten einfach nicht aufhören. All die ganzen Jahre, die seit unserem letzten Treffen vergangen waren, wurden von unserem Gelächter davongetragen, und ich fühlte mich, als ob ich mit ihr wieder auf dem Geländer im Park sitzen würde. Auch ihre Stimme klang noch wie früher. Und ich? Ich war wieder 16.

»Ist damals nicht besonders glücklich gelaufen, was?«, sagte sie, als wir wieder Luft bekamen.

»Doch, ist es. Sehr glücklich sogar. Für das Ende konnten wir nichts.«

»Meinst du?«

Ich nickte. »Du warst perfekt«, sagte ich. »Die Umstände waren es leider nicht.«

Sie lächelte. »Und du hast schon immer die richtigen Worte zur richtigen Zeit gefunden. Kein Wunder, dass du Journalist geworden bist. Sag – bist du glücklich mit deinem Leben?«

Ich hatte ihr von meiner Ehe und meinem Sohn erzählt. Von meinem Job, wo ich wohnte, was ich die ganzen Jahre über getrieben hatte. Alles nur in Kurzform, aber mehr als ausreichend für ein erstes Treffen. Denn dass ich Tanja wiedersehen wollte, stand fest.

»Bin ich. Na ja … im Großen und Ganzen zumindest. Und du?«

»Ich auch. Ich lebe mein Leben, bin gesund und habe einen Beruf, der mir wirklich etwas bedeutet. Was will man mehr?«

Mir fielen da noch zwei, drei Dinge ein, aber ich zog es vor zu schweigen. Stattdessen fragte ich sie, ob ich eines ihrer Bilder kaufen könnte.

»Natürlich kannst du. Aber das solltest du in Ruhe machen, nicht zwischen Tür und Angel. Ein Bild sollte einem nicht einfach nur gefallen – es muss zu seinem Besitzer passen, wenn es ihn langfristig glücklich machen soll.«

Ich nahm sie in den Arm. »Das werde ich«, sagte ich. »Ich meine, wiederkommen. Und in Ruhe ein Bild aussuchen.«

»Tu das! Ich würde mich freuen.«

Dann verabschiedeten wir uns. Ich war erst ein paar Schritte in Richtung Bürgersteig gegangen, als ich ihre Stimme hörte. »Jan?«

Ich drehte mich um.

»Pass bitte auf dich auf«, sagte sie und strich sanft über das Pflaster auf meiner Augenbraue. »Du warst noch nie der Typ, dem Narben gut gestanden haben.«

»Und was ist mit denen auf der Seele?«

Aber sie hatte sich schon abgewendet.

Bis wir auf der Bundesstraße waren, schaffte ich es, mich zurückzuhalten. Dann konnte ich nicht anders. Musste von Mütze wissen, wie ihr Tanja gefallen hatte.

»Klasse – echt klasse! Ist aber kein Wunder, so ähnlich, wie sie mir ist.«

»Umgekehrt: Du bist *ihr* ähnlich. Sie war schließlich vor dir da.«

»Auch gut, Klugscheißer. Dann eben so. Ist echt 'ne Nette, deine Tanja, dazu verdammt hübsch und intelligent. Ich glaube, ich hätte sie gerne als Freundin.«

»Da kann ich dir nicht widersprechen.«

Mütze grinste. »Wie – du hättest sie auch gerne als Freundin?«

»Hatte ich schon«, sagte ich und zwinkerte ihr zu. »Nee, Quatsch – ich meine natürlich, dass ich sie auch nett und hübsch und intelligent …«

»Eigentlich ist sie viel zu intelligent, um sich in dich zu verlieben.«

»Hey … ich war damals ein grandioser Aufreißer und hatte einen Spruch auf Lager, der immer funktionierte.«

Zweifelnd zog sie die Augenbrauen hoch. »Und wie ging der?«

Ich setzte meinen dümmsten Dackelblick auf und winselte jämmerlich los: »Ach, komm schon … *bitte, bitte, bitte.*«

»Mal ehrlich, Jan – könntest du dich immer noch in sie verlieben? Ich meine, wenn es Sarah nicht geben würde?«

Ich sagte Mütze besser nicht, was ich alles könnte, wenn es Sarah nicht geben würde. Aber es gab sie, und ich war froh, dass sie meine Frau war.

»Ich weiß nicht«, sagte ich nur.

Sie spürte, dass ich das Thema nicht weiter verfolgen wollte, und stellte das Radio an. Die Toten Hosen feierten gerade *Tage wie diese* – noch so eine Band, die mich seit den Achtzigern verfolgte. Früher waren sie

Punkrock pur gewesen und hatten grandiose Nummern wie *Liebesspieler* oder *Pushed again* gehabt. Heute produzierten sie radiotauglichen Mainstream, aber auch den mochte ich. Sie wurden älter, ich wurde älter.

Als der Song vorbei war, drehte ich die Lautstärke runter. »Ich fahre später noch bei Mikes Eltern vorbei. Das hab ich schon viel zu lange vor mir hergeschoben. Kannst du mir in der Zwischenzeit einen Gefallen tun?«

»Du bist eine echte Nervensäge, Jan Römer, weißt du das?«

»War ich das nicht schon immer?«

»Schon, aber damals warst du mein Chef. Was hast du jetzt zu bieten?«

»Eine animalische Ausstrahlung und ein alles überragendes Charisma?«

Sie stöhnte auf. »Bevor ich gleich das Fenster öffnen muss – was gibt's?«

»Schau doch mal, ob du einen Arzt findest, der dir genau erklären kann, welche Auswirkungen eine Latexallergie auf den Betroffenen hat. Und frag ihn wegen der Sache mit dem Kondom. Wenn ich daraus eine Story machen will, brauche ich ein paar passende Zitate.«

Sie nickte. Den Rest der Fahrt schwiegen wir. Ich dachte dabei an die Vergangenheit. Daran, dass man manchmal zum Ausgangspunkt zurückkehren musste, wenn man den Start verpatzt hatte.

*

Ursula Küppers saß wie verloren inmitten ihres Wohnzimmers. Eine Frau Ende 60, der man ansah, dass es das Leben mit ihr nicht gut gemeint hatte. Das grüne

Sofa mit der Tagesdecke wirkte viel zu groß für eine einzelne Person, die monströse Schrankwand aus Nussbaum erschlug sie fast. Der Tisch, auf dem neben meinen Blumen eine Kaffeekanne und eine Schale mit Plätzchen standen, war für eine ganze Familie gedacht gewesen, nicht für eine alleinlebende Witwe. Sie erzählte mir, dass ihr Mann bereits vor neun Jahren gestorben war. Er hatte einen Herzinfarkt bekommen, ohne Vorwarnung, während er mit Freunden Skat gespielt hatte. »Wenigstens hat Gerd nicht leiden müssen«, sagte sie.

Ihre Wohnung wirkte wie aus der Zeit gefallen, was auch an den schweren Gardinen mit Überwurf lag, die nur wenig Sonne durchließen und dafür sorgten, dass der Raum in einem diffusen Dämmerlicht lag. Überall hingen Fotos, die zeigten, dass Ursula Küppers früher Teil einer intakten Familie gewesen war. Ich sah Mike bei der Einschulung und Mike bei einem Fußballturnier. Daneben Vater, Mutter und Sohn in den Ferien auf Mallorca. In der Mitte hing ein Bild ihres Mannes, auf dem er stolz einen Pokal in den Händen hielt, den er bei einem Kegelturnier gewonnen hatte.

Immer wieder fragte sie, ob sie mir noch etwas bringen könnte. Etwas zu trinken vielleicht oder etwas zu knabbern? Sie bot mir an, eine Kleinigkeit zu kochen, das mache überhaupt keine Umstände. Ich kam mir vor wie der verlorengegangene Sohn, der nach Jahren den Weg zurück ins Elternhaus gefunden hatte. Nur einmal war sie lauter geworden, gleich zur Begrüßung, als ich sie Frau Küppers genannt hatte. »Bitte, nenn mich doch Ursula! Du bist doch jetzt erwachsen – darf ich dich überhaupt noch duzen?«

Natürlich durfte sie. Und ich nannte sie fortan Ursula, auch wenn mir das »Sie« noch mehrmals über die Lippen rutschte. Merkwürdigerweise fragte sie mich nicht, warum ich gekommen war. Vielleicht ahnte sie, dass meine Antwort quälende Erinnerungen wecken würde. Vielleicht wollte sie auch nur, dass ich ihr so lange wie möglich Gesellschaft leistete. Sie saß starr auf der Couch, die Hände auf die Oberschenkel gelegt, und war sichtlich bemüht, die Unterhaltung nicht stocken zu lassen.

Doch so gut ich sie auch verstehen konnte, ich brauchte eine Antwort. Die letzte Gewissheit. »Ursula …«, begann ich und schaute sie an. »Es gibt da etwas, das ich dich fragen muss: Mike hatte doch als Kind eine Latexallergie. Kannst du dich erinnern, ob er auch als Teenager noch allergisch auf das Zeug reagiert hat?«

Kurzzeitig wirkte sie verwirrt. »Ja, natürlich. Das ist mit den Jahren sogar eher schlimmer geworden. Aber dass du … dass du das gerade jetzt fragst …«

»Wieso? Was ist denn?«

»Gestern hat schon mal jemand angerufen und wollte genau das Gleiche wissen. So ein komischer Kerl. Und nachher wollte der Geld von mir, weil Mike angeblich irgendwas Schlimmes gemacht hätte, was besser niemand wissen sollte.«

Ich wurde sofort hellhörig. »Was genau hat er gesagt?«

Sie schaute mich mit weit aufgerissenen Augen an. »Jan … was ist denn los? Hat Mike etwas angestellt?«

Sie redete von ihrem Sohn, als wenn er noch leben

würde. Was er in ihrer Erinnerung wahrscheinlich auch tat.

»Jetzt beruhige dich, Ursula. Und dann erzählst du mir, was der Anrufer wollte.«

»Ich … herrje, ich war so durcheinander, dass ich mir noch nicht mal seinen Namen gemerkt habe. Ralf oder Rolf oder so ähnlich. Er hat mir komische Fragen gestellt, aber ich hab ihm nichts gesagt, natürlich nicht. Ich rede doch nicht mit Fremden über Mike. Und dann hat er gesagt, dass er etwas wirklich Schlimmes über ihn weiß. Und wie viel Geld es mir wert wäre, wenn er das für sich behält.«

»Und dann?«

»Dann habe ich eingehängt. Ich hab am ganzen Körper gezittert und … was wollte der nur?«

Eine kaum zu kontrollierende Wut stieg in mir auf. Ursula Küppers hatte in ihrem Leben weiß Gott genug mitgemacht. Was bildete dieser Idiot sich eigentlich ein? Sobald ich zur Tür raus war, würde ich ihn mir vorknöpfen.

»Du brauchst dir keine Sorgen zu machen«, sagte ich. »Der Kerl heißt Rolf. Er hat damals zu unserer Clique gehört. Er ist ein Spinner, aber völlig harmlos. Ich rede mit ihm, und er wird dich zukünftig in Ruhe lassen. Versprochen!«

»Aber das kann doch kein Zufall sein. Erst sein Anruf und jetzt dein Besuch …«

Sie schaute mich flehentlich an. Es tat mir im Herzen weh, sie so leiden zu sehen. »Sag es mir, bitte: Hat Mike etwas Schlimmes gemacht, bevor er … bevor er …«

Ich griff nach ihrer Hand. »Nein«, sagte ich mit Nachdruck. »Ich kann dir jetzt nicht alles sagen. Noch nicht. Du musst mir einfach vertrauen. Aber ich schwöre dir, dass Mike nichts getan hat, dessen du dich schämen müsstest.«

Sie senkte den Kopf und schwieg. Als sie mich wieder ansah, wirkte sie gefasster. »Mike hat dir immer vertraut«, sagte sie. »Und er hat dich gut gekannt. Also will ich es auch tun.«

Augenblicklich spürte ich einen Kloß im Hals. Meine Augen wurden feucht. »Nicht, Ursula ... ich hab das nicht verdient. Wir ... ich weiß nicht, ob du es wusstest, aber ... wir waren die letzten Monate nicht mehr so eng miteinander befreundet wie früher. Da gab es Alex und Tanja, und sie war so wichtig für mich, und ich hab ...«

»Ach, du dummer, dummer Junge«, sagte sie und schaute mich liebevoll an. »Das hat er dir doch nicht übelgenommen! Wenn wir gefragt haben, warum du nicht mehr so oft zu uns kommst, dann hat Mike immer gesagt, das wird schon wieder. Irgendwann würde sich das schon regeln und er könne dich ja verstehen, gerade mit Tanja und so.«

Die Tränen liefen mir herunter. Sie tropften auf mein Hemd, und ich spürte, wie etwas tief aus meinem Innersten in mir hochstieg, das lange dort verborgen war und für das ich keinen Namen wusste.

»Nicht weinen«, sagte sie. »Nicht doch! Ich erinnere mich noch, wie Mike gesagt hat, dass es bei wahren Freunden nicht darauf ankommt, wie oft sie sich sehen, sondern darauf, dass sie füreinander da sind, wenn sie sich brauchen. Und das war er doch, oder?«

»Ja, das war er«, sagte ich. Und in Gedanken fügte ich hinzu: *»Aber ich nicht für ihn. Ich war bei Tanja, als Paul ihn totschlug, und ich habe ihn mein halbes Leben lang* *für einen Vergewaltiger gehalten, obwohl ich es besser hätte wissen müssen.«*

Mein Magen rumorte, und ich verspürte eine Schuld, die so groß war, dass ich nicht wusste, wie ich sie jemals begleichen sollte. Vor meinem geistigen Auge sah ich mich mit Mike vom Fußballspielen nach Hause gehen. Unsere Knie waren blutig, die kleinen Körper verschwitzt. Ich werde nie vergessen, wie er auf halber Strecke stehen blieb, den Arm um mich legte und mit aller Würde, zu der ein Neunjähriger fähig war, sagte: »Lass uns die Knie ganz fest aneinanderdrücken. Ja, genau so … jetzt sind wir Blutsbrüder!«

Ich blieb noch lange bei Ursula. Viel zu lange, wenn ich daran dachte, was noch vor mir lag. Aber jede Minute davon war nötig, für sie und für mich.

Als ich mich auf den Weg machte, stand die Sonne schon tief am Horizont und die Menschen eilten aus ihren Firmen kommend nach Hause, um den Feierabend zu genießen. Für mich begann der Tag gerade erst. Zum ersten Mal seit langer Zeit war ich mir über die folgenden Schritte im Klaren; sah die Aufgabe so deutlich vor mir, als wenn sie jemand in Stein gehauen hätte. Das Gefühl, Ursula beschützen zu müssen, war übermächtig. Rolf hatte mit seinem Anruf eine Grenze überschritten. Er würde dies nie wieder tun.

Häuser, Straßen und Menschen rasten vorbei, als ich den Alfa nach Kalk jagte. Sie waren nur Schemen, genauso bedeutungslos wie Verkehrsregeln oder das Parkverbot, in dem ich den Wagen abstellte.

Die Haustür öffnete sich, als ich dagegendrückte. Mehrere Stufen auf einmal nehmend, stürmte ich die drei Stockwerke hoch. Dieses Mal würde Rolf mir sagen, was er wusste. Wenn es sein musste, würde ich die Wahrheit aus ihm herausprügeln. Ich musste mir große Mühe geben, beim Gedanken daran keine Vorfreude zu empfinden.

Vor seiner Wohnung stoppte ich. Die Tür stand einen winzigen Spaltbreit offen. Mit den Fingerspitzen drückte ich dagegen. Setzte langsam einen Fuß in die Wohnung und rief seinen Namen. Es roch nach Schweiß, kaltem Zigarettenrauch und Armut. An der Wand hing ein Playboy-Kalender, der schon fünf Jahre alt war.

Ich hielt kurz inne und lauschte, konnte aber bis auf meinen eigenen Atem kein anderes Geräusch wahrnehmen. Der Flur lag in einem diffusen Halbdunkel, durch das ich mich langsam vortastete.

Die erste Tür auf der linken Seite führte ins Badezimmer. Vorsichtig schaute ich hinein. Es war augenscheinlich leer, allerdings konnte ich von meinem Standpunkt aus auch nicht das ganze Bad überblicken. Ich atmete einmal tief durch, dann ging ich hinein. Stolperte fast über die Pornohefte, die auf dem Boden lagen. Mein Blick streifte das Waschbecken. Die Versiegelung war voller Risse, die Armatur kalkverkrustet, im Ablauf lagen Haare und abgeschnittene Fingernägel. Es gab keine Badewanne, nur eine winzige Dusche, vor der ein Vorhang hing, an dessen unterem Ende Schimmel wucherte. Mit spitzen Fingern packte ich ihn und zog ihn zur Seite. Die Dusche war leer, und ich spürte, wie ich aufatmete.

Dann stand ich wieder im Flur. Schräg gegenüber befand sich eine zweite Tür. Ein schwarzes Loch, aus dem kein Lichtschein fiel. Einen Moment lang glaubte ich, aus diesem Zimmer Schritte zu hören. Dann merkte ich, dass die Geräusche aus der Wohnung darüber kamen. Mir fiel ein Horrorfilm ein, den ich vor kurzem gesehen hatte und in dem eine ähnliche Szene vorgekommen war. Ich konnte mich noch daran erinnern, wie ich den Kopf geschüttelt und mich gefragt hatte, ob in der Realität wirklich jemand so blöd sein konnte, in einer solchen Situation nicht das Weite zu suchen. Keine dreißig Sekunden später war der Mann tot gewesen. Jetzt befand ich mich in einer ganz ähnlichen Lage – und ich verhielt mich um keinen Deut klüger.

Das schwarze Loch entpuppte sich als Rolfs Schlafzimmer, sobald ich das Licht eingeschaltet hatte. Als Erstes fielen mir die Rollläden ins Auge, die vollständig geschlossen waren. Die Luft roch hier noch unangenehmer als im Rest der Wohnung, alt und abgestanden. Am schlimmsten war es in der Nähe des Bettes, auf dem ein Kopfkissen und eine Bettdecke mit undefinierbarem Muster lagen. Alles war wild zerwühlt, als wenn hier erst vor kurzem jemand aufgestanden wäre. Ich ging einen Schritt näher. Neben dem Bett lag eine Rolle Küchenpapier, ich wollte gar nicht darüber nachdenken, wofür Rolf die in Griffweite platziert hatte. Dann drehte ich den Kopf zur Seite und sah an der Stirnseite des Zimmers eine Gestalt stehen, die zu mir herüberblickte. Ich schrie auf und sprang zurück. Es dauerte ein, zwei Sekunden, bis ich realisierte, dass es mein eigenes Spiegelbild war, das mich von einer der Spiegeltüren des Kleiderschranks aus erschrocken ansah.

»Scheiße«, sagte ich, als ich mich wieder beruhigt hatte. »Scheiße, Scheiße, Scheiße …«

Jetzt blieb nur noch eine Tür übrig, die am Ende des Flurs. Ihr ehemals weißer Lack war nikotingelb verfärbt, die Milchglasscheibe in der Mitte voller Schlieren. Obwohl mich jeder, der eventuell dahinter lauern würde, mittlerweile gehört haben musste, schlich ich mich langsam näher. Stieß mit den Fingerspitzen gegen sie, öffnete sie und trat ein.

Ich verspürte weder Überraschung noch Entsetzen, als ich Rolf Greuel in der Mitte seines winzigen Wohnzimmers auf dem Boden liegen sah. Er trug lediglich eine Unterhose aus Feinripp und ein Unterhemd, das mit Flecken übersät war. Der größte davon hatte sich um das Messer gebildet, das in seiner Brust steckte. Ich wusste sofort, dass er tot war – alleine schon der Geruch nach Fäkalien bewies das. Er war gestorben, wie er gelebt hatte – einsam –, und wenn nicht jemand gekommen wäre, der die Wahrheit aus ihm herausprügeln wollte, dann wäre seine Leiche erst entdeckt worden, nachdem die Verwesung eingesetzt hätte.

Langsam ging ich durch den Raum, ständig darauf bedacht, nichts zu berühren. Es lagen zwar überall Alltagsgegenstände herum, aber das Zimmer war nicht durchsucht worden. Wer auch immer hier eingedrungen war, es war ihm nur darum gegangen, Rolf zu töten. Weil er zu viel geredet hatte? Vielleicht. Weil er zu viel gefordert hatte? Gut möglich. Ganz sicher jedoch, weil er kurz davorstand, die Nerven zu verlieren.

Wieder schaute ich den Leichnam an. Wunderte mich, warum ich keine Trauer verspürte, obwohl ich ihn einmal einen Freund genannt hatte. Ich beugte mich zu ihm hinunter, streckte die Hand aus und schloss ihm die Augen. Dann wendete ich mich ab und verließ die Wohnung.

»Kann ich Ihnen helfen?«

Erschrocken fuhr ich herum. Eine Frau undefinierbaren Alters schaute mich durch den schmalen Spalt an, den die vorgelegte Kette hinter ihrer Wohnungstür offen ließ. Einen Moment lang fragte ich mich, ob sie gesehen hatte, dass ich gerade aus Rolfs Wohnung gekommen war. Die Antwort darauf gab sie mir selbst. »Der Greuel lässt keinen rein, dat brauchen Sie erst gar nicht zu versuchen. Wat wollense denn von dem?«

»Ich war … ich bin ein Bekannter.«

Sie drohte mir durch den Spalt mit dem Zeigefinger und grinste. »Hätten Sie jetzt behauptet, ein Freund zu sein, hätte ich Ihnen auf den Kopp zugesagt, dat Sie lügen. Freunde hat der Greuel nämlich keine.«

Dann trat sie zurück, die Tür schloss sich, und ich hörte, wie sie die Kette löste. Kurz darauf stand sie in voller Größe vor mir. Ein durchdringender Geruch nach Ammoniak schlug mir entgegen. Hinter ihr sah ich mehrere Katzen durch den Flur huschen, für die die Wohnung dem Gestank nach ein einziges Katzenklo darstellen musste. Ein besonders fettes Exemplar hockte sich neben sie und rieb ihr Fell an den in Leggins steckenden Beinen.

Frau Becker, wie ich dem Klingelschild entnahm, schaute mich misstrauisch an. »Sagen Sie … waren Sie vor ein paar Tagen nicht schon hier?«

Einen Moment lang befürchtete ich, sie könnte mich für einen Einbrecher halten und wieder in die Sicherheit ihrer Wohnung flüchten. Also lächelte ich sie freundlich an und gab mir Mühe, meine Stimme besonders vertrauensvoll klingen zu lassen: »Ich bin Journalist und wollte ihm ein paar Fragen stellen.«

»Wegen der Geschichte mit den Teenies, was?«

Ich nickte. Gleichzeitig rasten meine Gedanken. Rolf war tot. Ermordet. Und es war noch keinen Tag her, dass ich selber ein Messer an der Kehle gehabt hatte.

Dann richtete ich meine Aufmerksamkeit wieder auf mein Gegenüber. Ich reichte der Frau meine Visitenkarte und fragte: »Vielleicht könnten wir beide kurz miteinander reden?«

Sie zögerte. »Von der Kindergeschichte weiß ich aber nichts. Nur das, was man so hört.«

»Und was hört man so?«

Sie schaute sich um, als wenn sie sichergehen wollte, dass uns niemand belauschen würde. Dann sagte sie: »Na, dass der alte Sack auf Teenager steht und denen Geld gibt, damit er mit ihnen rummachen kann.«

Sie schüttelte den Kopf. »In was für einer Welt leben wir eigentlich? Und das ganze Pack ist ja so verdorben, dass die für Geld auch alles mit sich machen lassen ...«

Ich murmelte etwas Zustimmendes und behauptete, dass mein Magazin über genau so etwas eine Reportage bringen wollte und ich froh sei, eine Bürgerin zu treffen, die noch Sinn für Anstand und Moral hätte.

»Man muss doch die Augen offen halten, oder?«, redete sie sich in Rage. »Alles Asoziale: Da bekommt man es doch mit der Angst zu tun, sobald man einen Fuß vor die Tür setzt!«

»Wem sagen Sie das?«, antwortete ich im Verschwörerton. »Das Haus macht ja leider nicht den allerbesten Eindruck – da wäre ich auch wachsam.«

»Das bin ich! Und außerdem«, sie senkte die Stimme, »wohnen hier fast nur noch Kanaken. Na, von mir und dem Perversling da drüben natürlich abgesehen. Aber … wollense nicht reinkommen?«

Ich dachte kurz an den Gestank, dann überwand ich mich. Folgte ihr ins Wohnzimmer, in dem der Fernseher lief, und setzte mich auf die Couch. Nahezu jeder Zentimeter war mit Tierhaaren bedeckt. Wenigstens erwischte ich eine Ecke, auf der keine Rückstände von Katzenkotze klebten. Ich schaute mich um. Von meinem Platz aus konnte ich einen Blick in die Küche werfen. Die Ablageflächen waren zugemüllt, dazwischen stapelte sich dreckiges Geschirr, und im offen stehenden Mülleimer steckte der zusammengeknüllte Pizzakarton eines Lieferservices. Zu dem Katzengeruch gesellte sich noch ein anderer Gestank, der an Imbissbude erinnerte.

»Macht es Ihnen etwas aus, wenn wir das Fenster öffnen?«, fragte ich. »Ich stehe unten im Parkverbot und höre dann wenigstens, wenn der Abschlepper kommt.«

»Klar. Mach ich.« Mit der frischen Luft gelangte auch ein wenig Licht herein, das zuvor vergeblich gegen das verdreckte Fensterglas angekämpft hatte.

Im Fernsehen lief ein Werbeblock. Eine Frau schmierte cholesterinarme Margarine auf Brötchen, damit ihre danebensitzende und auf Nahrung wartende Familie glücklich war. Direkt darauf folgte ein Spot über eine Hautcreme, die hautstraffend wirken sollte. Während die Frau ihre Beine damit einrieb, stand ein gutaussehender Kerl, der wohl ihr Gatte sein sollte, debil grinsend daneben. Brötchen schmieren und gegen Cellulitis kämpfen – ich war froh, ein Mann zu sein.

»Frau Becker«, sagte ich, sobald sie sich in einem geblümten Sessel niedergelassen hatte. »Jetzt erzählen Sie doch mal, ob Ihnen irgendetwas aufgefallen ist. Hatte Herr Greuel beispielsweise in den letzten Tagen Besuch von jemandem, den Sie nicht kannten?«

»Sie meinen, von so Teenies?«

»Nicht nur von Teenies. Prinzipiell interessiert mich jeder, der bei ihm war. Solche Leute«, ich beugte mich ihr entgegen, »stecken ja oftmals mit – wie soll ich sagen? – *Gleichgesinnten* unter einer Decke. Da wäre jeder Hinweis hilfreich.«

»Ah, ja, verstehe. Wenn ich so drüber nachdenke, war da wirklich was. Gestern Abend, so gegen neun.«

»Weiter«, forderte ich sie auf.

»Also … ich komm von Rewe und schlepp mich mit den Tüten ab. Die haben ja abends bis zehn Uhr offen, und ich hab Probleme mit den Knien, seitdem ich damals …«

»Und dann?«, unterbrach ich sie.

»Dann hab ich da so ein Gebrülle aus der Wohnung gehört. Der Greuel hat jemanden angeschrien. Was meinen Sie – ob es dabei um so Sexsachen ging?«

»Keine Ahnung«, drängelte ich. »Was hat er denn gesagt?«

»Woher soll ich das wissen?« Sie schaute mich entrüstet an. »Ich belausche doch keine Nachbarn!«

»Natürlich nicht, liebe Frau Becker«, lenkte ich ein. »Ich dachte nur … es könnte doch sein, dass Sie zufällig etwas mitbekommen haben …«

»Ach, sagen Sie doch Luise zu mir«, bot sie an. »Das machen alle Freunde.«

»Gerne doch, Luise. Also …«

»Na ja … wie gesagt, ich lausche ja nicht, aber der Greuel hat so gebrüllt, dass ich ungewollt doch was mitbekommen hab. Es ging um ein Mädchen, das weiß ich ganz genau, weil die …«

»Was für ein Mädchen?«

»Das wollte ich doch gerade erzählen«, antwortete sie eingeschnappt. »Aber Sie lassen mich ja nicht zu Wort kommen!«

»Entschuldigung, Luise.« Ich setzte mein patentiertes Es-tut-mir-ja-so-leid-Lächeln auf. »Erzählen Sie doch bitte weiter.«

»Wo war ich denn? Ach ja … Also, ich komme die Treppe hoch und höre, wie der Greuel was von einem Mädchen sagt und dabei Ausdrücke gebraucht, die ich gar nicht wiederholen kann. Wahrscheinlich war der andere …«

»Haben Sie ihn gesehen? Den anderen, meine ich – zum Beispiel, als er die Wohnung verließ?«

Sie schüttelte bedauernd den Kopf, dachte wahrscheinlich, sie hätte berühmt werden können, wenn sie uns auf die Spur eines Kinderpornoringes gebracht hätte.

»Würden Sie mir zuliebe vielleicht wiederholen, was Herr Greuel in Bezug auf das Mädchen gesagt hat?«

»Na ja«, sagte sie und rutschte nervös auf ihrem Sessel herum. »Er hat gesagt … also zu dem anderen … dass er das Mädchen nicht hätte *ficken* dürfen. Oder so was in der Art. Wie gesagt: Ich bin keine, die im Treppenhaus ihre Nachbarn belauscht.«

»Den Namen des Mädchens haben Sie nicht mitbekommen? Ganz zufällig natürlich?«

»Und ob«, triumphierte sie. »Mara hieß die, ganz sicher sogar! Der perverse Kerl hat sie am Anfang nur das Mädchen genannt und dann gesagt, dass er Geld will, weil der andere Mara … na ja, Sie wissen schon.«

Leider wusste ich nur zu genau, worüber Rolf sich mit dem Unbekannten gestritten hatte. Ich wusste auch, dass dies das letzte Gespräch gewesen war, das Rolf in seinem Leben geführt hatte. Ich wusste, dass sein Mörder ihm später noch einen Besuch abgestattet hatte. Und ich wusste, dass Luise Becker sich bei dem Namen des Mädchens verhört hatte – wenn auch nur um einen einzigen Buchstaben.

Neben mir sprang eine Katze aufs Sofa und rieb sich schnurrend an meinem Bein, an dem anschließend ganze Fellbüschel klebten. Normalerweise sind Katzen saubere Tiere, sagte man – diese hier mochte die Ausnahme sein. Hatte Mundgeruch wie Hölle und ein Fell, das nach vergammeltem Katzenfutter roch. Ich lächelte gequält und wandte mich wieder meiner Gesprächspartnerin zu.

»Ist Ihnen sonst noch irgendwas aufgefallen? Irgendein Detail, das mir bei meinem Bericht weiterhelfen könnte, so unbedeutend es Ihnen auch erscheinen mag?«

Sie dachte kurz nach. »Nein. Nichts. Hier war alles wie immer. Aber fragen Sie doch mal das Türkenpack da oben«, sie deutete mit dem Finger in Richtung der Decke, »die haben ja andauernd Besuch. Vielleicht weiß da ja einer was.«

Das Türkenpack, dachte ich.

Oktay.

Als ich wieder im Auto saß, fiel mein Blick auf das hinter den Scheibenwischer geklemmte Knöllchen. Ich stieg aus, riss den Zettel ab und schmiss ihn in einen überquellenden Mülleimer. Kurz überlegte ich, ob ich die Polizei anrufen und Rolfs Tod melden sollte, doch ich entschied mich dagegen. Die Wohnungstür stand immer noch einen Spaltbreit offen, und es war nur eine Frage der Zeit, bis ihn jemand finden würde. Abgesehen davon wollte ich nicht in die Ermittlungen hineingezogen werden, zumindest noch nicht.

Dann startete ich den Alfa und fuhr auf einen nahe gelegenen Parkplatz. Ich brauchte Ruhe und eine Pause zum Nachdenken. Rolf war keinem Raubüberfall zum Opfer gefallen, sein Tod hatte also aller Wahrscheinlichkeit nach etwas mit meinen Nachforschungen zu tun. Und das war ein Gedanke, der mir Angst machte. Rolf hatte etwas gewusst, das dem Mörder gefährlich werden konnte. Etwas, von dem ich kurz davorstand, es herauszufinden. Und dies wollte der Mann mit dem Messer nicht zulassen.

Bevor ich weitermachen konnte, musste ich Mütze aus der Schusslinie bringen. Sie hatte mit dem, was an jenem Wochenende passiert war, nichts zu tun. Es war meine Vergangenheit. Meine Freunde. Meine Toten.

Zum Glück war sie bei den meisten Gesprächen nicht in Erscheinung getreten. Es war gut möglich, dass der Mörder von ihrer Existenz noch nichts wusste. Aber darauf wetten wollte ich nicht. Dafür war Mütze mir zu wichtig. Es gab Menschen, bei denen spürte man instinktiv, dass sie einfach nur gut und immer auf deiner Seite waren. Das waren nicht viele, aber immerhin ein paar. Und Mütze gehörte dazu. Mit der Gewissheit, dass es nichts gab, was ich nicht tun würde, um sie zu beschützen, startete ich den Wagen.

Sobald ich zu Hause war, rief ich Mütze an und erzählte ihr von Rolfs Tod. Davon, wie riskant weitere Nachforschungen jetzt wären.

»Aber du willst weitermachen, oder?«, fragte sie, als ich fertig war.

»Ja. Aber ich will dich damit nicht länger in Gefahr bringen.«

»Das ist ja prima! Dann kommt jetzt sicher der Teil, wo du mir sagst, dass ich aussteigen soll?«

»Genau. Es ist einfach zu gefährlich.«

Sie schwieg. So lange, bis ich mürbe wurde.

»Lass mich raten«, sagte ich. »Du willst mir jetzt sagen, dass du das mit mir bis zum Ende durchziehen wirst.«

»Ganz richtig«, sagte sie mit Nachdruck. »Wie gut du mich doch kennst – kannst du schon die Geigen hören?«

Dann argumentierte sie, dass der Mörder wohl eher mich im Visier hätte, und dass sie, solange ich mich noch bester Gesundheit erfreute, relativ sicher sei. »Außerdem ist das *unsere* Geschichte – und ich werde den Teufel tun und mich jetzt einfach ausklinken!«

Ich verfluchte ihre Sturheit und versuchte, sie umzustimmen, aber genauso gut hätte ich versuchen können, einer Kuh das Fliegen beizubringen. Und bei aller Sorge konnte ich nicht verhindern, dass ein Teil von mir sich freute, weiterhin auf Mütze zählen zu können.

»Nur damit du's weißt«, sagte sie. »Du bist nicht allein. Ich bin bei dir. Okay?«

»Okay.«

»Hilft dir das?«

»Mehr, als du denkst.«

»Dann schlaf gut, Jan.«

»Du auch, Mütze.«

Ich hatte gerade eingehängt, da klingelte es an der Haustür, und sie kamen, um mich zu holen.

*

Eine halbe Stunde später war ich zum zweiten Mal an diesem Tag in Kalk, diesmal jedoch in einem Verhörzimmer des Polizeipräsidiums. Es sah genau so aus, wie man sich ein solches Zimmer vorstellte: kalt, spartanisch, zweckmäßig. Nur ein in einer Vase stehender Blumenstrauß passte nicht dazu.

Ich betrachtete die beiden Beamten. Mayer hieß der eine, Kretschmann der andere, aber Mayer war der Wortführer. Er war Ende 40, Anfang 50, trug einen grauen Anzug und wirkte so farblos wie ein Negativ. Kretschmann war rund 15 Jahre jünger und bullig gebaut, und die Blicke, die er mir zuwarf, trieften vor Ablehnung.

»Warum wir Sie hergebeten haben ...«, begann Mayer. Ich fand, dass »hergebeten« ein zu freundlicher Begriff war für die Nachdrücklichkeit, mit der sie mich aufgefordert hatten, mitzukommen. »... ist Ihr Verhältnis zu dem ermordeten Rolf Greuel.«

Ich musste schlucken. Mir war durchaus klar gewesen, dass es nicht lange dauern würde, bis jemand die Leiche finden würde – *wie schnell* das gegangen war, erstaunte mich aber doch. Dann fasste ich mich wieder und antwortete Mayer wahrheitsgemäß: »Wir hatten kein Verhältnis.«

»Wie bitte?« Kretschmann schaute mich an, als

wollte er sich gleich auf mich stürzen. Seine Halsschlagader pochte.

Ich fand, dass es an der Zeit war, ihm zu zeigen, dass seine Aggressivität mich nicht beeindruckte. Ich schaute ihm fest in die Augen und fragte: »Welchen Teil von ›Wir hatten kein Verhältnis‹ haben Sie denn nicht verstanden, Herr Kretschmann?« Der Kommissar sprang auf wie ein zorniger Pitbull. Mayer packte ihn an der Schulter. »Ganz ruhig! Wir setzen uns jetzt wieder und beruhigen uns. Einverstanden?«

Vielleicht hätte ich es dabei bewenden lassen sollen, aber das tat ich nicht.

»Ich habe Durst«, sagte ich. »Und ein wenig Hunger. Vielleicht kann Herr Kretschmann mir 'ne Cola und 'nen Joghurt holen?«

Wie erwartet explodierte er. »Sie verdammtes Arschloch! Ich werde Sie …«

»Gar nichts werden Sie!«, blaffte ich zurück. »Entweder bin ich als Verdächtiger hier, dann wundere ich mich allerdings, warum Sie es bisher unterlassen haben, mir meine Rechte vorzulesen. Oder das Ganze ist eine Befragung. Dann steht es mir frei, jederzeit aufzustehen und nach Hause zu gehen. Und genau das mache ich jetzt auch, wenn Sie mir weiterhin auf den Geist gehen und ich nicht sofort eine Cola bekomme! Alles klar?«

Mayer verdrehte die Augen. Dann machte er eine entsprechende Geste, und Kretschmann verließ den Raum, wobei er mir einen hasserfüllten Blick zuwarf.

»Sie sind nicht als Verdächtiger hier«, sagte Mayer beschwichtigend, nachdem sich die Tür hinter seinem Kollegen geschlossen hatte. Allerdings glaubte ich, in seinen Worten ein »noch nicht« mitschwingen zu hören. »Wir würden Ihnen nur gerne ein paar Fragen stellen – falls Sie nichts dagegen haben?«

»Gar nichts. Fragen Sie.«

»In welcher Beziehung standen Sie zu Herrn Greuel?«

Er bekam die Kurzform. Früher dieselbe Clique, jahrelang nicht gesehen, Recherchen zu dem Bericht. Das musste genügen. Ich hatte nicht vor, mich hier um Kopf und Kragen zu quatschen.

Mayer nickte. »Sie wirken ziemlich gefasst – macht Ihnen der Tod Ihres alten Freundes denn gar nichts aus?«

»Ich hab's Ihnen doch gesagt: In den letzten 27 Jahren haben wir uns ganze drei Minuten lang gesehen, und ich kann nicht einmal behaupten, dass er mir dabei sonderlich sympathisch gewesen wäre.«

»Und dennoch haben Sie ihn kurze Zeit später ein zweites Mal aufgesucht. Warum?«

»Ich hatte noch Fragen.«

»Ging es dabei um das gleiche Thema, über das Sie auch mit dem Kollegen Lindemann gesprochen haben?«

Ich musste schlucken. Keine Ahnung, woher Mayer das wusste. Mein Respekt vor ihm wuchs.

»Ja«, gab ich zu. »Genau darum ging es. Ich sagte Ihnen ja bereits, dass ich an einem Artikel arbeite.«

»Jaja, der Artikel ... ist schon ein sonderbarer Zufall, dass genau zu dem Zeitpunkt, wo Sie mit den Nachforschungen beginnen, einer der Beteiligten umgebracht wird.«

Ich schaute ihn an und schwieg.

»Sie sagen ja gar nichts?«

»Sie haben mir ja auch keine Frage gestellt.«

Mayer lächelte, aber es sah nicht sonderlich freundlich aus. »Haben Sie je von Beihilfe und Begünstigung gehört?«

»Versuchen Sie jetzt, mir Angst einzujagen?« Bevor er antworten konnte, öffnete sich die Tür und Kretschmann kam zurück. In seiner Hand hielt er eine Dose Cola. »Hier«, sagte er und knallte sie vor mir auf den Tisch.

Ich dachte kurz darüber nach, ihm zu sagen, mir sei jetzt eigentlich eher nach einer schönen Tasse Kaffee zumute, aber verwarf den Gedanken schnell wieder. Solche Privatfehden führten zu nichts. Im Moment saß ich noch am längeren Hebel, aber das konnte sich schnell ändern.

»Schauen Sie, Herr Mayer«, sagte ich, wobei ich Kretschmann bewusst ignorierte. »Ich bin bis jetzt offen zu Ihnen gewesen. Und falls Sie noch konkrete Fragen haben, beantworte ich die gern. Aber ich bin zu müde, um hier ewig über Zufälle zu diskutieren.«

»Von wegen offen«, fuhr Kretschmann dazwischen. »Gar nichts sagen Sie!«

Ich fragte mich, was mit ihm los war. Seine fortwährende Angriffslust ging mir gehörig auf den Senkel. »Hätte uns die alte Becker nicht angerufen, wüssten wir …«

Sofort legte sich betretenes Schweigen über den Raum. Mayer verdrehte entnervt die Augen.

»Ups«, sagte ich und konnte mir ein Grinsen nicht verkneifen.

Kretschmann schnaubte und zeigte mit dem Finger

auf mich. »Ich will Sie, Römer, damit das klar ist! Und ich werde Sie kriegen.«

»Ja, aber so einfach geht das nicht. Versuchen Sie es beim nächsten Mal mit einem Strauß Blumen, und dann laden Sie mich romantisch zum Abendessen ein. Ich bin der Typ Mann, der ein bisschen umworben werden will.«

Bevor Kretschmann, dessen Gesicht die Farbe einer überreifen Tomate angenommen hatte, etwas erwidern konnte, herrschte Mayer ihn an: »Gehen Sie raus. Jetzt sofort. Sonst kommen wir hier nie weiter.«

Kretschmann holte noch einmal tief Luft, als wenn er widersprechen wollte, dann klappte er den Mund zu und verließ das Büro. Die folgende Minute schwiegen Mayer und ich uns an.

»Nur der Form halber«, sagte der Kommissar anschließend. »Wo waren Sie gestern Abend – sagen wir, zwischen 20 und 21 Uhr?«

Ich musste nicht lange nachdenken. »In einer Pizzeria auf der Severinstraße.«

»Und dafür gibt es Zeugen?«

»Gibt es.«

Ich nannte ihm Mützes Namen und den Namen des Restaurants. Er schrieb beides auf. Dann griff er sich einen Stuhl und setzte sich neben mich. »Schauen Sie … ich glaube nicht, dass Sie etwas mit dem Mord zu tun haben. Aber ich bin mir ebenso sicher, dass Sie uns nicht alles sagen, was Sie wissen.«

»Haben Sie sich mit Ihrem ehemaligen Kollegen Lindemann abgesprochen?«

»Wieso?«

»Na, weil das ziemlich genau seine Worte waren, als

wir uns über die Morde im Bergischen Land unterhalten haben. Und damals wie heute lautet meine Antwort: Ich habe gesagt, was ich sagen kann.«

»Verraten Sie mir wenigstens, warum Sie ein zweites Mal bei Rolf Greuel waren?«

Ich überlegte kurz. Es sprach nichts dagegen, ihm die Wahrheit zu sagen. »Weil er einer Bekannten von mir etwas sehr Unschönes gesagt hat. Und weil ich ihm deshalb die Meinung geigen wollte.«

»Welcher Bekannten?«

»Das spielt keine Rolle. Sie hat mit dem Mord nichts zu tun.«

»So eine Versicherung genügt mir nicht.«

»Muss sie aber.« Dann grinste ich ihn an. »Kennen Sie eigentlich den Unterschied zwischen Kretschmann und mir?«

Mayer blickte mich ratlos an, und ich sagte: »Einer von uns beiden ist in der Lage, seine Informanten zu schützen. Kleiner Tipp: Er ist es nicht.«

Es war das zweite Mal, dass ich Mayer lächeln sah. Dennoch wollte er sich so schnell nicht geschlagen geben. »Ich könnte Sie zwingen«, sagte er. »Die Behinderung einer Mordermittlung ist beileibe kein Kavaliersdelikt.«

»Jetzt enttäuschen Sie mich aber. Nachzulesen in Paragraph 53 der Strafprozessordnung, Absatz I: Als Journalist kann ich mich jederzeit auf mein Zeugnisverweigerungsrecht berufen, und Sie, Herr Mayer, wissen das auch. Also lassen wir doch diese Taschenspielertricks und unterschwelligen Drohungen, ja?«

Ich hatte keine Ahnung, bis zu welchem Punkt ich mich tatsächlich auf den Paragraphen berufen konnte, aber ich war mir ziemlich sicher, dass Mayer es auch nicht wusste.

Das war aber letzten Endes auch bedeutungslos. Alles, was ich brauchte, war ein bisschen Zeit – und Mayer konnte sie mir verschaffen. Vor allem, weil er nach Kretschmanns unbeherrschtem Auftritt allen Grund hatte, mich mit Samthandschuhen anzufassen.

Der Kommissar seufzte. »Sie machen es mir nicht einfach, Herr Römer. Sie glauben also nicht, dass der Tod von Rolf Greuel in irgendeinem Zusammenhang mit Ihren Recherchen über den Mordfall steht?«

»Das habe ich nicht gesagt. Mit keinem Wort. Ich bin mir lediglich sicher, dass meine Bekannte damit nichts zu tun hat. Und wenn Sie sich eine Menge Zeit und Arbeit ersparen wollen, sollten Sie mir zumindest in dieser Frage glauben.«

Dann schauten wir uns an. Zwei Gegner, die nichts gegeneinander hatten, gefangen in einer Pattsituation. Ich beschloss, Mayer zu vertrauen, wenigstens teilweise, und hoffte inständig, dass er mir dieses Vertrauen irgendwann zurückzahlen würde.

»Hören Sie …«, begann ich. »Das hier ist weder offiziell, noch wird es irgendwie protokolliert, okay?«

Er nickte.

»Also … ich bin mir sicher, dass Rolfs Tod im Zusammenhang mit meinen Nachforschungen über die Morde 1986 steht. Mehr noch: Ich glaube, dass der Mörder in beiden Fällen der gleiche war. Er muss damals zu unserer Clique gehört haben – alles andere ergibt keinen Sinn. Ich kann das nicht beweisen. Noch nicht. Aber wenn ich an Ihrer Stelle wäre, würde ich in diese Richtung ermitteln.«

»Warum sagen Sie uns nicht einfach, was Sie wissen?«, bohrte er nach. »Oder geht es Ihnen am Ende nur um die fette Story mit Ihrem Namen darunter?«

»Herr Mayer! Ich *glaube*, ich *vermute*, aber ich *weiß es nicht*! Wenn ich auch nur einen einzigen konkreten Hinweis auf den Mörder hätte, wären Sie der Erste, der davon erfährt. Und was den Artikel angeht – der interessiert mich momentan einen Scheißdreck.«

»Mensch, Herr Römer … Warum arbeiten Sie dann nicht mit uns zusammen?«

»Weil ich Ihre Behörde gut genug kenne, um zu wissen, was sie unter einer Zusammenarbeit mit Journalisten versteht. Sie saugen mein Wissen auf, ziehen Ihre eigenen Schlüsse daraus, und ich bin draußen.«

»Und was wäre daran so falsch? Es ist schließlich unser Job, Mörder zu überführen.«

»Dann erledigen Sie ihn doch, verdammt noch mal! Ich hindere Sie doch nicht daran. Ganz im Gegenteil – ich habe Ihnen alles gesagt, was ich weiß. Mehr kann ich nicht tun.«

»Doch – Sie könnten Ihre Nachforschungen einstellen.«

»Keine Chance. Nachforschungen sind auch mein Job, und den lasse ich mir von Ihnen nicht verbieten.« Ich schaute ihn eindringlich an. »Außerdem bin ich im Vorteil.«

»Warum?«

»Ich kenne diejenigen, die damals mit dabei waren. Jeden davon. Ich bin quasi mit ihnen aufgewachsen. Also interpretiere ich jedes Verhalten und jede Aussage auch anders, als Sie das aus der Sterilität Ihrer Akten heraus könnten.«

Mayer fuhr sich mit der Hand durch die schütteren Haare. Er sah jetzt so fertig aus, wie ich mich fühlte. »Und wer garantiert mir, dass Sie uns nicht in die Quere kommen? Dass Sie nicht versuchen, den Mörder auf eigene Faust zu fangen?«

»Ich garantiere es Ihnen, wenn Sie mir im Gegenzug Kretschmann vom Hals halten. Und wenn Sie mir, sofern ich Fragen habe und diese Ihre Ermittlungen nicht behindern, Auskunft erteilen. Dann garantiere ich Ihnen, dass ich sofort zu Ihnen komme, wenn ich etwas herausfinden sollte, das Sie weiterbringen könnte. Wie klingt das?«

Er schloss die Augen. Ein müder Mann am Ende eines langen Tages. Dann nickte er. »Einverstanden. Aber haben Sie eine Ahnung davon, welchen Ärger ich Ihnen mache, wenn Sie mich verscheißern wollen?«

Ich zuckte die Schultern. »So in etwa.«

»Verdreifachen Sie's!« Damit war ich entlassen. Ich dachte, ich hätte mich angesichts der Umstände prima aus der Affäre gezogen und das Maximum für mich herausgeholt. Kam mir clever vor. Fühlte mich gut. Erst als ich später im Bett lag und die Schwüle mich wie ein feuchtes Laken bedeckte, kam mir der Gedanke, dass eine solche Vereinbarung vielleicht genau das gewesen war, was Mayer und Kretschmann im Zusammenspiel erreichen wollten.

*

Ich konnte nicht einschlafen. Der Körper war müde, aber in meinem Kopf raste es. Weit nach Mitternacht erlaubte ich meinen Gedanken endlich, dahin abzuschweifen, wohin sie die ganze Zeit schon wollten. Zu

Rolf und dem Messer in seiner Brust. Sein Tod hatte vieles verändert, und gemeinsam mit der Aussage von Ursula Küppers ergab sich jetzt ein Bild, welches deutlich weniger auf Vermutungen aufgebaut war als jenes der letzten Tage. Immer noch fehlten mir viele Teile des Puzzles, immer noch gab es eine Vielzahl leerer Flecke, die jedoch mittlerweile scharf umrissen wurden von den Fakten, die sie umgaben.

Ich stand auf und setzte mich an den Schreibtisch. Zwei Bilder standen darauf. Eines war ein Foto von Lukas und Sarah, aufgenommen im Phantasialand, wo sie fröhlich lachend in der Wildwasserbahn saßen.

Das andere war ein Bild meiner Eltern, die beide schon lange tot waren. Meinen Vater habe ich nie richtig kennengelernt. Als er starb, war ich gerade drei Jahre alt. Vor mittlerweile 16 Jahren war meine Mutter ihm dann gefolgt. Ich vermisste sie noch immer, jeden gottverdammten Tag. Für mich waren die Toten nicht einfach tot. In der Erinnerung lebten sie weiter. Mein Vater, meine Mutter. Mike.

Ich musste meine Gedanken ordnen, die depressive Stimmung loswerden. Am besten klappte das immer, wenn ich Beschäftigung hatte, am allerbesten beim Schreiben. Also nahm ich mir ein Blatt Papier und notierte alle Fakten, die mir gesichert erschienen.

Erstens: Mike hatte Lara nicht vergewaltigt. Das schloss noch nicht völlig aus, dass er sie umgebracht hatte, machte es aber im höchsten Maße unwahrscheinlich.

Zweitens: Der Mörder von Lara war einer der anderen Jungs aus unserer Clique gewesen. Die Theorie des großen Unbekannten konnte ich getrost verwerfen.

Drittens: Der Täter hatte sowohl von meinen Nachforschungen als auch von meinem Besuch bei Rolf erfahren. Ich hatte nur Alex und Markus davon erzählt. Aber da ich wusste, dass Rolf Mikes Mutter angerufen hatte, war nicht auszuschließen, dass er auch mit anderen Personen Kontakt aufgenommen hatte.

Viertens: Der Täter war bereit, auch weiterhin zu morden, um unerkannt zu bleiben. Was meine Nachforschungen ausgesprochen gefährlich machen konnte.

Ich war in den letzten Tagen ein gutes Stück weitergekommen. In manchen Momenten glaubte ich fast, die Umrisse des Mörders erkennen zu können. Jemand ganz in meiner Nähe, der sich geschickt im Verborgenen hielt. In meinen Augen war er bereits damals zum Doppelmörder geworden. Es war zwar Paul gewesen, der Mike erschlagen hatte, aber nur als Folge einer Eigendynamik, die durch Laras Vergewaltigung und Ermordung in Gang gesetzt worden war. Dafür verantwortlich war nur einer. Der Freund im Dunkeln.

Immer stärker wurde mir bewusst, dass der Schlüssel zur Lösung nur in der Vergangenheit zu finden war. In den Geschehnissen dieses Wochenendes. Ich schloss die Augen und versuchte, mich zu konzentrieren. Dachte an die Zeit im Park. Daran, wie eine Gruppe von Freunden das Leben und die Liebe entdeckte, bevor sie zum ersten Mal dem Tod begegneten. Ein warmer Luftzug strich durch das Zimmer und brachte den süßlichen Duft der warmen Sommernacht mit sich. Mir fiel ein Lied ein, das ich stärker mit dieser Zeit verband als alle anderen. *All You Zombies* von The Hooters – ein phantastischer Song, den sie später noch mit *Johnny B* toppten.

Es ging um einen Typen namens Johnny, der auf ein Mädchen hereinfiel, das anders war, als es zunächst den Anschein hatte. Unwillkürlich musste ich an Mike und Lara denken. Daran, was Tanja mir über sie erzählt hatte.

Ich stand auf und fuhr den Computer hoch. Bei YouTube gab ich den Bandnamen sowie den Titel ein. Hörte mir den Song an. Immer und immer wieder. Bis ich aus der Gegenwart wegdriftete und im Sommer 1986 ankam. Zwei Tage bevor alles enden sollte.

AUGUST 1986

Auf dem Küchentisch sah der Tankrucksack nicht sonderlich groß aus, kaum zu glauben, was alles hineinging: vier T-Shirts, zwei kurze Hosen, Flip-Flops, Badehose, Unterwäsche, ein Kulturbeutel mit Duschgel, Zahnpasta, Bürste und Deo, ein Portemonnaie, in dem meine ganzen Ersparnisse steckten, eine Landkarte, die ins durchsichtige Plastikfach kam, und eine Packung Kondome, zwölf Stück und extra gefühlsecht, die ich am Tag zuvor stammelnd in einer Apotheke gekauft hatte.

Die Entscheidung für eine bis zu den Knien reichende Shorts und passende Turnschuhe fiel schnell, Probleme bereitete das T-Shirt. Weiß war neutral und ging immer, schwarz auch. Im Kleiderschrank fiel mir ein weißes T-Shirt in die Hände, auf dessen Vorderseite das schwarze Calimero-Küken gedruckt war, das mit der Eierschale auf dem Kopf. Schwarz-weiß also, ein Kompromiss.

Als ich auf die Waage stieg, stellte ich fest, dass ich drei Kilo abgenommen hatte. Ich schaute prüfend in den Spiegel. Mein Gesicht war schmaler geworden, an einigen Stellen sprossen die ersten Bartstoppeln. Ein Junge auf dem Weg zum Mann.

Anschließend ging ich in die Küche und griff nach dem selbstgepressten Orangensaft, den meine Mutter in den Kühlschrank gestellt hatte. In einem Zug trank ich ihn aus und schaute parallel auf die Uhr. Noch 42 Minuten bis zum Treffen im Park und dann, endlich ...

Ab ins Bergische Land.

Mit Tanja.

Drei Tage.

Zwei Nächte.

Ich stierte die Decke an, knabberte an den Fingernägeln und schaltete schließlich das Radio ein. Augenblicklich bereute ich es. Aus dem Lautsprecher drang *Mexiko mi Amor*; das Lied, das Peter Alexander mit der deutschen Nationalmannschaft anlässlich der Fußball-Weltmeisterschaft aufgenommen hatte. Das musste WDR4 sein, der bevorzugte Sender meiner Mutter. Schnell änderte ich die Frequenz. Bei *Venus* von Bananarama stoppte ich, dann folgte *The Edge of Heaven* von Wham. *Sledgehammer* von Peter Gabriel begleitete mich, während ich mir die Schuhe anzog, bei *Atlantis Is Calling* von Modern Talking machte ich das Radio wieder aus. Noch 21 Minuten.

Ein letzter Blick in den Spiegel, dann verließ ich das Haus. Die Sonne ließ den Schatten eines Verkehrsschildes wie einen Zeiger über die Sitzbank meiner Yamaha wandern. Ich stand noch keine Minute da, und schon konnte ich durch die Schuhsohlen hindurch die Hitze des Asphalts spüren. Die Temperaturen waren bereits seit Wochen das Hauptthema in den Nachrichten gewesen, mittlerweile ging man von Todesopfern im zweistelligen Bereich aus. Die Hitze ließ die Teerdecken auf den Straßen schmelzen, löste bundesweit Waldbrände aus und trieb die Zahl der Gewalttaten nach oben. Sie war einfach allgegenwärtig; sorgte für überfüllte Schwimmbäder und für verlassen daliegende Einkaufsstraßen in den Innenstädten.

Ich schnallte meinen Tankrucksack fest, setzte den Sturzhelm auf und schaltete die Zündung ein. Das grüne Licht, auf dem *Neutral* stand, leuchtete verheißungsvoll. Dann drückte ich den Knopf, mit dem man den Anlasser betätigte. Nichts passierte. Das heißt, er drehte, aber die Yamaha sprang nicht an.

Noch einmal versuchte ich es.

Wieder nichts.

Dritter Versuch.

Gleiches Ergebnis.

Ich fluchte, setzte den Sturzhelm wieder ab und versuchte es mit dem Kickstarter. Zehnmal trat ich das Ding mit voller Wucht nach unten, doch das Biest gab kein Lebenszeichen von sich. Mittlerweile war das Küken auf meiner Brust nassgeschwitzt und ich mit den Nerven am Ende. *»Nicht heute! Bitte nicht ausgerechnet heute«*, flehte ich zu einem Gott, dem mein Flehen völlig gleichgültig zu sein schien. Bislang hatte das Biest mich noch nie im Stich gelassen. Es hätte sich keinen schlechteren Tag aussuchen können, um damit anzufangen.

Ich holte das Bordwerkzeug aus dem Fach unter der Sitzbank heraus und schaute auf die Uhr. Schon fünf nach zehn. Hektisch schraubte ich die Zündkerze los, um sie gegen den Zylinder zu halten und zu überprüfen, ob überhaupt ein Zündfunken kam. Als ich das Ding in der Hand hielt, sah ich bereits das Übel. Die

Zündkerze war komplett verölt, wahrscheinlich eine Folge der vielen Kurzstreckenfahrten. Ich fand in meiner Hosentasche ein Taschentuch. Putzte sie ab, ging einmal mit der Drahtbürste drüber, schraubte die Kerze wieder rein und startete erneut. In Millisekunden sprang die Yamaha an und stieß kleine blaue Zweitaktwolken aus. Ich lauschte dem Knattern wie einer Symphonie. Dann drückte ich mit der Schuhspitze den Schalthebel nach unten und hörte, wie der erste Gang mit einem satten Klacken einrastete.

Der Hof war voll mit Achtzigern, die wie erwachsene Motorräder aussehen wollten. Tanja kam auf mich zugestürmt. Sie packte mich, umarmte mich, quetschte mich und gab mir einen satten Schmatzer auf die Lippen.

»Ich dachte schon, du kommst gar nicht mehr«, flüsterte sie mir ins Ohr.

Statt einer Antwort küsste ich sie. Man konnte es Küssen nennen, aber eigentlich war es mehr als das. Es war wie Trinken, wenn man halb verdurstet war. Zwei, drei Minuten ging das gut, dann wurde das Murren der anderen unüberhörbar. Notgedrungen löste ich mich von ihr und beruhigte mich damit, dass dieser Kuss nur in Vorgeschmack auf das gewesen war, was das Wochenende über noch alles folgen sollte. Ich dachte an die zwei Nächte und grinste. Tanja schaute mich fragend an. Ich schüttelte nur den Kopf und grinste noch breiter.

Bei Untereschbach verließen wir die Autobahn und folgten der kurvigen Landstraße durch Wälder, Wiesen und kleine Dörfer. Sonnenstrahlen flirrten durch die

Äste der Bäume und malten ein Wechselspiel aus Licht und Schatten auf den Asphalt. Auf den Weiden brutzelten Kühe in der Sonne und schauten uns träge dösend hinterher. Der warme Fahrtwind blähte mein T-Shirt auf, und ich spürte Tanjas Arme, wie sie mich von hinten umschlungen. Spürte ihre Hände auf meiner Brust, die Hitze des Sommers, die Vibrationen des Biestes. Ich war nicht religiös, aber in diesem Moment dachte ich, wenn es ein Paradies gäbe, dann müsse es dort aussehen und sich anfühlen wie hier.

In Engelskirchen steuerte Kai dann einen Parkplatz an. Wir stellten die Mopeds im Schatten der Bäume ab und schlenderten die Hauptstraße entlang. Schließlich fanden wir unter der Markise einer Imbissbude freie Plätze. Wir verwandelten zwei der kleinen Tische in einen großen, gingen hinein und holten uns etwas zu trinken. Mike zündete sich eine Zigarette an, schaute sich um, und ich wusste nicht, wann er das letzte Mal so zufrieden ausgesehen hatte. Neben ihm flachste Markus mit Christine. Er war tatsächlich charmant, und ich bemerkte, dass sie ihn ab und zu am Unterarm berührte.

Auch Kai schien sich auf das Wochenende zu freuen. Die Umgebung veränderte ihn. Seine Überheblichkeit war von ihm abgefallen wie Staub, den man aus einem alten Mantel geklopft hatte. Er saß nicht aufrecht, sondern lümmelte betont lässig in seinem Stuhl herum. Als hätte er gar keine Knochen mehr und könnte sich jeden Moment vor unseren Augen in eine Pfütze aus zerlaufenem Wachs verwandeln.

Ich ahnte, was für diese Veränderung verantwortlich war. Vielleicht war Engelskirchen nur eine Kleinstadt voller Kleinstadtmenschen mit Kleinstadtansichten. Etwas, über das die meisten Großstädter lachten. Ich nicht. Ich fand den Gedanken beruhigend, irgendwo zu leben, wo man jeden kannte. Wo man niemandem eine Rolle vorspielen konnte oder musste.

Frauen mit Kinderwagen, vertieft in den neuesten Dorftratsch. Männer, die sich vertraut grüßten. Eine Oma, die ihre Arme auf ein Kissen gelegt hatte und aus dem Fenster hinausblickte, um das Leben zu beobachten. Mir gefiel es hier. Ich liebte Engelskirchen, ich liebte das Bergische Land, und ich liebte Tanja. Vielleicht liebte ich sie so sehr, dass sich meine Glücksgefühle automatisch auf alles übertrugen, was sich in ihrer Nähe befand.

»Jan!«

Ich brauchte eine Sekunde, um zu realisieren, dass mich jemand gerufen hatte. »Was?«

»Auf welchem Planeten warst du denn gerade?«, fragte Tanja grinsend. »Ich hab dich jetzt schon dreimal gefragt, ob du auch noch eine Cola willst.«

»Weiß nicht. Vielleicht ’ne halbe. Wollen wir uns eine teilen?«

Sie nickte, stand auf und ging in Richtung der Theke. Ich konnte es nicht glauben. Ich saß hier, die schönsten Tage meines Lebens vor Augen, und mein Mädchen stand auf, um mir eine Cola zu holen. *»Lieber Gott«*, dachte ich. *»Wenn es dich gibt … lass dieses Wochenende niemals enden.«*

Der Einzige, dessen Stimmung ein wenig abfiel, war Rolf, wobei ich das bei ihm nur schwer einschätzen konnte. Vielleicht sollte ich ihn fragen, ob er nicht Lust hätte, für die vorbeigehenden Engelskirchener ein

Karnevalslied zu singen. Das von den Roten Funken vielleicht. Das hatte er doch auswendig gelernt.

»Ich find das übrigens voll cool, dass Laras Mutter uns das Wochenende über in der Hütte wohnen lässt«, sagte Markus und schaute zu Kai. »Kennst du die eigentlich?«

»Nee, nie gesehen. Nur den Vater. Das mit dem Wochenende hat Lara geregelt.«

Von einer Sekunde auf die andere änderte sich Markus' Gesichtsausdruck von Freude in Besorgnis. »Aber ihre Mutter weiß schon, dass wir kommen, oder?«

»Denk ich mal«, sagte Kai schulterzuckend. »Ansonsten musst du halt deinen Charme spielen lassen, Dicker.«

Markus zog die Augenbrauen hoch. Mit betont überheblicher Stimme sagte er: »Mach ich glatt! Ob jung oder alt, mir kann eh keine widerstehen. Was, Christine?«

»Ach, glaubst du?«, fragte sie und lächelte ihn an. »Bislang hab ich davon noch nicht viel mitbekommen.«

Ich hörte den beiden zu und grinste. Eine kompromisslose Abfuhr klang anders.

In dem Moment kam Tanja zurück. Sie brachte eine Flasche Cola und zwei Strohhalme mit. Wenn wir gleichzeitig tranken, waren unsere Köpfe nur Millimeter voneinander entfernt. Ich sah nichts als ihre Augen. So dunkelblau wie das Meer an seiner tiefsten Stelle.

Von Engelskirchen aus dauerte es nicht mehr lange, und wir hatten Oberbierenbach erreicht. Nach der Abzweigung in Richtung Süden wurde das Asphaltband schmaler und hatte ausgefranste Ränder. Auf beiden Seiten der Straße lagen Wiesen. Mein Blick fiel auf einen einsam stehenden Baum, der vollkommen kahl und schwarz war, wahrscheinlich hatte ihn ein Blitz getroffen. Nackte Äste reckten sich wie Klauen dem Himmel entgegen, und eine Gruppe Raben hatte sich auf ihm niedergelassen. Sie hüpften von Ast zu Ast, und einen Moment lang bildete ich mir ein, sie würden uns mit ihren schwarzen, ausdruckslosen Augen beobachten. Ich hätte in dem Moment nicht sagen können, warum ich ihren Anblick mit Unheil assoziierte. Sie sahen aus wie Wächter der Hölle. Wie Boten des Bösen.

Den Weg, auf den wir laut Laras Beschreibung abbiegen sollten, fanden wir erst im dritten Versuch. Er lag versteckt in einer Kurve und führte zunächst durch einen Tannenwald mit so hohen Bäumen, dass selbst die Mittagssonne die Kronen kaum durchdringen konnte. Zwei Kurven und einen steilen Hügel später öffnete sich der Wald und gab den Blick auf unser Ziel frei.

Das Haus stand von Wiesen umgeben auf einem Hang in der Sonne, im Hintergrund erhob sich majestätisch der Wald. Es war noch schöner, als ich es mir vorgestellt hatte. Außerdem schien es deutlich größer zu sein, als wir angenommen hatten, und wirkte beinahe herrschaftlich. Wir stellten unsere Mopeds auf dem Hof ab, direkt vor einer mächtigen Scheune, und als ich den Helm vom Kopf zog, sah ich Lara vor der Haustür stehen. Sie kam langsam auf uns zu, die Hände vor der Brust verschränkt. Augenblicklich fiel mir das Bild einer Eisprinzessin ein, so kühl und distanziert wirkte sie. Als Kai sie umarmen wollte, reagierte sie mit einem flüchtigen Kuss. Die Lippen ließ sie dabei gespitzt, die Augen offen. Dann trat sie einen Schritt zurück und drehte sich in Richtung der Haustür, aus der in diesem Moment eine Frau trat.

Sie mochte Ende 30, Anfang 40 sein, ich war nicht gut im Schätzen. Ihre weiße Bluse verschwand in einer engen beigefarbenen Cordhose, deren Beine wiederum in braunen Reiterstiefeln steckten. Die blonden Haare trug sie hochgesteckt, und bis auf einen dezenten Lippenstift konnte ich kein weiteres Make-up erkennen. Das brauchte sie auch nicht. Die Frau war atemberaubend schön. Sie hatte ein ovales Gesicht mit einer kleinen Nase und vollen Lippen. Doch was mich mehr als alles andere beeindruckte, war ihre Ausstrahlung, ihre kerzengerade Haltung. Aristokratisch; genau das war das richtige Wort dafür.

Den anderen schien es ähnlich zu gehen. Keiner ließ einen der üblichen Sprüche los. Wir standen einfach nur da und starrten sie an.

Dann erlöste sie uns. »Herzlich willkommen auf dem Baumbach-Hof. Ich bin Nicole Baumbach, Laras Mutter. Lara zeigt euch jetzt als Erstes, wo ihr eure Sachen hinbringen könnt. Danach kommt doch bitte ins Haus – ich habe eine Kleinigkeit zu essen vorbereitet.« Dann drehte sie sich um und ging – nein, sie *schritt* – zurück in das im Dunkeln liegende Innere des Hauses.

»Dicker«, stöhnte Mike und schaute Markus an. »Hast du ein Pech, dass die Bescheid wusste …«

Markus zog eine Grimasse, dann packten wir unsere Rucksäcke und folgten Lara zur Blockhütte. »Ich hoffe, das ist okay für euch«, sagte sie, als sie die Tür öffnete.

»Wenn ihr duschen wollt oder aufs Klo müsst, könnt ihr ins Haus kommen. Wir haben direkt hinter der Eingangstür ein Badezimmer für Gäste.«

Die Hütte war nicht okay, sie war eine Wucht. Das Holzhaus hätte auch in Kanada stehen können, zumindest sah es so aus, wie ich mir eine Trapperhütte in der kanadischen Wildnis vorstellte. Der Boden war mit Outdoor-Matratzen belegt, nur in der Mitte war ein Gang freigelassen. An Privatsphäre hatte dabei scheinbar keiner gedacht. Aber wenigstens gab es kein elektrisches Licht – nachts würde es hier schön dunkel sein.

Die Hütte hatte keine Fenster, lediglich zwei große Öffnungen in den Wänden. Wenn man sie schließen wollte, musste man herausgreifen und die Läden zuziehen, die an den Seiten angebracht waren. Sicher keine perfekte Variante für kalte Winternächte, aber da diente unsere Unterkunft sowieso nur als Vorratsraum, wie Lara erklärte.

Nachdem wir uns gesammelt hatten, stellten wir die überflüssigen Matratzen hochkant an die Wand, um mehr Platz zu schaffen. Tanja und ich ließen zwei Matratzen nebeneinanderliegen, Alex und Marion ebenso. Und auch Kai folgte unserem Beispiel, er ging wohl davon aus, dass Lara in der Hütte schlafen würde. Die anderen nahmen sich einzelne Exemplare, wobei ich grinsend registrierte, dass Markus darauf achtete, die neben Christine zu erwischen.

Wir flachsten noch eine Zeitlang herum und versicherten uns, wie phantastisch das Wochenende werden würde. Dann folgten wir Lara zurück zum Hof. Kai und sie gingen nicht Hand in Hand, aber vielleicht war

Lara auch einfach nur schüchtern und wollte nicht, dass ihre Mutter mitbekam, dass einer der Jungs ihr Freund war.

Durch die Hanglage des Hauses lag der vordere Bereich, zu dem auch die Küche gehörte, tiefer als der hintere. Wir folgten Lara ins Innere. Die Treppe war steil, die Stufen mit Metallstreifen eingefasst. Je tiefer wir stiegen, umso heller wurde es, als würden wir direkt zur Sonne geführt, die durch große Fenster auf einen gedeckten Holztisch fiel. Ich sah Waffeln und Brot, daneben Marmelade, Käse und Wurst. In einem geflochtenen Körbchen lagen gekochte Eier. Es gab Kaffee und Orangensaft zu trinken. Laras Mutter stand zwischen dem Tisch und dem Fenster. Gegen das hereinflutende Sonnenlicht war sie nur als dunkle Kontur zu erkennen. Ein Schatten, dessen Stimme man keiner Mimik zuordnen konnte.

»Setzt euch doch«, sagte sie, während ihr Arm auf den Tisch deutete. »Ich hoffe, es ist genug für alle da.«

Wir setzten uns. Jeder auf den Stuhl, der ihm am nächsten stand. Ich erwischte einen zwischen Marion und Alex, der zwischen mir und Tanja saß. Umgekehrt wäre es mir lieber gewesen.

Kurz darauf verabschiedete sich Laras Mutter. Ich schaute ihr nur eine Sekunde lang hinterher, aber die genügte, um zu sehen, wie sich ihr fester Hintern in der eng sitzenden Hose auf und ab bewegte, während sie die Stufen nach oben nahm. Man musste nicht unter einem Mutterkomplex leiden, um Nicole Baumbach extrem sexy zu finden.

Um mich herum begann das große Fressen. Bevor alles weg war, grabschte ich mir schnell ein Brötchen und bestrich es mit Marmelade. Es schmeckte phantastisch. Knusprig und herrlich süß.

Beim zweiten Bissen stupste mich Marion an. »Bist wohl gerade schwer verliebt, was?«

Eine Sekunde lang musste ich überlegen, ob sie jetzt Tanja oder Laras Mutter meinte. Dann fiel mir ein, dass Telepathie nicht sonderlich verbreitet war. Also nickte ich.

»Und selbst?«

»Ach … geht so«, sagte sie und seufzte. »Ist alles gerade ein wenig kompliziert.«

»Wieso das denn?«

»Ich bin …«, begann sie, bevor sie es sich anders überlegte und einen Schluck Kaffee trank.

»Was?«

Sie zögerte. »Jan?«

»Ja?«

»Werde ich auch mal jemanden finden, der mich liebt? So wie du Tanja? Der mich will, und zwar nur mich?«

»Na klar«, sagte ich und versuchte, überzeugend zu klingen. »Zerbrich dir nicht den Kopf – du hast doch Alex, und außerdem müssten die Typen bei dir Schlange stehen.«

»Warum tun sie das dann nicht? Ich meine, wenn ich mich mal verliebe, dann erledigt sich das Ganze meist recht schnell.«

»Hey – du hast doch damals mit Mike Schluss gemacht, nicht er mit dir.«

»Aber doch nur, weil …«, sagte sie, bevor ihr auffiel, dass Alex uns beobachtete. Augenblicklich konzentrierte sie sich wieder auf ihr Ei und befreite es schweigend von seiner Schale. Fast hatte ich unser kurzes Gespräch schon vergessen, als sie unter dem Tisch gegen mein Bein trat und flüsterte: »Erklär ich dir später mal, okay?«

Ich nickte und dachte daran, wie ich sie und Mike vor kurzem auf der Ehrenstraße getroffen hatte. So richtig schlau wurde ich aus Marion nicht. Sie erzählte nie viel. Trotzdem glaubte ich, sie mittlerweile ganz gut zu kennen. Sie konnte ihre Stimmungen nur schlecht verbergen. Man sah ihr eigentlich immer an, wie es ihr ging. Und ich hatte so eine Ahnung, dass diese erzwungene Offenheit ein Teil ihres Problems war.

Kurz darauf lenkte mich Gelächter von der gegenüberliegenden Tischseite ab. Markus hatte irgendetwas erzählt, das Christine schreiend komisch fand. Alle lachten, nur Kai nicht. Ich sah, dass sein Teller noch unbenutzt war. Weder Orangensaft noch Kaffee hatte er angerührt. Wie gebannt hing sein Blick an Lara.

Die jedoch merkte davon nichts, schaute ihrerseits völlig versunken Mike an, der den Blick stumm, aber intensiv erwiderte. Die beiden hatten nur Augen füreinander, und dennoch kam mir die Situation nicht romantisch vor. Es waren weniger die Blicke zweier Verliebter, die den Rest der Welt ausblendeten, als die von Menschen, die versuchten herauszufinden, was sie voneinander zu halten hatten.

*

»Hast du Lust, spazieren zu gehen?«

»Gerne.«

Ich nahm Tanjas Hand. Wir ließen das Haus und die

Hütte hinter uns. Es war mittlerweile Nachmittag geworden, und jeder machte gerade das, worauf er am meisten Lust hatte. Alex war mit Marion in der Hütte verschwunden, Mike schaute sich mit dem Moped die Gegend an, und Christine, Markus, Lara, Kai und Rolf waren auf dem Weg zu einem nahe gelegenen See, um eine Runde schwimmen zu gehen. Um sechs Uhr wollten wir uns wieder zum Grillen treffen.

»Und?«, fragte ich Tanja. »Wie gefällt's dir hier?«

»Was für 'ne Frage – das ist voll der Hammer!«

»Ich dachte immer, du magst das Land nicht?«

»Ich mag keine Mücken, keine Kühe und keinen Mistgeruch. Den Rest liebe ich.«

»Dann hoffen wir mal, dass uns heute Nacht keine Kuh vor die Hütte kackt …«

Sie stieß mir den Ellbogen in die Seite. »Dann musst du eben raus und es wegmachen.«

»Und wenn mich dabei die Mücken erwischen?«

»Mann oder Memme?«

»Was Mückenstiche angeht – Memme!«

»Und sonst?«

»Das zeig ich dir heute Nacht.«

Sie schüttelte lächelnd den Kopf, und schweigend folgten wir dem Weg, der in sanften Kurven durch den Wald führte. Ich konnte den leicht säuerlichen Duft der Kiefern riechen, den reinen Geruch des Waldes. Hier im Schatten der Bäume war es deutlich kühler als unten auf der Wiese. Den Baumbach-Hof konnten wir nicht mehr sehen.

»Jan?«

»Ja?«

»Hast du eigentlich Angst?«

»Vor was? Dem Wald?«

»Nein … ich meine, vor heute Nacht.«

»Wieso?« Kaum hatte ich die Frage gestellt, wurde mir bewusst, wie blöd sie klang. Ich wusste ganz genau, was Tanja meinte.

»Hast du … ich meine, hast du es schon mal gemacht?«

Ein zweites Mal konnte ich mich nicht dumm stellen. »Ja«, sagte ich.

»Wie oft?«

»Warum willst du das wissen?«

»Einfach nur so.«

»Ein Mal. Und du?«

»Zwei Mal.«

»Na prima – dann bist du ja doppelt so erfahren …«

Sie lachte und blieb stehen. Dann griff sie nach meiner Hand, und ihr Gesicht nahm einen ernsten Ausdruck an. »Ich hab bisher immer Angst gehabt. Zumindest ein bisschen. Aber diesmal nicht, Jan. Ich liebe dich!«

Ich sagte nichts, aber ich spürte etwas, und der Himmel strahlte blauer, und die Sonne wurde wärmer, und die Vögel sangen heller.

»Ich dich auch«, antwortete ich, als ich mich wieder gefasst hatte. »So wahnsinnig, dass es fast schon weh tut.«

Tanja schaute mich herausfordernd an.

»Was ist?«, fragte ich.

»Du hast mich viel zu lange nicht mehr geküsst.«

»Ein schlimmer Fehler.«

Sie grinste. »Aber keiner, den man nicht wiedergutmachen könnte.«

Ich zog sie zu mir heran, und wir küssten uns. Als ich sie irgendwann losließ, wir uns umdrehten und zurückgingen, war die Sonne bereits hinter den Baumwipfeln verschwunden.

»Was hältst du eigentlich von Lara?«, fragte ich sie.

»Keine Ahnung …«

»Na komm – sag schon.«

»Ich finde sie … ein bisschen komisch. Oder nicht? Ich meine, guck dir doch nur mal an, wie sie mit Kai umgeht.«

»Du meinst, weil sie nie mit ihm Hand in Hand geht?«

»Nicht nur das. Die ist doch völlig kalt zu ihm – und ich dachte, die beiden sind zusammen.«

»Sind sie doch auch.«

»Davon merkt man aber nichts.«

»Abwarten. Vielleicht ist sie bloß schüchtern, solange ihre Mutter in der Nähe ist.«

»Der du übrigens ganz schön auf den Arsch gestarrt hast.«

»Hab ich nicht!«

»Hast du doch!«

»Hab ich … ach, egal.«

Dann gingen wir eine Zeitlang schweigend nebeneinander her. Die Bäume zeichneten ein Wechselspiel aus Licht und Schatten auf den Boden, in dem Blätter und Äste miteinander zu einem Labyrinth verwoben waren. Ich hörte einen Schrei, irgendwo über uns, und hob den Blick. Mehrere Raben zogen über die Baumwipfel hinweg. Mich fröstelte. Schon wieder diese Unglücksboten. Was, wenn sie mich vor einem drohenden Unheil warnen wollten, das im Wald auf uns lauerte? In dieser Sekunde, für einen schrecklich klaren Moment, wusste ich, dass dies alles zu schön war, um ein glückliches Ende zu nehmen. Irgendetwas Schlimmes würde passieren. Am liebsten hätte ich Tanja gepackt, auf mein Biest gesetzt und wäre mit ihr nach Hause gefahren. Weit fort von diesem dunklen Wald, der mir plötzlich bedrohlich erschien.

Bald darauf ließen wir die Waldgrenze hinter uns. Nur wenige Schritte noch, und wir hatten den Hang mit der Hütte wieder im Blick. Als wir unten ankamen, hatten die anderen bereits den Grill aufgestellt und Mike war bemüht, die Kohlen zum Glimmen zu kriegen. Mit einer Zeitung wedelte er dem Feuer Luft zu. Die Kohlen knisterten. Er war, für jeden klar erkennbar, der Grillmeister. Der Älteste von uns. Zumindest, bis Paul morgen vielleicht nachkam.

Bald lag die erste Ladung Fleisch auf dem Rost, und der aufsteigende Geruch machte mir bewusst, wie hungrig ich war. Markus hatte seinen Ghettoblaster mit Batterien bestückt, und kurz darauf drang *Broken Wings* von Mr. Mister aus den Lautsprechern, gefolgt von *Shout* der britischen Band Tears for Fears. Christine begann zu tanzen. Langsam und lasziv. Sie hatte die Hände über dem Kopf zusammengeführt und bewegte die Hüften im Rhythmus der Musik. Die Augen hielt sie geschlossen, ein Lächeln umspielte ihre Lippen. Ihre Bewegungen wirkten völlig natürlich, ohne Ziel und Absicht, und gerade das machte sie so erotisch. Wir waren fasziniert, wir alle. Markus' Augen leuchteten.

Nur Mike war ganz aufs Grillen konzentriert. In regelmäßigen Abständen wendete er das Fleisch, begutachtete den Bräunungsgrad und legte die Stücke, die er für gar hielt, in eine Schüssel. Lara stand direkt daneben. Sie sagte etwas, und er lachte. Dann erwiderte er etwas, und sie zwinkerte ihm zu. Es wirkte wie ein Tennisspiel, bei dem das Aufschlagrecht nach jedem Punkt wechselte.

»Macht die sich jetzt an Mike ran?« Tanja trat kopfschüttelnd neben mich.

»Quatsch«, sagte ich. »Was hast du nur immer mit Lara?«

»Ich? Ich hab gar nichts. Die ist es, die spinnt.«

»Ach, komm schon. Die reden doch bloß miteinander. Was soll daran schlimm sein?«

»Bist du so naiv, oder tust du nur so? Schau doch mal, *wie* die miteinander reden.«

»Und wenn schon?«

»Mensch, die flirten!«

»Na und? Lass sie doch.«

»Ist mir ja auch scheißegal. Aber glaubst du, Kai findet das lustig?«

Ich schaute mich nach ihm um. Es dauerte eine Zeitlang, bis ich ihn entdeckt hatte. Er saß allein im Schatten der Hütte, weit von allen anderen entfernt. Eine Flasche Kölsch hielt er in der Hand, drei leere standen bereits neben ihm. Innerlich musste ich Tanja recht geben – besonders glücklich sah er wirklich nicht aus.

Allerdings verspürte ich bei seinem Anblick kein Mitleid. Hatte Kai nicht immer damit geprahlt, was für ein Aufreißer er sei? Hatte er nicht immer damit angegeben, wie er Lara in dem Koffergeschäft klargemacht hatte?

Dass sie ihn jetzt links liegenließ, mochte ein schwerer Schlag für sein Ego sein. Ich für meinen Teil jedoch fand, dass er sich diesen Schlag redlich verdient hatte.

Während ich meinen Gedanken nachhing, hatte Tanja scheinbar auf eine Antwort gewartet. Als keine kam, drehte sie sich um und ging zu Christine. Na klasse, jetzt war sie sauer.

Ich fand, sie steigerte sich da in etwas hinein. Allerdings wollte ich nun wirklich keinen Krach mit ihr haben. Nicht an diesem Wochenende, und schon gar nicht wegen Kai und Lara. Besser, ich ließ sie eine Zeitlang in Ruhe. Sie würde sich schon wieder abregen.

»Da freust du dich, was?«

Kais Stimme klang verwaschen, als er neben mich trat. Er wirkte unruhig wie ein Schiff, das an der Ankerleine zerrte, während Wind und Strömung es hin und her zogen.

»Worüber freu ich mich?«

»Dass die Alte mich auflaufen lässt. Dass der blöde Kai wie 'ne Lachnummer dasteht.«

Er trank einen Schluck Kölsch und rülpste, während er mich aus geröteten Augen anschaute.

»Quatsch«, entgegnete ich lahm. »Das ist euer Ding, da halt ich mich raus.«

»Meinst du, ich merke nicht, dass ihr alle über mich lacht? Dumm hinter meinem Rücken über mich labert?«

Ich sagte nichts. Natürlich hatte er recht, aber bei ihm klang es, als sei unsere Bösartigkeit der Grund dafür. An sein eigenes Verhalten schien er nicht zu denken.

»Leg dich hin, Kai – du bist besoffen.«

»Ich kann so viel saufen, wie es mir passt, verstanden? Und wenn du denkst, das Miststück hat das ungestraft gemacht, dann …«

»Was dann?«

»Nichts«, sagte er nach einer kurzen Pause. »Die bekommt schon, was sie braucht.«

Dann deutete er mit dem Zeigefinger auf mich: »Und ihr auch, klar?«

Eine Stunde später waren wir satt und angetrunken. Markus hatte zwischenzeitlich die Kassette gewechselt. Statt englischer Hits dominierte jetzt Neue Deutsche Welle. Jeder von uns kannte jeden Song von der ersten bis zur letzten Textzeile, aber keiner passte besser zu unserer momentanen Stimmung als *Sauerland*. Ich hätte später nicht mehr sagen können, wie oft wir das Lied gehört hatten – wäre der Abend ein Film gewesen, wäre *Sauerland* der Soundtrack dazu. Mit den Bierflaschen in der Hand standen wir neben dem Grill und sangen lauthals mit. Ein Chor, dessen Publikum aus Kühen, Pferden und Mücken bestand. Den Refrain würde ich mein Leben lang nicht mehr vergessen:

Sauerland
Mein Herz schlägt für das Sauerland
Begrabt mich mal am Lennestrand
Wo die Misthaufen qualmen, da gibt's keine Palmen
Sauerland
Mein Herz schlägt für das Sauerland
Begrabt mein Herz im Lennesand
Wo die Mädchen noch wilder als die Kühe sind.

Tanja hatte eine schöne Stimme, und Christine konnte richtig gut singen, Alex und ich punkteten dafür bei der Lautstärke. So war das eben, wenn man seine Stimmbänder regelmäßig im Fußballstadion trainierte.

Ich schnappte mir ein neues Bier, öffnete es mit einem Feuerzeug und stellte mich zu ihm. »Und – heute Nachmittag in der Hütte Spaß gehabt?«

Er grinste. »Worauf du einen lassen kannst!«

Dann trat er dichter neben mich. Ich beugte mich zu ihm, und er sagte so leise, dass es die anderen nicht hören konnten: »Marion ist voll die Granate im Bett … die hat Dinger drauf, du glaubst es nicht!«

Wir schauten uns an, grinsten und schlugen die Bierflaschen aneinander.

»Auf das Wochenende, Alter!«

»Auf das Wochenende!«

Dann sangen wir weiter mit. Die Mädels tanzten. Lara hatte sich dabei in die Mitte gestellt. Während Christines Bewegungen vorhin eine eher unterschwellige Erotik ausgestrahlt hatten, war Lara jetzt wie Sex pur, nur ohne Partner.

Ich konnte nichts dagegen tun: Ich bekam einen Ständer. Wenn es Tanja nicht gegeben hätte, wenn ich nicht so in sie verliebt gewesen wäre, dann hätte ich in diesem Augenblick alles dafür getan, um mit Lara im Bett zu landen. Noch nie hatte ich ein Mädchen gesehen, das mich so scharf gemacht hatte. Sie legte ihre Hände beim Tanzen auf die Hüften, und es sah aus, als ob sie sich selber streicheln würde. Ihr Gesicht hatte einen entrückten Ausdruck, die Lippen schimmerten feucht. Keiner sang mehr mit, alle starrten sie nur an. Die Mädels ablehnend, die Jungs begierig.

Irgendwann stand sie vor Rolf und bewegte sich vor ihm, als wenn sie nur für ihn tanzen würde. So, wie die Mädels in Striplokalen, die man manchmal im Fernsehen sah. Rolfs Mund war geöffnet, seine Blicke streiften über ihren Körper, seine Finger kneteten das T-Shirt.

Dann brach Alex das Schweigen: »Hey, Lara«, schrie er, und man hörte seiner Stimme den Alkoholpegel an. »Geht da was mit dir und Rolf?«

Wir alle lachten.

Lara sah uns an, ohne in das Gelächter einzustimmen. Dann ging sie auf Rolf zu, bis sie so dicht vor ihm stand, dass ihre Haare seine Wange berührten. Alex und ich schauten gebannt zu, wie sie begann, Rolfs Gürtel zu öffnen, während sie weitertanzte. Ihre Finger schienen von ganz allein zu wissen, was zu tun war. Als Rolf, der ansonsten wie paralysiert dastand, leise aufstöhnte, zuckte der Anflug eines Lächelns über ihr Gesicht. Keiner von uns sagte irgendwas, niemand atmete auch nur laut, und trotz der Musik konnten wir hören, wie der Reißverschluss seiner Hose aufging. Lara ging vor ihm in die Knie und zog seine Shorts herunter, bis die Hose auf seine Füße rutschte und ihr Gesicht sich genau vor seiner Unterhose befand, in der sich eine pralle Erektion abzeichnete. Ihr Gesicht war eine Maske, die keinerlei Gefühlsregung erkennen ließ. Sie schaute Rolf von unten in die Augen. Dann hob sie die Hand und fuhr mit ihren Fingerspitzen langsam an seinem Glied entlang. Als Rolf zurückzuckte, sprang sie auf, drehte sich hüpfend zu uns um und lachte. »Uaah, nicht zu fassen – der Kerl hat ja ein Rohr wie 'ne Eisenstange!«

Nur Markus stimmte kurz in ihr Lachen ein, verstummte aber sofort wieder. Tanja schnappte hörbar nach Luft. Alex bückte sich taumelnd nach seinem Bier, das ihm aus der Hand gerutscht war. Dann hörten wir Rolf weinen. Sein schmaler Oberkörper zuckte. Langsam sank er auf die Knie. Mit heruntergelassener Hose und rotzverschmiertem Gesicht.

Und dann passierte etwas Merkwürdiges. Lara beugte sich zu ihm herab, berührte ihn sanft an der Schulter und streichelte liebevoll über sein Haar. Es war eine Geste, die überhaupt nicht zu dem passte, was sie vorher gemacht hatte. Die Eisprinzessin war verschwunden und wurde abgelöst von einem 16-jährigen Mädchen, in dessen Gesicht nichts als Bestürzung zu erkennen war. Fast so, als wenn sie in diesem Moment zutiefst bereuen würde, was sie getan hatte.

Mitten in der Nacht kippte Alex vom Stuhl. Marion lief zu ihm, packte ihn unter den Achseln und zog ihn wieder auf die Beine. Er torkelte, und sie versuchte, ihn sicher in die Hütte zu geleiten. Kurz protestierte er, dann folgte er ihr wie ein Kind, das gerade die ersten Schritte lernte.

Ich schaute den beiden hinterher und hoffte, dass Alex zu würdigen wusste, was für eine liebevolle Freundin er hatte. Sicher war ich mir nicht. Wenn er über Marion redete, hatte es eigentlich immer mit Sex zu tun. Gefühle schienen – zumindest, was ihn anging – keine große Rolle zu spielen. Mir fiel das Gespräch zwischen Marion und mir beim Frühstück wieder ein, und ich nahm mir vor, sie morgen darauf anzusprechen.

Marion gehörte zu den Menschen, die so unauffällig waren, dass das Radar der anderen sie nicht erfasste. Sie war immer dabei, stand aber nie im Mittelpunkt. Paul hatte sie mal spaßhaft als »Kumpel mit Titten« bezeichnet – und ich musste zugeben, dass dies eine treffende Beschreibung war.

Lara war gleich nach dem Vorfall mit Rolf im Haus verschwunden, ohne sich vorher von uns verabschiedet zu haben. Kai hatte sich daraufhin frustriert die Kante gegeben und schlief jetzt mitten auf der Wiese seinen Rausch aus. Wir hatten beschlossen, ihn dort liegen zu lassen. Es war so warm, dass man problemlos draußen schlafen konnte, und keiner hatte Lust darauf, dass er uns später die Hütte vollkotzte.

Die Party war vorbei. Ich war angetrunken, aber nicht so sehr, dass es mir Probleme bereiten würde. Tanja stand neben mir. Gemeinsam blickten wir auf den Grill, in dessen Mitte ein paar hartnäckige Kohlen immer noch sanft glühend Wärme abgaben. Ich musste nichts sagen. Ich griff einfach nach ihrer Hand und führte sie in die Hütte. In meinem Kopf drehte sich alles. Ich war berauscht. Nicht vom Alkohol, sondern von meinen Gefühlen und ihrer Nähe.

Wir stiegen vorsichtig über die anderen hinweg, bis wir unsere Matratzen erreicht hatten. Leise zogen wir uns bis auf die Unterwäsche aus, legten uns hin und zogen die Decke über unsere Körper. Sie drehte sich zu mir. Unsere Gesichter lagen nur ein paar Zentimeter voneinander entfernt. Unsere Lippen fanden wie Magnete zueinander, und ich konnte ihren Atem auf meiner Haut spüren. Dann streifte ihre Brust meinen Arm. Die Berührung war wie ein Stromschlag. Ich fuhr mit meiner Hand an ihrem Rücken entlang, bis sie ihre Pobacke erreichte, und begann, sie zu streicheln. Die Bewegungen ihrer Zunge wurden schneller, fordernder. Meine Hand wanderte nach vorne. Sie drückte sich an mich. Mein Atem wurde schwerer.

Und dann taten wir es.

So leise wie möglich. Es fühlte sich vollkommen natürlich an, war viel zu schnell zu Ende und dennoch wunderschön. So schön, dass wir direkt, nachdem wir fertig waren, von neuem begannen. Und später sogar ein drittes Mal, als draußen schon der Morgen graute und den letzten unbeschwerten Tag unserer Jugend einläutete.

*

Ich wurde wach, weil jemand auf dem Weg zur Tür gegen meine Beine stieß. Markus. Schlaftrunken registrierte ich, dass er Christine an der Hand hielt. Ich schaute gähnend auf meine Armbanduhr: schon kurz nach zehn. Die beiden öffneten die Tür und schlüpften hinaus. Hinter ihnen konnte ich einen hellblauen Himmel erkennen, der bis zum Horizont wolkenlos war.

Neben mir schlief Tanja mit leicht geöffnetem Mund. Ihr Gesicht sah entspannt und friedlich aus. Sie lag halb auf der Seite, halb auf dem Bauch und hatte einen Arm auf meine Brust gelegt. Ich bewegte mich ein wenig, und ihre Augenlider flatterten. Dann schlug sie die Augen auf und kniff sie gegen das zur Tür hereinfallende Morgenlicht zusammen. Für einen kurzen Moment schien sie nicht zu wissen, wo sie war.

»Guten Morgen«, sagte ich.

»Morgen«, sagte sie verschlafen, beugte sich zu mir herüber und küsste mich.

»Hunger?«, fragte ich.

»Und wie!« Sie setzte sich auf. »Ich könnte ein ganzes Wildschwein verdrücken.«

Ich schaute mich in der Hütte um. Bis auf Marion und Alex, der noch auf seiner Matratze schnarchte, war sie leer. Alle anderen waren wohl schon frühstücken gegangen.

»Dann nichts wie los«, sagte ich, »sonst ist nachher alles weg, und ich muss auf die Jagd gehen.«

Sie strahlte mich an. »Du würdest mir ein Wildschwein jagen?«

»Ich würde es mit bloßen Händen erwürgen.«

Wieder küsste sie mich. Dann schnappten wir unsere Kulturbeutel und frische T-Shirts und gingen los.

Wir hatten kaum die Hütte verlassen, als Lara uns entgegenkam. Sie kam aus Richtung des Hofes, und die Veränderung, die sie seit gestern Nacht durchgemacht hatte, war erstaunlich. Sie leuchtete fast von innen heraus, und ihre Augen blitzten.

»Hi, ihr zwei«, sagte sie und strahlte. »Das Frühstück wartet schon in der Küche. Hat meine Mama vor 'ner halben Stunde gemacht, bevor sie los musste.«

»Das ist ja echt nett«, sagte ich. »Wo ist sie denn hin?«

»Och, zu meiner Tante. Wenn die mal zusammenhängen, finden sie so schnell kein Ende.«

Tanja stand schweigend daneben und ignorierte Lara beflissentlich. Scheinbar war sie immer noch sauer.

»Du kommst auch noch frühstücken?«, fragte ich.

»Bin schon fertig«, sagte Lara. »Ich wollte nur schnell zur Hütte und nachsehen, ob alles okay ist. Wir können uns ja in 'ner Stunde im Hof treffen und überlegen, was wir heute machen.«

»Geht klar.«

»Bis dann«, sagte sie, winkte uns zu und ging davon.

Nachdem Tanja und ich uns die Zähne geputzt, gewaschen und angezogen hatten, gingen wir in die Küche. Kaffeeduft hing in der Luft, und es duftete noch leicht nach frisch gebackenen Brötchen. Außer Marion, Alex und Lara fehlte nur Mike, die anderen saßen um den gedeckten Tisch herum. Ich blickte in gutgelaunte Gesichter, schnappte fröhliche Wortfetzen auf und erwiderte die Begrüßungen. Für einen Sekundenbruchteil war mir fast melancholisch zumute. Das waren sie – meine Freunde. Konnte man sich bessere wünschen?

Wir setzten uns, und Tanja krallte sich sofort zwei Brötchen und die Platte mit dem Aufschnitt. »Boah – hab ich Hunger!«

»Und wir wissen auch, warum.«

Für Rolf war das eine extrem schlagfertige Antwort, und ich konnte nicht anders, als lauthals loszuprusten. Auch Tanja musste lachen. Mit vollem Mund nuschelte sie: »Was soll das denn bitte heißen, hmm?«

Rolf wurde rot. »Na ja …«, stammelte er verlegen. »Wer viel leistet, muss auch viel essen.«

»Genau mein Reden«, fuhr Markus dazwischen. »Aber mir glaubt ja keiner.«

Wieder lachten alle. Während wir aßen, beobachtete ich Rolf. Was war denn mit dem los? Keine Spur mehr von dem Häufchen Elend, das er gestern noch gewesen war. Stattdessen riss er Witze und machte auch sonst einen rundum glücklichen Eindruck.

Doch so war er oft. Er gehörte zu der Sorte Menschen, die mich manchmal etwas an Hunde erinnerten. Man konnte sie verarschen und schlecht behandeln, sie kamen immer wieder zu einem zurück. Treu bis zur Selbstaufgabe. Alles Schlechte schnell vergessend. Wenn man Rolf einen Tritt in den Arsch verpasste, würde er dies binnen einer Minute vergessen haben. Maximal würde er sich kurz darauf wundern, warum ihm der Hintern weh tat.

Während wir weiter herumalberten, hörte ich ein Geräusch in meinem Rücken und sah im gleichen Moment eine Hand, die nach der Thermoskanne griff. »Verdammte Scheiße – warum ist der Kaffee denn alle?« Alex war angekommen und schaute missmutig in die Runde, als sei das müde Rinnsal, das aus der Kanne tropfte, eine persönlich gemeinte Beleidigung.

»Mach dich mal locker«, sagte Christine und reichte ihm eine andere Kanne. »Hier ist noch genug für euch beide drin.«

»Aber der ist …«

»Boah, jetzt stress nicht rum«, fuhr Markus Alex an. »Ist ja nicht unser Problem, dass du besoffen warst und heute nicht aus dem Bett gekommen bist.«

Ich hörte kaum hin. Meine Laune war hervorragend, und ich hatte keine Lust, sie mir durch nervige Streitereien ruinieren zu lassen. Schließlich hatte ich in der letzten Nacht meinen sexuellen Erfahrungsschatz um das Vierfache gesteigert, und das mit dem Mädchen, das ich liebte. Was kümmerte mich da der Kaffee?

»Ist ja okay«, gab Alex nach und griff nach der Kanne, die Christine ihm entgegenhielt. »Ich hab nur voll den Schädel. Wird gleich besser werden.«

»Was machen wir denn nach dem Frühstück?«

Auch bei Markus schien die gute Laune anzuhalten. Kurz fragte ich mich, was gestern Nacht wohl zwischen ihm und Christine gelaufen war. Mitbekommen hatte ich nichts, aber wie auch? Ich hatte nur Augen und Ohren für Tanja gehabt.

»Wie wär's denn mit 'ner Tour an den See«, fragte Kai. »Wird doch wieder voll heiß heute, und ich fand's da gestern echt klasse.«

»Klar – ich bin dabei«, sagte Christine. »Wenn wir fertig sind, räumen wir noch schnell das Geschirr weg, und dann los! Oder hat jemand 'nen besseren Vorschlag?«

Wir schauten uns an und schüttelten die Köpfe. Dann aßen wir zu Ende. Ständig flachsten wir dabei, einer ärgerte den anderen, und jeder für sich wirkte glücklich, an diesem Wochenende dabei zu sein. Auch Alex fing sich schnell. Nach der ersten Tasse Kaffee und einem halben Honigbrötchen war er wieder ganz der Alte. Jedes Mal, wenn er meinen Blick auffing, zwinkerte er mir zu. Ich zwinkerte zurück. Scheinbar war das, was Tanja und ich in der Nacht getan hatten, trotz unserer Bemühungen, leise zu sein, von allen bemerkt worden.

Kurz darauf stellten wir die Tassen, Teller und das Besteck in die Spülmaschine und verließen die Küche des Baumbach-Hofs. Als ich die Treppe nach oben stieg, legte mir jemand die Hand auf die Schulter. »Warte mal«, sagte Alex.

Ich blieb stehen.

»Das war schon krank, was Lara gestern mit Rolf abgezogen hat, oder was meinst du?«

»Ziemlich«, entgegnete ich. »Mich wundert nur, dass Kai nicht ausgetillt ist.«

Alex antwortete nicht. Er blieb stehen und hielt mich weiterhin fest. Als die anderen weg waren, sagte er leise: »Wenn der gesehen hätte, wie Lara mit Mike rumknutscht, hätte er noch einen Grund mehr gehabt.«

»Was?« Ich glaubte, mich verhört zu haben.

»Gerade eben. Ich komme mit Marion aus der Hütte, und was sehe ich? Mike und Lara und wie sie miteinander rummachen. Haben wahrscheinlich gedacht, wir wären schon beim Frühstück.«

»Und die haben echt rumgeknutscht?«

»Wie nennst du das denn, wenn du einer die Zunge in den Mund steckst?«

Ich dachte an ihr strahlendes Lächeln. An die geröteten Wangen. Auf einmal bekam alles einen Sinn.

»Haben die gemerkt, dass du sie gesehen hast?«

»Die hätten noch nicht mal gemerkt, wenn neben ihnen eine Bombe hochgegangen wäre.«

Ich dachte nach. »Wenn Kai das mitkriegt, rastet er aus.«

»Glaub ich nicht«, sagte Alex. »Der hat sich die Alte doch schon längst abgeschminkt. Dass die keinen Bock mehr auf ihn hat, war doch vom ersten Moment an klar, oder?«

Damit hatte er nicht unrecht. Selbst ein Blinder hätte sehen können, dass Laras Gefühle für Kai erkaltet waren. Wenn es sie überhaupt jemals gegeben hatte. Allerdings konnte ich mir beim besten Willen nicht vorstellen, dass es Kai deshalb egal war, wenn sie mit Mike rumknutschte. Denn dass er weiterhin verrückt nach ihr war, war ebenso wenig zu übersehen.

Eine Stunde später standen wir abfahrbereit im Hof. Die Sonne hatte ihren höchsten Stand erreicht, die angrenzende Scheune warf kaum noch einen Schatten. Ich schnallte gerade den Tankrucksack auf der Yamaha fest, als ich hinter dem Gebäude ein Motorengeräusch lauter werden hörte. Das war keine Achtziger, das war ein Teil mit mindestens zehnmal so viel Hubraum. Der Klang der Vier-in-Eins-Auspuffanlage war unverkennbar. »Ich kann euch doch nicht alleine lassen«, grinste Paul, nachdem er die Kawasaki auf dem Hof abgestellt hatte. »Außerdem ist das Wetter so geil, da hatte ich eh Bock auf 'ne Tour.«

Zum ersten Mal wurde mir bewusst, dass Paul nicht in unsere Clique passte. Er war zu alt. Wenn man 19 ist, musste einem eine Gruppe 16-Jähriger doch wie ein halber Kindergarten vorkommen. Mir wäre es zumindest so ergangen, wenn ich mein Wochenende mit 13-Jährigen hätte verbringen sollen. Was wollte er hier? Genauer gesagt: Was wollte er von uns? Ich wusste, dass Paul auch Freunde in seinem Alter hatte, daran konnte es nicht liegen. Die Antwort darauf sah ich in dem Blick, mit dem er Christine anschaute.

»Los geht's, du Träumer.« Tanjas Stimme riss mich aus meinen Gedanken.

Ich setzte mich auf das Biest, klappte den Seitenständer weg und ließ sie aufsteigen. Neben mir röhrte Mikes Malaguti los. Die MB80 von Markus klang, als hätte sie Asthma. Pauls Kawasaki erwachte grollend. Es ging los.

Verwundert nahm ich wahr, dass Lara sich zu Kai auf den Sozius setzte. Vielleicht, weil sein Moped ganz vorne in der Reihe stand und sie ihm so den Weg zeigen konnte, während wir anderen folgen würden. Paul bildete den Schluss der Kette. Wir kurvten durch kleine Orte, an denen hier und da die Farbe von den Zäunen und Briefkästen abblätterte, obwohl sie ansonsten wie Musterbeispiele für *Unser Dorf soll schöner werden* wirkten. Jedes der Häuschen hatte einen gepflegten Vorgarten, in denen kein einziges Büschel Unkraut zu sehen war, und sie alle waren in einem ähnlichen Stil erbaut. In dieser Gegend schienen sich die individuellen Besonderheiten auf unterschiedliche Blumen zu beschränken, die die Besitzer in die Kästen vor den Fenstern pflanzten.

Zwei oder drei Dörfer weiter bogen wir auf eine unbefestigte Straße ab, deren Zufahrt leicht zu übersehen war. Sie wurde im weiteren Verlauf auf beiden Seiten von weitläufigen Feldern gesäumt, an denen vereinzelte Bäume standen. Der Boden des Weges war so trocken, dass die vorausfahrenden Mopeds eine Staubfahne aufwirbelten, in der ich kaum etwas erkennen konnte. Ich schaute kurz nach oben. Am Himmel war kein einziges Wölkchen zu sehen, wahrscheinlich verpufften sie bei der Hitze sofort. Dann stoppten wir.

Als ich meinen Sturzhelm absetzte, hörte ich, wie Tanja hinter mir »Wow!« sagte. Einige Bäume bildeten eine natürliche Barriere zwischen uns und dem angrenzenden See, der völlig verlassen dalag. Hinter dem See, auf einem flachen Hügel, erhob sich ein dichter Wald aus alten Bäumen mit knorrigen, verdrehten Ästen, über dem ein einsamer Greifvogel seine Bahnen zog. Kein noch so leichtes Lüftchen regte sich. Mutter Natur hielt den Atem an.

Ich stieg ab, fasste Tanjas Hand und lief mit ihr zum Ufer, ohne auf die anderen zu warten. Es war still dort, selbst die Grillen schwiegen. Schnell zogen wir uns bis auf die Badesachen aus. Tanja sprang zuerst ins Wasser, und ich folgte ihr. Der See war überraschend warm, und sie schwamm mit geschmeidigen, gleichmäßigen

Zügen hinaus. Ich kraulte ihr hinterher, und die Geräusche, die ich dabei erzeugte, hüpften wie flache Steine über die Wasseroberfläche. Dann stoppte Tanja, drehte um und schwamm direkt in meine Arme. Ihre Haut fühlte sich selbst nass noch unglaublich warm an. ch spürte, wie sie ihre Brüste gegen mich drückte, und hörte ihren keuchenden Atem. Wir küssten uns, und ich ließ meine Hand ihren herrlich geschwungenen Rücken hinabwandern.

»Nicht hier«, sagte sie. »Da kann uns doch jeder sehen.«

»Stört mich nicht.«

»Stehst du etwa auf Zuschauer?«

»Ich steh auf dich!«

Sie verdrehte die Augen, und wir küssten uns weiter. Es dauerte nicht lange, bis auch die anderen da waren. Gegenseitig bespritzten wir uns mit Wasser, tauchten untcr und tollten herum wie junge Hunde.

Paul hatte Christine gepackt, hob sie in die Luft, schleuderte sie hoch und ließ sie ins Wasser plumpsen. Laut prustend tauchte sie wieder auf und versuchte, auf Paul loszugehen, der sich jedoch mit ein paar kräftigen Kraulschlägen in Sicherheit brachte. Ich konnte mir nicht vorstellen, dass Markus dieses Geplänkel gefallen würde, und schaute mich nach ihm um. Entdeckte ihn am Ufer, wo er in seinem Rucksack herumkramte, wahrscheinlich suchte er dort nach einem zweiten Frühstück.

Auch Tanja und ich verließen das Wasser und schoben uns an den Zweigen am Ufer vorbei. Die Luft war schwül und zum Schneiden dick, aber sie roch herrlich nach Wald und Wiesen. Mücken und andere Insekten stiegen in Scharen vor uns auf, und die Schatten der Bäume begannen, langsam länger zu werden. Auch Alex und Marion waren wieder auf dem Trockenen. Sie saßen im Gras und knutschten, direkt neben Rolf und Kai, die beide eingeschlafen waren – die Nachwirkungen der gestrigen Sauforgie.

Außer Christine und Paul waren Lara und Mike die Einzigen, die noch im See geblieben waren. Sie standen etwas abseits im hüfttiefen Wasser und unterhielten sich. Wieder fiel mir auf, wie vertraut die beiden wirkten. Als Mike seine Hand hob und damit über Laras Wange strich, zuckte sie nicht zurück. Ganz im Gegenteil. Sie schloss die Augen, lächelte und rückte noch dichter an ihn heran. Die Wellenringe, die die beiden umgaben, ließen sie wie ihr eigenes kleines Epizentrum wirken.

»Hey, du alter Spanner!«

Erschrocken drehte ich mich um. Marion stand hinter mir und lächelte frech.

»Erwischt«, gab ich zu und wurde rot. Nur schnell das Thema wechseln. »Wo ist Alex denn abgeblieben?«

»Der hat sich noch was hingehauen«, sagte sie. »Hat immer noch ’nen Schädel. Die Nacht war wohl ein bisschen viel für ihn.«

Jetzt war es an mir, zu grinsen. »Meinst du den Alkohol oder das, was ihr in der Hütte gemacht habt?«

»Ph, da solltest du besser ganz ruhig sein! Wenn du gestern Nacht nicht gleich mehrere Asthmaanfälle hattest, wart ihr wohl diejenigen, die rumgemacht haben. Alex war für so was viel zu besoffen.«

»Ihr habt ja noch eine Nacht – ich bin sicher, da werdet ihr den Vorsprung schon aufholen.«

»Du … wegen gestern Morgen …«, sagte sie zögerlich. »Vergiss es einfach, ja? Ich war nur schlecht drauf.«

»Wegen Mike und Alex?«

»Ja … nicht nur. Mach dir keinen Kopf, okay? Alles wieder in Ordnung.«

»Sicher?«

»Sicher«, sagte sie, aber es klang nicht überzeugend. Ich hätte einiges dafür gegeben, um herauszufinden, was in ihrem Kopf vor sich ging. Bevor ich jedoch nachhaken konnte, deutete sie mit dem Kinn in die Richtung von Lara und Mike. »Was hältst du eigentlich davon?«

»Was soll ich davon halten?« Ich zuckte die Schultern. »Die beiden sind alt genug, um zu wissen, was sie machen.«

Eine Zeitlang erwiderte sie nichts. »Das hoffe ich«, sagte sie und schaute mich ernst an. »Das hoffe ich wirklich – ansonsten passiert hier noch ein Unglück.«

Die nächsten Stunden vergingen wie im Flug. Nicht mehr lange, und die Sonne würde hinter dem Horizont verschwinden, doch noch spiegelte sie sich hell im See, ein orangefarbener Feuerball, der das Wasser zum Kochen bringen wollte. Meine Blicke suchten Tanja und fanden sie neben Christine stehend. Ihre Haare waren leicht verwuschelt, schimmerten seidig und schrien danach, dass ich sie streichelte. Ich entdeckte an ihrem Körper mehr Kurven, als dies anatomisch möglich gewesen wäre. Ihre Haut war eher goldfarben als braun, und sie steckte voller Energie. Selbst wenn sie stillstand, schien sie sich zu bewegen.

Nicht weit von mir entfernt saß Lara im Gras und scharrte gelangweilt mit den Füßen in der Erde. Sie hatte eines dieser engen Trägerhemdchen an, deren einziger Zweck darin bestand, einen noch mehr zu reizen, als reine Nacktheit es vermochte. Es saß so eng an ihr wie die Rinde an einem Baum. Deutlich zeichneten sich ihre Brustwarzen darunter ab. Dann spreizte sie die Beine, stützte die Hände hinter ihrem Rücken auf und reckte das Gesicht den Sonnenstrahlen entgegen. Markus trat neben sie und sagte irgendetwas, aber Lara reagierte überhaupt nicht – dafür fühlte sie sich augenscheinlich viel zu wohl in ihrer Pose.

Von hinten schlich sich Paul an sie heran, eine Mineralwasserflasche in der Hand haltend, und schüttete ihr ein wenig davon über den Kopf. Sie fuhr schreiend herum und schlug gegen sein Bein. Ich war mir sicher, dass sie ein Riesentheater veranstalten würde, aber ich irrte mich. Paul reichte ihr die Hand und zog sie auf die Füße. Sie redeten kurz miteinander, dann gingen sie gemeinsam den Hügel hinauf, den Weg an den Hecken entlang und verschwanden im Wald. Markus blieb zurück, schaute uns ratlos an und zuckte verwundert die Schultern. Hinter mir hörte ich Kai mit hasserfüllter Stimme zischen: »Verfickte Schlampe!«

Auch ich war wütend. Warum, verdammt noch mal, musste Lara mir mit ihren Eskapaden und dem daraus resultierenden Streit unbedingt die gute Laune verderben? Konnte sich die blöde Kuh nicht endlich entscheiden, mit wem sie etwas anfangen wollte? Zuerst war Kai an der Reihe, dann befummelte sie Rolf und knutschte am nächsten Tag mit Mike herum, bevor sie schließlich mit Paul in den Büschen verschwand. War die Schnepfe nymphoman, oder hatte sie einfach nur einen übergroßen Selbstdarstellungszwang? Tanja hatte völlig recht gehabt: Mit Lara stimmte irgendetwas nicht. Wahrscheinlich brauchte sie keinen Kerl, sondern einen guten Psychiater. Das war doch nicht normal – binnen dreißig Stunden hatte sie es geschafft, dass fast jeder aus unserer Clique auf einen der anderen sauer war.

Erst als ich eine Stunde später auf dem Biest saß, wir zurückfuhren und ich Tanjas Arme um mich spürte, regte ich mich wieder ab. Sollten die anderen der blöden Kuh doch hinterherhecheln – was kümmerte es mich?

GEGENWART

Ein Klingeln riss mich aus einem tiefen, traumlosen Schlaf. Ich rollte mich auf die Seite, tastete mit verquollenen Augen nach dem Telefon und schielte parallel auf die Digitalanzeige des Weckers. Kurz nach acht zeigten die roten Ziffern an; ich konnte maximal vier Stunden geschlafen haben. Mit rauer Stimme ging ich ran und nannte meinen Nachnamen.

»Äh, Jan Römer?«

»Ja.«

»Hier ist Christine Hasewitz.« Dann ergänzte sie: »Früher Christine Reuter.«

»Hallo Christine.«

»Hab ich dich geweckt?«

»Macht nichts.«

Ich richtete mich auf und versuchte, mir etwas einfallen zu lassen, um das entstandene Schweigen zu durchbrechen. Ihr Anruf irritierte mich. »Ist lange her.«

»Das ist es. Jan?«

»Ja?«

»Ich würde gern mit dir reden. Wegen der Sache. Können wir uns treffen?«

»Klar, das wäre prima. Wo?«

»Wie wär's auf der Severinstraße? In einer Stunde?«

»Okay.«

Wir verabredeten uns in einem Café. Dann schwiegen wir wieder. »Christine«, sagte ich und zögerte. »So, wie du auf meine Mail reagiert hast, überrascht mich dein Anruf ein wenig.«

»Kann ich mir denken.«

»Worüber genau willst du mit mir reden?«

»Was denkst du?«

Ich antwortete nicht sofort, aber das spielte keine Rolle mehr – sie hatte bereits aufgelegt.

Pünktlich erreichte ich den vereinbarten Treffpunkt. Christine saß bereits an einem der Zweiertische, die vor dem Café aufgestellt waren. Auch mit braunen Haaren hatte sie etwas von einem Engel an sich, ein Eindruck, der durch ihre zartgliedrige Gestalt noch unterstützt wurde. Sie war schlank, sehr schlank sogar, fast schon dürr. Die durchtrainierten Arme, die aus dem beigefarbenen Leinenkleid herausschauten, ließen darauf schließen, dass sie regelmäßig ein Fitnessstudio aufsuchte.

»Ich will nicht lange drum herumreden«, sagte sie anstelle einer Begrüßung. »Ich bin immer noch mit Paul befreundet, und ich würde mir wünschen, dass du ihn mit dieser Geschichte in Ruhe lässt.«

»Ich fürchte, das kann ich nicht.«

Sie seufzte, als hätte sie mit genau dieser Antwort gerechnet. »Er hat genug mitgemacht. Lass ihn in Frieden. Du weißt, dass er mit Laras Tod nichts zu tun hatte.«

»Es tut mir leid, Christine. Aber ich muss mit ihm sprechen.«

»Also willst du uns da wirklich mit reinziehen? Das

ist alles so lange her. Wieso fängst du jetzt wieder damit an?«

»Ich ziehe euch nirgendwo mit rein, Christine, aber ich will die Wahrheit wissen. Und«, meine Stimme wurde energischer, »ich werde mit Paul sprechen – ob dir das passt oder nicht.«

Sie starrte mich an. Ihre Augen blitzten, der Engel war verschwunden. »Wenn du uns um etwas bitten würdest, würden wir darauf Rücksicht nehmen. Das weißt du.«

Ich sagte nichts. Manchmal ist Schweigen die beste Taktik, um andere zum Reden zu bringen.

Sie sah mich nicht an. Ihr Haar verdeckte ihr halbes Gesicht, aber sie schob es nicht zurück. An ihrer Atemfrequenz merkte ich, wie aufgebracht sie war. »Das war ja klar – dir ging's ja immer nur um dich«, fuhr sie fort. »Du hast doch bislang jeden Menschen in deinem Leben im Stich gelassen. Erst Mike, der angeblich dein bester Freund war, und dann Tanja, als sie …«

Sie brach ab, und ich spürte, wie die Leichen aus meinem Keller nach oben drängten. »Sag's doch, Christine. Sprich weiter und sag es.«

Sie schaute mich zornig an. »Hier geht's doch gar nicht um die Wahrheit oder um irgendeinen bescheuerten Bericht – es geht nur um dich und deine Schuldgefühle. Es war dein bester Freund, der Lara vergewaltigt hat, und Paul hat ihn erschlagen. Und jetzt fühlst du dich schuldig, weil du weder das eine noch das andere verhindert hast. Glaubst du wirklich, du könntest diese Schuld abtragen, indem du andere an den Pranger stellst? Du bist echt ein Arschloch geworden, Jan!«

»Woher weißt du denn, dass Mike Lara vergewaltigt hat?«

»Was?«

»Vielleicht war es ja Paul, der sich nicht beherrschen konnte. Und Mike war nur ein geeigneter Sündenbock.«

»So ein Blödsinn!«

»Und indem er ihn totschlug, hat Paul gleich noch verhindert, dass Mike sich verteidigen konnte.«

Sie griff nach ihrer Handtasche. »Diesen Schwachsinn höre ich mir nicht länger an.«

»Doch – das wirst du! Und Paul ebenfalls.«

Sie versuchte aufzustehen, aber ich hielt sie am Arm fest. »Christine – ich sag doch gar nicht, dass es so gewesen ist. Ich will darauf hinaus, dass die Version, die wir bislang geglaubt haben, nicht unbedingt die Wahrheit sein muss.«

»Und warum musst du das alles wieder aufwühlen? Warum kannst du es nicht gut sein lassen?«

»Weil es eben alles andere als gut ist. Weil ein Mädchen gestorben ist und der Täter immer noch frei herumläuft. Weil ein Unschuldiger für eine Tat erschlagen wurde, die er nicht begangen hat.«

»Was redest du denn da? Mike hat Lara getötet, das andere war ein Unfall. Paul wollte ihn doch nicht umbringen.«

»Kann sein«, gab ich zu. »Aber genauso wenig hat Mike Lara vergewaltigt oder ermordet.«

»Ach – und wie kommst du jetzt darauf?«

Ich erzählte ihr die bekannten Fakten und von Mikes Allergie. So sauer sie auch auf mich war, eines musste ich ihr lassen – sie hörte mir aufmerksam zu und unterbrach mich kein einziges Mal.

»Das ist doch Blödsinn«, sagte sie, als ich fertig war. »Dafür muss es irgendeine ganz simple Erklärung geben. Und selbst wenn das stimmen sollte – du glaubst doch nicht ernsthaft, dass es einer von uns gewesen ist?«

»Natürlich glaube ich das! Wir haben ja auch alle geglaubt, dass Mike der Mörder war. Und der war auch einer von uns – schon vergessen?«

Sie runzelte die Stirn, wollte zunächst widersprechen, nickte dann aber. »Okay, aber nicht Paul«, sagte sie und schüttelte den Kopf. »Paul ganz sicher nicht.«

»Du liebst ihn, oder?«

Ihre Unterlippe zitterte. »Ja«, sagte sie. »Ich habe ihn schon damals geliebt und auch, wenn wir jetzt mit anderen Partnern verheiratet sind, wird die Liebe zu ihm immer ein Teil von mir bleiben. Immer, verstehst du?«

Ich wusste nicht, was ich darauf erwidern sollte. Einerseits rührte mich das, andererseits wusste ich, dass Liebe sprichwörtlich blind machte. Nur weil Paul für Christine die Liebe ihres Lebens war, musste er nicht unschuldig sein. Die Theorie, dass Laras Mörder uns absichtlich einen Sündenbock präsentiert und ihn anschließend selbst aus dem Weg geräumt hatte, schien mir plausibel zu sein. Auch, wenn ich keinen einzigen Beweis dafür hatte.

»Was hat Paul durchgemacht?«

»Wie?«

»Du hast vorhin gesagt, Paul hätte viel durchgemacht«, sagte ich. »Was hast du damit gemeint?«

Sie seufzte. »Wo soll ich anfangen? Paul hat immer darunter gelitten, was er damals getan hat. Er hat sich Vorwürfe gemacht, weil er so unbeherrscht war und weil seine Abneigung Mike gegenüber in dieser Nacht ein Ventil gefunden hat. Du kannst es dir vielleicht nicht vorstellen, Jan – aber er leidet wirklich.«

Ich wollte es mir nicht vorstellen. Stattdessen dachte ich an Mike, an unsere Freundschaft und an die Hölle, die er in dieser Nacht durchgemacht hatte.

»Christine ... Paul ist schuld daran, dass Mike tot ist. Er mag das nicht geplant oder gewollt haben, aber für Mike ändert das nichts. Natürlich hat er Schuldgefühle – und das sollte er auch!«

»Du verstehst das nicht«, sagte sie.

»Was?«

»Das alles.«

»Dann erklär es mir.«

»Ich ... Paul ist in so vielen Bereichen sozial engagiert. Wenn du ihn heute sehen würdest, Jan, du würdest ihn nicht wiedererkennen. Jetzt ...«, sie holte tief Luft, »jetzt arbeitet er zum Beispiel gerade ehrenamtlich bei einem Projekt für Drogensüchtige mit. Er denkt, wenn er genug andere rettet ... ich weiß auch nicht ... dann kann er vielleicht irgendwie wiedergutmachen, was damals passiert ist.«

»So funktioniert das nicht.«

»Ich weiß das, und Paul weiß das auch. Aber er kann nicht mehr rückgängig machen, was damals passiert ist. Er kann nur versuchen, ein besserer Mensch zu werden. Versau ihm das nicht.«

»Ich versau ihm gar nichts. Wenn er Lara nicht ermordet hat, kann ihm nichts mehr passieren.«

»Wieso das?«

»Er hat Mike ja nicht ermordet – maximal wäre das Totschlag gewesen. Und der ist mittlerweile verjährt.«

»Du redest von den rechtlichen Konsequenzen. Aber was ist mit den menschlichen? Was denkt seine Frau wohl, wenn das herauskommt? Seine Kinder? Sein Arbeitgeber? Mit so einer Zeitungsgeschichte würdest du sein Leben zerstören – kapierst du das nicht?«

»Und was ist die Alternative?«, fragte ich sie. »Alles beim Alten lassen? Den Mörder ungeschoren davonkommen lassen? Nur, damit Pauls heile Familienwelt nicht ins Wanken gerät?«

Für einen Moment sah es so aus, als wollte sie erneut aufstehen. Dann sagte sie leise: »Ich könnte dir etwas verraten.«

»Was?«

»Etwas, das ich noch niemandem erzählt habe. Aber du musst mir versprechen, Paul aus deiner Geschichte herauszuhalten.«

»Das kann ich nicht. Aber wenn du irgendetwas weißt, dann solltest du es mir trotzdem sagen.«

Ihre Stimme klang jetzt beinahe flehentlich. »Bitte, Jan – versprich es mir!«

Am Nebentisch setzten sich drei Studenten. Ich schaute zu ihnen herüber. Sie lachten. Augenblicklich verspürte ich einen gewissen Neid auf ihre Jugend, auf eine relativ unbeschwerte Lebensphase. Ich war gern zur Uni gegangen, hatte es genossen, mit Kommilitonen herumzuhängen und mitten in der Nacht türkische Pizza zu essen, die man für kleines Geld in einer der unzähligen Dönerbuden im Studentenviertel bekam. Ich hatte auch gerne über hochfliegende Themen diskutiert, mit hübschen Studentinnen geflirtet und die Nachmittage philosophierend auf dem saftigen Grün des Uni-Rasens verbracht. Aber etwas hatte mich von den meisten anderen Studenten unterschieden. Sie hatten eine klare Vorstellung davon, was richtig und was falsch war – voller Leidenschaft konnten sie stundenlang für ihre Überzeugungen eintreten. Ich war anders gepolt, schon damals, pragmatischer. Für mich bestand das Leben nicht nur aus Schwarz und Weiß, sondern aus unzähligen Grautönen, und ich wusste, dass in manchen Situationen das kleinere Übel die beste Wahl war, die einem zur Verfügung stand.

»Okay, Christine«, sagte ich also. »Wenn sich herausstellt, dass Paul mit dem Mord und der Vergewaltigung nichts zu tun hatte, geb ich mein Bestes, um ihn aus der Sache herauszuhalten. Das heißt, dass ich weder in der Zeitungsgeschichte seinen Namen nenne noch bei der Polizei gegen ihn aussage. Einverstanden?«

Ich konnte sehen, wie es in ihr arbeitete. Als sie mich wieder ansah, schien sie einen Entschluss gefasst zu haben. »Okay. Vielleicht zwei, drei Wochen nach dem Wochenende habe ich Kai getroffen«, begann sie. »Ganz zufällig in der Stadt. Das war irgendwie total merkwürdig. Ich … ich hatte fast Angst vor ihm.«

Ich wurde hellhörig. »Warum?«

»Er war so seltsam … meinte, dass Lara nur bekommen hätte, was sie verdient hat. Und dass Mike in der Nacht doppelt bestraft worden sei.«

»Was hat er damit gemeint?«

»Das weiß ich nicht. Ich hab mich auch nicht getraut, ihn zu fragen. Ehrlich gesagt war ich einfach nur froh, als er wieder weg war.«

»Das ist alles? Sonst hat er nichts gesagt?«

»Lass mich nachdenken …« Ihre Finger spielten mit

dem Griff ihrer Handtasche. »Doch, da war noch etwas. Er meinte, sie sei ja selbst schuld gewesen und dass ihr endlich mal einer gegeben hat, was sie brauchte.«

»Du bist dir ganz sicher, dass er einer sagte? Nicht Mike?«

»Ja … da bin ich mir ziemlich sicher. Ich hab mir damals nur gedacht, er sei immer noch sauer, weil sie ihn an dem Wochenende so hat abblitzen lassen. Und dass er irgendwie einen Hau weghatte – kein normaler Mensch kann jemandem wünschen, was Lara passiert ist.«

»Ich war übrigens bei Tanja«, sagte ich.

Sie lächelte. »Ich weiß. Ich habe sie angerufen, nachdem ich dir ihre Adresse gegeben hatte.«

»Warum?«

»Um ihr zu sagen, dass sie nicht mit dir reden sollte. Weil du dich in ein Arschloch verwandelt hättest und weil es dir nur um die Story gehen würde.«

Ich musste schlucken. »Was hat sie gesagt?«

»Dass ich mir nicht den Kopf zerbrechen solle. Dass sie dich besser kennen würde. So was in der Richtung.«

Mir wurde warm ums Herz.

»Als ich bei ihr war«, sagte ich, »hat sie mir erzählt, dass ihr Lara damals für ein Miststück gehalten habt.«

»Das stimmt«, gab Christine zu. »Aber deshalb haben wir ihr doch nicht gewünscht, dass sie vergewaltigt wird! Das ist doch krank.«

»Und dir kam es so vor, als wenn Kai genau das gemeint hat? Dass so ein Miststück vergewaltigt gehört?«

»Ja. So habe ich ihn jedenfalls damals verstanden. Aber«, sie schaute mich unter ihrem Pony hervor an, »ich hab dem auch keine große Bedeutung zugemessen. Der Fall war ja klar und …«

»Genau«, fiel ich ihr ins Wort. »Es war ja bislang alles so einfach!«

»Warum bist du so? So … unfair?«

»Keine Ahnung. Manchmal ist das Leben eben nicht fair. Frag mal Mike.«

Eine Zeitlang sagte keiner von uns etwas. Ich musterte sie. Es war nicht so, dass sie mir unsympathisch geworden wäre – ganz im Gegenteil. Wir hatten nur komplett unterschiedliche Interessen. Sie wollte Paul beschützen, ich wollte einen Mörder überführen.

»Denkst du noch oft an die Zeit zurück?«

Es dauerte einen Moment, bis ich realisierte, dass sie mit mir gesprochen hatte. »Das tue ich. Im Moment denke ich fast ständig daran.«

»Das meine ich nicht. Ich meine, bevor das alles für dich zu einer Zeitungsgeschichte wurde. Bevor du das mit Mike herausgefunden hast. An unsere Clique. Wie es damals war.«

»Ab und zu. Eigentlich nicht mehr sehr oft.«

Ihre klaren blauen Augen musterten mich mit einem seltsamen Ausdruck. Das war eigentlich nicht ihre Art, andererseits hatte ich sie ein Vierteljahrhundert lang nicht mehr gesehen. Dinge änderten sich, Menschen auch. Dann sagte sie: »Ich denke oft daran, sehr oft sogar. Wie einfach und unkompliziert alles war. Wir hatten kein Handy und kein Internet, aber dafür noch richtige Freunde. Reale, meine ich. Hast du dir in letzter Zeit mal eine Gruppe Jugendlicher angeschaut?«

»Nicht bewusst. Warum?«

»Wenn die zusammen sind, spielt jeder mit seinem Smartphone und sie beschäftigen sich gar nicht mehr miteinander.«

»Hey …«, grinste ich. »Bist du gerade auf dem Früher-war-alles-besser-Trip?«

»Du hast ja recht … ich klinge gerade echt wie meine Mutter. Aber ist es nicht so? Jeder lebt nur noch für sich und in seiner eigenen Welt. Die Augen immer aufs Display gerichtet, während die Daumen Kurznachricht um Kurznachricht tippen. Wahrscheinlich weiß keiner mehr, was sein bester Freund gerade denkt.«

»Außer, er postet es bei Facebook.«

Zum ersten Mal lachte sie, und ich lachte mit, obwohl das Thema strenggenommen gar nicht so lustig war. Wir lebten in einer Zeit, in der es schwierig geworden war, ein realer Mensch zu sein, ein wirkliches Individuum. Das Internet hatte in den letzten 20 Jahren alles verändert, uns immer stärker zu gleichgeschalteten Mischformen werden lassen, die halb real und halb virtuell existierten. Wenn wir in den sozialen Netzwerken etwas von uns preisgaben, dann doch nur selten das, was uns wirklich bewegte – dazu achteten wir viel zu sehr darauf, welche Wirkung es auf unsere 500 virtuellen Freunde haben könnte, von denen wir bestenfalls eine Handvoll auch in der Realität als Freunde bezeichnen würden. Der Schein hatte die Wirklichkeit verdrängt und dafür gesorgt, dass wir kaum noch jemanden wirklich kannten, aber über viele fast alles zu wissen glaubten.

Dieses Gefühl hatte ich nicht nur, was Menschen anging, sondern auch in Bezug auf Orte. Als ich jung war, erschien mir die Welt als ein unbekanntes Territorium, das es zu entdecken galt. Selbst das Bergische Land kam uns damals exotisch vor, und vieles, was uns dort begegnete, sahen wir zum ersten Mal. Und wir sahen es gemeinsam – alleine schon das schweißte uns zusammen. Heute jedoch werden wir im Internet mit Bildern überflutet, aufbereitet mit Photoshop und aufgenommen in den abgelegensten Regionen der Erde. Und sollten wir jemals selbst an diese Orte kommen, kann die Realität mit der zuvor geschaffenen Erwartungshaltung nicht mehr konkurrieren. Wir erleben einfach nichts Neues mehr, alles wirkt vertraut, und wir konsumieren nur noch, aber es stört uns nicht – Hauptsache, wir können anschließend posten, dass wir da waren. *Jan Römer war hier: am Arsch der Welt.*

»Apropos Facebook«, sagte ich, langsam in die Wirklichkeit zurückkehrend. »Ich habe überall nach Kai gesucht, ihn aber nicht gefunden. Hast du 'ne Ahnung, was aus ihm geworden ist?«

Sie schüttelte den Kopf. »Seit damals hab ich ihn nicht mehr gesehen. Und, ehrlich gesagt, ich hab ihn auch nicht vermisst.«

»Nur wegen dieser Sache, oder mochtest du ihn generell nicht?«

»Kai war ein aufgeblasener Angeber, das weißt du doch. Ich fand den Typ schon immer widerlich.«

Mir fiel noch etwas ein, das ich sie fragen musste. »In jener Nacht … hast du da mitbekommen, dass außer Lara und Mike noch jemand die Hütte verlassen hat?«

»Du meinst, bevor wir zusammen losgezogen sind, um sie zu suchen?«

»Ja.«

»Lass mich überlegen …« Christines Stirn legte sich in Falten. Sie schaute in Richtung der gegenüberliegenden Schaufensterfassade, als liefe da ein Film ab, der

Auskunft über diese Nacht geben könnte. Dann sagte sie: »Bei Alex zum Beispiel weiß ich es. Er ist über mich gestolpert.«

»Aber?«

»Ich glaub, der war nur kurz zum Pinkeln draußen. Genau wie Rolf.«

»Und sonst?«

Sie dachte kurz nach, dann schüttelte sie den Kopf. »Ich glaube nicht. Zumindest kann ich mich nicht daran erinnern. Aber ich war in der Hütte ja auch – wie soll ich sagen? – ein wenig abgelenkt.«

Ich dachte an Markus und daran, wie er seine Matratze neben ihre gelegt hatte. Tanja und ich waren in dieser Nacht sicher nicht die Einzigen gewesen, deren Aufmerksamkeit nur aufeinander gerichtet war.

Christine trank den letzten Schluck ihres Kaffees und stellte die leere Tasse vor sich ab. Als sie mich ansprach, klang ihre Stimme wie früher. »Denkst du noch oft an Tanja?«

Eine verdammt gute Frage. Ich lehnte mich zurück und überlegte, was ich ihr antworten sollte.

»Jan?«

»Ja?«

»Du siehst übrigens beschissen aus.«

»Du nicht«, sagte ich und grinste.

»Ich bin verliebt.«

Kurz überlegte ich, ob sie damit Paul oder ihren Mann meinte. »Steht dir gut.«

»Danke.«

»Ich hoffe, er hat dich verdient.«

»Das hat er.«

Ich griff nach ihrer Hand. »Tanja hat mir gefehlt«,

sagte ich, auf ihre Frage eingehend. »Ihr alle habt mir gefehlt.«

»Ich wollte in Kontakt bleiben«, sagte sie, und ihre Stimme klang traurig. »Ich wollte, dass wir alle für immer zusammenstehen. Aber …«

»Ich weiß, Christine. Wahrscheinlich wollten wir das alle. Wir haben es nur nicht geschafft.«

Sie beugte sich vor und küsste mich auf die Wange. Es fühlte sich gut an, tröstlich, und für einen Moment war die alte Vertrautheit zwischen uns wiederhergestellt.

Dann wurde ihr Blick ernster. »Irgendetwas Schlimmes wird passieren, nicht wahr?«

»Ich weiß es nicht«, antwortete ich, und das war die Wahrheit.

Ein paar Minuten blieben wir noch so sitzen, dann stand sie auf. »Ich muss jetzt los, Jan. Es war schön, dich zu sehen. Trotz allem.«

»Fand ich auch.«

»Du denkst daran, was du mir wegen Paul versprochen hast?«

»Natürlich. Und du meldest dich, wenn dir noch was einfällt?«

Sie nickte, dann verabschiedeten wir uns. Ich blieb noch eine Zeitlang sitzen, wartete auf die Rechnung und dachte nach. Egal, was Christine gerade gesagt hatte – für mich blieb Paul weiterhin auf der Liste der Verdächtigen. Vielleicht war sein Name jetzt sogar dick unterstrichen. Diese Schuldgefühle, das ganze soziale Engagement, es konnte natürlich ausschließlich der Tatsache geschuldet sein, dass er Mike erschlagen hatte. Es konnte aber auch noch weitreichendere Gründe haben. Sollte er tatsächlich Lara vergewaltigt und ermordet haben, wäre dies eine Belastung, mit der nur die wenigsten Menschen fertig werden würden. Das Kümmern um Drogensüchtige, der ehrenamtliche Einsatz – alles nur eine Kompensation dessen, was damals geschehen war?

Es gab so etwas, das wusste ich. Mörder, die im Gefängnis zu Heiligen wurden. Bankräuber, die nach ihrer Entlassung Hilfsorganisationen gründeten. Ein Totschläger, der sich um Drogensüchtige kümmerte – warum nicht?

Die Resozialisierung Krimineller, ein Lieblingsthema vieler Politiker und Stammtische, konnte funktionieren, da gab es etliche Beispiele für. Auf die Titelseiten der Zeitungen schafften es aber nur die, bei denen das gründlich danebenging. Einseitige Meinungsmache? Vielleicht. Manche argumentierten, dass härtere Strafen zukünftige Verbrechen verhindern konnten. Vor allem die Todesstrafe. Das sagte einem die Logik – wenn man die richtig bösen Menschen tötete, konnten sie den anständigen Menschen nichts mehr tun. Wer konnte schon dagegen sein? Gut, die richtig bösen Menschen vielleicht, aber um deren Meinung ging es nicht. Generell jedoch war ich davon überzeugt, dass jeder Mensch, auch nach der Verübung schwerer Straftaten, eine zweite Chance verdiente. Aber es gab Ausnahmen. Sadisten beispielsweise, Kinderschänder, eine gewisse Form von Triebtätern. Und der Mörder von Lara – der vor allem.

Als ich bezahlt hatte und aufstand, spürte ich schlagartig, wie müde ich war. Es war heiß, die Luft staute sich zwischen den Häuserwänden, und wir hatten noch nicht einmal elf Uhr. Wie benommen verließ ich das

Café und fuhr nach Hause. Nur eine Stunde hinlegen. Kurz die Augen schließen und abschalten. Die Füße hochlegen. Und vorher etwas gegen die Kopfschmerzen nehmen.

Aufgeschreckt fuhr ich hoch und schlug die Augen auf. Ein schneller Blick zur Uhr: Es war erst eine Dreiviertelstunde vergangen, seitdem ich mich hingelegt hatte. Irgendetwas stimmte nicht. Warum war ich wach geworden? Irgendwas musste mich geweckt haben. Oder – irgendwer.

Ich hielt den Atem an und lauschte, doch das einzige Geräusch, das ich hörte, kam von den Jalousien, die sich im Luftzug der geöffneten Fenster bewegten. Langsam ließ ich die Beine aus dem Bett gleiten und beugte mich zur Seite, um besser in die Diele sehen zu können. Nichts; die Wohnung lag wie ausgestorben da. Und dennoch wusste ich, dass ich nicht mehr allein war. Konnte die Anwesenheit eines anderen Menschen fast körperlich spüren.

Vorsichtig stand ich auf. Nur kein Geräusch erzeugen. Nicht stolpern. Nirgendwo anstoßen. Ich schaute mich um, fand aber nichts, das sich als Waffe eignen würde. Zum ersten Mal in meinem Leben wünschte ich mir, eine Pistole im Nachttisch liegen zu haben.

Dann hörte ich es.

Irgendjemand zog die Nase hoch. Leise nur, aber doch laut genug, um meine Ahnung zur Gewissheit werden zu lassen. Mein Herz schlug wie verrückt, *bumm-bumm*, *bumm-bumm*, und ich hoffte inständig, dass es der Eindringling nicht hören konnte.

Aus dem Dunkel kam jetzt ein Rascheln, als wenn

Stoff über Leder gerieben wird. Ich kannte das Geräusch. Es entstand immer dann, wenn ich mich in meine Liege setzte. Wer auch immer der Eindringling war, er musste im Wohnzimmer sein. Da, wo auch das Telefon war. Da, wo ich mein Handy hingelegt hatte. Und da, wo man durchmusste, wenn man an die Messer in der Küche wollte. Einen Vorteil hatte ich: Der Eindringling wusste anscheinend nicht, dass ich in der Wohnung war. Erzählten sie einem in Krimis nicht immer, wie entscheidend das Überraschungsmoment war? Aber das war nur graue Theorie, die blutige Realität war der erstochene Rolf Greuel.

Mir ging der Arsch auf Grundeis.

Auf Zehenspitzen näherte ich mich der Tür. Öffnete sie Millimeter um Millimeter und schlich in die Diele. Ich wagte kaum zu atmen und tastete mich langsam vorwärts, ständig darauf bedacht, kein Geräusch zu erzeugen. Warum nur hatten wir beim Einzug Parkettboden legen lassen, der an etlichen Stellen leise knarrte, und auf einen dämmenden Teppich verzichtet?

Es waren fünf, sechs Meter, die mir endlos vorkamen, dann stand ich seitlich neben der Wohnzimmertür. Ich beugte den Kopf vor und versuchte, einen Blick auf den Eindringling zu erhaschen. Der Raum sah leer aus – er musste noch immer in der Liege sitzen, die rechts stand, etwas außerhalb meines Blickfeldes. Ich schloss die Augen. Atmete tief durch. Und dann stürmte ich laut schreiend herein.

Er saß genau da, wo ich ihn vermutet hatte. Und Alex hatte recht gehabt – ich erkannte ihn kaum wieder. Nur die Frisur war unverändert. Ein und der gleiche Haarschnitt, ein Leben lang.

Im letzten Moment konnte ich meinen Schlag stoppen. Die Angst hatte sich mit Adrenalin vermischt, meine Knie zitterten, und beinahe hätte ich blindlings auf ihn eingeprügelt. Er musste das in meinen Augen gesehen haben und hob schützend die Hände vors Gesicht. Ich stand vor ihm, die Fäuste erhoben, und immer noch schreiend.

»Ich … ich bin's nur«, stammelte er. »Paul.«

»Du Arschloch!«

»Ich wollte nur …«

»Du gottverdammtes Arschloch! Was fällt dir eigentlich ein?«

»Es tut mir leid. Ich wollte nicht …«

»Mir ist scheißegal, was du wolltest! Was machst du in meiner Wohnung?«

Wie in Zeitlupe nahm er die Hände wieder herunter. »Du meinst wohl eher: Wie bin ich hier reingekommen?«

»Ja … das auch …«

Meine Beine wollten einfach nicht aufhören zu zittern. Er deutete mit dem Daumen über die Schulter. »Die Wohnungstür stand offen. Hast sie wohl nicht richtig zugemacht.«

»Aber …« Ich ging zur Tür. Sie stand immer noch offen. Einbruchsspuren konnte ich auf den ersten Blick keine erkennen, was meine Wut aber kaum milderte. »Das gibt dir noch lange nicht das Recht, hier reinzukommen und dich hinzusetzen, während ich nebenan liege und schlafe.«

»Ich wollte dich nicht wecken.«

»Wie rücksichtsvoll von dir.«

»Jan …«, seine Stimme klang beschwörend, »jetzt

komm mal wieder runter. Warum bist du bloß so feindselig?«

»Warum?« Ich fasste es nicht. »Du fragst mich ernsthaft, warum ich sauer bin? Du spinnst doch!«

Er stand auf. »Ich wollte nur mit dir reden.«

»Es gibt Telefone.«

»Das war mir zu unpersönlich.«

»Und warum hast du nicht einfach geklingelt?«

»Als ich unten stand, kam gerade eine Frau raus, also bin ich rein. Und an der Wohnungstür … na ja, das hab ich dir ja schon gesagt.«

»Du hättest trotzdem klingeln können.«

»Ja … hätte ich. Tut mir leid. Können wir dennoch reden?«

»Worüber?«

»Christine hat mich angerufen und mir erzählt, dass ihr euch getroffen habt.«

»Stimmt. Und?«

»Sie hat mir alles gesagt.«

»Falls du nur gekommen bist, um mir zu sagen, wie leid dir das alles tut, dann kannst du wieder gehen – das hat Christine schon für dich erledigt.«

»Ich weiß Bescheid. Was Mike angeht.«

Ich setzte mich auf die Couch. So langsam kam mein Puls wieder runter, und endlich ließ auch das Zittern in meinen Beinen nach. Dann schaute ich ihn an. Er sah mindestens zehn Jahre älter aus, als er war. Mir fiel wieder ein, was Alex über ihn erzählt hatte. Der alte Passat. Der Strickpulli. Paul, der Spießer. Jetzt verstand ich, was Alex gemeint hatte.

Dann kam Paul auf mich zu, in einem hellgrünen T-Shirt, die Haare wellig und von grauen Strähnen durchzogen. »Bitte«, sagte er und schaute mich an. »Lass uns reden, ja?«

»Ich will es nicht hören. Du hast Mike schon immer gehasst, und als du eine Möglichkeit hattest, es ihm heimzuzahlen, hast du zugeschlagen – im wahrsten Sinne des Wortes.«

»Es tut mir …«

»Spar dir das, verdammt noch mal«, schrie ich ihn an. »Ich ertrag das nicht mehr, es kotzt mich an!«

»Okay, okay.« Beschwichtigend hob er die Hände. »Das mit Mike war, wie es war. Ich will da nichts beschönigen, und keiner leidet darunter mehr als ich.«

»Da dürfte Mike anderer Meinung sein.«

»Ja … ja, du hast recht. Aber er ist tot, und mich verfolgt es ein Leben lang.«

»Mir kommen gleich die Tränen.«

Er seufzte und schaute zur Decke. Ein Mann Mitte 40, der so gar nichts mehr mit jenem Paul gemeinsam hatte, der fast so etwas wie der Held meiner Jugend gewesen war. Ich konnte nichts dagegen machen – er begann, mir leidzutun.

»Gut«, sagte ich. »Du willst reden, also reden wir. Aber das Thema Mike klammern wir aus. Wir wissen beide, was damals geschehen ist, und von den ganzen Entschuldigungen wird mir nur schlecht.«

»Ich bin auch nicht wegen Mike gekommen.«

»Sondern?«

»Wegen Lara. Du glaubst, ich hätte sie vergewaltigt?«

Ich schaute ihn nur an.

»Glaubst du das?«

»Es spielt keine Rolle, was ich glaube. Hast du?

Hast du sie vergewaltigt, umgebracht und dann versucht, es Mike in die Schuhe zu schieben?«

»Ich habe Lara nie angefasst, niemals! Weder in dieser Nacht noch davor.«

»Ja, ist klar. Für wie blöd hältst du mich eigentlich?«

»Was …?«

»Erzähl mir keinen Scheiß, okay? Ich kann mich noch gut daran erinnern, wie ihr beide am See verschwunden seid. In die Büsche und ganz sicher nicht, um dort nach Gänseblümchen zu suchen. Also – verarsch mich nicht!«

»Wir haben nur geredet.«

Ich musste lachen. Was für eine Schmierenkomödie; welch ein abgedroschener Satz angesichts dessen, was offensichtlich war.

»Ach, habt ihr? Und worüber? Wer oben und wer unten liegt?«

»Sie hatte Angst.«

»Wow – war er so groß?«

Paul schüttelte den Kopf. Dann fuhr er sich mit den Händen durch die Haare, die anschließend in alle Himmelsrichtungen abstanden.

»Sie hatte Angst, Jan. Und zwar vor einem von euch.«

Ich schaute ihn zweifelnd an. Dann breitete sich ein unerwartetes Gefühl in meinem Bauch aus. Das Gefühl, die Wahrheit zu hören.

»Vor wem?«

»Das weiß ich nicht. Am Abend zuvor muss irgendwas passiert sein. Ich bin ja erst samstags gekommen, und sie wollte nicht so recht mit der Sprache heraus.«

»Du meinst die Sache mit Rolf?«

»Nein – davon hat Lara zwar erzählt, aber das war es nicht. Sie hat Angst gehabt, richtig Angst. Davor, dass ihr jemand was antun würde, wenn sie nicht macht, was er wollte. Die Geschichte mit Rolf hat ihr nur leidgetan, wahrscheinlich der Alkohol, was weiß ich.«

Ganz überzeugt war ich immer noch nicht. »Wenn es stimmen sollte, was du da sagst – wie genau seid ihr denn auf das Thema gekommen?«

»Herrje … wortwörtlich kann ich dir das auch nicht mehr sagen. Sie hat mich unten am See gefragt, ob ich ein Stück mit ihr gehe. Ich hatte nichts dagegen, und wir sind losmarschiert. Irgendwann hab ich sie gefragt, ob ihr das Wochenende gefällt oder so. Ich kann mich gut erinnern, dass ich ziemlich geschockt war von ihrer Antwort: Sie hat gesagt, dass sie froh ist, wenn wir alle wieder weg sind. Außer Mike; für den hat sie etwas empfunden, wenn du mich fragst. Vielleicht hat sie ihn sogar geliebt, sofern sie zu so etwas überhaupt in der Lage war. Na ja … und dann hab ich sie natürlich gefragt, warum sie sich wünscht, dass wir abhauen.«

»Das ist mir zu dünn, Paul. Du musst doch wissen, wovor sie Angst gehabt hat. Oder vor wem. Hast du nicht gefragt?«

»Klar hab ich. Aber sie hat nur gesagt: ›Vor dem, der behauptet, mich zu lieben.‹ Dann hat sie mich gefragt, ob mich schon mal jemand bedroht hätte. Ich hab natürlich gelacht und einen auf Held gemacht, so von wegen, das würde sich eh keiner trauen, dem würde ich die Fresse polieren. Na ja … du weißt doch, wie ich damals war.«

Ich hatte keine Lust, alte Erinnerungen aufzufrischen. »Und weiter?«

Er verschränkte die Hände und ließ die Fingerknöchel knacken. »Und als ich nachfragen wollte, tauchte plötzlich Alex auf. Da war das Thema dann durch und Lara wie ausgewechselt – fröhlich lachend, eine echte Schauspielerin.«

Ich dachte kurz nach. »Denkst du, sie hat Kai gemeint?«

»Ich weiß es nicht. Damals habe ich das schon auf Kai bezogen – er war ja schließlich ihr Freund. Aber sicher bin ich mir nicht. ›Einer von euch‹ war alles, was sie dazu gesagt hat.«

»Hat Alex das auch gehört?«

Paul schüttelte den Kopf. »Als er kam, hat Lara nicht mehr darüber geredet.«

Ich stieß die Luft aus. »Also hat außer dir niemand gehört, dass sie sich bedroht fühlte?«

Wieder schüttelte er den Kopf, und ich sah ihm an, dass er wusste, worauf ich hinauswollte.

»Du bist quasi dein einziger Zeuge, was, Paul?«

»Jan …«

»Und selbst – jetzt spekulieren wir mal – selbst, wenn du in diesem Punkt die Wahrheit sagst, kannst du sie ja trotzdem vergewaltigt haben. Vielleicht hast du es im Wald bei ihr versucht und sie hat dich nicht rangelassen. Und in der Nacht hast du dir dann mit Gewalt geholt, was sie dir freiwillig nicht geben wollte.«

»Wie kommst du denn bloß darauf? Ich hatte überhaupt kein Interesse an Lara – ich wollte nur Christine.«

»Sagst du! Nur leere Worte, nichts weiter.«

»Ich habe Lara nicht vergewaltigt und umgebracht.«

»Beweis es!«

Er wendete mir den Rücken zu. Ich wollte ihn gerade zum Teufel jagen, als er sich ruckartig in meine Richtung drehte. »Das kann ich.«

Dann erzählte Paul ausführlich, was genau er in jener Nacht getan hatte. Minute für Minute gingen wir durch. Von dem Moment an, wo wir nach dem Grillen in die Hütte gingen, bis zu jenem Augenblick, als Tanja und ich zu den anderen stießen und die Leichen fanden. Ich bohrte nach und suchte nach Lücken in seiner Geschichte, aber da waren keine. Das Alibi, das er mir nannte, konnte ich leicht überprüfen, und sollte es stimmen, war er raus, was den Mord an Lara betraf. Mein Hauptverdächtiger – er wäre dann unschuldig.

Und dennoch hatte ich das Gefühl, dem Täter nähergekommen zu sein. Seine Umrisse, bisher nur verschwommen erkennbar, bekamen Konturen, und ich begann zu begreifen, dass die Täuschung, der ich in dieser Nacht unterlegen war – der wir alle unterlegen waren –, viel größer war, als ich bislang geahnt hatte.

*

Ich versuchte, Mütze anzurufen, um sie über die Neuigkeiten zu informieren, aber sie ging nicht ans Telefon. Keine zwei Minuten später rief stattdessen Kemper an. Ich sah seine Redaktionsnummer im Display und folgte Mützes Beispiel. So war das eben – der Kreislauf des Lebens. Was hätte ich ihm auch sagen sollen? Dass er sich die Story, so wie er sie sich vorstellte, von der Backe putzen konnte? Dass ich gerade mein eigenes Ding ritt? Dass mir die Wahrheit wichtiger war als irgendwelche Schlagzeilen?

Ich dachte darüber nach, was Paul und Christine mir

erzählt hatten, und auch darüber, wie stark es von jener Version abwich, die ich bislang für die Wirklichkeit gehalten hatte. So war das manchmal, was die menschliche Wahrnehmung anging. Sie war trügerisch, weil sie Informationen selektierte – viel stärker, als einem bewusst war.

Vor elf Jahren hatte ich mit dem Sporttauchen angefangen, und kein Lebewesen faszinierte mich dabei stärker als Haie. In Gebieten, in denen es sie gab, tauchte ich oftmals vom Riff weg und ins Freiwasser hinaus, um die Chance auf eine Begegnung zu erhöhen. Das war nicht allzu gefährlich – die meisten Haie hatten mehr Angst vor dem Menschen als umgekehrt. Mit den Augen suchte ich dann das tiefe Blau ab, entdeckte hin und wieder tatsächlich die Konturen eines Hais am Rande der Sichtgrenze. Häufig kam der Fisch dann näher und entpuppte sich als Thunfisch oder große Makrele. Ich aber war mir zuvor völlig sicher gewesen, die Gestalt eines Hais erkannt zu haben – einfach, weil mein Gehirn in diesem Moment auf Hai gepolt war.

Der zweite Punkt war der mit der Aufmerksamkeit. Wir nahmen vor allem Dinge wahr, auf die unsere Aufmerksamkeit gerichtet wurde. Wie ein Scheinwerfer erhellte sie manches in unserer Umgebung und ließ anderes im Dunkel liegen. Zauberer arbeiteten so. Sie lenkten die Aufmerksamkeit der Zuschauer auf irgendeine Ablenkung, damit sie unbeobachtet das tun konnten, was für den Zaubertrick entscheidend war. Sie täuschten nicht die Augen, sondern das Gehirn. Das menschliche Gehirn war gar nicht in der Lage, ein exaktes Abbild der Wirklichkeit aufzunehmen. Die Flut an Sinneseindrücken, denen es permanent ausgesetzt war, würde es komplett überfordern, also selektierte es. In Wichtiges und Unwichtiges. In Hell und Dunkel.

Genauso war es mir ergangen, wenn ich an das Wochenende zurückgedacht hatte. Ich hatte gesehen, was ich sehen wollte. Was ich erwartet hatte. Nicht, was wirklich da war. Meine Aufmerksamkeit hatte einige Bereiche grell ausgeleuchtet, andere Bereiche dagegen waren verborgen geblieben.

Ich stand auf und ging in die Küche. Dort nahm ich die Flasche Barolo aus dem Regal, goss mir ein Glas ein und setzte mich auf den Balkon. Ich blickte auf die Straße und die Menschen unter mir. Dachte nach. Gerade die Erinnerung an Lara machte mir zu schaffen. Alle anderen hatte ich gut gekannt, wir waren Freunde gewesen. Von Lara jedoch hatte ich lediglich ein eindimensionales Bild erhalten, gezeichnet an einem einzigen Wochenende. Es war das Bild einer äußerst attraktiven 16-Jährigen, die Macht ausüben wollte. Sexuelle Macht.

Dann kam mir eine Idee. Ich lief ins Wohnzimmer und griff nach dem Telefon. Rief in der Redaktion an. Die Durchwahl führte mich direkt zum Politik-Ressort.

»Lettmann.«

»Ich bin's, Frau Lettmann. Jan Römer. Ich brauche Ihre Hilfe. Haben Sie zehn Minuten für mich?«

»Gerne. Aber nur, wenn du endlich Monika zu mir sagst. Diese Siezerei unter Kollegen ist doch komplett überflüssig, findest du nicht?«

»Jan«, sagte ich. Als ob sie das nicht wüsste.

Bevor Monika Lettmann Journalistin wurde, hatte sie Psychologie studiert. Vielleicht konnte sie mir eine sachliche Einschätzung von Laras Charakter liefern, zu der ich nicht in der Lage war. Wenn ich Laras damalige

Handlungen besser verstehen würde, so dachte ich, lernte ich eventuell auch den Mörder besser kennen. Also erzählte ich ihr alles, was ich von Lara wusste. Schilderte meiner Kollegin ihr Verhalten und ihre Handlungen.

»Zuerst einmal«, begann sie, »muss ich dir sagen, dass Psychologie keine exakte Wissenschaft ist. Außerdem ist es schon schwierig genug – wenn nicht gar unmöglich –, einen Menschen einzuschätzen, den man nur einmal gesehen hat. Ganz zu schweigen von jemandem, den man nur vom Hörensagen kennt. Bis hierhin alles klar?«

»Klar«, bestätigte ich. »Können wir es dennoch versuchen?«

»Leg los. Was willst du wissen?«

Ich schoss die erste Frage ab: »War Lara nymphoman?«

»So, wie du sie mir beschrieben hast? Ganz sicher nicht. Ich meine, das ist so ein ›Männerding‹: Wenn eine Frau viele Männer anmacht, dann muss sie doch nymphoman sein, oder? Aber Nymphomanie ist die Bezeichnung für einen abnorm gesteigerten Geschlechtstrieb bei Frauen, der häufig mit Promiskuität einhergeht, also häufigen Partnerwechseln.«

»Schon klar«, murrte ich. Bis hierhin gehörte das noch zur Allgemeinbildung.

Sie fuhr fort: »Diese Lara war an dem Wochenende von Jungs umgeben, von denen die meisten nichts anderes im Kopf hatten, als mit ihr im Bett zu landen. Und – mit wie vielen hatte sie Sex? Die Vergewaltigung natürlich ausgenommen.«

»Soviel ich weiß, mit keinem.«

»Siehst du – wäre sie nymphoman gewesen, hätte sie sich das ganze Wochenende über schwindelig gefickt.«

Sie machte eine kurze Pause und räusperte sich. »Sorry für die Wortwahl.«

»Schon okay«, sagte ich. »Was glaubst du, warum sie sich so verhalten hat? Warum sie es darauf anlegte, jeden verrückt zu machen?«

»Das kann ich dir nicht sagen. Da gibt es viele Möglichkeiten. Unsicherheit zum Beispiel. Selbstbestätigung. Das Verlangen nach Aufmerksamkeit. Wurde sie als Kind oder Jugendliche sexuell missbraucht?«

»Nicht dass ich wüsste.«

»Auch das könnte ein Grund für ihr offensives Verhalten gewesen sein. Sie wollte die Macht behalten. Aber jetzt bewegen wir uns schon kilometerweit im Reich der Spekulation.«

Ich hielt kurz inne, trank einen Schluck Rotwein und wog meine nächsten Fragen ab. Was Spekulationen anging, hatte ich in der letzten Woche ausreichend Erfahrungen gesammelt.

»Was denkst du – kann so ein Verhalten manche Männer zu einer Vergewaltigung animieren?«

Sie lachte. »Natürlich kann es das. Wie hat sie denn auf dich gewirkt?«

»Was?«

»Hat sie dich scharf gemacht? Wolltest du sie haben? Mensch, Jan, für so prüde hätte ich dich gar nicht gehalten.«

»Schon …«, gab ich zu. Ihre Fragen hatten mich tatsächlich verlegen gemacht, und ich ärgerte mich darüber. »Aber deshalb hätte ich doch nie …«

»Jaja, schon klar.« Sie machte eine kurze Pause.

»Schau, wenn du als Mann auf eine Frau scharf bist, hast du prinzipiell drei Möglichkeiten. Erstens: Du machst gar nichts. Vielleicht, weil du gebunden und treu bist. Zweitens: Du versuchst, sie dazu zu kriegen, freiwillig mit dir sexuell aktiv zu werden. Du baggerst sie an. Machst Komplimente. Versuchst, sie herumzukriegen. Drittens: Du nimmst dir mit Gewalt, was du willst.«

»Das klingt, als wenn das für dich eine ganz natürliche Option wäre.«

»Natürlich ist es das nicht«, sagte sie unwirsch. »Aber ich dachte, dir geht es um eine sachliche Einschätzung.«

»Du hast ja recht«, gab ich zu. »Es ist nur so, dass es mir schwerfällt, die Vergewaltigung einer Bekannten rein sachlich zu sehen.«

»Aus diesem Grund hast du mich doch angerufen, oder?«

Ich konnte hören, dass sie dabei lächelte. Es war eine gute Idee gewesen, sie anzurufen.

»Monika«, leitete ich meine nächste Frage ein. »Was für ein Typ Mann tendiert in einer Situation, wie ich sie dir beschrieben habe, zu Variante drei?«

»Das kann jeder sein. Der, der ansonsten eher der passive Typ ist, oder auch der, der mit Variante zwei gescheitert ist.«

»Geht das etwas genauer?«

»Ich meine, was wir hier machen, gleicht eh einer Kaffeesatzleserei. Wenn ich an deiner Stelle wäre …«

»Ja?«

»Ich würde entweder nach einer Person suchen, die überdurchschnittlich zu Gewalt und Aggressionen neigt, oder nach jemandem, der bei den Mädels keine

Schnitte hatte. Statistisch betrachtet sind das die beiden Gruppen, die am häufigsten zu Vergewaltigern werden.«

»Und noch etwas«, fuhr sie fort. »Bei Vergewaltigungen geht es meist nur sekundär um Sex. An erster Stelle steht das Ausüben von Macht über einen anderen Menschen. Meistens sind es Typen, die im normalen Leben keine Machtfunktionen haben, oder solche, die meinen, dass ihre in der Eigenwahrnehmung vorhandene Macht durch das Opfer massiv untergraben wurde.«

»Gib mir ein Beispiel.«

»Okay«, sagte sie und überlegte einen Moment lang. »Du willst mit einer Frau ins Bett. Sie will auch. Dann ziehst du dich aus. Sie blickt auf deine Männlichkeit, lacht und sagt, dass sie auf so kleine Schwänze keine Lust hätte. Damit untergräbt sie deine Macht, stellt dich bloß, und du? Du willst es ihr jetzt richtig geben, es ihr besorgen. Ihr zeigen, wo der Hammer hängt. Verstehst du?«

»Ja«, sagte ich widerstrebend. »Ich glaube schon.«

Dann schilderte ich ihr die Situation zwischen Lara und Kai. Wie sie ihn bloßgestellt hatte, indem sie ihn vor seinen Freunden abblitzen ließ und mit anderen rummachte. »Denkst du, so was könnte als Auslöser genügen?«

»Ob das genügen könnte?«, fragte sie. »Ich bitte dich – das ist die geradezu klassische Vorgeschichte einer Beziehungstat.«

Monika Lettmann war mir schon jetzt eine große Hilfe gewesen, aber einen Gefallen musste sie mir noch tun.

»Kannst du Kemper sagen, ich hätte versucht, ihn zu erreichen?«

»Kann ich machen. Der tobt hier eh schon wegen dir.«

»Lass ihn toben. Sag ihm einfach, ich hätte mich immer noch total mies angehört. Und verrat ihm um Gottes willen nicht, worüber wir gesprochen haben.«

»Ehrensache«, lachte sie. »Bevor ich Kemper mehr erzähle, als unbedingt nötig ist, kommt eher der Tag, an dem der Papst ein Doppelbett kauft.«

Ich wollte gerade einhängen, als ihr noch etwas einfiel. Ihre Stimme klang ernst, als sie sagte: »Jan … was auch immer du tust, pass auf dich auf! Solche Menschen sind oftmals zu allem bereit. Gerade dann, wenn sie zur Gruppe derer gehören, die eh zur Gewalt neigen.«

»Ich weiß«, sagte ich und dachte an Rolf. Dann hängte sie ein.

Ich stellte das leere Glas in der Küche ab und legte den Hörer zurück auf die Ladestation. Eigentlich hätte ich jetzt Sarah anrufen müssen. Ich konnte unmöglich morgen nach St. Peter-Ording kommen.

Ich spürte, dass etwas passieren würde. Dass die Entscheidung nahte. Manchmal war das so. Es gab Fußballspiele, die bis zur 80. Minute 0:0 standen, aber man konnte die Augen nicht abwenden. Weil einem irgendwas sagte: Dieses Spiel wird nicht unentschieden enden, ganz sicher nicht. Und diesen Moment, in dem das alles entscheidende Tor fallen würde, wollte man nicht verpassen, um keinen Preis der Welt. So in etwa erging es mir jetzt. 27 Jahre lang hatte es 1:0 für den Mörder gestanden, aber ich spürte, dass der Ausgleich in der

Luft lag. Der Augenblick nahte, an dem er aus den Schatten ins Licht treten musste, weil ich mit meinen Nachforschungen die Finsternis, die ihn bisher geschützt hatte, immer weiter zurücktrieb.

Planlos tigerte ich durch die Wohnung und landete in Lukas' Zimmer. Mein Blick fiel auf ein großes Poster, das er mit Reißzwecken an die Wand geheftet hatte. Darauf war der Wildpark Hellenthal abgebildet, eine der größten Greifvogelstationen Europas, rund 50 Kilometer von Aachen entfernt. Nur zehn Kilometer von Dreiborn. Tanja.

Ich setzte mich auf Lukas' Bett und dachte über den Besuch bei ihr nach. Über das, was Christine gesagt hatte, und vor allem darüber, dass ich Tanja damals im Stich gelassen hatte. Wahrscheinlich hatte Christine sie besser gekannt als jeder andere. Die beiden Mädchen hatten Hoffnungen und Träume geteilt. Ihre kleinen Erfolge gefeiert. Sich bei Rückschlägen bedauert. Sie hatten über alles gesprochen: die Eltern, die Schule, ihre ersten Lieben. Sie kannten sich seit Grundschulzeiten und waren miteinander befreundet geblieben, nachdem der Mord den Rest der Gruppe auseinandergerissen hatte. Sie waren sich gegenseitig treu geblieben, ganz im Gegensatz zu mir. Eine Zeitlang hatte ich damals versucht, Tanja zu trösten. Hatte ihr gesagt, dass es das Richtige gewesen sei, was wir taten. Paul zu schützen. Der Polizei nichts zu sagen. Aber wenn ich jetzt darüber nachdachte, musste ich mir eingestehen, dass ich das hauptsächlich für mich selbst getan hatte. Weil *ich* daran glauben wollte. Weil mein Gewissen die Beruhigung brauchte, richtig gehandelt zu haben, ganz unabhängig davon, was mein Gefühl mir sagte.

Ich hatte Tanja nie danach gefragt, was sie dachte. Wie es ihr damit erging. Alles, was sie von mir bekommen hatte, waren Beschwichtigungen und Ausflüchte gewesen. Ich hatte immer nur meine Freundin in ihr gesehen, das Mädchen, das ich liebte. Nie den verwirrten Teenager, der nicht verarbeiten konnte, was an diesem Wochenende geschehen war. Wie auch? Ich war ja selber noch ein halbes Kind gewesen. Jetzt saß ich hier auf dem Bett und fühlte mich schlecht. Hatte etwas verloren, von dem ich bis vor kurzem nicht gewusst hatte, dass ich es jemals besaß.

Im Wohnzimmer klingelte das Telefon. Irgendwann sprang der Anrufbeantworter an. Ich hörte Kempers Stimme. Er fragte, wie es mir gehen würde und ob ich mit dem Bericht schon angefangen hätte. Alles Weitere könne man ja nach meinem Urlaub besprechen. Seine Stimme klang eher besorgt als wütend. Vielleicht sollte ich ihn später zurückrufen, um ihm zu sagen, dass es mir gutging. Dass er sich keine Sorgen machen musste. Das stimmte zwar nicht, aber auf die eine Lüge mehr oder weniger kam es jetzt auch nicht mehr an.

Die Gedanken an Tanja deprimierten mich. Ich machte mir Vorwürfe wegen meines Verhaltens als 16-Jähriger. War das richtig? War das falsch? Ich wusste es nicht. Hätte ich die Zeit zurückdrehen können – ich würde mich anders verhalten. Mitfühlender. Aber wer würde das nicht von sich behaupten, wenn er an manche Dinge aus seiner Vergangenheit dachte? Wir verhielten uns, wie wir es in der jeweiligen Situation und mit dem jeweiligen Erfahrungsschatz für richtig hielten. Damals war ich ein Teenager gewesen, heute ein 43-jähriger Familienvater. Und selbst in dieser Rolle war ich alles andere als perfekt. Wahrscheinlich, so dachte ich mir, würde ich in 30 Jahren auf einer Parkbank sitzen, die Tauben füttern und mir den Kopf darüber zerbrechen, was ich mit 43 alles besser hätte machen können. Das brachte nichts. Reines Kopfkino. Es gab nur eine Chance, nämlich die, in der Gegenwart so viel wie irgend möglich richtig zu machen. Also jetzt.

Ich stand auf und schnappte mir mein Handy. Tanjas Nummer hatte ich nach dem Besuch bei ihr dort abgespeichert. Man konnte Fehler aus der Vergangenheit zwar nicht wiedergutmachen, aber man konnte aus ihnen lernen. Einer meiner Fehler damals war gewesen, dass ich zu wenig mit Tanja über das gesprochen hatte, was zwischen uns stand. Diesen Fehler wollte ich nicht wiederholen. Ich sehnte mich nach der Zeit zurück, in der wir ein Paar gewesen waren, ich dachte permanent an sie, ich fühlte mich ihretwegen schuldig. Mit wem, wenn nicht mit ihr, sollte ich darüber sprechen?

Sechsmal läutete es, dann ging der Anrufbeantworter an.

»Dies ist der Anschluss von Tanja Busch. Entweder bin ich gerade nicht zu Hause oder habe keine Lust zu telefonieren. Sie können mir jedoch eine Nachricht hinterlassen. Vielleicht melde ich mich, wenn ich wieder zurück bin oder Lust zum Telefonieren habe. Falls Sie eines meiner Bilder kaufen möchten, melde ich mich ganz sicher.«

Daraufhin kam ein langgezogener Pfeifton. Ich hängte ein.

Es war unglaublich, welche Wirkung ihre Stimme immer noch auf mich hatte, selbst wenn sie nur vom Band kam. Alleine die Klangfarbe ließ mich wieder 16 werden. Mit voller Wucht wurde mir bewusst, wie sehr ich sie einst geliebt hatte. Dann schloss ich die Augen. Machte mich auf die Reise. Und rief mir den letzten Abend in Erinnerung, an dem wir vor allem eins waren: Verliebte.

AUGUST 1986

»Gib mal ein Schnitzel her, Hasenscharte!«

»Es nervt.«

»Was?« Paul drehte sich in meine Richtung.

»Du nervst mit deiner ›Hasenscharte‹. Lass Mike in Ruhe, okay?«

»Oder?« Er schaute mich aggressiv an.

»Oder fahr wieder nach Hause, wenn du nicht anders kannst. Ich hab da echt keinen Bock drauf.«

»Willst du mir jetzt sagen, was ich …?«

Weiter kam er nicht.

»Jan hat recht«, sagte Christine mit Nachdruck und packte seinen Arm. »Hör auf damit. Das nervt wirklich.«

»Ihr seid doch …« Paul drehte sich um und ging zum Grill, um sich selber ein Stück Fleisch zu holen.

Ich warf Christine einen erstaunten Blick zu. Schneller als sie hatte ihn noch nie jemand zum Schweigen gebracht.

Auch Mike war von dem Streit unbeeindruckt geblieben. Er hockte mit Lara auf der Wiese, nicht weit vom Grill entfernt. In der Hand hielt er eine Bierflasche, aus der er in regelmäßigen Abständen einen

Schluck trank. Dann holte er Luft, legte den Kopf in den Nacken und rülpste in den Abendhimmel. Lara lachte und stieß ihn mit dem Ellbogen an. Er zwinkerte ihr zu.

Ich kannte dieses Zwinkern. Das machte Mike nur, wenn er sich rundum wohl fühlte. Ich wunderte mich nicht sonderlich, dass gerade Lara das bei ihm bewirkt hatte. Denn ganz egal, was man sonst von ihr denken konnte: Was Mike anging, strahlte sie eine unglaubliche Wärme aus. Wenn er in ihrer Nähe war, wirkte sie wie verwandelt. Als ob er ihr inneren Frieden bescheren würde. Er machte sie wieder zu dem, was ich bei unserer ersten Begegnung in ihr gesehen hatte: die schöne Tochter aus gutem Haus, rein und sauber. Dann fiel Mike auf, dass ich sie beobachtete. Sein Blick bohrte sich in meinen. Aber da war keine Aggressivität, kein Vorwurf. Alles, was er ausstrahlte, war eine tiefe Selbstsicherheit. Er wirkte wie jemand, der sich seiner Sache sicher war – und der Person an seiner Seite. Ich nickte ihm kaum merklich zu und ging hinüber zu Tanja.

Sie begrüßte mich mit einem Kuss, nachdem ich mich gesetzt hatte, umarmte mich und legte ihren Kopf an meine Schulter.

»Können wir heute früher in die Hütte gehen?«, fragte sie gähnend. »Ich bin echt müde. War doch etwas wenig Schlaf gestern.«

Ich war nicht müde. Gegen ein frühes In-die-Hütte-Gehen hatte ich aber nichts einzuwenden. »Machen wir«, sagte ich und streichelte ihre Hand. »Ein Stündchen noch, okay?«

Sie nickte, und ich zählte in Gedanken, wie viele

Kondome ich noch hatte. Die gestrige Nacht war der Wahnsinn gewesen, aber ich hatte vor, das Erlebte in dieser Nacht noch zu toppen. Schlafen konnten wir, wenn wir wieder zu Hause waren.

Wir saßen noch eine Zeitlang da, bis die Nacht die Oberhand gewann und tiefe Dunkelheit sich über das Land legte. Meiner inneren Uhr folgend, musste es kurz nach zehn sein. Tanja gähnte erneut, und ich stand auf. »Wollen wir?«

Sie erhob sich. Wir verabschiedeten uns von den anderen. Begleitet von ein paar anzüglichen Kommentaren gingen wir über die Wiese zur Hütte hin. Waren endlich allein.

Durch die rechteckigen Öffnungen fiel gerade genügend Mondlicht herein, um sich zurechtzufinden, sobald die Augen sich an die Dunkelheit gewöhnt hatten. Schemenhaft nahm ich wahr, wie sie sich von der Jeans befreite. Sah, wie sie sich das T-Shirt in einer schnellen Bewegung über den Kopf zog und sich zu mir legte. Spürte ihren Atem, ihre Wärme auf meiner Haut.

Dieses Mal liebten wir uns länger, ausgiebiger und aufmerksamer. Mussten nicht mehr leise sein, fühlten uns nicht beobachtet und wurden durch kein Schnarchen abgelenkt. Wir genossen die ersten Anzeichen einer Vertrautheit, die sich zwischen uns eingestellt hatte. Versanken ineinander. Entdeckten uns. Glaubten, dass dieses Gefühl niemals enden würde.

Wie gerne hätte ich später gesagt, dass ich die ganze Nacht durchgehalten hätte. Dass wir uns geliebt hätten, bis der Morgen graute. Aber so war es nicht. Irgendwann wurde die Müdigkeit zu stark. Ich hörte

Tanjas gleichmäßigen Atem. »Ich liebe dich«, flüsterte ich schlaftrunken.

Wie durch einen Nebel bekam ich mit, wie die anderen später in die Hütte kamen. Erwachte für Sekunden und schlief direkt wieder ein.

Irgendwann hockte Marion neben meiner Matte. Sie rüttelte mich, bis ich die Augen einen Spaltbreit öffnete und mich zu ihr drehte. »Kommt schon«, forderte sie uns auf. »Mike und Lara sind seit einer Stunde zusammen im Wald.« Sie kicherte. »Lass uns mal gucken, was die da treiben.«

Tanja bewegte sich in meinem Arm. Dann reckte sie sich und murmelte verschlafen: »Was ist denn los?«

Ich nahm Bewegungen wahr. Körper, die in Richtung der Tür drängten. Für Sekunden leuchtete eine Taschenlampe auf. Dann kehrte die Dunkelheit zurück.

Ich drehte mich um. Versuchte einzuschlafen. Vielleicht zwei, drei Minuten lang. Bis ich den Schrei hörte.

Augenblicklich waren wir wach. So schnell wie möglich zogen wir uns Hosen und T-Shirts an. Auf dem Weg nach draußen stolperte ich und wäre hingefallen, wenn Tanja mich nicht gehalten hätte. Noch war da keine Angst in mir, nur Neugierde. Wahrscheinlich hatte jemand geschrien, weil er sich erschreckt hatte. Oder jemand anderen erschrecken wollte. Mike und Lara zum Beispiel.

Wir traten vor die Hütte. Von dem Wald waren keine Einzelheiten zu erkennen. Er war nur ein riesiger Schatten innerhalb der Finsternis, ein gewaltiges Ungetüm, noch ein wenig schwärzer als die Nacht dahinter. Tanja griff nach meiner Hand und folgte mir zu dem Pfad, der in den Wald führte und an beiden Seiten von dichtem Unterholz begrenzt war. Keine 20 Meter später waren wir in der Düsternis gefangen. Die Wipfel der Bäume über uns bildeten eine erdrückende Decke, die kaum Mondlicht hindurch ließ. Wir tasteten uns langsam vorwärts. Der Weg war an mehreren Stellen überwuchert, und wir mussten aufpassen, nicht zu stolpern und hinzufallen. Buschwerk zerkratzte meine Beine, aber davon spürte ich nichts. Das Einzige, was ich wahrnahm, war Tanjas Hand in meiner und die beständig zunehmende Angst, die sich in meinem Inneren ausbreitete.

Der Duft des Laubes und der Tannen wurde intensiver, je tiefer wir in den Wald eindrangen, und ich bildete mir ein, in den Büschen das Rascheln nachtaktiver Tiere zu hören. Ein beständiges Knistern im Tannenwald, als schöbe sich etwas Schweres hindurch. Schritt für Schritt gingen wir vorwärts. Die Äste, die sich über unseren Köpfen wie Finger verschränkten, rahmten uns tunnelartig ein. Ich hörte Tanja neben mir keuchen, und ich wusste, dass es nicht von der Anstrengung kam. Auch sie musste spüren, dass wir nicht allein waren. Ich hielt kurz inne. Was, wenn wir einfach umdrehten und in die Sicherheit der Hütte zurückkehrten? Da sah ich, wie ein Stück voraus das Licht einer Taschenlampe die Dunkelheit durchschnitt.

Mein Blick folgte dem Strahl. Ab und zu konnte ich schemenhaft Umrisse erkennen.

»Paul? Alex?«

Niemand antwortete. Wahrscheinlich waren sie noch zu weit entfernt, um mich hören zu können. Dann zerriss ein weiterer Schrei die Stille. Wahrscheinlich war dies der Moment, in dem ich endlich begriff, dass etwas ganz und gar nicht stimmte. Auch Tanjas Griff wurde fester. Eine Faust legte sich um meinen Magen und schnürte ihn zu. Dann drangen wir tiefer in das Unterholz ein. Ich spürte mein Herz, wie es in der Brust pochte, als wenn es mit aller Gewalt hinauswollte. Der Wald vor uns war für unsere Augen undurchdringlich. Immer wieder hörte ich einzelne Stimmen, ohne etwas verstehen zu können. Wieder rief ich ihre Namen, wieder bekam ich keine Antwort. Irgendjemand schluchzte.

Und dann sah ich sie.

Lara lag reglos auf dem Rücken. Ich erkannte ein angewinkeltes Knie, das helle Fleisch ihrer Beine. Sie war mit einem leichten Sommerkleid bekleidet, das ihr bis über die Hüfte hochgerutscht war. Neben ihr lag ein weißer Slip im Dreck.

Nicht weit davon entfernt hörte ich ein Würgen. Alex kniete neben einem der Bäume und kotzte sich die Seele aus dem Leib. All dies konnte ich im Schein der Taschenlampe und des Mondlichts sehen, das auf die Lichtung fiel. Ich sah es, aber ich begriff es nicht. Konnte es nicht verarbeiten. In dem Moment riss Tanja sich von mir los und stürmte auf Christine zu, die auf dem Boden kauerte und unverständliches Zeug stammelte. Mein Puls war am Anschlag, und noch immer hatte ich nicht vollends erfasst, was geschehen war. Das kam erst, als mein Blick wieder auf Lara fiel. Ich starrte in ihr Gesicht, das im Licht des Vollmonds lag. Sah ihren Mund, der wie zum Schrei geöffnet war. Bemerkte das Messer in ihrer Brust. Realisierte schließlich, dass der dunkle Fleck auf ihrem Kleid kein Muster war.

»Du verdammte Drecksau!«

Ich schnellte in die Richtung, aus der Pauls hasserfüllte Stimme kam. Vielleicht 20 Meter entfernt sah ich das zuckende Licht seiner Taschenlampe. Hektisch strich es über Sträucher und knorrige Baumstämme, bis es unvermittelt auf ein menschliches Gesicht fiel. Mike. Dann fiel die Lampe zu Boden, und das Letzte, was ich in ihrem Schein erkennen konnte, war Paul, wie er sich auf Mike stürzte.

Ich startete. Rannte an Markus und Rolf vorbei. Meine Hände versuchten, die Zweige aus dem Weg zu schieben. Meine Füße trommelten auf dem Boden. Ich blieb an irgendwas hängen, stürzte, rappelte mich wieder auf und lief weiter.

Dann hörte ich ein ekelhaftes Knacken. Ein feuchtes, irgendwie hohl klingendes Geräusch. Es klang so ähnlich, als würde eine Wassermelone platzen, und doch ganz anders. Grauenvoller. Endgültiger. Ich versuchte, die Stelle, an der ich die beiden zuletzt gesehen hatte, im Auge zu behalten, aber es war zu dunkel. Lediglich ein paar Strahlen Mondlicht durchschnitten das Blätterdach.

Erneut beschleunigte ich, meine Lunge brannte, und dann stürzte ich mich auf Paul. Zusammen krachten wir hart auf den Waldboden und rangen miteinander. Es dauerte nicht lange, bis Paul einen Vorteil erlangte und es ihm gelang, mich von seinem Körper herunterzuwuchten. Mein Brustkorb landete auf irgendetwas Hartem, und ich spürte, wie eine Rippe brach. Der Schmerz durchzuckte mich im selben Augenblick, aber er war mir egal. Alles war mir in diesem Moment egal. Ich wollte nur sehen, was mit Mike geschehen war. Drehte, immer noch auf dem Boden liegend, meinen

Kopf in seine Richtung. Er lag vier, fünf Meter entfernt. Seine Augen waren offen und geradewegs in den Nachthimmel gerichtet. Er blinzelte nicht. In dem Moment wusste ich es. Ich wusste es, weil er sich nicht mehr rührte. Ich wusste es, weil ich dieses schreckliche Geräusch gehört hatte. Die Welt um mich herum versank. Die Finsternis kam näher und legte sich wie ein Leinentuch über mich. Ich ergab mich ihr. Schloss die Augen und ließ es geschehen. Lara. Mike.

*

Man sagt, dass es lange dauert, bis man eine Tragödie in vollem Umfang begriffen hat. Man sei anfangs benommen und würde sich der Realität über einen langen Zeitraum hinweg nicht bewusst werden. Aber das stimmte nicht. Bei uns traf es jedenfalls nicht zu.

Alex war der Erste, der die Fassung wiederfand. »Wir kö… kö… können nicht die Bullen rufen«, sagte er zu mir. »Die sperren Paul di… direkt weg.«

Anfangs drangen seine Worte nicht zu mir durch. Versandeten zwischen dem Schock und der Leere, die von mir Besitz ergriffen hatten. Dann fühlte ich eine Hand auf meinem Arm.

»Wie konnte Mike das nur tun?«

Ich drehte mich um. Sah Tanja. Blickte in ihr fassungsloses Gesicht. »Warum, Jan?«

Ich wusste keine Antwort. Hoffte nur, dass der Alptraum enden und ich erwachen würde.

Aber er endete nicht. Irgendwann fragte Markus, ob außer uns noch jemand gesehen hätte, dass Paul an dem Wochenende hier war. »Alex hat recht«, sagte er. »Paul muss verschwinden! Ich meine … soll der in den Knast wandern, weil Mike Lara umgebracht hat? Dass Mike so blöd gestürzt ist, ist doch nicht Pauls Schuld gewesen, aber sie werden es ihm garantiert anhängen.«

Das war der Moment, in dem ich meine Sprache wiederfand. »Spinnt ihr? Sollen wir einfach abhauen und so tun, als ob nichts passiert ist?«

»Quatsch«, sagte Alex. »Nur Paul haut ab, wir anderen bleiben. Die Bul… Bullen werden dann denken, dass irgendwer Lara vergewaltigt und sie und Mike dann umgebracht hat.«

»Aber Mike hat Lara …«, stammelte Marion. In der Dunkelheit konnte ich ihr Gesicht nur schemenhaft erkennen.

»Mike ist tot, du blöde Kuh«, fuhr Alex sie an. »Wem soll das was bringen, ob er oder irgendein anderer Lara umgebracht hat? Oder willst *du* das seinen Eltern sagen?«

»Das war sowieso alles Laras Schuld!« Kais Stimme drang aus der Finsternis zu uns, und sie war die erste, die entschlossen klang. Der man nicht anhörte, dass er geweint hatte. »Wenn das Miststück Mike nicht so angemacht hätte, wäre das doch nie passiert. Oder ist hier irgendwer anderer Meinung?«

Wir schwiegen. Tanja hatte sich an mich gedrückt, und ich konnte spüren, wie sie zitterte. »Und ihr denkt, dass das so einfach wäre?«, fragte ich dann. »Dass Paul einfach nur … wo ist Paul eigentlich?«

Er stand noch immer neben Mikes Leiche. Sagte nichts, bewegte sich nicht. Hielt den Kopf in Richtung des bewegungslosen Körpers gesenkt.

»Paul?«

Plötzlich schnellte Christine wie aus dem Nichts auf ihn zu. Ich konnte sie im Mondlicht nur an dem auffällig gemusterten T-Shirt erkennen, das sie schon den ganzen Tag über angehabt hatte. »Hau ab!«, schrie sie ihn an. »Hau endlich ab.«

Er reagierte kaum. Hob nur den Kopf und drehte ihn in ihre Richtung. Stammelte: »Aber ich … ich wollte nicht …«

Christine stieß ihn mit beiden Händen vor die Brust. »Mach, dass du wegkommst.« Sie schluchzte. »Setz dich auf dein verdammtes Motorrad und *hau endlich ab*!«

Er taumelte ein paar Schritte in unsere Richtung. Sah von einem zum anderen.

»Los jetzt«, sagte Alex zu ihm. »Sieh zu, dass du die Kurve kratzt – wir regeln das schon.«

Und dann ging er. Zuerst zögerlich, dann immer schneller werdend, bis er völlig in der Dunkelheit verschwunden war.

Keiner von uns sagte irgendwas. Wir sahen uns nur stumm an. Es war nicht wie in manchen Filmen, in denen ein Pakt mit Schwüren besiegelt wird oder in dem die Verbündeten die Hände übereinanderlegen. Unser Schwur war unser Schweigen.

In den Tagen danach, zwischen unzähligen Verhören, wurde mir schnell klar, dass in meinem Leben nichts mehr zusammenpasste. Alles war durcheinandergewürfelt worden. Die Lüge hatte Einzug gehalten, und Mikes Tod hatte eine Leere hinterlassen, die durch Unverständnis über das gefüllt wurde, was er getan hatte.

Unsere Allianz des Schweigens hatte Bestand. Trotz

des Schocks, trotz der intensiven Befragungen durch die Polizei, trotz des Nachhakens von Freunden und Verwandten – wir hielten dicht und blieben standhaft bei unserer Version. Keiner hatte etwas gesehen, keiner hatte etwas gehört, bis wir in den Wald gelaufen und dort auf ihre Leichen gestoßen waren.

Ich habe mich später oft gefragt, wie das möglich gewesen war, und mir fiel nur eine plausible Antwort ein. Wir schafften das, weil wir fest daran glaubten, in dieser Nacht das Richtige getan zu haben. Lara konnten wir nicht wieder lebendig machen. Der Täter war bestraft worden. Und derjenige, der ihn so unglücklich getroffen hatte, sollte nicht für etwas verurteilt werden, an dem er keine Schuld trug. So bauten wir uns unsere eigene Rechtfertigung, der wir in Eintracht die Treue schworen.

Wir hielten an dieser Version fest. Selbst wenn wir unter uns waren. Nie redeten wir darüber, wie es wirklich gewesen war, und irgendwann war die Lüge zur Wahrheit geworden. Aber das blieb nicht ohne Folgen. Wir zerfielen. Freundschaften lösten sich auf, Beziehungen zerbrachen. Wir zerflossen wie Wasser, das den Weg des geringsten Widerstandes suchte. Vielleicht konnten wir die ganze Welt belügen, uns selber nicht. Und die Gesichter der anderen erinnerten uns beständig daran, was wirklich geschehen war.

GEGENWART

Wenn man Anfang 40 ist, hat man – statistisch gesehen – in etwa die Lebensmitte erreicht. Ein halbes Leben lang hatte man Zeit gehabt, um sich auf diesen Moment vorzubereiten, die andere Hälfte wird man damit verbringen, ihm hinterherzutrauern. Wenn ich heute zurückblickte, dann waren die letzten 15 bis 20 Jahre geprägt durch Arbeit und Familie. Ich arbeitete an dem, was man Karriere nannte, an meiner Beziehung zu Sarah und an der Erziehung von Lukas.

Sollte ich jedoch meiner Kindheit eine Überschrift verleihen, dann bestünde diese aus einem einzigen Wort mit einem dicken Ausrufezeichen dahinter: Spaß! Solange man Kind war, fragten einen auch sämtliche Bezugspersonen alle naselang, ob man Spaß hatte: *»Hast du in der Schule Spaß gehabt? Hattet ihr Spaß beim Fußballspielen? Was würde dir denn heute Spaß machen?«*

Später dann, mit Einsetzen der Pubertät und den damit gewonnenen Freiheiten, wurde man zunehmend selbst für sein Vergnügen zuständig. Man suchte sich Freunde, mit denen man Spaß hatte, und Freundinnen, für die das Gleiche galt. Ich frisierte das Biest, brach Regeln, rauchte den einen oder anderen Joint, betrank mich am Wochenende und grölte in Fußballstadien herum. Warum? Weil es mir Spaß machte – einen wichtigeren Grund konnte es nicht geben.

Dann wurde ich erwachsen. Die Fragen, ob einem etwas Spaß machte, wurden noch seltener. Und wenn sie kamen, dann betrafen sie zumeist den Job und erzwangen Antworten wie: »Ja, er befriedigt mich. Er füllt mich aus. Er ist interessant.«

Das war nicht einmal gelogen. Ich reiste in die schönsten Länder der Erde, kannte einige der populärsten Sportler persönlich und bekam jeden Monat ein überdurchschnittliches Gehalt dafür. Ich hatte vielleicht nicht immer Spaß dabei, aber zumindest jede Menge Abwechslung. Keine Spur also von der stupiden Monotonie, die mit vielen anderen Berufen verbunden ist. Und dennoch – den reinen, unbeschwerten Spaß, den ich in meiner Jugend hatte, wenn ich mit Tanja auf dem Rücken des Biestes durch die Gegend kurvte, den gab es nicht mehr. Die tiefe, von keinen negativen Erfahrungen getrübte Freude: Sie war aus meinem Leben verschwunden. Aber wahrscheinlich geht das den meisten Menschen meines Alters so. Wir sind ja jetzt erwachsen, haben Verantwortung übernommen und kennen die Kehrseiten aller Medaillen.

Normalerweise ist dies ein schleichender Prozess, den man gar nicht bewusst mitbekommt. Er erstreckt sich über einen Zeitraum von mehreren Jahren, sogar Jahrzehnten. Später können die meisten gar nicht mehr sagen, wann genau der Spaß aufgehört und der Ernst des Lebens begonnen hatte. Bei mir war das anders. Ich wusste, wann das Leben aufgehört hatte, ein einziger Spaß zu sein. Ich kannte das Jahr, den Tag und die Minute. Wenn mich jemand danach fragen würde, könnte ich ihm sogar den Ort nennen.

Vielleicht hing ich deshalb so an meinen alten Freunden, insbesondere an Alex. Weil es bei ihm genauso war. Weil er mich verstehen konnte. Weil er erlebt hatte, was ich erlebte. Und vielleicht tat ich mich deshalb so schwer, zum Hörer zu greifen und Sarah anzurufen. Aber es war Samstag, und sie rechnete damit, dass ich in 24 Stunden bei ihr sein würde. In meinem Leben als Ehemann und Vater.

Ich wusste, dass es keine Alternative gab. Ich konnte jetzt nicht weg, und das musste ich ihr sagen. Ich musste ihr erklären, was mich in Köln und in meiner Vergangenheit festhielt. Und warum es da etwas gab, das mir wichtiger war als die eigene Familie – wenn auch nur vorübergehend.

Ich habe Sarah oft unrecht getan. Welcher Ehemann hat das nicht, wenn es um seine Frau geht? Es hatte Tage gegeben, da war sie mir zuwider gewesen, und es gab Momente, da konnte ich sie nicht ertragen. Wenn Sarah schlechte Laune hatte, nörgelte sie in einem fort – eine lebende Klagemauer, die unablässig redete. Sobald ich den Mund aufmachte, widersprach sie mir.

Aber das war nur ein kleiner Teil von ihr. Der andere überwog, und den liebte ich. Ich liebte ihre Herzenswärme, ihre Güte und ihren Humor. Ich liebte es, wie sie ihren Hintern gegen mich drückte, wenn wir abends hintereinander auf dem Sofa lagen, einen Spielfilm guckten und ich meinen Arm um sie schlang. Ich liebte ihre Begeisterungsfähigkeit, die immer noch ungezügelte Lust aufs Leben. Und auf mich. Wir waren immer ein körperliches Paar gewesen, und damit meinte ich nicht nur den Sex, sondern all die Berührungen, die tausend kleinen Gesten, die es in einer guten Partnerschaft gab. Dazu kam, dass Sarah eine der besten Zuhörerinnen war, die ich kannte. Aufmerksam, mitdenkend, die Zusammenhänge schnell erfassend. Genau auf diese Eigenschaften baute ich jetzt, als ich zum Hörer griff, das Hotel anrief und mich mit ihrem Zimmer verbinden ließ. Sie war da, auf St. Peter-Ording ging gerade ein Sommergewitter nieder, und ich konnte Lukas im Hintergrund mit seiner Playstation spielen hören. Und dann erzählte ich ihr die ganze Geschichte. Ließ nichts aus. Ging Punkt für Punkt mit ihr durch. Den Ausflug ins Bergische Land, die Grillabende, das Schwimmen im See, die erste Nacht in der Hütte mit Tanja und die zweite Nacht mit all ihrem Schrecken. Volle zwei Stunden lang hörte Sarah mir zu, unterbrach mich kaum, und ich war der festen Überzeugung gewesen, dass sie mich verstehen konnte.

Aber sie tat es nicht. Nicht richtig zumindest. Letzten Endes lief alles für Sarah auf die Frage hinaus, was für mich wichtiger sei: die Vergangenheit oder die Gegenwart. Meine alten Freunde oder meine Familie.

»Wenn du dich für deine Familie entscheidest«, sagte sie, »dann musst du mit der Vergangenheit abschließen. Jetzt sofort. Dann kannst du dich nicht mit deiner Exfreundin treffen, während wir im Urlaub sind. Du bringst mit der ganzen Sache ja nicht nur dich in Gefahr, sondern auch uns. Du musst dich entscheiden, Jan – was willst du?«

Ich versuchte ein letztes Mal, ihr klarzumachen, dass es hierbei nicht um *wollen* ging, sondern um *müssen*.

Dass ich schon viel zu weit gegangen war, um noch umdrehen zu können. Aber ich spürte, dass meine Argumente nicht zu ihr durchdrangen. Wir diskutierten noch ein paar Minuten lang hin und her, dann hängten wir ein. Den Weg, der vor mir lag, musste ich ohne sie gehen.

Es war bereits später Nachmittag geworden, als ich vor die Tür trat, aber die Sonne hatte noch nichts von ihrer Kraft verloren. Erbarmungslos brannte sie auf eine Stadt nieder, die unter der Hitze ächzte. Wer keine Möglichkeit hatte, ins Schwimmbad zu fliehen oder zu Hause auf den Abend zu warten, hangelte sich auf den Bürgersteigen von Schatten zu Schatten.

Obwohl es nur ein paar Meter waren, hatte mein T-Shirt bereits dunkle Flecken unter den Achseln, als ich vor Mützes Haustür stand. Mehrmals drückte ich vergeblich auf den Klingelknopf. Dann griff ich zum Handy und versuchte es auf ihrem Mobiltelefon. Diesmal ging sie ran.

»Schneider.«

»Ich stehe gerade vor deiner Haustür. Wo bist du?«

»In der Kneipe auf der Ecke. Im Birkenstübchen. Und danke der Nachfrage – mir geht's gut!«

»Bin schon unterwegs.«

Der kleine Biergarten war gut gefüllt. Mütze hatte sich unter einen Eichenbaum verkrochen, saß dort in einem quietschgelben Top, die Flip-Flops von den Füßen gestreift. Im Vorbeigehen bestellte ich beim Wirt das obligatorische Kölsch, dann setzte ich mich zu ihr und berichtete ihr von den Begegnungen mit Christine und

Paul. Auch, dass Lara sich bedroht gefühlt hatte und dass ich in Kai den Grund dafür sah, erzählte ich ihr.

Mützes spöttischer Blick sprach Bände. Sie musste den Gedanken nicht laut aussprechen, ich verstand sie auch so. *»Wenn eine Frau ermordet wird, ist der Hauptverdächtige immer der Mann, der behauptet, sie zu lieben«*, hatte sie zu mir gesagt, gleich nachdem ich ihr zum ersten Mal von dem Mord an Lara erzählt hatte.

Gut möglich, dass Mütze damit den Nagel auf den Kopf getroffen hatte. Und was hatte Lara noch gleich zu Paul gesagt, vor wem sie sich fürchtete? *Vor dem, der behauptet, mich zu lieben*. Unbewusst schüttelte ich den Kopf. Wie hatte ich nur so blind sein können?

Blieben zwei Fragen offen. Wie sollte ich beweisen, dass er der Mörder und Vergewaltiger war? Und: Wie sollte ich ihn finden? Kai war noch immer wie vom Erdboden verschluckt. Vielleicht hatte er nicht ohne Grund sämtliche Kontakte gekappt, gut möglich, dass er in einer anderen Stadt oder sogar einem anderen Land lebte. Das Wichtigste war jetzt, seinen Aufenthaltsort herauszubekommen, koste es, was es wolle.

»Kannst du versuchen, ihn zu finden?«, fragte ich die Frau, die mich immer noch spöttisch ansah.

Mütze trank einen Schluck und verzog die Lippen zu einem schiefen Grinsen. »Wie weit soll ich gehen?«

»So weit du musst. Wenn du jemanden für Informationen bezahlen musst, mach es und überleg nicht lange. Ich brauche seine Adresse – so schnell wie möglich.«

»Wer von euch hatte denn häufiger Kontakt mit ihm?«

»Im Prinzip alle, die auch an dem Wochenende dabei waren. Rolf ist tot, bei Christine und Paul habe ich schon nachgehakt. Vielleicht kannst du noch mal mit Markus reden und schauen, ob du Marion irgendwo auftreibst. Ich kümmer mich in der Zwischenzeit um Alex und Tanja.«

»Mach ich«, sagte sie. Dann fiel ihr noch etwas ein. »Ich kenne da ’nen Typen beim Einwohnermeldeamt, der unbedingt mal mit mir ausgehen wollte. Wenn wir das Wochenende über nichts rausbekommen, ruf ich ihn am Montag an. Und ich versuche es später noch mal im Internet – das gibt’s ja gar nicht, dass der Kerl nicht zu finden ist.«

Ich wusste, was sie meinte. Wenn jemand vollständig untertauchen wollte, dann brauchte er dazu eine Organisation im Rücken – am besten eine staatliche. Ansonsten hatte er keine Chance gegen jemanden, der entschlossen war und über die notwendigen Kontakte verfügte. Einwohnermeldeämter, Zulassungsbehörden, Energieversorger, das ganze persönliche Umfeld. Irgendwer wusste immer irgendwas und war bereit, mit einem zu sprechen. Gerade dann, wenn man Journalist war und die Hebel kannte, die Menschen zum Reden brachten. Ein paar Scheine hier, eine unterschwellige Drohung dort, in den meisten Fällen reichte schon ein wenig Anteilnahme und das Talent, dem Gegenüber vorzugaukeln, man hätte nur das Beste im Sinn. Wenn Kai noch lebte und er nicht das Land verlassen hatte, dann würde ich ihn finden. Vielleicht nicht heute oder morgen, spätestens jedoch in einer Woche. Es war nicht das erste Mal, dass Mütze und ich damit erfolgreich waren.

Vor drei Jahren hatten wir beim *Reporter* nach einem Exfußballer gesucht, Dieter Behrend, von seinen Mitspielern nur »Der Knipser« genannt. Behrend hatte es lediglich bis in die dritte Liga geschafft, aber was ihn für uns interessant machte, war seine Verstrickung in einen zehn Jahre zurückliegenden Dopingfall gewesen, der auch zwei damalige Nationalspieler betraf. Das Problem war nur, dass der ehemalige Stürmer abgetaucht war. Es gab keinen Eintrag im bundesweiten Telefonbuch, und im Einwohnermeldeamt hieß es nur, er sei unbekannt verzogen. Freunde, Familie, ehemalige Vereinskameraden: Keiner wusste, wo er untergekrochen war. Unmittelbar nach dem Dopingskandal war Behrend spurlos von der Bildfläche verschwunden.

Mütze und ich hatten uns gemeinsam im Internet auf die Suche gemacht. Wir gaben den Namen in unzähligen Varianten ein und verbanden diese mit Begriffen wie Fußball, Sportler oder Stürmer. Nach einigen Tagen stießen wir auf eine Kneipe in Pirmasens, die »Zum Knipser« hieß. Die Inhaberin war eine Melanie Grömer. Von ehemaligen Mannschaftskollegen Behrends erfuhren wir, dass es sich bei der Frau um seine Exfreundin handelte. Der Rest war einfach. Wir fuhren hin, fanden ihn hinter der Theke stehend und konfrontierten ihn mit unserem Wissen. Anschließend boten wir ihm einen fairen Deal an: Packte er aus, würden wir im Gegenzug seinen jetzigen Wohnort sowie die Lebensumstände nicht öffentlich machen. Drei Tage später war die Story geschrieben, eine Woche danach im Heft.

Was Nachforschungen anging, war Mütze wie ein Terrier, der sich auf einen wehrlosen Stoffhasen stürzte.

Sie gab nicht auf, bis sie ihr Opfer völlig zerfleischt hatte. Wenn also jemand Kai innerhalb eines kurzen Zeitraumes auftreiben konnte, dann sie.

Anschließend bestellten wir noch zwei Kölsch, die letzten für heute. Ab jetzt brauchten wir einen klaren Kopf, ich noch dringender als sie. Außerdem hatten wir Hunger. Mütze entschied sich für einen Salat, ich mich für ein chinesisches Gericht, das neu auf der Karte stand.

Sie runzelte die Stirn. »Du bestellst in einer kölschen Kneipe Rindfleisch mit Bambussprossen in Sojasoße?«

»Hey – wo bleibt deine Abenteuerlust?«

Mütze schaute mich kopfschüttelnd an und grinste. Ich hätte in diesem Moment viel Geld für ihre Gedanken bezahlt.

»Pass auf«, sagte sie kurze Zeit später, als der Wirt unsere Bestellung gebracht hatte. »Was hältst du davon, wenn wir das Ganze noch mal kurz durchgehen und schauen, ob wir dabei irgendwas finden, das nicht plausibel klingt?«

»Einverstanden – leg los!«

»Also ... Kai fährt mit euch zu Lara. Ein eitler, arroganter Fatzke, der zum ersten Mal in seinem Leben richtig verknallt ist. Der vorher allen erzählt hat, wie sehr sie auf ihn steht und dass sie ihm quasi aus der Hand frisst. Doch dann läuft die Nummer nicht so, wie er sich das gedacht hat. Ganz und gar nicht. Sie lässt ihn die ganze Zeit über links liegen und – noch schlimmer – macht sogar mit anderen rum.«

»Einspruch«, sagte ich. »Ich weiß nicht, ob da – von Mike abgesehen – was mit anderen lief. Paul hat gesagt, er hätte nichts mit ihr gehabt, und ich bin geneigt, ihm zu glauben. Ansonsten, keine Ahnung ... ausgeschlossen ist es aber nicht.«

»Stattgegeben. Können wir uns darauf einigen, dass sie Kai mit ihrem Verhalten wahnsinnig machte und er stinksauer auf sie war?«

Ich musste nur an die Sache mit Rolf und an die Geschichte am See denken. »Das garantiert.«

»Gut, dann weiter: Lara lässt den aufgegeilten Angeber zwei Tage lang am ausgestreckten Arm verhungern. Sie schläft nicht bei ihm und schon gar nicht mit ihm. Dafür macht sie andere Jungs an und knutscht mit Mike herum. Und Kai steht daneben, sieht zu und macht nichts? Das passt doch nicht!«

»Weiter«, sagte ich nur.

»Hast du mir nicht erzählt, er wäre total von sich eingenommen und dazu ausgesprochen allergisch darauf, wenn andere über ihn lachen?«

»Ja«, gab ich zu und dachte an das Telefonat mit Monika Lettmann. »Das klingt nach Kai. Aber ich sehe den Zusammenhang nicht.«

Sie schaute mich bedauernd an. »Da merkt man mal wieder, dass du keine Ahnung davon hast, wie andere Männer reagieren, weil du immer nur auf deren Frauen achtest. Ich meine, das ist doch nicht normal? Sie macht ihn heiß. Schürt seine Erwartungen. Dann lässt sie ihn abblitzen und demütigt ihn vor seinen Freunden. Und er macht nichts, außer anderen zu erzählen, was für ein Miststück sie ist? Ich bitte dich ...«

Die Übereinstimmung mit dem, was meine Kollegin mir erzählt hatte, war verblüffend. Scheinbar war ich der Einzige, der emotional so feinfühlig wie eine

Eisenbahnschiene war. Vielleicht sollte ich zukünftig stärker an meiner sozialen Kompetenz arbeiten.

Dann fiel mir ein Erlebnis mit Sarah ein. Es lag vielleicht sechs oder sieben Jahre zurück. Wir waren damals auf einer Weihnachtsfeier des *Reporters* gewesen, irgendein Schiff, das der Verlag angemietet hatte und mit dem wir den Rhein rauf und runter schipperten. Sarah hatte mehr getrunken, als ihr guttat, ich wahrscheinlich auch, und dann kam Maximilian Kirchner dazu, der damalige Leiter des Politikressorts. Dunkle, von edlem Grau durchzogene Haare, ein anthrazitfarbener Anzug, tadelloses Benehmen. Frisch manikürte Nägel, sonore Stimme. Der Kerl war der perfekte Gegenentwurf zu mir, und ich hasste ihn – nicht erst seit diesem Abend, immer schon. Diese Blasiertheit, diese ins Gesicht geschriebene Verachtung für all jene, von denen er meinte, sie könnten ihm nicht das Wasser reichen. Er war der Mittelpunkt seines eigenen Universums. Ein Mensch, dessen eigenes Glück oder Leid die Gefühle aller anderen völlig nichtig machte, der jeden in seiner Umgebung nur als Objekt für die eigene Zerstreuung sah. Aber er war charmant, das musste ich ihm lassen. Zumindest, wenn man auf diese leicht schleimige Art stand, die ihn immer wieder Sätze anbringen ließ, die mit *»Eine Frau wie Sie, die muss doch …«* oder *»So, wie ich Sie einschätze, haben Sie doch sicher …«* begannen.

Und Sarah? Sie genoss diese Art der Bestätigung. Kicherte herum wie ein kleines Mädchen. Lachte immer ein wenig zu laut, wenn er einen seiner mittelprächtigen Witze riss. Dass der Kerl beinahe ihr Vater sein könnte, schien sie dabei nicht zu stören. Und ich? Ich stand daneben und grinste debil. Konnte nichts tun, wenn ich nicht vor allen Kollegen einen Streit lostreten wollte. Innerlich jedoch kochte ich und war stinksauer. Weniger auf ihn als auf Sarah, weil sie nichts tat, um dem Lackaffen seine Grenzen zu zeigen. Ich wusste, dass Sarah nie weiter gegangen wäre. Aber alleine schon die Vorstellung, er könnte dies glauben, machte mich rasend.

Als wir im Anschluss an die Feier wieder allein waren, hatte ich sie deswegen zur Rede gestellt. Hatte völlig übertrieben reagiert für einen harmlosen Flirt. Aber die Wut in mir war riesig, und das Einzige, was sie besänftigen konnte, war dieser Ausbruch. Also meckerte und meckerte ich, hielt mich endlos an Kleinigkeiten fest, bis Sarah mir irgendwann den Vogel zeigte und mit einem *»Du spinnst doch – ich geh jetzt schlafen«* verschwand. Seitdem konnte ich nachempfinden, wie man sich in solchen Momenten fühlte – und der Vorfall auf der Weihnachtsfeier war nichts gegen das gewesen, was Lara mit Kai abgezogen hatte.

»Du hast völlig recht«, sagte ich zu Mütze. »Er hat Lara nie direkt die Meinung gesagt. Sich bei anderen ausgekotzt, sich fast bis zur Besinnungslosigkeit betrunken, das ja – aber ihr gegenüber ist er nie ausfallend geworden, geschweige denn handgreiflich. Zumindest nicht, soweit ich mich erinnern kann.«

»Und was ist mit Marion? Weißt du wenigstens, wo die steckt?«

»Von ihr hab ich auch keine Spur«, gab ich zu. »Allerdings hab ich auch nicht groß nach ihr gesucht. Früher hieß sie übrigens Gerner mit Nachnamen. Kann natürlich sein, dass sie geheiratet hat und jetzt anders heißt.«

»Diesen Markus hast du nicht zufällig nach den beiden gefragt, oder?«

Ich schüttelte den Kopf und kam mir wie ein Dilettant vor.

»Mann, Mann, Römer«, sagte sie. »Du hattest dich ganz schön auf diesen Paul eingeschossen, was?«

»Sieht so aus.«

Dabei ärgerte ich mich über mich selbst. »*Die Sache mit der Wahrnehmung*«, dachte ich. Paul war derjenige gewesen, der von Anfang an im Licht gestanden hatte. Allein schon, weil er es gewesen war, der Mike getötet hatte. Kai dagegen hatte die ganze Zeit im Schatten verbracht. Bis auf die Tatsache, dass er Laras Freund gewesen war, gab es nichts, was meine Aufmerksamkeit auf ihn gerichtet hätte. Aber es brachte jetzt nichts, vergebenen Gelegenheiten hinterherzutrauern.

»Gut«, sagte ich also. »Fahr bei Markus vorbei und quetsch ihn aus. Ich rufe Alex an, und wenn er Zeit hat, treff ich mich nachher mit ihm.«

Sie stand auf. »Rechnung geht auf dich, oder?«

Ich nickte, dann ging sie. Ich blickte ihr noch eine Zeitlang hinterher. Hörte das *Schlapp-Schlapp* ihrer Flip-Flops auf dem Asphalt leiser werden. Sah den Zopf, der bei jedem Schritt auf und ab wippte, um die Ecke verschwinden. In den letzten Tagen war es mir oftmals so vorgekommen, als wenn ich die besten Freunde meines Lebens bereits in der Jugend gehabt und verloren hätte. Aber das stimmte nicht. Mütze konnte mit ihnen nicht nur konkurrieren – sie stand darüber. Sie war das Licht. All die anderen nur Schatten der Vergangenheit.

Als ich zu Hause ankam, versuchte ich als Allererstes, Sarah zu erreichen. Im Hotel ging sie nicht ran. Auch ihr Mobiltelefon war ausgeschaltet.

Ich ging in die Küche, nahm mir eine Cola aus dem Kühlschrank und wählte Alex' Nummer. Irgendwann sprang die Mailbox an. Ich hinterließ keine Nachricht. Stattdessen ging ich ins Wohnzimmer und fuhr den Computer hoch. Der Bildschirm forderte mich gerade auf, das Passwort einzugeben, als mein Handy klingelte. Die Titelmelodie von *Das Boot*. Schwer. Dramatisch.

»Römer.«

»Ich saß gerade auf'm Pott, als du angerufen hast.« Alex' Stimme. »Was gibt's?«

»Alex«, sagte ich. »Ich muss noch mal mit dir reden. Hast du Zeit?«

»Jetzt?«

»Wenn's geht, ja.«

»Wieder wegen der alten Geschichte?«

»Ja.«

»Ich kann dir da nicht helfen.«

»Kannst du nicht oder willst du nicht?«

Er seufzte. »Also gut. Wann?«

»Acht Uhr? Selbe Kneipe wie beim letzten Mal?«

»Ich bin da«, sagte er. »Aber versprich dir nicht zu viel davon.«

Nachdem wir eingehängt hatten, sprang ich schnell unter die Dusche. Die Hitze vermittelte einem ständig das Gefühl, man würde kleben. Sie machte den Kopf matschig und ließ die Gedanken langsamer werden. Ich shampoonierte mir die Haare, rieb mich mit einem Duschgel ein, das mir den »Frischekick für den ganzen

Tag« versprach, und ließ lauwarmes Wasser an meinem Körper herunterlaufen. Die Hände hatte ich in Kopfhöhe gegen die Duschkabine gedrückt, das Gesicht hielt ich gesenkt. Nach drei Minuten ging es mir besser.

Noch immer verstand ich nicht, warum Alex meinen Nachforschungen gegenüber so skeptisch war. Er stand nicht unter Verdacht und war an Mikes Totschlag nicht beteiligt gewesen. Auch seine Jugend war in dieser Nacht schlagartig beendet worden, auch er hätte allen Grund gehabt, den Täter zu hassen. Ich versuchte, Erklärungen zu finden. Es gelang mir nicht. Das Verhalten von Alex war ein Rätsel.

Dann trocknete ich mich ab und rubbelte mir mit dem Handtuch über die Haare. Zog mir frische Klamotten an. Versuchte es erneut bei Sarah, konnte sie aber wieder nicht erreichen. Schaute auf die Uhr. Es war jetzt kurz nach sieben. Vielleicht saß sie gerade mit Lukas beim Abendessen und hatte das Handy einfach nur auf dem Zimmer vergessen. Für einen Sekundenbruchteil fiel mir noch eine andere Möglichkeit ein, warum sie nicht dranging, aber den Gedanken verdrängte ich schnell wieder. Eine Affäre war abwegig. Und das nicht nur, weil Lukas mit dabei war. Andererseits …

Ich zwang mich, mich auf das Treffen mit Alex zu konzentrieren. Darauf, was ich ihn fragen wollte.

Das Außenthermometer des Alfa zeigte immer noch 31 Grad an. Ich regulierte die Klimaanlage herunter und steuerte den Wagen aus der Parklücke in den fließenden Verkehr. Von Sülz bis Neu-Ehrenfeld waren es nur wenige Kilometer, und die Klimaanlage schaffte es nicht, auf dieser kurzen Strecke die Innenraumtemperatur auf ein erträgliches Niveau zu senken. Im Radio spielten sie die allergrößten Hits der größten Hits. Musik aus der Retorte. Melodien für die Massen.

Dreimal musste ich um den Block fahren, bis ich einen Parkplatz gefunden hatte. Durch die Windschutzscheibe sah ich eine Oma, die einen kleinen Hund undefinierbarer Rasse Gassi führte.

Nachdem ich den Wagen abgeschlossen hatte, schlenderte ich in Richtung der Eckkneipe. Der dichte Baumbestand in der Straße hatte dafür gesorgt, dass die Temperaturen hier halbwegs erträglich geblieben waren. Mittlerweile war die Sonne hinter den Häuserfronten verschwunden, ein herrlicher Spätsommerabend begann.

Alex wartete im Biergarten auf mich. In seiner Hand hielt er ein halbleeres Kölschglas. Ich schaute kurz auf den Bierdeckel vor ihm und sah fünf Striche. Ganz schön respektabel für die kurze Zeit, die er erst hier sein konnte.

Über den Rand seines Glases hinweg sah er mich an. Die Augen waren leicht gerötet. »Wie läuft's?«

»Nicht so gut«, sagte ich. »Wir stecken in einer Sackgasse. Ich weiß nicht, wie ich Kai auftreiben soll.«

»Du meinst, er war's?« In seiner Stimme klang eine Spur Sarkasmus mit.

»Ich weiß nicht, was ich glauben soll. Momentan deutet alles darauf hin. Er hatte ein Motiv. Kein Alibi.«

»Das muss nichts heißen.«

Ich schaute ihn durchdringend an. »Was ist los mit dir, Alex?«

»Was soll mit mir los sein? Alles in Ordnung. Alles bestens. Ich hab nur keinen Bock mehr auf den Scheiß.«

»Also der Freund, den ich mal hatte, hätte das gewollt. Er hätte mich gefragt, wie er mir helfen kann. Weißt du, dieser Freund hätte mir sogar dann geholfen, wenn ich es gar nicht gewollt hätte. Erinnerst du dich daran, Alex? Erinnerst du dich an diese Art von Freundschaft?«

»Das ist doch Ewigkeiten her, Jan! Wir haben damals eine Menge Dinge gemacht, die ich heute nicht mehr machen würde. Ich bin nicht mehr wie früher.«

»Das ist doch Blödsinn! Wir sind älter geworden, aber die grundsätzlichen Charakterzüge streift man doch nicht ab wie eine alte Haut, die zu eng geworden ist. Die bleiben.«

»Glaubst du? Ich glaub es nämlich nicht.«

»Was soll sich denn verändert haben?«

»Alles«, sagte er. »Einfach alles. Ich bin jetzt ein anderer Mensch.«

»Warum? Hast du plötzlich zu Gott gefunden, oder was?«

Er lachte verbittert auf. »Gott weiß noch nicht einmal, dass ich überhaupt existiere.«

Eine Zeitlang schwiegen wir. Dann fuhren seine Hände durch die Luft, als suchten sie dort nach den passenden Worten. »Lass es gut sein, Jan. Wir hatten eine tolle Zeit, bis … na ja, du weißt schon. Aber seitdem ist viel passiert. Und ich hab oft Mist gebaut.«

»Jetzt werd nicht theatralisch, Alex. Jeder baut mal Scheiße.«

»Aber ich hatte quasi ein Abo aufs Scheißebauen. Was macht dich so sicher, dass du heute überhaupt noch mit mir befreundet sein willst?«

»Du gibst mir ja noch nicht einmal die Chance, das

herauszufinden. Sitzt nur hier rum und bemitleidest dich. Scheiße, Alex – rede endlich mit mir!«

Er hatte den Kopf gesenkt und begann, mit den Fingern auf den Tisch zu trommeln. Dann hielt er inne und starrte auf seine Fingernägel, als könne er nicht glauben, was sie da machten. Erneut schaute er mich an, und in seinen Augen lag echter Schmerz.

Ich wollte noch nicht aufgeben. »Du warst der beste Freund, den ich jemals hatte«, sagte ich, während ich mich ihm entgegenbeugte. »Und die Zeit im Park war die beste Zeit meines Lebens. Ganz egal, was danach kam – du wirst immer mein Freund bleiben.«

»Wir waren damals 16, kapierst du das? 16!« Er sah mir direkt in die Augen. »Du weißt doch gar nichts über mein Leben.«

Damit brachte er mich zum Schweigen. Ich kapitulierte. Dann ging er. Ich war allein.

Alex war noch keine fünf Minuten weg, als mein Handy summte – der Ton, mit dem sich eine neue SMS ankündigte. Ich fingerte es aus der Hosentasche und ging in das entsprechende Menü. Eine ungelesene Nachricht. Dann tippte ich auf das Display, sah Mützes Namen und las die Mitteilung.

Es gibt gute Gründe, warum Journalisten nie Teil der Geschichte sein sollten, über die sie schreiben. Andernfalls verlieren sie zu viel von dem, was dieser Job erfordert. Eine gewisse Distanz, den objektiven Blick. Bis zu diesem Zeitpunkt hatte ich stets daran glauben wollen, dass mir dieser Kardinalsfehler nicht passieren würde, dass ich stark genug wäre, um dem Druck standzuhalten. Doch jetzt spürte ich, wie die Panik mir die Kontrolle über mein Handeln entriss. Ich hätte in diesem

Moment alles dafür gegeben, die Zeit zurückdrehen zu können, hin zu dem Augenblick, in dem Kemper mir die Unterlagen gegeben hatte. Es hätte hundert gute Gründe gegeben, die Story an einen Kollegen weiterzugeben, aber ich hatte es nicht getan. Warum nicht? Wollte ich klüger als die Polizei sein? Wollte ich endlich mal eine Geschichte veröffentlichen, die Relevanz besaß? Die Gründe spielten keine Rolle mehr. Ich hatte es nicht getan, und jetzt war es zu spät. Vor allem für Mütze. Die Nachricht, gesendet von ihrem Handy, ließ keinen Zweifel: Er hatte sie.

Wenn ich sie wiedersehen wollte, sollte ich um Mitternacht dorthin kommen, wo alles angefangen hatte. Er nannte den Namen des Ortes nicht, aber das brauchte er auch nicht. Ich wusste Bescheid. Der Wald. Die Lichtung.

Der Rest der Nachricht entsprach in allen Punkten dem, was jeder Zuschauer kannte, der aufmerksam jeden Sonntagabend den *Tatort* verfolgte. Ich sollte alleine kommen. Die Polizei nicht verständigen. Ansonsten …

Voller Panik schaute ich auf die Uhr, schon kurz nach neun. Hektisch versuchte ich, sie auf dem Handy zu erreichen. Wählte ihre Nummer. Hörte, wie der Ruf durchging, hörte, wie jemand abnahm. »Jan …«, war alles, was sie sagen konnte. Dann folgte ein klatschendes Geräusch. Eine Männerstimme, heiser und verstellt klingend, die zu mir sagte: »Spiel keine Spielchen. Wir sehen uns … nur du und ich!«

Ich ließ viel zu viel Geld auf dem Tisch liegen und stürmte aus dem Lokal. Mit durchdrehenden Reifen schoss ich aus der Parklücke. Fuhr mit aufheulendem

Motor auf die Subbelrather Straße. Hupte mir den Weg durch die Innenstadt frei. Jagte wie ein Geisteskranker über die Zoobrücke. Prügelte den Alfa auf die Berliner Straße und trieb ihn, so schnell es ging, dem Ziel entgegen.

Keine Viertelstunde nachdem ich losgefahren war, war ich in Mühlheim angekommen. Ich erwischte Markus, als er gerade die Halle zusperren wollte. An seiner Seite stand die Frau, deren Bild ich bei meinem letzten Besuch auf dem Schreibtisch gesehen hatte. Veronika.

»Wo ist sie?«

Er schaute mich verdutzt an. »Wo ist wer?«

»Mütze. Stefanie. Die Frau, die heute bei dir war.«

»Ach die ... die ist schon lange weg.«

»Hat sie was gesagt?«

»Ich versteh gerade nicht ... hast du sie nicht zu mir geschickt?«

»Ja – und jetzt ist sie verschwunden.«

»Was meinst du mit verschwunden?«

Ich drehte bald durch: »Ich hab keine Zeit für lange Erklärungen, Markus – sag mir einfach, wann sie hier war.«

»So zwischen sieben und halb acht würde ich sagen, oder?« Fragend schaute er Veronika an.

»So ungefähr zumindest«, bestätigte sie. »Sie hat ja nur drei, vier Sachen gefragt, dann war sie wieder weg.«

»Mensch, Jan«, Markus hatte sich wieder zu mir gedreht. »Was ist denn los?«

»Hat sie gesagt, wo sie hinwollte?«

»Nicht dass ich wüsste.« Er blickte zu seiner Freundin. »Oder weißt du was?«

Veronika schüttelte den Kopf. »Sie hat nach diesem

Kai gefragt und ob Markus sich noch an irgendwas erinnern kann. Dann ist sie gegangen. Markus ist ihr noch hinterhergerannt, weil ihm etwas eingefallen ist, dann war sie weg.«

»Was hast du ihr gesagt?«

»Nichts Wichtiges. Nur eine Idee. Kais Vater war doch ein hohes Tier bei Ford, und Kai hat seine Ausbildung dort gemacht. Vielleicht ist er ja immer noch bei der Firma und arbeitet jetzt in irgendeinem anderen Werk. Ich hab ihr gesagt, sie solle es doch mal bei denen in der Personalabteilung versuchen.«

Das war eine gute Idee, brachte mich im Moment allerdings nicht weiter. Ich merkte, wie sich ein Gefühl immer stärker in mir breitmachte. Verzweiflung.

»Wenn euch sonst noch was einfällt, ruft ihr mich an, ja?«

Beide nickten.

»Mach ich«, sagte Markus, während Veronika mich voller Empathie ansah. Auch wenn sie nicht genau wusste, worum es ging – diese fremde Frau schien zu spüren, dass ich am Abgrund stand.

Ich dankte den beiden, dann stürzte ich zum Auto zurück. Für mich gab es kein Entkommen. Mützes Entführer hatte mir die Haut vom Körper gerissen. Jetzt lagen die Nervenenden bloß, und ich spürte alles mit nie gekannter Intensität. Hilflosigkeit, Wut und Angst. Die schreckliche Gewissheit, dass ich es verbockt hatte und nichts tun konnte, um Mütze zu befreien, knipste mein Hirn aus. Verlor ich gerade den Verstand?

Mehr unterbewusst als planvoll startete ich den Wagen und machte mich auf den Weg nach Kalk. Oktay, der Junge mit der Pornobrille, war mein letzter Strohhalm. Nach Rolfs Ermordung hatte ich sowieso mit ihm sprechen wollen, war dann aber nicht dazu gekommen. Jetzt bereute ich das. Vielleicht hatte er ja an dem Tag etwas gesehen, das mir weiterhelfen konnte. Er war mein letzter Strohhalm.

Ich war gerade erst losgefahren, als mein Handy klingelte. Mit zitternden Fingern kramte ich es aus der Hosentasche, nur um es direkt wieder fallen zu lassen. Es verschwand in dem schmalen Spalt zwischen Fahrersitz und Mittelkonsole, wo es nervenzerfetzend vor sich hin klingelte. Hektisch fummelte ich in der Ritze herum und bekam das Ding gerade noch zu fassen, bevor der Anrufer an die Mailbox weitergeleitet wurde.

»Ja?«

»Lindemann hier. Herr Römer? Wir müssen reden.«

»Nicht jetzt.«

»Was?«

»Nicht jetzt, Herr Lindemann. Ich kann gerade nicht.«

»Es ist aber wichtig. Es geht um Alex Riewer.«

»Und?«

»Ich habe herausgefunden, dass vor kurzem Anzeige gegen ihn erstattet wurde. Mittlerweile ist das Strafverfahren aber eingestellt worden, obwohl der Anfangsverdacht erheblich war.«

»Mein Gott – ich hab für so 'nen Scheiß keine Zeit. Viele Menschen hatten irgendwann mal eine Anzeige am Hals, was soll's?«

»Aber nicht wegen Vergewaltigung, Herr Römer. Nicht deswegen.«

Kurz darauf stoppte ich in der Taunusstraße, klingelte bei Oktay und hetzte nach dem Summen des Öffners die Stockwerke hoch. Hämmerte gegen die Wohnungstür. Sah, wie sie aufging. Blickte in sein erstauntes Gesicht.

»Hey, Alter, das ist ja ...«

»Lass mich rein!«

»Ey, mach mal langsam ... Was gibt's denn?«

Er trat einen Schritt zur Seite und schaute mich ratlos an.

»Der Tag, an dem Rolf ermordet wurde«, sagte ich ohne Umschweife, als wir in der Diele standen. »Warst du da hier?«

»Was? Ja, war ich. Cool, dass dem Arsch ...«

»Hast du jemanden gesehen?«

»Ich hab ... ey, Alter, was ist denn überhaupt mit dir los?«

Am liebsten hätte ich ihn gepackt und durchgeschüttelt. Das ging mir alles viel zu langsam. Mein Herz pumpte wie nach einem Marathonlauf. »War an dem Tag jemand hier? Jemand, der nicht hier wohnt? Irgendein Fremder?«

»Klar, hier sind andauernd Leute«, sagte er verwundert. »Meinst du jemand Bestimmtes?«

Ich beschrieb ihm Alex. Einen Kopf kleiner als ich, dunkle Locken, ausgeprägte Grübchen. Nicht dick, nicht dünn.

»Kommt mir nicht bekannt vor.« Achselzuckend schaute er mich an. »Aber das heißt nichts. Ich hab echt keinen Plan, wer hier alles durch das verschissene Dreckshaus rennt.«

Ich war der Verzweiflung nahe. Langsam traten mir

Tränen in die Augen. Oktay kam auf mich zu und legte seine Hand auf meine Schulter. »So schlimm, Mann? Sag schon – was geht ab?«

Ich hätte später nicht erklären können, warum ich mich ihm anvertraute. Warum ich diesem 16-jährigen Jungen erzählte, dass meine beste Freundin verschwunden war, nachdem sie mir bei einem Fall geholfen hatte, der nur mich und meine Vergangenheit betraf. Aber ich tat es. Vielleicht musste es einfach raus, und er war derjenige, der in diesem Moment vor mir stand.

»Scheiße«, sagte er, als ich fertig war. »Das ist echt übel. Warum gehst du nicht zu den Bullen?«

»Wer immer sie entführt hat, kennt die Gegend. Vielleicht hört er sogar den Polizeifunk ab – so ein Gerät kriegt man doch mittlerweile an jeder Ecke. Ich hab Mütze da reingeritten, und ich muss sie da wieder herausholen. Keine Polizei.«

Er nickte nur. Persönliche Ehre und Verantwortungsgefühl: Das waren Werte, mit denen er etwas anzufangen wusste. Man lehnt sich nicht zurück, wenn jemand in Gefahr ist, der einem etwas bedeutet. Man baut nicht nur darauf, dass die Behörden schon ihr Bestes geben werden. Man nimmt die Dinge selber in die Hand. Ging auf die Jagd. Stellte Fallen auf. Und wenn man den Scheißkerl erwischte, ließ man auch nicht irgendeinen Richter das Strafmaß festsetzen. Nicht in Oktays Welt.

Ich wusste, dass er mein Problem verstand, aber das half mir nichts. Nicht in diesem Moment. Also verabschiedete ich mich. Drehte mich um, obwohl ich nicht wusste, was ich als Nächstes tun sollte. Mein Fuß stand bereits auf der obersten Treppenstufe, als ich meinen Namen hörte.

»Warte mal, Kollege … mir ist da was eingefallen. Klar war an dem Tag jemand hier. Sah aber anders aus, verstehste? Nicht wie du gesagt hast.«

Ich sah ihn an. »Wer?«

»Weiß ich doch nicht, wie der heißt. Ist'n Kumpel von meinem Bruder. Kann ich aber checken.«

Er drehte sich um und rief lautstark: »Ey, Birader … komm mal!«

Kurz darauf kam jemand aus dem hinteren Teil der Wohnung auf mich zu. Oktays Bruder. Er hatte einen sehnigen Körper, der in einem weißen Unterhemd und einer gleichfarbigen Jogginghose steckte. Das schwarze Haar trug er straff nach hinten gekämmt. Wachsame Augen schauten mich an. Ich erkannte ihn sofort, und das nicht nur, weil die Ähnlichkeit zwischen ihm und Oktay auf den ersten Blick zu erkennen war. Ich sagte ihm, warum ich hier war. Er bat mich ins Wohnzimmer. Keine drei Minuten später hatte ich einen Tee vor mir stehen. Kurz darauf wusste ich Bescheid. Und als ich die Wohnung zwanzig Minuten später wieder verließ, hatten wir einen Plan.

*

Die rötlichen Ziffern am Armaturenbrett zeigten 23 Uhr 11 an. Schon seit geraumer Zeit war mir kein anderes Auto mehr entgegengekommen. Um diese Uhrzeit herrschte auf der Landstraße zwischen Wiehl und Oberbierenbach praktisch kein Verkehr mehr, und die Stille war so tief, dass sie mich beunruhigte. Ich sah Wälder, Felder und vereinzelte Häuser im Scheinwerferlicht vorbeihuschen, jedoch keine Menschen mehr.

Aber was hatte ich erwartet? Ich war auf dem Land, und das Land schlief.

Beinahe hätte ich die schmale Zufahrt verpasst, die zu meinem Ziel führte. Gerade noch rechtzeitig stieg ich auf die Bremse und bog ab. Im Schritttempo passierte ich das kleine Wäldchen, überquerte den Hügel und ließ den ehemaligen Baumbach-Hof links liegen. Hinter seinen Fenstern brannte kein Licht, wahrscheinlich schliefen die neuen Besitzer schon. Ich fuhr weiter. Schaltete die Scheinwerfer auf Standlicht, damit meine Augen sich besser an die Dunkelheit gewöhnen konnten. Mein Blick fiel auf den Wald, der düster hinter dem Haus aufragte. Der Ort, an dem alles begonnen hatte und nun alles enden würde. Ich wusste, dass dort schon jemand auf mich wartete, und dieser Gedanke machte mir Angst. Kurz dachte ich an das, was Lindemann mir erzählt hatte. Was hatte Alex nur getan? Dann erreichte ich den Rand des Waldes.

Die nächsten zweihundert Meter schützte mein Auto mich noch wie eine rollende Festung, dann stoppte ich. Ich machte den Motor aus und schaute durch die Windschutzscheibe. Der Trampelpfad vor mir war ein schmaler Strich, der sich nach wenigen Metern in der Dunkelheit verlor. Und es war eine totale Dunkelheit, ganz anders als die, die man aus Großstädten kannte. Eine Finsternis, die alles verschluckte, was sich weiter als fünf Meter entfernt befand. Die Bäume und Sträucher, das Moos und den Erdboden, die Wurzeln und Büsche.

Leise öffnete ich die Tür. Als ich aus dem Auto stieg, versagten mir fast die Beine. Hinter mir hörte ich den Motor des Alfa knacken, der sich nach der schnellen Fahrt jetzt langsam abkühlte. Dann ging ich los. Mit jedem Schritt sog mich die Dunkelheit ein wenig stärker auf, und ich wusste, dass dieser Weg der letzte sein konnte, den ich jemals beschritt. Die Bäume am Wegrand bildeten undurchdringliche Wände, steil ragten sie auf und stießen an den Kronen zusammen, so dass das Mondlicht kaum eine Chance hatte, den Erdboden zu erreichen. Ich hörte überall Geräusche. Es raschelte, knisterte, und an den Stellen, wo ich die Füße auf den Boden setzte, knackte es. Aber hier war ich sicher.

Noch.

Ich war davon überzeugt, dass er an der Lichtung auf mich warten würde. Dort, wo ich vor 27 Jahren Laras Leiche gefunden hatte. Mittlerweile hatte ich erkannt, dass mein alter Freund einen gewissen Sinn für Theatralik hatte – das würde er sich nicht nehmen lassen.

Ich spürte die Bewegung mehr, als dass ich sie sah. Ein lautloser Schatten, der noch dunkler war als der Wald, in dem er sich bewegte. Wahrscheinlich ein Kauz oder eine Eule, Jäger der Nacht mit unhörbarem Flügelschlag. Mir war buchstäblich schlecht vor Angst. Ich wankte, krallte mich an einem Baum fest und holte tief Luft, bis mein Magen sich wieder beruhigt hatte. Wie viel Zeit war vergangen, seitdem ich den Wagen abgestellt hatte? Ich versuchte, einen Blick auf meine Armbanduhr zu werfen, konnte aber nichts erkennen. Dann fiel ein wenig Mondschein durch das Blätterdach. 23 Uhr 47. Noch 13 Minuten.

Schritt für Schritt tastete ich mich vorwärts, die Lichtung konnte nicht mehr weit entfernt sein. Bei Tageslicht war dies ein Weg von wenigen Minuten, und der Wald wirkte friedlich und einladend. Jetzt um kurz vor Mitternacht jedoch, wenn die Dunkelheit am dichtesten war, kam ich mir vor wie auf einem fremden Planeten. Umzingelt von Feinden und fast blind. Alles um mich herum war Bedrohung. Die hoch aufragenden Tannen, die Wurzeln im Boden, die nach meinen Füßen zu greifen schienen, jedes noch so kleine Geräusch.

Dann öffnete sich die schwarze Wand linker Hand zu einem Fleckchen Erde, das moosbedeckt im Mondlicht lag. Schemenhaft konnte ich das hölzerne Kreuz erkennen, auf dem Laras Name stand. Ich hatte schon vor Jahren mit dem Rauchen aufgehört, aber jetzt hätte ich alles für eine Zigarette gegeben. Ein einziger endloser Zug, bis die Glut den Filter erreicht hätte.

Ich trat einen Meter vor und suchte mit den Augen den Rand der Lichtung ab. Nichts deutete darauf hin, dass außer mir noch jemand da war. Aber ich wusste, dass das nicht stimmte. Irgendwo in der Finsternis lauerte derjenige, der an diesem Ort getötet hatte. Meine Kehle war knochentrocken. Für einen kurzen Moment dachte ich an meine verstorbenen Eltern und an Sarah und Lukas. Fragte mich, wen ich eher wiedersehen würde.

Ich ging einen weiteren Schritt auf das Kreuz zu und zuckte zusammen. Hinter mir knackte es. Bevor ich mich umdrehen konnte, hatte seine Hand sich bereits in meine Haare gekrallt. Mein Kopf wurde mit solcher Wucht nach vorne gerissen, dass ich stolperte und der Länge nach hinschlug. Der Aufprall presste mir sämtliche Luft aus den Lungen. Instinktiv wollte ich aufspringen, aber er war schon über mir. Drückte mir das Knie in den Rücken und legte seinen Arm um meinen Hals. Der Druck war so stark, dass mir schwarz vor Augen wurde. Meine Hand griff nach seinem Arm und wollte ihn wegziehen, aber genauso gut hätte ich versuchen können, eine Eisenbahnschiene zu verbiegen. Sein Griff war der eines Schraubstocks, seine Muskeln Eichenholz. Ich hatte das Gefühl, als würde meine Luftröhre zerquetscht. Der Druck in meinem Kopf wurde immer stärker, es konnte nicht mehr lange dauern, bis ich ohnmächtig wurde. Dann spürte ich seinen Atem an meinem Ohr. Einen Sekundenbruchteil später hörte ich auch die Stimme.

Seine Stimme.

»Du bist ein wenig schlapp geworden, Janni!«

Ich erkannte sie sofort. Ich war mit ihr aufgewachsen. Hatte sie reden und lachen gehört. War vorbereitet gewesen.

Von einem Moment auf den anderen ließ er mich los. Ich hustete, würgte und schnappte nach Luft wie ein Karpfen, den ein Angler ans Ufer geschleudert hatte. Hinter meinen Augenlidern tanzten kleine Sterne, und alles, was ich sagen konnte, war: »Markus ... hab dich erwartet ...«

Sein Tritt kam aus dem Nichts. Er traf mich in die Rippen und schleuderte mich zur Seite. Der nächste kam direkt hinterher und landete an meinem Kopf. Augenblicklich schmeckte ich Blut im Mund. Warm und metallisch.

»Janni, Janni, Janni«, sagte Markus bedauernd. »Du hast mir wirklich Sorgen gemacht.«

»Wo ... wo ist Mütze?«, stöhnte ich. »Was hast du mit ihr gemacht?«

In einer blitzschnellen Bewegung griff er hinter sich und zog ein Messer. »Vielleicht hab ich sie ja gefickt und abgestochen.«

Jeder Atemzug tat mir weh. Wahrscheinlich war eine Rippe gebrochen. Ich spuckte Blut aus. »So wie Lara?«

»Ja, wie Lara.«

Er griff sich in einer obszönen Geste zwischen die Beine. »Und genau wie Lara hat's ihr gefallen, mich in ihr zu spüren.«

»Du lügst«, sagte ich. »Dafür hast du gar keine Zeit gehabt.«

Ich klang dabei sicherer, als ich mich fühlte. Sollte es stimmen, was er behauptete, dann …

Langsam ging er vor mir auf und ab. »Du verstehst doch, dass ich dich jetzt nicht mehr gehen lassen kann, oder? Sosehr ich das auch bedauere. Ich hab dich gemocht, Jan, ganz ehrlich. Aber meine Freiheit mag ich noch mehr.«

»Ja«, sagte ich, während ich mich mühsam auf die Beine kämpfte. »Das verstehe ich wirklich. Tu, was du tun musst. Aber sag mir vorher noch, was du mit Stefanie gemacht hast. Bitte!«

Er lächelte kalt. »Du kannst ganz beruhigt sein – die Süße sitzt angebunden im Gerümpelkeller und wartet schon sehnsüchtig darauf, dass ich zurückkomme und es ihr besorge.«

»Wie hast du …?«

Er lachte. »Immer noch neugierig? Es war so verdammt einfach. Ich bin ihr hinterhergegangen und hab gesagt, dass ich noch Liebesbriefe von Christine hätte, von denen ich nicht wollte, dass Veronika sie sieht. Und dass da vielleicht etwas drinstehen könnte, das euch weiterhilft. Die Kleine war richtig zutraulich. Wahrscheinlich, weil der gute Jan ihr gesagt hat, was für ein netter Kerl ich bin.«

Ich wusste nicht, was ich darauf antworten sollte. Am liebsten hätte ich mich auf ihn gestürzt und ihm das Maul gestopft. Aber das war vermessen, ich hatte mich ja kaum aus eigener Kraft aufrichten können. Von dem Messer in seiner Hand ganz zu schweigen.

»Komm schon«, sagte er, während er langsam auf mich zuschritt. »Du hast doch was mit der Kleinen. Mir kannst du's erzählen – wir sind doch Freunde!«

Ich schüttelte den Kopf und dachte an den Markus, der mich immer an den dicken Jungen aus Bullerbü erinnert hatte. Den ich mit Mike am Heider Bergsee beschützt hatte. In dem ich etwas gesehen hatte, was er wahrscheinlich nie gewesen war. Dann fiel mir die fette Mickymaus ein, die er sich auf den Arm hatte tätowieren lassen. Vielleicht hätte ich lieber auch auf das Messer achten sollen, das sie in der Hand hielt.

»Eines verstehe ich nicht«, sagte ich, bemüht, mich nicht aus der Fassung bringen zu lassen. »Warum Rolf?«

Markus war stehen geblieben. »Was ist das denn für eine bescheuerte Frage? Du warst doch dabei, als das Miststück ihn heißgemacht hat. Genau wie mich! Dabei war sie in Mike verschossen, ausgerechnet in Mike! Das hat von euch Idioten nur niemand mitgekriegt, weil ihr ja alle mit euren Weibern beschäftigt wart. Alle habt ihr euren Spaß gehabt – alle, außer Rolf und mir. Und als Mike mit dem Luder losgezogen ist, sind wir ihm nachgegangen. Hat ein bisschen gedauert, bis wir die zwei Hübschen gefunden haben. Aber es hat sich gelohnt – zuerst hab ich sie mir genommen, dann Rolf.

Und plötzlich fängt das blöde Stück an zu schreien. Was sollte ich machen? Eigentlich«, er grinste mich an, »war es reine Notwehr.«

»Und Mike?«

Markus schaute zu den Gipfeln der Bäume empor, die sich scharf vor dem sternenklaren Himmel abzeichneten. »Tja, der gute Mike. Rolf hat Lara festgehalten, und ich hab ihm einen Ast über den Schädel geschlagen. Ist sofort umgekippt, unser Mike.« Er kicherte. »Vielleicht hat ihn später das Schreien der Schlampe aufgeweckt, keine Ahnung. Zumindest wurde er genau im richtigen Moment wach, nämlich als die anderen kamen.«

»Und ihr?«

»Na, was schon? Wir haben uns versteckt, keine zehn Meter entfernt.« Er schüttelte den Kopf, als könne er es immer noch nicht glauben. »Mann, war das ein Chaos! Aber ich will mich nicht beschweren, wirklich nicht – ist ja alles bestens gelaufen. Und wenn du nicht angefangen hättest, in der Geschichte rumzuwühlen, wäre der Schwachkopf auch nicht auf die Idee gekommen, Geld von mir zu wollen. Meinte, die Vergewaltigung wäre doch verjährt, und den Mord hätte er ja nicht begangen.«

Bedauernd zog Markus die Schultern hoch. »Was soll ich sagen? Der liebe Rolf war halt nie der Hellste.«

Dann kam er auf mich zu. Langsam. Lauernd. »Ich muss es wissen, Jan.«

»Was?«

»Wie du auf mich gekommen bist. Woher wusstest du, dass ich es war?«

Ich versuchte, tief einzuatmen. Der Schmerz war

kaum auszuhalten. Die Sterne hörten nicht auf, vor meinen Augen zu tanzen. Aber ich wusste, dass ich weiterreden musste. Ein paar Minuten noch. »Paul war bei mir. Er hat mir erzählt, dass er in der Nacht mit Christine zusammen war. Er, nicht du, wie ich die ganze Zeit über gedacht hatte. Dir hat sie am Samstagabend, als du deinen spärlichen Mut zusammengenommen hast, einen Korb gegeben.«

Ich ging einen Schritt zurück, die Augen weiterhin auf das Messer gerichtet. Wenn er sich jetzt auf mich stürzen würde, war es vorbei. Also redete ich weiter: »Aber das alleine hieß ja noch nichts – außer, dass dein Alibi für die fragliche Nacht geplatzt war. Doch dann ging's weiter. Du bist auch der Letzte gewesen, bei dem Mütze war, bevor sie verschwunden ist. Nur ein weiterer Zufall? Durchaus möglich.«

Ich stützte meine Arme auf den Oberschenkeln ab und schaute in Richtung des Waldes. »Doch dann habe ich erfahren, dass du an dem Tag bei Rolf warst, als er umgebracht wurde. Und das war dann doch ein Zufall zu viel. Ganz unabhängig davon, wie gut du dein Spiel gespielt hast.«

»Ach – und woher weißt du, dass ich bei Rolf war?«

»Durch mich!«

Markus schnellte herum und stierte Oktay an, der zwischen den Bäumen hervorgetreten war. Zum ersten Mal in dieser Nacht lief für ihn etwas nicht nach Plan.

»Darf ich vorstellen: Oktay«, sagte ich, als sei sein Auftauchen etwas ganz Selbstverständliches.

Markus' Blick irrte zwischen uns beiden hin und her. »Ein Schreiberling und ein Kanake«, sagte er und schüttelte den Kopf. »Bist du irre, Jan? Willst du, dass ich den kleinen Wichser auch noch totschlage? Und überhaupt …«, er drehte sich zu Oktay um, »wer bist du Hosenscheißer überhaupt?«

Ich richtete mich auf. »Weißt du, was für viele Menschen das Problem mit *Kanaken* ist?«

Er war verwirrt. Eindeutig. Jetzt würde ich ihn mir schnappen. Ohne auf seine Antwort zu warten, fuhr ich fort: »Manche behaupten, es gebe zu viele von ihnen. Immer in Gruppen auftauchend. Immer aggressiv. Und wenn du mit einem Krach hast, holt der sofort seine Brüder, die dann älter und noch aggressiver sind.«

Doch ich hatte ihn unterschätzt. Er war noch nicht am Ende. Ich sah seinen Schlag nicht einmal kommen. Er traf mich wie eine Ramme mitten auf den Solarplexus. Ich klappte zusammen und glaubte zu ersticken. Noch ein Schlag, diesmal an die Schläfe. Meine Beine gehorchten mir nicht mehr, und ich fiel auf die Knie. Ich sah, wie er erneut ausholte, und wusste, dass der nächste Schlag der letzte sein würde.

»Das würde ich nicht machen, Arschloch!«

Wie durch einen Nebel sah ich Markus in die Richtung wirbeln, aus der die Stimme gekommen war. Doch da war nur Finsternis.

»Ganz dumme Idee, Alter!« Eine zweite Stimme, diesmal aus einer anderen Richtung.

Dann traten Arslan und Erkan aus der Dunkelheit. Sie schoben Oktay wortlos zur Seite, und der Mond stand über dem Wald wie ein einsames Leuchtfeuer, als sie auf Markus losgingen. Ich sah sein Messer fallen. Die beiden Boxer ließen Schläge auf ihn niedergehen, während sie ihn umkreisten wie zwei ausgehungerte

Wölfe, die einen Bären erlegten, der sich immer noch wehrte, obwohl das Ende bereits abzusehen war.

Ich hatte mich zwischenzeitlich hochgerappelt. Mein Hirn arbeitete wieder. Die Schmerzen spürte ich dank der Adrenalinflut, die durch meinen Körper strömte, kaum noch. Dann ging ich auf sie zu. Als sie mich kommen sahen, traten Erkan und Arslan zur Seite. Bildeten mit Oktay ein Dreieck, in dessen Mitte Markus und ich standen.

Eines musste ich ihm lassen. Er gab nicht auf. Er kämpfte. Und wenn ich nicht so voller Hass gewesen wäre, hätte er mich trotz allem besiegt. Aber so nicht. Er war fertig, ich voller Wut. Als er Lara vergewaltigt und getötet hatte, hatte er eine verbotene Pforte geöffnet. Was hinter dieser Pforte lag, hatte er heraufbeschworen. Er allein.

In Filmen lief so etwas immer heldenhafter ab. Das ganze Zeug von Ehre und Mann gegen Mann. Aber so war das Leben nicht. Jedes rationale Denken war von einem einzigen Gedanken ersetzt worden, der mit der Wucht eines Güterzuges auf sein Ziel zuraste. Ich wollte ihn mit Glasscherben füttern. Ich wollte sein Blut sehen. Ich wollte ihn leiden lassen, so wie er Lara und Mütze und all die anderen hatte leiden lassen. Lodernde Wut verzehrte mich, als ich auf ihn einschlug. Plötzlich stand Arslan zwischen mir und dem am Boden liegenden Markus. Seine Lippen bewegten sich, aber ich hörte nicht, was er sagte. Dann packte er meinen Arm und drehte ihn auf den Rücken. Ein stechender Schmerz schoss von meinem Schultergelenk aus durch mein Rückgrat.

»Es ist genug«, sagte Arslan.

Von einer Sekunde auf die andere fühlte ich nur noch Erschöpfung. Meine Wut verpuffte.

»Okay«, sagte ich.

»Werd wegen dem Arschloch nicht zum Mörder.«

»Okay.«

Er ließ mich los, und meine Kraft reichte kaum aus, um aufrecht zu stehen. »Danke«, sagte ich in Richtung der Brüder. »Danke.«

Schon bei der ersten Begegnung im Boxstudio war Arslan mir bekannt vorgekommen, und als Oktay ihn aus der Wohnung gerufen hatte, war mir die Ähnlichkeit zwischen den beiden sofort ins Auge gesprungen. Brüder, keine Frage. Der eine eine ältere Ausgabe des anderen. Der Rest war einfach. Arslan hatte mir erzählt, dass er seinen Trainer an diesem Tag aus dem Haus hatte kommen sehen, und ich wusste, wer dieser Trainer war. Arslan hatte damals gedacht, Markus hätte Erkan besucht, aber so war es nicht gewesen. Er war Rolfs letzter Besucher. Der Mann mit dem Messer.

Während die Brüder sicherheitshalber bei dem ohnmächtigen Markus blieben, holte ich mein Handy aus der Hosentasche und wählte die Nummer, die ich abgespeichert hatte. Es war an der Zeit, dass Mayer und Kretschmann Mütze aus ihrem Verlies befreiten.

*

Die nächsten Tage bestanden aus einer endlosen Folge von Verhören und Erklärungen. Mayer und Kretschmann nahmen mich auseinander, zumindest versuchten sie es. Die Vorwürfe reichten von Behinderung einer polizeilichen Ermittlung bis zu schwerer Körperverletzung. Letztgenannte konnte jeder gute Anwalt mit dem Begriff »Notwehr« aus der Welt räumen, den Rest sollten sie erst einmal beweisen. Dazu hätte ich jeden Richter auf meiner Seite gehabt. Die Aussage eines unbescholtenen Journalisten gegen die eines überführten Doppelmörders.

Nein, von der Polizei hatte ich nichts zu befürchten. Ganz abgesehen davon, dass sie in der ganzen Geschichte sowieso keine ruhmreiche Rolle gespielt hatte.

Markus lag im Gefängniskrankenhaus. Abgesehen von unzähligen Prellungen und Hautabschürfungen hatte er eine schwere Gehirnerschütterung, einen Jochbein- und Nasenbeinbruch sowie Nierenbluten. Auf ihn wartete der Gerichtsprozess, große Hoffnungen auf ein mildes Urteil durfte er sich nicht machen. Die Vergewaltigung war zwar verjährt, aber zu den beiden Morden an Lara und Rolf kam noch die Entführung von Mütze, die von der Polizei unbeschadet aus dem Keller des Boxstudios befreit werden konnte. Als ich am Morgen mit ihr gesprochen hatte, war sie kein bisschen verstört gewesen, sondern nur sehr, sehr zornig. »Dieser Wichser«, war das Erste, was sie sagte, und ich war mir nicht sicher, ob Erkan und Arslan sie ebenfalls hätten zurückhalten können, wenn sie auf der Lichtung mit dabei gewesen wäre.

Am Abend rief ich Sarah an. Obwohl ich ihr nur eine entschärfte Version dessen zumutete, was passiert war, folgte eine Litanei an Vorwürfen, die sich vor allem um mein Verantwortungsgefühl als Familienvater drehte und in großer Anzahl die Worte *irre* und *Wahnsinn* beinhaltete. Vielleicht war das ihre Art, mir zu sagen, wie besorgt sie war. Zumindest hoffte ich das.

Anschließend fragte ich sie, ob sie früher zurückkommen wolle. Sie fragte mich, ob sie zu Hause etwas für mich tun könnte. Die Frage verwirrte mich. Ich überlegte kurz. Dann verneinte ich. Sagte so etwas wie: »Es geht mir gut, alles bestens. Bleib ruhig da, ich hab die nächsten Tage eh nur Termine.«

Sarah protestierte nicht. Versuchte nicht, mich umzustimmen. Stattdessen sagte sie, das sei ihr ganz recht, sie brauche Abstand, um über ein paar Dinge nachzudenken. Die Entfremdung zwischen uns war in den letzten Tagen so groß geworden, dass man sie nicht mehr leugnen konnte. Ich beendete das Gespräch mit dem Gefühl, dass sich etwas dem Ende entgegenneigte.

Dann wählte ich Alex' Nummer und sprach ihn an auf das, was Lindemann mir erzählt hatte. Er erzählte mir von einer Party an einem Samstagabend, drei Monate her. Von einer Frau namens Anja, die er dort getroffen hatte. Mit der er nach Hause gegangen war und Sex hatte. Für ihn war es ein One-Night-Stand gewesen, für sie anscheinend mehr. Sie wollte ihn wiedersehen, er sie nicht. Seine Stimme klang belegt, als er mir von der Anzeige erzählte, die danach kam. Von den Verhören. Von der Nachricht, dass diese Anja bereits drei Männer der Vergewaltigung bezichtigt hatte. Dass die beiden anderen freigesprochen worden waren. Dass auch das Verfahren gegen ihn eingestellt wurde, da keine medizinische Untersuchung auf eine Vergewaltigung hindeutete und die Frau sich bei den Vernehmungen in Widersprüche verwickelt hatte. Dinge also, die mir auch Lindemann letzte Nacht am Telefon gesagt hatte. Was mich jedoch mehr als jede Untersuchung von Alex' Unschuld überzeugte, war mein Bauchgefühl – er war kein Mann, der Frauen etwas Derartiges antat. Schon einmal hatte ich bei einem Freund ein ähnliches Gefühl gehabt, aber nicht darauf vertraut. Ein zweites Mal würde mir dieser Fehler nicht passieren.

Wir telefonierten zwei Stunden lang, dann hängten wir ein. Als ich kurz darauf ins Bett ging, hatte ich das Gefühl, dass aus unserer Freundschaft wieder etwas werden könnte. Vielleicht nicht dasselbe wie früher, aber etwas Neues. Es war ein tröstlicher Gedanke. Ich zog die Decke hoch.

Am nächsten Morgen wachte ich mit verquollenen Augen auf. Irgendetwas war anders. Ich brauchte eine Zeitlang, bis ich darauf kam. Kein Sonnenlicht drang durch die Lamellen der Jalousie hindurch. Die winzigen Stücke des Himmels, die ich erkennen konnte, waren eintönig grau. Ich drehte mich rum und versuchte, noch einmal einzuschlafen. Wälzte mich aber nur von links nach rechts und kapitulierte irgendwann.

Sobald ich die Füße aus dem Bett bekam, machte ich mir einen starken Kaffee und setzte mich an den Computer. Fuhr ihn hoch und öffnete das Textverarbeitungsprogramm. Der Cursor blinkte am Anfang der Zeile. Noch war alles weiß, wo später die Reportage stehen sollte.

Erste Regentropfen klatschten gegen die Fensterscheiben. Ich stand auf und öffnete sie einen Spaltbreit, damit frische Luft ins Zimmer strömen konnte. Die Bäume vor dem Haus neigten sich windgepeitscht zur Seite, und über den Bürgersteig wirbelte spätsommerliches Laub. Bis zum Horizont konnte ich kein Fleckchen Blau mehr erkennen, alles war in ein metallisch-dunkles Grau gehüllt. Dann kapitulierten die Wolken und ließen das aufgestaute Nass sintflutartig auf die Erde stürzen. Einer Laune folgend, stand ich auf und ging ins Freie. Es war, als würde ich eine Duschkabine mit voll aufgedrehter Brause betreten. Binnen Sekunden war ich bis auf die Haut durchnässt.

Neben mir stand eine Frau aus der Nachbarschaft, und auch sie lächelte, das Gesicht zum Himmel gewandt. Es waren die ersten Regentropfen, die ich seit Wochen spürte, und ich konnte mich nicht erinnern, dass Regen sich schon einmal so gut angefühlt hatte. Er wusch alles rein, die Straßen, die Autos und die Bürgersteige. Er reinigte die Luft, spülte den Staub von den Bäumen und den Dreck aus den Rinnsteinen. Als der erste Blitz das dunkle Grau durchzuckte, ging ich ins Haus zurück. Ein Donnergrollen fegte über die Stadt hinweg wie das Brüllen eines wütenden Gottes, der mit dem, was er sah, alles andere als zufrieden war.

Als ich mein Arbeitszimmer erreichte, wurde es von einem gleißenden Licht erhellt, als ein weiterer Blitz den Himmel zerteilte. Der Donner dröhnte und knallte und rollte. Ich setzte mich vor den Computer und begann zu schreiben:

Jede Geschichte braucht ihren Anfang. Diese hier hat sogar zwei. Sie beginnt zum einen an einem Augustwochenende 1986, als das Schicksal eine Gruppe Jugendlicher auf tragische Weise auseinanderriss. In die, die lebten, und die, die starben. In Menschen, die sich schuldig machten, und jene, die sich einen Rest Unschuld bewahrt hatten.

Die zweite Geschichte beginnt 27 Jahre später mit einer

kleinen Aktennotiz. Es war nur eine einzige Zeile inmitten eines langen Obduktionsprotokolls, und in ihr stand: »Bei der Ausführung der Tat hat der Täter ein Kondom benutzt, wie Rückstände im Vaginalbereich des Opfers ergaben.« Kann ein Satz ein ganzes Leben verändern? Manche können es.

Dann lehnte ich mich zurück und dachte an Tanja und an Mütze. An Alex, Mike und an den Wert wahrer Freundschaft. An Sarah und an Lukas, an meine Vergangenheit und meine Zukunft. Mit dem einen konnte ich abschließen. Mit dem anderen nicht.

Ich schaltete den Rechner aus, zog mich an und lief durch den peitschenden Regen zu meinem Wagen. Es gab da noch jemanden, der die Wahrheit über das verdient hatte, was damals geschehen war. Nicht telefonisch, sondern von Angesicht zu Angesicht.

Im Navigationssystem war Tanjas Adresse unter »bisherige Ziele« als Letzte gespeichert. Ich startete den Motor. Die Musik von Mützes selbstgebrannter 80er-Jahre-CD durchflutete den Innenraum. Ich war der *Goldene Reiter*. Dann fuhr ich los. »In einer Stunde und 23 Minuten haben Sie Ihr Ziel erreicht.«

DANKSAGUNG

Bevor ich diesen Roman beendet hatte, kamen mir Danksagungen in Büchern immer albern vor. Wie auf diesen Oscar-Verleihungen, bei denen die Gewinner sämtlichen Freunden, Partnern und Verwandten für Aufzucht, Unterstützung und Pflege huldigten. Erst jetzt ist mir bewusst geworden, dass eine solche Danksagung auch ein Herzenswunsch sein kann und die einzige Möglichkeit darstellt, diejenigen zu erwähnen, ohne die es dieses Buch nie gegeben hätte.

Fangen wir ganz vorne an: bei meiner Mutter Erika Geschke, die mir die beste Kindheit beschert hat, die man sich nur wünschen konnte, und die auch meine Teenagerzeit in den 80ern ertrug. Bei meiner Freundin Ariane Schild, die meine wechselnden Launen in der Zeit des Schreibens mit Bravour und Liebe erduldet hat. Bei meinem Autorenkollegen Tom Liehr, der mir mit seinen Anregungen und Ratschlägen den Weg aufzeigte, den ich mit »Die Lichtung« beschreiten wollte.

Ein ganz besonderes Dankeschön geht auch an meine Agentin Anna Mechler, die mir stets mit Rat und Tat zur Seite stand und in Rekordzeit Verlage für das Manuskript begeistern konnte. An meine beiden fantastischen Lektoren, Marion Vazquez und Hannes Windisch – ich hoffe, dass die Leser nie erfahren, wie viel von euch in diesem Buch steckt!

Bedanken muss ich mich auch bei meinen vielen Kolleginnen und Kollegen (von denen ich aus Angst, irgendwen zu vergessen, lieber niemanden namentlich erwähne), die immer Verständnis hatten, wenn ich mit den Gedanken mehr bei Jan Römer und Mütze war als bei den aktuellen Berichten. Bei Karla Paul, deren feinfühlige Tipps Gold wert sind. Bei der Pressestelle der Kölner Polizei und der des Bundeskriminalamtes, die mich in Sachen DNA-Analysen und Ermittlungsarbeit immer auskunftsfreudig unterstützt haben. Ihnen allen: Danke!

Entschuldigen muss ich mich dagegen bei den Menschen aus Dreiborn, deren Dorf in dem Roman deutlich schlechter wegkommt, als es in Wirklichkeit ist – ich werde das irgendwann einmal gutmachen, irgendwie.

Das letzte und wichtigste Dankeschön habe ich mir für die Leserinnen und Leser aufgespart. Erst durch Ihr Interesse wird ein Buch zum Leben erweckt – ansonsten wäre es nur bedrucktes Papier.